MIRANDA JARRETT

Amenaza misteriosa

Editado por Harlequin Ibérica.
Una división de HarperCollins Ibérica, S.A.
Avenida de Burgos, 8B - Planta 18
28036 Madrid

© 2024 Harlequin Ibérica, una división de HarperCollins Ibérica, S.A.
N.º 82 - 18.9.24

© 2006 Miranda Jarrett
Amenaza misteriosa
Título original: The Duke's Gamble
Publicada originalmente por Harlequin Enterprises, Ltd.

© 2011 Carole Mortimer
Secreto de seducción
Título original: The Lady Gambles
Publicada originalmente por Harlequin Enterprises, Ltd.
Estos títulos fueron publicados originalmente en español en 2007 y 2014

I.S.B.N.: 978-84-1074-063-1
Depósito legal: M-15202-2024
Impreso en España por: BLACK PRINT
Fecha impresión Argentina: 17.3.25
Distribuidor exclusivo para España: LOGISTA
Distribuidor para México: Distibuidora Intermex, S.A. de C.V.
Distribuidores para Argentina: Interior, DGP, S.A. Alvarado 2118. Cap. Fed./
Buenos Aires y Gran Buenos Aires, VACCARO HNOS.

Uno

La experiencia había llevado a Eliot Fitzharding, Su Excelencia el duque de Guilford, a la conclusión de que una de las pocas cosas que podían convertir a una mujer sensata en una completa estúpida era una boda, y cuanto más cercana fuera la relación que unía a esa mujer con la novia, mayor era la intensidad de su estupidez.

Eso no significaba que Su Excelencia no disfrutara observando dicha estupidez tanto como los demás caballeros lo hacían viendo una buena pelea en el cuadrilátero. Como soltero empedernido que era, Guilford tenía la suerte de poder observar el espectáculo que rodeaba a cualquier boda desde la posición de espectador: sin ningún tipo de implicación emocional ni económica y sin más propósito que el de divertirse.

Ése era el motivo por el que se encontraba sentado en el salón de Penny House aquella tarde, disfrutando de un magnífico coñac y de la tranquilidad que había sucedido a la tormenta que había sido la boda que se había celebrado allí ese mismo día. No le importaba lo más mínimo estar solo en el salón. El resto de las noches, Penny House era como cualquier otro salón de juegos de Londres donde las bravuconadas masculinas se templaban con la desesperación de aquéllos que habían perdido jugando. Guilford nunca había visto Penny House tan tranquila como estaba en aquel momento, y lo cierto era que le gustaba. El resto de los invitados se habían marchado hacía ya tiempo y los sirvientes parecían haberse ido a descansar también. Las flores de invernadero habían empezado a mustiarse en los jarrones, en la chimenea ya no quedaban más que algunas ascuas y mucha ceniza, incluso muchas de velas de los candelabros se habían consumido del todo, dejando en penumbra la enorme y elegante habitación.

Tales circunstancias habrían bastado para que cualquier caballero se despidiera y se marchara a casa como habían hecho todos los demás. Pero Guilford nunca había sido como los demás caballeros, para constante desgracia de su difunta madre. Así que, en lugar de marcharse, Guilford estiró las piernas y se puso aún más cómodo en el sillón. ¿Por qué habría de marcharse sabiendo que aún estaba por llegar lo mejor de la noche?

Una sirvienta entró en la habitación bostezando y empezó a apagar las pocas velas que todavía lucían, no vio a Guilford hasta que hubo apagado al menos tres.

—¡Excelencia! —gritó de pronto con voz aguda—. Excelencia, qué susto me ha dado.

—Perdona, preciosa —respondió él con una sonrisa que, incluso en las sombras, hizo sonrojar a la muchacha.

Por supuesto, ella lo había reconocido; no sólo era un lord, además era socio fundador del club, cosa que había hecho por curiosidad más que por ninguna otra cosa, y ahora formaba parte de la junta de miembros. También se había ganado un trato de favor con las cuantiosas apuestas que de vez en cuando hacía durante las partidas de naipes con la mayor alegría, seguramente sólo por resultar simpático.

—Soy… soy yo la que debería pedir disculpas, Excelencia —dijo la muchacha tartamudeando—. ¡De verdad, Excelencia!

—En absoluto —Guilford levantó su copa a modo de disculpa—. No pretendía asustarla.

De pronto la muchacha se acordó de hacer lo que debería haber hecho nada más verlo.

—¿Quiere que le traiga algo, Excelencia? Ya están terminando de limpiar la cocina, pero si quiere algo, estoy segura de que la señora Todd…

—No así la señorita Bethany —replicó él con su dramático suspiro.

Bethany Penny era una de las tres hermanas propietarias de Penny House, la encargada de

5

supervisar la cocina, la que podría competir con los cocineros franceses del mismísimo rey por su delicado uso de las especias y su talento con la repostería. Por supuesto, la cocina formaba parte de las competencias naturales de una mujer, pero era algo que la hermana mayor de Bethany parecía incapaz de comprender.

—¿Cómo voy a vivir sin el ganso asado y las ostras de la señorita Bethany?

La sirvienta lo miró sin comprender.

—La señorita Bethany volverá pronto con nosotros. Sólo estará fuera un tiempo, durante su viaje de bodas con el comandante.

—Ah, el comandante —dijo Guilford con pesar y después tomó un trago de coñac para endulzar la melancolía.

Por muchas promesas que hubiera hecho, Bethany Penny no tardaría en convertirse en una esposa como todas las demás, obsesionada con su flamante esposo y con que su vientre se abultara lo antes posible para poder darle un pequeño malcriado. Y entonces ya no quedaría nada, ¡nada! de la vieja Bethany.

—Apenas lo conozco —continuo diciendo Guilford—, pero estoy seguro de que no aprecia la gran cocinera que se ha llevado.

—Disculpe mi atrevimiento, Excelencia —dijo la muchacha—, pero el comandante lord Callaway es un caballero excelente y ama con locura a la señorita Bethany. Hoy no había más que mirarlo a los ojos para darse cuenta de cuánto la ama.

—Ese amor nunca podrá superar la dulzura de su sopa de tortuga —opinó con tristeza. Apreciaba la lealtad de la sirvienta hacia su señora, aunque estuviera empañada de empalagoso sentimentalismo—. En cualquier caso, gracias, querida, no necesito nada. Puedes irte a terminar tus tareas.

—Como guste, Excelencia —hizo una ligera e insegura reverencia y continuó apagando las velas.

Cuando hubo terminado, salió de la habitación y cerró la puerta con mucho cuidado, dejándolo sin más luz que el fuego mortecino. En algún lugar de la casa, se oyeron las campanadas de un reloj que retumbaron en la escalera. Guilford sonrió. Quizá se hubieran apagado las luces, pero desde luego el escenario estaba preparado.

Y justo en ese momento, salió a escena la gran dama de Penny House.

En el umbral de las puertas del salón apareció la silueta de una mujer iluminada por la luz de la habitación contigua.

Sólo por la forma de aquella silueta, Guilford habría sabido que era ella. La altura, la suave melena recogida en lo alto de la cabeza y coronada con una pluma blanca, el porte elegante: sólo podía ser Amariah Penny, nada más.

—Excelencia —dijo con voz suave pero firme y sin abandonar su papel de gran dama de Penny

House, ni siquiera a aquellas horas y después de un día como el que ahora llegaba a su fin—. ¿Puedo preguntarle si ocurre algo? ¿Hay algún problema?

—Claro que puede preguntarlo, señorita Penny —respondió él, sonriendo a pesar de que sospechaba que ella no podía verlo—. Y yo le contestaré. No ocurre nada, ni hay ningún problema, sobre todo ahora que está usted aquí para cuidarme.

Como de costumbre, Amariah hizo caso omiso al cumplido.

—¿Puedo entonces preguntarle a Su Excelencia por qué se esconde en la oscuridad y asusta al servicio?

—No estoy escondido —respondió él—. Es sólo que llevo tanto tiempo aquí sentado que me ha tragado la oscuridad.

La señorita Penny se aclaró la garganta, quizá para no mostrar su incredulidad.

—Entonces quizá sea por eso por lo que no se ha dado cuenta de que todo el mundo se ha marchado ya, Excelencia. ¿Quiere que haga venir su coche?

La sonrisa de Guilford aumentó mientras movía suavemente su copa de coñac. La señorita Penny seguía llevando el vestido de gasa que se había puesto para la boda. Seguramente no imaginaba que la luz que la iluminaba por detrás permitía que Guilford tuviera una magnífica perspectiva de sus piernas, que se transparentaban a través de la fina tela.

—Se ha ido todo el mundo excepto usted, señorita Penny —dijo él—. Y yo. ¿Cómo podría cometer la grosería de marcharme y dejarla sola en tales circunstancia?

—Todos los miembros del servicio están muy cansados, Excelencia —explicó ella—. Y a mí me gustaría cerrar la casa ya.

—Entonces ciérrela y mande a dormir al servicio —Guilford estiró el brazo para acercar otro sillón al suyo—. Usted también debe de estar cansada. Venga y siéntese, hágame compañía.

La señorita Penny reveló el cansancio que sentía con un suspiro, pero era demasiado testaruda como para admitirlo.

—Sabe que no puedo hacer eso, Excelencia. Esto es un club privado para caballeros, no un lugar en el que tener citas.

—Pero yo hoy no estoy aquí como miembro del club, sino como invitado de la boda de su hermana —argumentó Guilford.

Ella bajó la cabeza con evidente perplejidad y no contestó. No podía culparla, a pesar de que era ella la que veía el problema. Lo cierto era que sus hermanas vivían en el piso superior de la casa, pues habían unido su vivienda con su lugar de trabajo igual que lo hacían los carniceros que vivían encima de sus tiendas. La diferencia era que la tienda de las Penny era una magnífica casa de la calle St. James y sus clientes eran un selecto grupo de caballeros que se gastaban cuantiosas sumas de dinero divirtiéndose allí.

La siempre ambiciosa Amariah Penny había complicado las cosas un poco más al invitar a dichos miembros a la boda de su hermana, juntándolos así con los viejos amigos de la familia. Guilford estaba seguro de que lo había hecho únicamente para estrechar lazos con aquéllos que contribuían a hacer de Penny House el club selecto que era. Así era como parecía trabajar aquella mente tan poco propia de una dama, siempre buscando la manera de mejorar el negocio y aumentar sus beneficios. Pero ahora tendría que afrontar las consecuencias.

—Puede admitir que está cansada, ya sabe —dijo él dando unas palmaditas en el asiento del sillón que le estaba ofreciendo—. Como lo haría cualquier otra mujer.

Ella levantó la cabeza y en su rostro ya no había ni rastro de cansancio.

—Pero yo no soy como cualquier otra mujer, Excelencia. Haré que traigan su coche…

—¿Sabe que hay una apuesta en White's que asegura que usted será la única hermana que no se casará? —preguntó él con fingido desinterés—. No porque carezca de belleza o elegancia, cosa que evidentemente no ocurre, sino porque está demasiado comprometida con este club y ningún hombre querría ser el segundo en su lista de intereses.

—Le recuerdo, Excelencia, cuando mi hermana ha lanzado el ramo hoy, he sido yo la que ha elegido no agarrarlo.

—Me he dado cuenta. Todo el mundo lo ha hecho —añadió irónicamente—. De hecho, se ha quedado lo más lejos posible del resto de las señoritas que competían por el premio y ha mantenido las manos unidas en la espalda como si alguien se las hubiera esposado.

—¿Y qué hay de malo en eso, Excelencia? —preguntó con fastidioso fervor misionario—. Prácticamente todos los beneficios que obtenemos del club mis hermanas y yo van directamente a obras de caridad. Ése era el deseo de mi difunto padre y yo tengo intención de cumplirlo siempre. Cada vez que ustedes los caballeros juegan una partida en nuestro club, están ayudando a proporcionar comida, ropa y hogar a los pobres, cosa que jamás harían personalmente.

—No —respondió Guilford secamente, pues no sentía el menor interés por los pobres ni por sus condiciones de vida—. Yo jamás lo haría.

—Ahí lo tiene —dijo ella, como si eso fuese explicación suficiente, pero no era así. Bien era cierto que era hija de un clérigo, pero, en opinión de Guilford, tenía un alma tan mercenaria como la de cualquiera—. ¿Por qué habría de casarme para hacer feliz a un hombre cuando estando aquí puedo ayudar a muchos otros?

—Porque usted es una mujer —respondió

Guilford con una explicación que consideraba sencillamente perfecta—. Por mucho que lo desee, señorita Penny, no puede hacerlo todo sola y, sobre todo, no puede salvar el mundo. Ni siquiera puede salvar a los más pobres de Londres. Por supuesto que la caridad es un pasatiempo digno de admiración para una dama, pero lo primero sin duda ha de ser el hogar, el marido y los hijos. Lo lleva en la sangre y ni siquiera usted puede negar su naturaleza, señorita Penny.

—¿Eso también es parte de esa subasta, Excelencia? —preguntó con desconfianza—. ¿Creen que soy… antinatural?

—No exactamente —ahora que se había acostumbrado a la oscuridad, podía verla perfectamente, aunque seguía sin saber si estaba enfadada o si, por el contrario, la conversación le hacía gracia. Aunque eso no cambiaba en nada las cosas—. Creo que la palabra que se utilizó fue «virago».

La señorita Penny abrió la boca y los ojos de par en par y Guilford comprobó con satisfacción que por fin la había hecho entender.

—¿Se atrevieron a llamarme virago? —repitió con incredulidad—. ¿Creen que soy varonil?

Entró en la habitación y fue directa a él. Guilford podía sentir su ira como una fuerza que se imponía en la oscuridad, sus ojos azules abiertos de par en par y con aquella mirada intensa, los labios apretados con furiosa determinación. Hacía casi un año que la conocía, desde que había aparecido en Londres para abrir Penny House sin que nadie supiera decir de dónde, y aquélla era la primera vez que veía perder la compostura a la siempre correcta y competente señorita Penny. Era aún mejor de lo que había imaginado.

—¡Virago, Excelencia! —exclamó de nuevo, como si no se cansara de repetir aquella odiosa palabra—. ¿Qué… qué estúpido se ha atrevido a llamarme así?

—¿Cómo demonios iba yo a saberlo? —aunque la había invitado a sentarse, no parecía tener intención de hacerlo, por lo que Guilford pensó que era mejor ponerse en pie él también—. Yo no lo sé todo —aseguró mirándola ahora desde arriba.

—Ah, sí, claro que lo sabe —dijo ella rápidamente—. Si no todo, desde luego sí que sabrá eso.

Claro que sabía el nombre del estúpido que le había dado tal apodo en el libro de apuestas de White: lo sabía porque el nombre de ese estúpido era precisamente el suyo.

—Admito que soy enormemente sabio e ingenioso, pero no tengo el don de la omnipresencia.

Ella cruzó los brazos sobre el pecho y levantó bien la cabeza, así consiguió dar la impresión de seguir mirándolo por encima del hombro a pesar de la diferencia de altura que había entre ellos. A Guilford le gustaba que no tuviera ese aspecto conejil que tenían la mayoría de las mujeres pelirrojas.

—Excelencia, a usted nadie lo ha llamado nunca virago.

—Ni lo hará nunca —replicó él—. Teniendo en cuenta de que una virago tiene que ser por definición una mujer.

—Una mujer solterona —matizó ella con indignación—. Debería tirarme al río y librar al mundo de un ser tan lastimoso.

Guilford se rió suavemente.

—Vamos, no es tan vieja como para optar por un remedio tan drástico y cruel.

—¿No? —dio un paso hacia él, algo que jamás habría hecho en otras circunstancias—. Tengo veintiséis años, Excelencia.

—Felicidades —Guilford ya sabía que hacía tiempo que había entrado en esa edad en que las mujeres se volvían aún más interesantes. Hacía ya mucho que la inocencia no le resultaba atractiva, y ése era uno de los motivos por los que se sentía fascinado por Amariah Penny—. Pero me temo que yo gano, señorita Penny. Tengo veintinueve.

—¿Y qué más da? —preguntó con actitud burlona, al tiempo que se pasaba la mano por el cabello—. Nadie dice que usted haya fracasado por elegir una vida sin matrimonio ni hijos.

—En realidad me lo dicen a menudo —aseguró él, recordando lo nerviosos que se ponían algunos miembros de su familia porque su título aún no tuviera heredero—. Se supone que la vida de

14

casado y los hijos son muy buenos también para los caballeros.

—Pero por motivos diferentes —seguía mirándolo con recelo—. No alcanzo a comprender por qué me está confiando todo esto, Excelencia.

—Para demostrarte que tenemos más cosas en común de lo que imaginas —¿tendría la menor idea de lo increíblemente seductora que le resultaba esa idea en aquel momento? Quizá había sido injusto con ella; quizá estuviera más dispuesta de lo que todo el mundo creía—. Así es, querida.

—Lo dudo mucho, Excelencia —dijo esbozando una sonrisa de triunfo, un triunfo que no merecía—. Usted nació con un título y una enorme fortuna, mientras que yo vine al mundo como hija del ministro de un pequeño pueblo. Eso deja poco margen para que haya algo en común entre nosotros.

—Más que suficiente —aprovechó el momento y la íntima penumbra para acercarse a ella un poco más—. Mucho más que suficiente.

Pero en lugar de echarse a reír como él había esperado, la señorita Penny volvió a cruzar los brazos sobre el pecho, levantando una barrera entre ellos.

—Tengo la sensación de que no está siendo totalmente sincero conmigo, Excelencia.

No se equivocaba. Claro que no estaba siendo sincero con ella. La apuesta de White's sobre el posible matrimonio de la deliciosamente intocable señorita Penny no había sido más que el principio. Guilford había hecho otra apuesta más privada con uno de sus amigos y el desafío era mayor, mucho mayor: habían apostado que ningún hombre podría seducirla.

Y Guilford no sólo tenía intención de ganar la apuesta, también se había propuesto conseguir que la bella virago le diera la bienvenida en su cama.

—Yo creo que usted tampoco ha sido completamente sincera conmigo, señorita Penny —dijo bajando el tono de voz hasta convertirlo en un susurro que solía hacer estremecer a las damas—. Lo cual significa que tenemos algo más en común, ¿no le parece?

Ella frunció el ceño.

—Excelencia, no creo que…

—Sss —susurró él mientras con la maestría que daba la práctica le tomaba una mano entre las suyas—. Piense en las similitudes, no en las diferencias.

—Lo que estoy pensando, Excelencia, es que no sé cuánto tiempo voy a aguantar estas tonterías antes de llamar a los guardias de la casa —replicó retirando la mano como si acabara de quemarse—. Me parece que no los conoce; son altos, fuertes y les preocupa mucho mi bienestar. Estoy segura de que para ellos será un honor acompañarlo hasta la puerta.

Pero Guilford no se dejó intimidar, estaba demasiado concentrado en mostrarle la más encantadora sonrisa.

—Nada de eso es necesario entre amigos, señorita Penny.

Ella respondió con otra sonrisa, pero la suya era pura profesionalidad.

—En eso se equivoca, Excelencia. Yo soy la propietaria de esta casa, mientras que usted es uno de los miembros de honor del club. La cordialidad no es amistad y así será siempre entre nosotros.

Guilford hizo un dramático gesto de dolor llevándose la mano al corazón.

—¿Cómo puedo aceptar tal crueldad?

—Como miembro del comité del club, debería recordar las reglas de comportamiento que usted mismo ayudó a redactar y aprobó, unas reglas cuyo incumplimiento supone la expulsión inmediata del club. ¡Y no sabe cuánto odiaría perderlo de esa forma, Excelencia!

Guilford se retiró la mano del pecho y se alisó la chaqueta, como si ésa hubiera sido su intención en todo momento.

—Ay, señorita Penny, usted no me haría eso, ¿verdad?

—Si me conociera tan bien como afirma conocerme, sabría que eso es exactamente lo que haré si usted se empeña en comprometerme a mí o a cualquiera de los que trabajan para mí, o incluso al club —Amariah sonrió con tranquilidad antes de añadir—. Y ahora, Excelencia, si me disculpa, me encargaré de que traigan su coche.

Guilford la vio alejarse y siguió el movimiento de la pluma que adornaba su cabeza con cada paso. Quizá hubiera ganado, pero aquello no era más que la primera escaramuza. Volvería. No importaba lo que sintiese hacia él en aquel momento, Guilford seguía teniendo la intención de ganar esa condenada apuesta.

Dos

—Disculpe, señorita Penny, ¿está segura de que estará bien aquí sola toda la noche? —Pratt, el encargado de Penny House, parecía reacio a marcharse. Bajo su anticuada peluca, su rostro delgado mostraba su preocupación al mirar a Amariah—. Si lo desea, puedo pedirle a una de las doncellas que se quede con usted.

A pesar de lo cansada que estaba, Amariah sonrió.

—Gracias, Pratt, pero estaré bien sola.

—Pero, señorita Penny, si…

—Ya te he dicho que estaré bien, Pratt —insistió ella—. Te necesito más como encargado del club que como protector.

—Muy bien, señorita —dijo Pratt con resignación y, al inclinar la cabeza, de su peluca salió una pequeña nube de polvo blanco—. Buenas noches.

—Buenas noches, Pratt —respondió ella suavemente. Por muy protector que se pusiera, Amariah tenía mucho cariño a aquel hombre, sin el cual no habría podido conseguir que Penny House tuviera el éxito que tenía—. Y gracias otra vez por todo lo que has hecho hoy durante la boda de la señorita Bethany… bueno, más bien con la de lady Callaway. Dios, creo que me va a costar acostumbrarme a llamarla así.

Se echó a reír con cierto arrepentimiento. Sin duda iba a resultarle difícil cambiarle el nombre a su hermana, pues aún no se había acostumbrado a llamar señora Blackley a su hermana más pequeña en lugar de Cassia, y eso que ya llevaba meses casada con Richard. Para Amariah siempre serían sus dos hermanitas pequeñas Bethany y Cassia, que recurrían a ella como lo habían hecho siempre desde la muerte de su madre hacía casi veinte años.

—Se acostumbrará, señorita —aseguró Pratt amablemente—. Buenas noches.

Cerró la puerta suavemente y, por primera vez en aquel larguísimo día, Amariah se encontró sola. Por fin se permitió sentir el cansancio y, con un enorme bostezo, se dejó caer en la silla frente al escritorio. Se echó por los hombros una mantilla que tenía en el respaldo, se quitó los zapatos y todas las horquillas que le sujetaban la pluma y el moño con el que se había recogido el pelo, que ahora le caía libremente sobre la espalda. Se sirvió una taza de té bien caliente de la tetera que le había llevado Pratt y se dispuso a atender la pila de cartas sin abrir y de facturas a las que debía contestar. Aunque el club no había abierto en los dos últimos días con motivo de la boda, el trabajo que implicaba dirigirlo no parecía detenerse jamás.

Dividió rápidamente las cartas en categorías según su importancia. Aunque la correspondencia de la parroquia no tenía nada que ver con la de Penny House, ayudar a su padre en aquellos menesteres le había dado una preparación de la que carecían muchas mujeres de su condición social. Su habilidad para llevar la contabilidad era una de las cosas, junto al talento de Bethany en la cocina, que había hecho famoso el club, también había ayudado la buena vista de Cassia para encontrar auténticas maravillas en las tiendas de cosas de segunda mano. Gracias a ella habían convertido la pocilga que habían heredado en la casa de juego más elegante de Londres. Lo mejor de todo ello era la cantidad de dinero que reunían todos los días para obras benéficas, Justo lo que había querido hacer su padre. Al frente de Penny House Amariah se sentía como ese pillo de Robin Hood, que robaba a los ricos para dárselo a los pobres.

Amariah sonrió mientras sumergía la pluma en el tintero, estaba recordando cómo tres hermanas de un pequeño pueblo habían demostrado que los que dudaban de ellas se equivocaban. Pero ahora el matrimonio había reducido el número de señoritas Penny a una sola, por lo que el trabajo interminable que ocasionaba el club quedaba en sus manos. Así que la esperaban muchas noches como aquélla en las que tendría que trabajar hasta tarde para luego comenzar muy temprano de nuevo al día siguiente. Con ese pensamiento en la cabeza, rompió el lacre del siguiente sobre.

Pero cuanto más intentaba concentrarse en el papel que tenía delante, más difícil le resultaba controlar sus pensamientos, que parecían empeñados en seguir otro camino.

Un camino que la llevó directamente a la encantadora sonrisa de Su Excelencia el duque de Guilford.

Dejó la pluma en la mesa y gruñó. El duque no era el primer caballero del club que había tratado de acercarse de ese modo a ella o a sus hermanas, y probablemente tampoco sería el último; cosa lógica, teniendo en cuenta que el club lo integraban caballeros de buena cuna acostumbrados a conseguir todo lo que deseasen.

Guilford, sin embargo, la había pillado por sorpresa. Por supuesto que era un hombre de mundo con el ingenio suficiente para aquel juego insinuante, pero hasta aquella noche siempre había tenido mucho cuidado en no utilizar con ella sus dotes de seducción. Le había gastado bromas o le había dicho algún piropo, pero nada más. El respeto que había mostrado hacia ella y hacia el papel que desempeñaba en Penny House había hecho que Guilford fuera uno de sus preferidos. Amariah había creído que comprendía que para la buena marcha del club, era fundamental que ella mantuviera su honor. En una ocasión incluso, había acudido en defensa de Cassia cuando un cliente la había acosado con insinuaciones.

Ahora todo había cambiado. Por supuesto que Amariah intentaría concederle el beneficio de la duda y fingir que el coñac había sido el único culpable de su comportamiento, pero sabía perfectamente el aspecto que tenía un hombre borracho y no era así como había visto a Guilford. Se había comportado del modo que lo había hecho simplemente porque había querido, porque había creído que conseguiría su propósito. Por eso Amariah no podría volver a sentirse cómoda con él.

Se levantó de la silla con un incómodo sentimiento de frustración y se acercó a la ventana con los pies descalzos. Retiró la cortina de damasco para mirar, por encima del pequeño patio trasero, los tejados de pizarra y las chimeneas de Londres. Aunque las estrellas seguían brillando en algunos puntos, el cielo había comenzado a aclarar con la luz del amanecer. Por toda la ciudad habría gente comenzando su jornada laboral: panaderos, ordeñadores, pescaderos, mozos de establo, fregonas… y sin embargo, con la mirada clavada en aquellos tejados, Amariah tenía la sensación de ser la única despierta en toda la ciudad.

«Señorita Penny, no puede hacerlo todo sola».

¿Por qué la habría esperado en la oscuridad y

había convertido su salón en una guarida de seducción? ¿Cómo había descubierto el modo perfecto de alterar su compostura con esa tontería de llamarla virago? Le había sonreído, mostrándole ese hoyito que se le formaba en la mejilla y dejando que el cabello le cayera lánguidamente sobre la frente, su voz profunda era ideal para compartir secretos y volver loca a cualquier mujer.

¿Era por eso por lo que prácticamente se había echado a temblar cuando le había tomado la mano, había estado a punto de olvidar todo aquello por lo que había trabajado tanto y había sentido el impulso de cambiarlo todo por lo que el duque de Guilford pudiera ofrecerle a la tenue luz de un fuego mortecino?

Apoyó las manos en el frío cristal y agachó la cabeza. Estaba tan cansada, que le dolían hasta los huesos. Sin duda era eso lo que hacía que pensara aquellas cosas, que tuviera deseos imposibles por un caballero al que jamás podría tener; era el cansancio, nada más.

«Por mucho que lo desee, no puede hacerlo todo sola…»

—Ésa es la que quiero —dijo Guilford dando un golpecito en el mostrador de la joyería—. Es perfecta.

—Excelencia, usted sabe muy bien lo que hace

feliz a una dama —aseguró el señor Robitaille pasando la mano suavemente por encima de la pulsera de rubíes.

Siendo uno de los joyeros más populares y caros de Londres, el viejo Robitaille también sabía algo de lo que hacía felices a las mujeres. La pulsera era una bonita alhaja: rubíes engarzados en forma de flores rojas cuyo centro eran unas pequeñas perlas. Justo lo que Guilford necesitaba para ganarse un lugar en el corazón de la bella Amariah Penny. Según su experiencia, las joyas nunca fallaban.

—Cualquier cosa de esta tienda haría feliz a una mujer, Robitaille —afirmó Guilford alegremente—. Pero, como usted sabe tan bien como yo, ¿a qué mujer no le gustan los rubíes?

Robitaille se echó a reír.

—Exactamente, Excelencia. ¿Quiere que se la enviemos a la señorita Danton, como de costumbre?

—Me temo que no —Guilford frunció el ceño, tratando de parecer serio mientras suspiraba profundamente—. Es una historia terrible, Robitaille. Charlotte Danton me ha dejado por otro.

—¡No me diga, Excelencia! —exclamó el joyero, escandalizado con la noticia—. ¡No puedo creerlo!

—Pues es cierto —aseguró Guilford con otro suspiro.

La verdad era que él se había cansado de

Charlotte en el preciso instante en que ella se había aburrido de él, pero como ella había sido la primera en abandonar el barco, Guilford creía haber quedado libre de cualquier obligación, ya fuera del corazón o del bolsillo. No era de extrañar entonces que hubiera aceptado aquella apuesta sobre Amariah Penny en busca de un nuevo entretenimiento.

—Siento mucho su pérdida, Excelencia —Robitaille agachó la cabeza con el respeto y el pesar de un plañidero contratado para un funeral. De pronto, miró la pulsera que aún tenía en la mano—. ¿Me permite preguntarle adónde debo enviar la pulsera entonces?

—A Penny House, en St. James —Guilford sonrió, contento de haber acabado con las condolencias—. A la señorita Amariah Penny.

—¿A la señorita Penny, Excelencia? —Robitaille había quedado sencillamente boquiabierto por la sorpresa—. ¡Ay, Excelencia, usted me maravilla!

Su sorpresa era tan evidente, que Guilford no pudo por menos que echarse a reír.

—¿Acaso cree que no me merece, Robitaille, o que no la merezco yo a ella?

—Ninguna de las dos cosas, Excelencia —se apresuró a decir el joyero—. Ni mucho menos.

—Es la hija de un viejo párroco, tiene el pelo pelirrojo y es lo bastante inteligente como para mantenerse a sí misma sin problemas —dijo Guilford mientras recordaba con una sonrisa lo enfadada que se había mostrado hacia él la noche anterior—. Todo ello supone un buen cambio respecto a mis habituales acompañantes.

El joyero dejó la pulsera de nuevo sobre el expositor de seda.

—No aceptará la pulsera, Excelencia —presagió con firmeza—. Ni la señorita Penny, ni tampoco sus hermanas. No aceptarán ningún regalo procedente de esta tienda, pues afirman que su condición no les permite hacerlo.

—Eso es una tontería, Robitaille —se mofó Guilford—. He visto cómo se arregla todas las noches para trabajar en el club, deslumbrante como una reina. No creo que los diamantes y los zafiros que luce fueran regalos de su papá.

Robitaille resopló, desdeñoso.

—No es sino bisutería, Excelencia. Yo mismo la he visto de lejos. Son baratijas de buena calidad, de París, pero baratijas al fin y al cabo.

Guilford frunció el ceño, no quería aceptarlo. Baratijas o joyas, para él tenían el mismo aspecto, sin embargo creía firmemente en el valor de la calidad y en que había que pagar por ello.

—¿Y por qué iba a usar baratijas teniendo dinero para joyas de verdad?

—Por caridad, Excelencia —respondió Robitaille con trágica resignación—. No quiere nada para ella misma, igual que sus hermanas. Ni siquiera recuerdo cuántos regalos he enviado a las damas de Penny House, pero sé que todos ellos fueron rechazados.

—Pero ninguno de ellos iba de mi parte —señaló Guilford, sin dejar que su confianza se viera alterada—. La señorita Penny y yo nos llevamos de maravilla. Ya verá como esta pulsera no es rechazada.

El joyero no parecía dejarse convencer.

—Como usted diga, Excelencia —respondió con actitud servil—. Gracias por su compra, Excelencia. Haré que se la envíen ahora mismo.

—Muy bien —y al tiempo que se daba media vuelta, Guilford se dio cuenta de que había realizado otra apuesta, esa vez con Robitaille: había apostado a que aquella pulsera sería el primer regalo que la bella Amariah Penny aceptaría y luciría en su pálida muñeca.

Fue el ruido de los platos sobre la bandeja del desayuno lo que despertó a Amariah, un ruido al que siguió el sonido de la voz susurrante de su doncella Deborah.

—Buenos días, señorita Penny —dijo Deborah al tiempo que depositaba la bandeja sobre la mesa que había a los pies de la cama—. ¿Señorita? ¿Está usted despierta, señorita Penny?

Amariah se dio media vuelta y se apartó el pelo de la cara para ver el reloj que había en la mesilla de noche. Tenía la sensación de acabar de acostarse y estaba tan cansada como si no hubiera pegado ojo. Seguramente Deborah la había despertado demasiado pronto, no podía ser ya la hora de levantarse.

—¿Qué hora es? —preguntó con la voz áspera por el sueño.

—Las doce y media, señorita —respondió la doncella excusándose—. Sé que debe de estar muy cansada después de la boda de ayer, pero el señor Pratt dijo que usted lo mataría si la dejaba dormir más.

—Pratt tiene razón —Amariah siguió tumbada unos segundos más. Ya era hora de levantarse; normalmente se despertaba a las once de la mañana, así que ya había perdido hora y media de trabajo, un tiempo que nunca podría recuperar—. Lo mataría.

Por fin reunió fuerzas para incorporarse mientras Deborah abría las cortinas y dejaba que la luz del mediodía inundara la habitación. Amariah lanzó un gruñido y volvió a dejarse caer sobre la almohada.

—Lo siento, señorita, pero el señor Pratt dice que es la única manera de…

—Ya sé qué es lo que dice el señor Pratt —dijo Amariah preparándose para un nuevo intento—. Pero saber que tiene razón no hace que sea más agradable.

—Perdone que sea tan directa, señorita, pero verá como todo le resulta más agradable después de una buena taza de té —aseguró Deborah al tiempo que le servía el humeante líquido en una taza de porcelana a la que después le añadió azúcar y limón.

—Gracias, Deborah —dijo ella agarrando el platito sobre el que descansaba la taza decorada con lirios violetas.

Aquel juego de té era una de las pocas cosas de su madre que conservaban las hermanas, y utilizar cada mañana aquella delicada porcelana era para Amariah una manera de recordar su lejana infancia en Sussex.

—Mire, señorita, la señora Todd le ha hecho los huevos exactamente como los hacía la señorita Bethany… quiero decir, lady Callaway, con una guarnición de cebollitas asadas.

—Son chalotas —corrigió Amariah con melancolía—. Es un tipo de cebolla que se llama chalota.

—¿Lo ve, señorita? —preguntó Deborah, entusiasmada—. La señora Todd las distingue y sabía que usted también lo haría.

Amariah sonrió también, pero sin la menor alegría. La señora Todd, ayudante de Bethany en la cocina, había copiado uno de los mejores platos de desayuno de su hermana, pero no era lo mismo. Nunca volvería a ser lo mismo sin tener a Cassia y a Bethany para compartirlo. El desayuno había sido siempre la única comida que habían disfrutado juntas las tres hermanas, todavía en camisón y junto al fuego, habían compartido risas y chismorreos antes de planear las labores del día.

Ahora Bethany y Cassia desayunarían con sus esposos mientras que ella seguía allí, en Penny House, sola con…

—¿Señorita Penny? —preguntó de pronto otra doncella que llevaba muy poco en la casa y que ahora la miraba apretando las manos con nerviosismo, como si estuviera a punto de echarse a llorar.

—¿Qué haces aquí, Sally? —la reprendió Deborah—. No deberías haber subido a molestar a la señorita Penny. ¡Vuelve ahora mismo a tu sitio!

A la muchacha se le llenaron los ojos de lágrimas.

—Pero el señor Pratt dijo que…

—¿Qué ha dicho el señor Pratt, muchacha? —preguntó Amariah amablemente, pues prefería ganarse la lealtad de sus empleados a través de la amabilidad y no de las amenazas—. ¿Ocurre algo?

—No, señorita. Es sólo esto —Sally estiró una mano temblorosa en la que llevaba una carta—. Estaba barriendo la entrada y he encontrado esto, señorita Penny. El señor Pratt me dijo que se lo subiera inmediatamente.

—Gracias. Has hecho muy bien en traérmelo —al agarrar la carta, Amariah sintió una absurda sensación de nerviosismo y de esperanza.

¿Por qué iba Guilford a dejarle una carta en la puerta en lugar de dársela a un sirviente? ¿Por qué iba a escribirle a ella?

—Eres nueva, ¿verdad, muchacha? —le preguntó—. ¿Cómo te llamas?

—Sí, señorita —dijo la joven con una reverencia—. Me llamo Sally, señorita.

—Pues gracias, Sally —dijo Amariah tratando de controlar la curiosidad que había despertado en ella aquella carta—. Sigue siendo tan obediente y estoy segura de que te irá muy bien aquí. Ahora puedes retirarte.

—Sí, señorita Penny —la muchacha salió corriendo con evidente alivio.

Amariah se quedó sola con la carta en la mano. La buena calidad del papel indicaba que el remitente era rico, pero no había sello alguno que indicara su identidad. Eso era evidencia más que suficiente de que no la enviaba el duque, lo cual acallaba sus estúpidas esperanzas; a Guilford le gustaba su título demasiado como para elegir hacer nada de manera anónima.

Así pues, la carta seguía siendo un misterio. En ella sólo figuraba el nombre de Amariah escrito con una letra que parecía querer esconder la identidad del verdadero autor.

—Qué cosa más extraña, ¿no le parece, señorita? —preguntó Deborah acercándose a la cama para husmear—. ¿Quiere que llame a uno de los lacayos antes de que la abra? Sólo para estar seguros.

—¿Con qué propósito, Deborah? —preguntó Amariah con voz burlona—. ¿Por si algún villano pretende asustarnos con un trozo de papel? Puedo asegurarte que alguien que se esfuerza tanto en ocultar su rostro y su nombre no puede ser más que un cobarde, así que esta carta no me da ningún miedo —añadió al tiempo que rompía el lacre que unía ambos extremos del papel.

Señorita Penny,
Quede avisada de que hay un Gran Tramposo sentado a su Mesa de Dados y que lo Desenmascaré para Vergüenza y Bochorno Público si usted no lo Hace Antes.
Un Amigo de la Verdad y el Honor.

—Espero que no sean malas noticias, señorita Penny —dijo Deborah mientras le preparaba la ropa que debía ponerse.

—No, malas no —la misiva había sido escrita por un cobarde al que Amariah tenía intención de descubrir lo antes posible—. Sólo provocadoras. Dígale al señor Pratt que llame al señor Walthrip inmediatamente, y a todos aquellos que se hayan encargado de la sala en la que se juega a los dados durante las últimas dos semanas. Me gustaría hablar con ellos tan pronto como hayan llegado. No voy a consentir que haya ningún tipo de escándalo en Penny House, sobre todo si lo ha provocado alguien que no tiene la valentía suficiente para darse a conocer.

Dos horas más tarde, Amariah se encontraba al

frente de la gran mesa ovalada en la que se jugaba a los dados. Aunque, como el resto de los días, se habían abierto las ventanas para ventilar bien, la habitación nunca llegaba a deshacerse del olor a humo acumulado noche tras noche. Amariah miró una por una a las caras de los que se habían reunido en torno a la mesa de caoba; algunos viejos y con arrugas, otros frescos y jóvenes, a algunos los había heredado junto con el club, lo que todos tenían en común era la mala cara provocada por tener que presentarse en el trabajo tan temprano.

—Siento mucho haberlos levantado —comenzó a hablar Amariah—, pero tengo una buena razón para hacerlo. Esta mañana he recibido una carta en la que se nos acusa de tener un tramposo en la mesa de dados.

—¡Eso es imposible, señorita Penny! —exclamó el señor Walthrip con indignación.

Él era el encargado de la mesa de dados desde hacía al menos veinticinco años y se tomaba su trabajo con tanta solemnidad, que a Amariah no le sorprendió que fuera el primero en protestar.

—En este juego existe una precisión que no permite que se hagan trampas —explicó con firmeza.

—¿Está diciendo que es imposible hacer trampas jugando a los dados? —quiso saber Amariah—. ¿O que es imposible hacerlas en Penny House?

—No hay absolutamente ningún juego inventado por el hombre para el que otro hombre no haya encontrado una manera de hacer trampas —declaró con la severidad de un juez—. Pero sería muy difícil que alguien hiciera trampas en la mesa de dados de Penny House, muy difícil, señorita.

—Es cierto, señorita Penny —corroboró el señor Pratt—. Como usted bien sabe, nuestros dados y nuestra mesa están diseñados según nuestras propias especificaciones y no se permite que nadie juegue con sus dados.

—Además, los dados y la mesa se cambian de vez en cuando sin avisar a los jugadores —recordó Walthrip—. Especialmente si la suerte está favoreciendo a algún caballero en particular. Aquí todo se hace abiertamente, sin ningún tipo de secretos.

Amariah se inclinó hacia delante y pasó la mano por el tapiz verde marcado con líneas amarillas que cubría la mesa. Aquella sala en la que se jugaba a los dados era la más popular de la casa y noche tras noche, aquél era el juego que generaba más ingresos.

—¿Existe algún modo en el que se podría alterar la mesa para favorecer que los dados cayeran de una manera determinada?

—No, señorita —respondió Talbot, el mayor de los lacayos—. El tapiz se limpia cada día y se comprueba que no haya abultamiento alguno que pudiera favorecer a nadie.

—Yo le pediría además que pensara en la naturaleza misma del juego, señorita —intervino Walthrip—. Mientras un hombre lanza los dados, los demás realizan sus apuestas y lo observan atentamente. Si alguien hiciera el menor intento de engañarlos, no dude que ellos mismos se encargarían de denunciarlo.

—¿Entonces ninguno de ustedes ha observado nada que le haya llamado la atención en los últimos días? —nada más realizar la pregunta, Amariah los miró a todos ellos y comprobó con alivio que ninguno parecía inquieto mientras todos negaban con la cabeza—. ¿Nada extraño, ni peculiar por algún motivo?

—Nada —confirmó Walthrip con entusiasmo, y satisfecho con la respuesta de los demás hombres que lo rodeaban—. Ésa es la maravilla de este juego.

Lo cierto era que Amariah sabía bastante poco de los juegos gracias a los que se mantenía el club, por lo que dependía de la experiencia y la sabiduría de los empleados a los que había contratado para asesorarla. Lo que decían Walthrip y los demás parecía completamente lógico, cosa que agradecía enormemente. Sin embargo, no podía dejar de sentirse inquieta. Un escándalo como el que amenazaba con provocar el autor de la carta podría suponer la ruina de Penny House, un club en el que los caballeros confiaban en su discreción. Si perdían dicha confianza en ella, irían a divertirse a otro lugar del mismo modo que habían llegado a su casa hacía menos de un año.

Pratt tosió un par de veces para llamar su atención con delicadeza.

—¿Puedo preguntarle si podría compartir con nosotros el nombre de la persona que ha hecho tal acusación?

—Lo haría si lo supiese —Amariah lanzó la carta sobre la mesa para que los hombres pudieran verla—. Firma como «Un Amigo de la Verdad y el Honor». Aunque al hacerlo, demuestra no ser ninguna de las dos cosas.

—Es un caballero —afirmó Pratt, que tenía un talento impecable para distinguir a los caballeros de los que no lo eran—. El papel lo delata.

—Sí, yo también lo había pensado —dijo Amariah—. Ahora lo único que podemos hacer es esperar y ver si alguno de nuestros clientes parece enfadado con nosotros, después… ¿Qué ocurre, Boyd? —todos los presentes se volvieron a mirar al hombre que acababa de entrar a la habitación.

—Acaba de llegar esto para usted, señorita Penny —anunció dándole un paquete—. El señor Pratt dijo que le hiciéramos llegar de inmediato cualquier cosa que trajeran.

Con sólo echar un vistazo al paquete Amariah supo que no tenía nada que ver con los dados. Abrió el envoltorio con un suspiro de impaciencia y después hizo lo mismo con la cajita de terciopelo negro de la que sacó una tarjeta. El tamaño del membrete dejaba claro que el remitente era un hombre sin la menor timidez.

Mi querida dama,
Teniendo en cuenta que jugar es lo que se hace en Penny House, soy consciente de que debo suavizar mi estrategia antes de suplicarle que me perdone por el atrevimiento con el que me comporté anoche.
G.

Guilford. Pensó con un suspiro de consternación. ¿Realmente creía que iba a cambiar de opinión sólo porque le regalara una baratija? ¿En tan poca consideración la tenía? ¿Cómo podía mostrar tan poco respeto por lo que le había dicho la noche anterior?

Sin mirar siquiera la pulsera que contenía la caja, volvió a meter la tarjeta en el interior y le devolvió el paquete al lacayo.

—Pídale a Deborah que lo lleve a mi habitación por el momento —dijo Amariah—. Dígale que tan pronto haya acabado aquí, escribiré la nota de costumbre y lo devolveré.

Se volvió a mirar a los demás hombres, casi todos ellos estaban sonriendo, pues muchos de ellos habían visto llegar multitud de paquetes como aquél para ella o para sus hermanas y después los habían visto volver a las manos de sus remitentes del mismo modo. Ellos lo comprendían.

¿Por qué no podría hacerlo también el duque de Guilford?

Apoyó ambas manos sobre la mesa de juego y habló a sus empleados con determinación:

—Estén todos en guardia. Ya saben lo que deben hacer. Penny House no puede permitirse que el más mínimo escándalo ensucie su buen nombre y sé que puedo confiar en ustedes para que cuiden de que eso no ocurra.

¿Podía decir lo mismo de Guilford?

Alec, barón de Westbrook, se quedó en las sombras del muro que había frente a Penny House y vio entrar a los miembros del club, dispuestos a disfrutar de otra noche de juego y diversión. La luz de las velas que llenaban los candelabros salía por todas las ventanas e, incluso desde donde se encontraba, Westbrook podía oír las voces de los caballeros, contentos de poder saborear buena comida y buenos vinos franceses y de poder perder y ganar enormes sumas de dinero como si de arena se tratara.

Westbrook dio un paso hacia atrás mientras se calaba aún más el sombrero para ocultar su rostro. Lo sabía todo de Penny House. Había formado parte del primer grupo de caballeros que habían sido aceptados por el comité nada más abrir el club. Por supuesto, había acudido a ver a qué se debía el revuelo ocasionado por las tres hermanas pelirrojas que se comportaban como si aquel lugar fuera su palacio. Había acudido porque era lo que había que hacer, había jugado porque no podía controlarse, no cuando se trataba de dados.

Pero no había vuelto después de la primera noche. Aquel lugar le había resultado demasiado agobiante, demasiado elegante para encajar con su idea de diversión; era como si las señoritas Penny fueran verdaderas damas, dispuestas a reprender cualquier comportamiento que consideraran indigno. Para eso, prefería quedarse en casa, aguantando las críticas de su madre por estar malgastando su vida y su fortuna.

Sobre todo detestaba el modo en que todo aquel refinamiento había desvirtuado el juego. No quedaba ni rastro de la emoción salvaje que Westbrook buscaba en el juego, el jolgorio escandaloso y salvaje provocado por la bebida y el peligro subyacente en aquellas situaciones que nada tenían que ver con su vida diaria. Prefería por tanto probar suerte en los antros de juego más oscuros, frecuentados por ladrones, bribones y marineros de permiso, y librarse así de las pretensiones de Penny House.

El único problema era que en aquellos antros esperaban que las deudas fueran pagadas de inmediato y no hacían la menor concesión a la mala suerte. Tenían a sueldo matones con cuchillos dispuestos a deshacerse de aquellos que molestaban.

Maldito fuera su padre por dejarle un título que no iba acompañado de un patrimonio para mantenerlo. Si su padre no se hubiera volado los sesos y no hubiera dejado a la familia en la ruina, Westbrook no se habría visto obligado a humillarse ante el hermano de su madre para conseguir unas míseras monedas. Su tío Jesse estaba en el negocio del comercio y transporte de carbón y estaño y, aunque él lo heredaría todo en cuanto Jesse muriera, el viejo miserable no comprendía que un caballero necesitaba fondos que correspondieran a su título. Lo que hacía era quejarse continuamente de los reveses que sufría e incluso se había atrevido a sugerir a Westbrook que entrase en el negocio.

Westbrook vio otro carruaje que se detenía ante el club, un carruaje adornado con el escudo del propietario. Él ni siquiera tenía su propio coche; no podía permitírselo. Quizá algún día, cuando cambiara su suerte con los dados o cuando el tío Jesse se fuese por fin al infierno.

Nada más abrir Penny House, las hermanas habían tenido la libertad de hacer préstamos a los miembros con el fin de animarlos a jugar, pero en cuanto se había convertido en un lugar tan popular, la generosidad había desaparecido y se habían vuelto más exigentes con la clientela. Por eso Westbrook no estaba seguro del recibimiento que podría tener.

Pero eso iba a cambiar. El escándalo haría que las cosas cambiasen y no había escándalo mayor para una casa de juego que el de las trampas. Las trampas hacían que los jugadores se pusieran nerviosos y estuviesen deseando señalar a cualquiera con el dedo acusador. Pronto los caballeros de alcurnia se irían a otro club y las hermanas estarían encantadas de recibirlo a él en su establecimiento y de hacerle algún préstamo para que no se marchara.

Echó un último vistazo al lugar. Todavía no. No sería aquella noche, pero pronto volvería al interior de Penny House y podría volver a jugar a los dados.

Y esa vez, ganaría.

Tres

Aquella noche Amariah llegó temprano a la sala de dados y se colocó al lado del señor Walthrip, que desde la altura de su escritorio podía controlar todo lo que ocurría en la mesa de juego y a su alrededor. También había casi el doble de vigilantes en la sala, caballeros altos y fuertes que observaban a los jugadores en completo silencio, Amariah se alegraba enormemente de que estuvieran allí. Nunca antes había entrado en aquella sala a esas horas, pues normalmente prefería pasar por allí cuando se acercaba la hora de cerrar y había mucha menos gente. Desde la noche que habían inaugurado el club, Pratt había aconsejado a las tres hermanas que evitaran la mesa de los dados en su momento de mayor ebullición. Les había advertido que aquella sala no era un lugar apropiado para damas, ni siquiera en Penny House. Según el señor Pratt, el hecho de que se ganaran y perdieran tan cuantiosas sumas de dinero cada vez que alguien lanzaba los dados hacía que muchos jugadores no pudieran controlar sus emociones y a veces llegaban a perder los estribos.

Ahora que lo veía con sus propios ojos, Amariah se vio obligada a darle la razón a Pratt. La luz de las lámparas de latón que colgaban sobre la mesa iluminaban unos rostros en los que se podían ver las emociones humanas más básicas; desde la codicia a la astucia, a la avaricia, a la envidia, a la furia y a la desesperación, todo ello acompañado de gruñidos, protestas, juramentos y salvajes acusaciones. Sólo Walthrip, sentado en lo alto de su taburete, permanecía impasible mientras proclamaba a los ganadores y retiraba las fichas de los perdedores.

Por el momento la suerte no parecía tener favoritos, los triunfos iban de un jugador a otro y sin embargo todos ellos tenían el aspecto de chacales hambrientos. Amariah nunca había visto tal faceta de aquellos trabajadores, porque a pesar de su comportamiento, todos ellos eran caballeros de renombre de la sociedad londinense. Y, cuanto más los observaba, más cuenta se daba de que cualquiera de ellos podría haber escrito el anónimo, del mismo modo que cualquiera parecía capaz de sentirse tentado a hacer trampas. Siempre había creído que se le daba bien interpretar a la gente por lo que siguió observando detenidamente, buscando cualquier señal, cualquier gesto que pudiera darle una pista. Estaba allí tanto para ver como para que la vieran, por lo mismo que le había pedido a Pratt que duplicara la vigilancia: quería que el autor de la carta se diera cuenta de que se había tomado la acusación muy en serio.

Podría ser el hijo menor de lord Repton, recién llegado de la universidad y empeñado en hacerse una reputación en la ciudad. ¿O sería sir Henry Allen, del que se rumoreaba que había dilapidado la fortuna familiar en las carreras de caballos? O quizá fuera el duque de Guilford…

¡Guilford! Con un sobresalto, la mirada de Amariah se encontró con la de él, que se encontraba al otro lado de la habitación. Iba vestido de etiqueta con una elegante levita azul oscura sobre un chaleco azul claro con bordados de dragones plateados que brillaban a la luz de las lámparas. Cuando la mayoría de los caballeros parecían agotados a aquellas horas de la noche, él tenía un aspecto milagrosamente fresco. No se abalanzaba sobre la mesa como los demás, sino que se mantenía alejado, igual que estaba haciendo ella. Tenía los brazos cruzados sobre el pecho y los ojos clavados en ella.

Airada por su audacia, Amariah abrió su abanico con un solo movimiento. Era evidente que la había estado buscando, de otro modo, no se explicaba su presencia en la sala de los dados. Amariah conocía los hábitos y costumbres de todos los miembros del club y sabía que Guilford jamás se aventuraba a entrar a aquella sala, ni como jugador ni como espectador. Para un hombre que se preciaba de su educación y su cortesía, la salvaje temeridad de aquel juego no suponía ningún atractivo, por lo que debía de haber tenido una muy buena razón para aparecer allí de pronto.

Una razón como la pulsera que Amariah había devuelto esa misma tarde.

Como si hubiera leído sus pensamientos, Guilford le lanzó una sonrisa indolente y seductora que quedó flotando por encima del frenesí del juego.

Para su verdadera mortificación, Amariah sintió cómo se le sonrojaban las mejillas. Estaba acostumbrada a que los caballeros la miraran constantemente en Penny House, era consciente que resultar decorativa era parte de su trabajo en el club, pero… por algún motivo, después de la otra noche, las miradas de Guilford las sentía de un modo diferente. No tenía ningún sentido, pero lo cierto era que sentía algo extraño, como si entre ellos hubiera algo privado y muy íntimo, algo que no existía y jamás existiría.

Amariah respiró hondo y levantó bien la cara. No podía creer que la hubiera mirado de ese modo en un lugar público y rodeados de tantos testigos. Claro que ninguno de aquellos caballeros iba a prestar la menor atención a nada que no fueran los dados que una y otra vez aterrizaban sobre el tapete. Era como si Guilford y ella estuviesen solos en la sala y, sin duda él lo sabía, igual que había sabido que ella estaría allí. En ese momento él sonrió aún más, lo bastante para hacer aparecer el famoso hoyito.

La indignación se apoderó de ella y empezó a mover el abanico más y más rápido. ¿Acaso no había comprendido la nota que había enviado junto a la pulsera? Había sido educada pero firme, terriblemente clara al no dejar lugar a la menor esperanza. ¿Se habría molestado en leerla siquiera? Amariah movió la cabeza, le lanzó la mirada más dura de la que era capaz y se dispuso a mirar hacia otro lado.

Pero antes de que pudiera hacerlo, él asintió y… para martirizarla aún más, le hizo un guiño.

Amariah decidió que era el momento de retirarse.

—Vuelvo a la sala principal —le dijo al vigilante que había detrás del señor Walthrip—. Llámame al menor cambio.

Con la cabeza bien alta, se deslizó entre la multitud y salió de la habitación para retomar sus tareas habituales como si nada hubiera pasado. Junto a la chimenea de mármol italiano podía ver a todos los caballeros que salían o entraban por la puerta y podía recibirlos como una reina, a su espalda, la magnífica hilera de candelabros de plata que había sobre la repisa de la chimenea.

—¡Buenas noches, caballero! —dijo levantando la voz para que el viejo marqués pudiera oírla—. Enseguida le traerán su copa de vino.

—El lacayo ha salido corriendo como una libre en cuanto me ha visto entrar por la puerta —dijo el anciano riéndose, al tiempo que estrechaba la mano de Amariah con sus dedos nudosos—. Usted sí que sabe cómo hacer feliz a un hombre, señorita Penny. Si mi esposa tuviese al menos la mitad de sus talentos, puedo asegurarle que pasaría el doble de tiempo en casa con ella.

—Si dobla la mitad, tendrá la mitad del doble. No me extraña que sea tan bueno a las cartas —con la excusa de abrir el abanico, Amariah aprovechó para retirar la mano de la del caballero. No importaba que el marqués fuera lo bastante viejo para ser su abuelo, las reglas del club eran para todos—. ¡Es usted un genio para los números!

—Queridísima señorita Penny, ojalá esa genialidad me sirviera para reducir mi edad a la mitad por usted —lanzó un triste suspiro mientras agarraba la copa de la bandeja del lacayo—. Aquí tenemos a Guilford —dijo de pronto—. Usted que es joven puede valorar a la señorita Penny todo lo que ella merece.

—Me esforzaré por cumplir con su petición —dijo Guilford, inclinando la cabeza a modo de despedida cuando el marqués se alejó de ellos con la copa de vino en una mano y el brazo de un amigo en la otra.

—Buenas noches, Excelencia —dijo Amariah, con la intención de tratarlo como a cualquier otro miembro del club—. Es un placer tenerlo aquí esta noche. ¿Puedo ofrecerle algo de beber o quizá quiera comer algo antes de dirigirse a las mesas?

—Lo que podría ofrecerme es una explicación, señorita Penny, porque estoy profundamente confundido —respondió él con una sonrisa ligeramente burlona—. ¿Tenía intención de rechazar mis disculpas del mismo modo que rechazó la pulsera?

—Rechacé únicamente el regalo, Excelencia —dijo Amariah. Se encontraban el uno al lado del otro, lo que permitía que ella siguiera saludando a los caballeros que entraban con una sonrisa y una leve inclinación de cabeza sin tener que mirar a Guilford—. Ya le expliqué en la nota mis razones para hacerlo.

Guilford emitió una especie de gruñido despreciativo.

—Una nota que podría haber sido publicada en un periódico, dada la falta total de interés personal que denotaba por parte de la dama que se supone que la escribió.

—La escribí yo personalmente, Excelencia —afirmó ella con amabilidad—. Siempre lo hago.

—¿Siguiendo fielmente las palabras que le dicta su abogado?

—¡Siguiendo las palabras que mi dicta mi conciencia! —exclamó al tiempo que saludaba a un marqués que acababa de llegar acompañado de su abogado—. Dígame cuáles de esas palabras no comprendió, Excelencia. ¿Qué es lo que no le dejé claro?

—Si no le gustaban los rubíes, sólo tenía que decirlo —dijo él, más herido que enfadado—. En la tienda de Robitaille hay todo tipo de joyas entre las que puede escoger libremente. Puede ir cuando quiera.

—Esto no tiene nada que ver con el hecho de que me gusten o no los rubíes, Excelencia —era evidente que Guilford se había empeñado en mostrarse obtuso y a Amariah empezaba a acabársele la paciencia—. Mis hermanas y yo nunca hemos aceptado ningún regalo de ningún caballero. No encaja con lo que habría deseado mi padre para nosotras, ni para Penny House.

—Tampoco encaja con la naturaleza de una dama devolver una pulsera de rubíes —declaró él—. Es antinatural.

—Sin embargo, para mis hermanas y para mí es lo más natural del mundo —replicó Amariah—. Si alguien quiere mostrarnos su agradecimiento, sugerimos que haga una contribución a los fondos benéficos de la casa.

Guilford volvió a emitir el mismo gruñido de contrariedad.

—¿Qué placer se obtiene haciendo una donación benéfica, si puede saberse?

Esa vez, la sonrisa de Amariah iba dirigida también a él, no sólo a los caballeros que pasaban por allí. Hacía mucho tiempo que Amariah había aprendido a darse cuenta de cuándo un caballero sabía que estaba perdiendo, prácticamente podía oír la triste resignación en la voz de Guilford. Pero no iba a regodearse porque también había aprendido hacía mucho que era preferible permitir que los perdedores conservaran su orgullo en lugar de pavonearse ante ellos por la victoria. Así era como empezaban los duelos y, aunque dudaba que Guilford fuera a retarla a batirse al amanecer por una pulsera de rubíes, prefería ganar con elegancia.

—¿Entonces no va a aceptar la pulsera? —le preguntó en un último intento—. ¿Ni ninguna otra cosa que pueda mandarle de la tienda de Robitaille?

—Lo siento, Excelencia —respondió ella con generosidad—. Pero estaré encantada de aceptar cualquier donación que desee hacer a nuestros fondos.

Guilford suspiró con tristeza.

—Puede que no me crea, señorita Penny, pero es usted la primera dama que conozco capaz de rechazar una joya.

—Claro que le creo, Excelencia —Amariah volvió a sonreír y se volvió por fin a mirarlo frente a frente—. La vida esta llena de primeras veces. Supongo que es un honor estar implicada en una de las suyas.

—Sólo espero que sea la primera de muchas —respondió él—. Para los dos.

La tristeza había desaparecido de sus ojos y en su lugar había un brillo de esperanza que hizo que Amariah se sintiera inquieta y se preguntara en qué estaría pensando. No le había prometido nada.

¿O acaso sí lo había hecho?

Enseguida apartó la duda de su cabeza. Lo que ocurría era que aún no se había recuperado del agotamiento del día anterior y de la tensión que le había provocado la amenaza de un escándalo. Por eso perdía el tiempo en pensar cosas tan disparatadas. Guilford acababa de admitir su derrota; Amariah debería aprovechar la ocasión en beneficio de Penny House en lugar de sospechar de sus motivos.

—Si lo desea, Excelencia, estaría encantada de enseñarle cómo se recaudan esos fondos y cómo después los distribuimos —sugirió ella—. Para mí sería un placer.

Guilford enarcó ambas cejas con exagerada sorpresa.

—¿Entonces me ha perdonado, incluso a pesar de haber devuelto mi regalo?

A Amariah le habría gustado no tener la molesta sensación de que Guilford estaba diciendo algo más de lo que realmente decía.

—¿Hay algún motivo por el que no debería hacerlo, Excelencia?

Él bajó la cabeza con gesto inocente y arrepentido.

—Siempre he oído que perdonar es de sabios, señorita Penny.

—Más sabio es no pecar —replicó ella tratando de no reírse—. Aunque debo reconocer su audacia al soltarle un sermón semejante a la hija de un clérigo.

Guilford levantó la mirada, una mirada peligrosamente traviesa.

—Intento hacer lo máximo que puedo, señorita Penny, sobre todo por usted.

—Exactamente, Excelencia, siempre lo intenta.

Volvían al tipo de batallas dialécticas que siempre eran sus conversaciones con Guilford. Quizá lo sucedido la noche anterior no había sido más que un lamentable lapsus; quizá realmente pudieran olvidarlo y seguir como si nada. Porque lo cierto era que Guilford siempre había sido uno de sus miembros preferidos del club... además de una figura importante del comité, así que estaría encantada de borrar lo sucedido de su memoria.

Guilford se echó a reír con sinceridad.

—Permítame que me arrepienta de verdad, señorita Penny. Explíqueme todo lo relacionado con las actividades benéficas del club y prometo escuchar atentamente cada una de sus palabras y después hacer la contribución que usted estime oportuna.

—Lo que le costó esa pulsera sería más que suficiente, Excelencia —dijo ella—. Pero voy a hacer algo mejor que explicarle lo que hacemos. Mañana es domingo, por lo que Penny House estará cerrada. Si lo desea, puedo llevarlo a una de nuestras obras de caridad preferidas y así podré demostrarle todo lo que hemos conseguido.

—¡Me parece una magnífica idea, señorita Penny! —exclamó él, encantado con el nuevo plan—. Pasaré a buscarla en mi coche por la mañana.

Amariah hizo una breve pausa, pero finalmente decidió no echárselo en cara. Si el duque iba o no a misa los domingos por la mañana no era asunto suyo. Amariah aceptaría su dinero para hacer alguna buena obra, pero era lo bastante lista como para no entrometerse en su vida y tratar de salvar su alma.

—A mí me vendría mejor que fuera a primera hora de la tarde —dijo sin el menor reproche—. Y quizá resultaría menos molesto ir en un coche de alquiler.

—No hay ningún problema en ir en el mío, es lo más sencillo —aseguró él sin darle importancia.

Pero no lo era. No sería sencillo llegar en un coche adornado con el emblema ducal. Pero claro, Guilford ni siquiera sabía hasta qué punto llamaba la atención y no sería ella la que se lo dijera.

—Gracias, Excelencia —dijo por fin—. Será un placer ir en su coche.

—Para mí lo será poder disfrutar de su compañía, señorita Penny. Estaré... —hizo una pausa durante la que parecía buscar la palabra perfecta—. Estaré encantado.

Y después de una leve inclinación de cabeza, se dio media vuelta y se unió a otro grupo antes de que ella pudiera decir nada. Por lo visto aquélla era suficiente despedida. Amariah se limitó a agitar la cabeza con incomprensión antes de seguir saludando a los recién llegados. Seguramente nadie podría cambiar al duque de Guilford, así que prefirió no pensar más en él hasta el día siguiente.

Guilford apartó las cortinas de su dormitorio para mirar por la venta y sonrió. El sol brillaba en el cielo azul: los dioses, la buena suerte o una apuesta ganadora parecían estar de su lado. A pesar de las obras de teatro y las baladas románticas que aseguraban que las brumas y la niebla favorecían a los amantes, él siempre había sido de la opinión de que el sol y las temperaturas cálidas ponían a las damas de mejor humor que los días fríos y grises. Silbando una alegre tonada, Guilford se dio media vuelta y dejó que el mayordomo le colocara el pañuelo con la misma perfección que prometía reinar aquel día.

—Qué día tan magnífico, ¿no le parece, Crenshaw? —le preguntó al mayordomo—. Todos los domingos deberían ser así, ¿verdad?

—Como desee, Excelencia —Crenshaw dio la misma respuesta que llevaba dándole a su señor desde que ambos recordaban.

Con el pelo blanco, Crenshaw era uno de esos sirvientes de edad indeterminada; tanto que Guilford no habría sabido decir si tenía cuarenta o setenta años, lo único que sabía con seguridad era que formaba parte de la familia desde antes de que Guilford hubiera nacido.

Guilford lo había heredado junto con el título después de la muerte de su padre y esperaba verlo cada mañana esperándolo con el agua de afeitar hasta que cualquiera de los dos muriera. Pero conociendo a Crenshaw, a Guilford no le extrañaría que sobreviviera a todos los Fitzharding.

—Eso es exactamente lo que deseo —dijo Guilford—. Claro que no creo que el clima tenga en cuenta mis deseos. ¿Han traído ya el coche?

—Llegará enseguida, Excelencia. ¿Espero su llegada para cambiarse, o irá directamente a casa de la señorita Danton?

—No, no, Crenshaw. Entre la señorita Danton y yo ya no hay nada —respondió sin el menor rencor—. Hoy disfrutaré de la compañía de otra bella dama… la señorita Amariah Penny.

—¿La dama del salón de juego, Excelencia? —Crenshaw trató de ocultar su sorpresa mientras le ofrecía el abrigo—. ¿Una de las hermanas de pelo rojo?

—La misma, la primera y más bella de las tres

—respondió Guilford con entusiasmo. No recordaba la última vez que había esperado con tanta impaciencia el encuentro con una dama—. Volveré cuando vuelva, es lo único que puedo prometerle.

Agarró los guantes y el sombrero y se dirigió hacia el piso de abajo. Siempre le había gustado Amariah Penny, desde la noche en que la había conocido. La primera vez Guilford había acudido al club por la novedad que suponía que estuviese dirigido por mujeres, pero había regresado por Amariah. No era sólo por su cabello pelirrojo y su curvilínea figura… Londres estaba lleno de mujeres más bellas que ella, pero ninguna tenía su inteligencia. Era sagaz e ingeniosa, tanto o más de lo que lo era él y, como siempre tenía preparada la respuesta perfecta, resultaba enormemente entretenido hablar con ella. Nunca se la veía sonreír como una tonta para ocultar su ignorancia. Ella sonreía con malicia justo antes de soltar una de sus certeras contestaciones. Guilford nunca había conocido a ninguna mujer como ella.

Sin embargo, hasta la semana anterior, jamás la había visto como otra cosa que no fuera la propietaria del club. No sabía por qué; quizá simplemente no había querido poner en peligro la estupenda relación que tenían. Pero la apuesta lo había cambiado todo. Era como si de pronto hubiera obtenido el permiso necesario para imaginarla en la cama en lugar de en el salón de Penny House, y ahora apenas podía pensar en otra cosa. Deseaba ver la totalidad de aquella piel pálida y descubrir todos los rincones del cuerpo en los que tenía pecas. Quería explorar todo lo que ocultaban sus vestidos y comprobar que sus pechos eran tan maravillosos como sospechaba. Quería que se riese sólo para él y quería oírla gemir de placer, un placer que le proporcionaría él.

Pero sobre todo quería saber si podría disfrutar con ella en la cama tanto como lo hacía cada noche en Penny House. No era de extrañar que no pudiera pensar en otra cosa que no fuera aquella deliciosa posibilidad.

¿Qué estaría haciendo en aquel mismo instante? ¿Estaría preparándose para él como lo había hecho él para ella? La imaginó sentada ante el espejo mientras su doncella la peinaba. Con la deliciosa indecisión femenina elegiría un vestido, unas medias y un sombrero, todo ello pensando en él… y no pudo evitar sonreír.

El carruaje lo esperaba ya frente a la casa, el emblema dorado brillaba sobre el color negro del coche. Como había ordenado, habían abierto el techo para que el interior quedara abierto a la brisa y al sol. No quería que Amariah se sintiese encerrada; quería que estuviese cómoda y relaja-da… susceptible a sus encantos.

Esa vez no sería como la otra noche en Penny House, ahora estarían en su terreno y Guilford no estaba dispuesto a desaprovechar tal ventaja. Sin dejar de silbar, agarró una flor blanca del jarrón de la entrada y se la colocó en el ojal. Nunca había conocido a una mujer durante tanto tiempo antes de seducirla… sin contar por supuesto a las cocineras o las hijas de viejos amigos que por naturaleza eran «inseducibles». Aquella novedad le resultó intrigante y muy emocionante.

Apenas se había subido al carruaje cuando un jinete a caballo se puso a su altura y le golpeó en el lateral del coche.

Guilford se quitó el sombrero y asomó la cabeza por la ventana.

—¿Qué ocurre, Stanton, es que quieres despertar a los muertos?

—A esta horas todos están ya despiertos, Guilford —dijo lord Henry Stanton—… y los que no lo estén no se despertarán por muchos golpes que dé yo.

—Está bien, está bien —replicó Guilford con frustración.

Cierto era que Stanton y él eran amigos desde el colegio, buenos amigos y compañeros en innumerables aventuras a lo largo de los años, pero verlo allí en aquel momento, empañaba un poco el brillo de la tarde. Hasta el más breve minuto que perdiera de estar con Amariah era demasiado.

—¿Qué haces aquí?

Pero Stanton hizo caso omiso a su pregunta y lo miró de arriba abajo.

—Un carruaje en lugar de tu jamelgo de siempre y una flor en el ojal… —observó con gesto de sospecha—. A la dama le encantará el esfuerzo que has hecho.

—Pero más le encantará que llegue puntual —dijo Guilford dando un golpecito en la parte delantera del coche para avisar al chofer de que podía ponerse en marcha, pero Stanton también hizo andar a su caballo y siguió hablando.

—Tienes razón, Guilford —dijo su amigo—. Dicen los rumores que la señorita Penny es muy exigente como un demonio con la puntualidad.

Guilford no pudo evitar sonreír al pensar lo furiosa que se pondría Amariah si supiese que la bondad que tanto practicaba se veía relacionada con el príncipe de los infiernos.

—No deberías compararla con el demonio, teniendo en cuenta de quién es hija—. Además, no creo haber dicho en ningún momento que fuera a ver a la señorita Penny.

—No era necesario que lo dijeras —dijo Stanton con un guiño de complicidad—. Si no querías que se enterara toda la ciudad, no deberías concertar tus citas en el concurrido salón de Penny House. Me lo ha contado Westbrook.

—Lo que yo haga y dónde lo haga no es asunto tuyo, Stanton —replicó Guilford con una especie de gruñido.

—Si está relacionado con la deliciosa señorita Penny, me temo que sí que es asunto mío —se acercó a la ventana antes de seguir hablando—.

Te recuerdo que hay una cuantiosa apuesta en juego entre nosotros, una apuesta que depende de la mencionada dama.

—No lo he olvidado, Stanton. Y sigo teniendo intención de ganar. Lo tengo todo planeado. Después de un paseo por el parque, una buena cena en el salón privado del Carlile's regada con buen vino, podré reclamar el pago de la apuesta antes del amanecer.

—Carlile's… —repitió el nombre del lujoso local con escepticismo—. Yo había oído que vuestro itinerario consistía más bien en casas para pobres.

Maldito fuera Westbrook por tener tan buen oído.

—Bueno, el día no ha hecho nada más que comenzar —dijo Guilford con toda la despreocupación de la que era capaz—. Las buenas obras no harán más que ponerla aún en mejor disposición.

—Por supuesto —respondió Stanton con un gesto que daba fe de lo poco que se fiaba de su amigo—. ¿De verdad crees que una casa de beneficencia es el mejor lugar para un revolcón?

—Stanton, Stanton —Guilford soltó una carcajada burlona—. ¿En tan poca estima me tienes? ¿De verdad crees que mostraría tan poca consideración por la sensibilidad de la señorita Penny?

Stanton se apartó fingiendo estar sorprendido.

—¿Estás defendiendo el honor de la dama antes de haberle calentado la cama siquiera?

—¿Y qué si es eso lo que estoy haciendo? —Guilford se encogió de hombros exageradamente—. Ya sabes cuál es mi estilo, Stanton. Prefiero comportarme como un galán y no como un granuja, mejor dejar a una mujer susurrando mi nombre que maldiciéndolo.

A Guilford siempre le habían gustado mucho las mujeres y a ellas también les gustaba él, un intercambio satisfactorio para ambas partes. También tenía la total certeza de que nunca se había enamorado, al menos no del modo que lo describían los poetas, pero no le importaba.

Y lo cierto era que Amariah le gustaba mucho.

—No va a ser tan fácil como tus otras conquistas —insistió Stanton—. Es una mujer independiente, propietaria de su propio negocio. No te necesita, ni a ti, ni nada que tú puedas darle.

—Eso es porque aún no sabe lo que yo puedo darle —sí sabía que podía darle joyas y no parecía importarle en absoluto, pero mejor no acordarse de eso—. Pronto lo sabrá.

—Sonríes como si estuvieras loco —dijo Stanton con tristeza—. Pronto me dirás que eres demasiado galante para una apuesta como ésa.

—Eso es lo que a ti te gustaría, Stanton —jamás se echaría atrás en una apuesta, no tanto por el dinero como por lo que eso significaba. Cualquiera que se retirara de una apuesta como aquélla se convertiría en el hazmerreír de todos y sus amigos nunca le dejarían olvidarlo—. Si quieres anular la apuesta, me parece bien, pero yo no voy a hacerlo. ¿Tan tonto crees que soy?

—No lo sé, dímelo tú —dijo Stanton con resignación—. Deja la apuesta como está. Dispones de dos semanas para llevarte a la cama a la señorita Penny y conseguir alguna prueba que demuestre que lo has hecho.

—No será necesario —aseguró Guilford—. Como ya has comprobado, todo Londres se entera de lo que sucede en Penny House.

—Estaré atento —prometió su amigo agarrando las riendas del caballo—. Muy atento.

Amariah apretó con fuerza la mano sudorosa de la muchacha.

—Ya no queda nada, querida, vas a ver.

La joven gritó de nuevo, su rostro desfigurado por el dolor. Ya había roto aguas cuando había llamado a la puerta de la cocina, por lo que no había habido tiempo de llevarla con una comadrona. Amariah había pedido que la llevaran al despacho de su hermana Bethany y, aunque probablemente aquel banco no fuera el mejor lugar para dar a luz, sería mucho mejor que hacerlo en la calle o debajo de algún puente.

—Señorita Penny, la comadrona llegará en cualquier momento —le dijo la cocinera—. Aunque me da la sensación de que de todos modos será demasiado tarde.

—Nos las arreglaremos, Letty —Amariah podía sentir el dolor de la joven a través de su mano.

No debía de tener más de quince o dieciséis años; apenas era una niña, pero su ropa y su rostro daban fe de lo dura e infeliz que era su vida. No sabía su nombre ni su situación, pero sabía que era una más de la multitud de pobres que cada día llamaban a su puerta con la esperanza de que les diera algo de comer, quizá lo primero en varios días. Una doncella destruida por el hijo del señor de la casa, la viuda de un marinero o una campesina engañada por su novio. A Amariah no le importaba por qué estaba allí y no se lo preguntaría. Lo único que importaba era que en Penny House encontraría el refugio que tan desesperadamente necesitaba y que su hijo y ella recibirían el trato amable y compasivo que merecía todo ser humano.

—¡Ya viene, señorita, ya viene! —gritó la muchacha—. ¡Que Dios me ayude, por favor!

Amariah había visto suficientes partos en la parroquia de su padre como para saber que, efectivamente, el bebé estaba a punto de salir. Pero siempre lo había hecho como espectadora, no como comadrona, por lo que ahora no le quedaba más que rezar y pedir unos conocimientos que sabía le faltaban.

—Escúchame, querida —le dijo—. Cuando te venga el siguiente dolor, quiero que respires hondo y empujes tan fuerte como puedas.

—No... No,¡no puedo! —chilló la joven—. ¡Ayúdeme!

—Claro que puedes —afirmó Amariah con firmeza—. Respira hondo y después intenta...

—Perdone, he venido tan rápido como he podido —la matrona se quitó el chal a toda prisa y se dispuso a hacerse cargo de la situación—. No temas, pequeña, nosotras te ayudaremos. Señorita, agárrele la rodilla.

Amariah obedeció, agradecida por la llegada de una profesional. Unos minutos después, la matrona tenía al niño en sus manos, un varón ruidoso y fuerte al que la mamá recibió con lágrimas de alegría, cansancio y desesperación.

—No tengo donde ir, señorita Penny —dijo sin parar de llorar, cuando el bebé estaba ya sobre su pecho por primera vez—. Usted y la otra señorita son tan amables siempre, que pensé que a lo mejor... podía...

—Has hecho muy bien viniendo aquí —le dijo Amariah dulcemente mientras acariciaba la cabecita del recién nacido—. Encontraremos un hogar para ti y para tu hijo en cuanto te recuperes. Ahora descansa y disfruta de tu pequeño.

—Sammy —dijo la muchacha—. Se llama Sammy. Sammy Patton.

—Pues bienvenido, Sammy —susurró Amariah con una enorme sonrisa—. Que Dios os bendiga a los dos.

Mientras ayudaba a la matrona a limpiar los

paños y compresas que habían utilizado durante el parto, Amariah no podía quitarse de la cabeza la carita del bebé, su boquita abierta como la de un pajarillo dispuesto a anunciar al mundo su hambre e indignación.

—¿Señorita Penny? —era Pratt, que parecía aún más nervioso de lo habitual—. Señorita, Su Excelencia la espera.

—¿Su Excelencia? —repitió Amariah, pero aún con la cabeza en el parto y en el bebé.

—Su Excelencia el duque de Guilford, señorita —añadió Pratt—. Le he hecho pasar a la salita.

—¡Guilford! —¿cómo había podido olvidarse de él?

Se quitó el delantal manchado de sangre a toda prisa y corrió hacia la salita al tiempo que se peinaba un poco con las manos.

—Buenos días, Excelencia —dijo nada más abrir las puertas—. Disculpe por haberle hecho esperar, pero ha habido una emergencia que ha reclamado mi atención.

Ella sonreía con amabilidad, pero Guilford la miraba fijamente, como helado.

—Buenos días a usted también, señorita Penny —dijo por fin—. Parece que llego en un momento... inoportuno. ¿Quiere que espere a que recupere la calma?

—No será necesario, Excelencia —dijo ella, confundida—. Pediré que me traigan el sombrero y estaré lista.

Guilford movió por la cabeza y, por primera vez desde que lo conocía, Amariah tuvo la sensación de que se había quedado sin palabras.

—Estaré encantado de esperarla, señorita. Totalmente encantado.

—Pero no es necesario, Excelencia —empezó a decir, pero entonces vio el modo en que él le miraba el vestido.

No había en sus ojos la admiración de siempre y eso hizo que Amariah se acercara al espejo que había sobre la chimenea y comprobara que su aspecto dejaba bastante que desear. Aún llevaba el sencillo vestido de lana gris que se había puesto por la mañana para ir a la iglesia, pero ahora estaba arrugado y manchado en donde el delantal no había sido suficiente. No llevaba ninguna joya y el pelo, aunque limpio, estaba recogido en un moño bajo y algo deshecho ya.

Era el aspecto que solía tener durante el día, pero claro, Guilford no lo sabía. Siempre que él la veía, llevaba algún vestido elegante, alguna pluma adornándole el cabello y una joya de imitación alrededor del cuello. El aspecto que tenía por las noches era parte del espectáculo del club, pero no era en absoluto algo que ella eligiera por placer.

Lo observó a él; iba tan elegante y distinguido como siempre, algo que sin duda había hecho para satisfacerse a sí mismo sin pararse a pensar en el lugar que iban a visitar. ¿Acaso había creído que ella se vestiría de gala para ir a una casa de beneficencia?

—No me importa esperar —insistió él, esa vez con una sonrisa—. Tómese todo el tiempo que necesite. Ya sé cómo son las mujeres en estás cosas.

—No lo dudo, Excelencia —respondió ella con una sonrisa. Entendía lo que sentía, seguramente mucho mejor de lo que él creía o hubiera deseado—. Entonces creo que iré a refrescarme un poco, volveré antes de que me eche de menos. ¿Quiere que le pida a Pratt que le traiga algo de beber?

—Su empleado ya me ha atendido a la perfección —dijo señalando la copa que descansaba en una mesita—. Aquí la espero, querida, y recuerde que me encanta cómo le queda el color azul a una dama como usted.

—Lo tendré en cuenta, Excelencia —prometió Amariah al tiempo que salía de la habitación.

Le había dejado muy claro cuáles eran sus intenciones.

Esa vez fue la indignación lo que la hizo correr escaleras arriba hacia su dormitorio. Para ser un hombre inteligente, el duque se comportaba como un auténtico burro. Había vuelto a la actitud de la noche de la boda. ¿De verdad creía que tenía tan poca memoria? Lo había invitado a acompañarla por motivos puramente educativos, no para que se divirtiera. Abrió el armario y miró sus vestidos. No tenía un vestuario tan amplio como Guilford parecía creer. Al margen de los llamativos trajes que sus hermanas y ella se ponían para trabajar en Penny House, no había mucho donde elegir para satisfacer los exquisitos gustos del duque. El único vestido que podría servirle era un traje de lana azul clara que solía combinar con un sombrero de terciopelo azul marino, un conjunto diseñado por su elegante hermana Cassia y que Amariah solía ponerse cuando las tres hermanas salían a pasear por el parque. Pasó la mano por la suave lana y pensó lo contento que se pondría Guilford al ver que había obedecido a su petición.

Entonces echó a un lado el vestido y optó por otro gris de cuello alto, tan sencillo y sombrío como un día de lluvia, perfecto para visitar un barrio pobre. Amariah sonrió con satisfacción mientras se vestía.

A Guilford no iba a gustarle ni el color ni el sencillo diseño del atuendo, pero no le importaba. Lo que quería era demostrarle que ella sí sabía vestirse para no llamar la atención cuando la situación lo requería.

Y en cuanto a su reputación de mujer varonil… el gris era el color perfecto para una virago.

Cuatro

—Aquí estoy, Excelencia —anunció Amariah desde el umbral de la puerta mientras se ponía un guante—. Ha sido usted muy amable por esperarme, pero ya estoy lista. Podemos irnos cuando lo desee.

Guilford se dio media vuelta con una sonrisa de bienvenida en los labios, pero nada más verla, la sonrisa desapareció.

¿Qué demonios se había puesto ahora? ¿Un hábito de monja? ¿Una mortaja?

—¿Estás lista? —repitió sin comprender.

Si el vestido con el que había aparecido antes le había resultado poco atractivo, aquél era mucho peor. Por si el conjunto de vestido y chaqueta de lana gris no eran suficientes, se había recogido el pelo en un moño tan tirante, que había hecho desaparecer hasta el último de sus rizos cobrizos y después se había colocado un pequeño sombrero sin la menor gracia. Parecía una pobre chica de servicio o, peor aún, de un molino perdido en mitad del campo.

¿Qué había sido de la deliciosa Amariah Penny? ¿Cómo iba a llevarla a Carlile vestida así?

—¿Ha cambiado de opinión, Excelencia? —le preguntó dulcemente—. Sabe que no pensaré menos de usted si decide no acompañarme.

Si volvía a mirar ese horrible vestido, seguramente sería eso lo que decidiría. Sin embargo, había algo en sus ojos, un ligero brillo triunfal que le hizo cambiar de opinión. No podía olvidar que Amariah Penny no era una mujer como las demás, por lo que seguramente tampoco sus artimañas serían las normales. Si pensaba que podría deshacerse de él sólo con ponerse lo más fea que había podido, Guilford iba a demostrarle que se equivocaba.

—Nada podría hacer que la abandonara, señorita Penny —aseguró con un gesto de la mayor caballerosidad—. El abandono es algo que no me cabe en la cabeza tratándose de una dama.

—Por supuesto, Excelencia —dijo ella dirigiéndose ya hacia la puerta, que un lacayo les abrió—. Debo darle las gracias por ofrecer su carruaje, así será todo mucho más fácil y agradable.

—Es un placer, señorita Penny —dijo un segundo antes de detenerse en seco por la sorpresa de lo que tenía ante sí.

Allí estaba su carruaje, exactamente donde él lo había dejado, pero ahora Pratt estaba también allí, dirigiendo a tres empleados de Penny House que estaban metiendo cestas de mimbre cubiertas con manteles de cuadros en su coche.

En su coche.

Amariah lo miró al tiempo que se ajustaba el horrible sombrero y Guilford volvió a ver en sus ojos ese brillo triunfal.

—Supongo que hoy está de humor para hacer caridad, Excelencia.

—¿Caridad? —repitió con indignación—. ¡Ha convertido mi carruaje en un vagón de carga! ¿Qué demonios hay en esas cestas?

—Comida —dijo como si fuera perfectamente obvio—. En las casas que vamos a visitar siempre hay necesidad de comida, Excelencia, y yo intento proporcionarles todo lo que puedo. Venga, queda espacio de sobra para nosotros.

—Es una bendición —farfulló con tristeza, mientras la seguía hacia la calle.

¿Cómo iba a intentar seducirla rodeados de paquetes como si fueran dos granjeros en día de mercado? Si algún amigo suyo los veía, las burlas no tendrían fin.

—Desde luego es una bendición para aquéllos a los que vamos a ayudar, Excelencia —respondió ella sin querer oír el claro sarcasmo que había en la respuesta de Guilford—. Todos hacemos lo que está en nuestra mano, ¿verdad?

Él no respondió. Habría apostado una buena cantidad de guineas a que de haber sido de noche y haberse encontrado en el interior del club, ella ataviada con uno de sus preciosos vestidos azules, Amariah no sólo habría entendido lo que había querido decir con su comentario, sino que se habría echado a reír.

—Usted siéntese ahí —le dijo una vez dentro del coche—. Y yo me meteré en este pequeño hueco. Es cierto que está un poco estrecho, pero nos las arreglaremos.

—Preferiría que se sentara a mi lado y no tener esta cesta infernal separándonos.

Amariah sonrió.

—Esta cesta no estará ahí mucho tiempo, Excelencia, y le prometo que cuando vea a quién se la vamos a dar, se sentirá usted mucho mejor consigo mismo, mucho mejor que con la tonta sensación de tener mis faldas rozándole la pierna.

Guilford respondió con una sonrisa mientras pensaba en lo que podría pasar si ella no fuera tan perversa.

—No habría sido el roce de sus faldas, señorita Penny —dijo él—, sino la agradable calidez de su muslo contra el mío. Y puedo asegurarle que eso no tiene nada de tonto.

—¡Debe de ser maravilloso estar tan seguro de sus propias opiniones, Excelencia! —exclamó ella con ironía—. ¡Casi lo envidio!

—Pero la envidia es uno de los siete pecados capitales y usted, como hija de un párroco, jamás pensaría en pecar.

—En esta vida hay que tener ciertos objetivos,

Excelencia —respondió ella serenamente—. Seguramente el suyo sea poner en práctica todos y cada uno de esos siete pecados.

—Ni mucho menos —aseguró él—. Ni siquiera creo que pudiera recordarlos todos.

La sonrisa de Amariah aumentó al levantar una mano para contar uno a uno dichos pecados:

—Envidia, soberbia, codicia, lujuria, ira, gula y pereza. Ésos son los siete capitales.

Guilford frunció el ceño y deseó no haber preguntado, pues no le gustó darse cuenta de que, efectivamente, en un momento u otro de su vida había caído en la mayoría de ellos. De hecho, estaba cometiendo al menos dos en aquel mismo instante.

—¿Hay más de siete pecados? —preguntó con cierto miedo.

—Claro —respondió ella con demasiada alegría—. Están los pecados de los ángeles y los pecados que claman venganza al cielo. No tengo dedos suficientes para todos ellos.

—Al menos eso no es pecado —señaló con un entusiasmo que no sentía. Se encontraba en terreno peligroso y ambos lo sabían—. Supongo que debería ser lo bastante listo como para no bromear sobre los pecados con la hija del párroco.

—Al menos discutir no es pecado, Excelencia —dijo ella—. Ni siquiera en domingo.

—Supongo que tiene razón —se volvió hacia ella todo lo que pudo entre tantas cosas—. Escuche,

¿por qué no hablamos de algo más agradable que el infierno y la perdición?

Amariah se recostó sobre el respaldo del asiento con una languidez que no encajaba con su recatado vestido.

—Los pecados no bastan para encontrar la perdición, Excelencia —le recordó ella—. Pero si uno no demuestra arrepentirse de sus pecados, entonces sí tendrá problemas después de morir. Pero si no quiere hablar de la situación en la que se encuentra su alma, no tengo objeción alguna en buscar otro tema de conversación.

—¿Y cuál podría ser ese tema? —preguntó él con evidente alivio—. ¿El tiempo? ¿La gente que pasa por la calle? ¿El lugar donde podríamos cenar esta noche? O podríamos hablar de quién está haciendo trampa a los dados en el club.

—¿Dónde ha oído hablar de eso, Excelencia? —preguntó ella con forzada tranquilidad.

—Usted no lo niega.

—Porque la idea es tan absurda que no merece la pena ni negarla —aseguró Amariah—. En nuestro club sólo entran los caballeros más importantes de la ciudad. ¿Cómo puede creer que alguno de ellos sería capaz de hacer trampas?

—Porque los caballeros odian perder incluso más que el resto de los hombres —explicó Guilford—. Porque también los caballeros pueden estar desesperados. Porque si usted es tan terriblemente confiada como trata de hacerme creer, tendré que informar al comité de inmediato, antes de que permita que algún granuja se lo robe todo delante de sus propias narices.

Un color rojo intenso se apoderó de sus mejillas, rojo de rabia e indignación, no era un rubor.

—Eso no sucederá, Excelencia. Tiene mi palabra.

Guilford sonrió con indulgencia.

—Los problemas no desaparecen sólo con desearlo, querida.

—Lo sé —dijo ásperamente—. Y ya he puesto los medios para detener el escándalo. Excelencia, a estas alturas debería conocerme lo suficiente para saber que no soy tan orgullosa como para no pedir ayuda si la necesito.

—Y usted debería conocerme lo bastante como para acudir a mí en cuanto surgen los problemas —Guilford estiró la mano tanto que casi, casi rozó la de Amariah—. Es mejor buscar un salvavidas que dejarse hundir.

Ella cambió de postura alejándose de su mano.

—Es curioso que se vea usted de ese modo.

—Bueno, yo me veo de muchas maneras, señorita Penny… y usted debería tener la libertad de hacer lo mismo.

—Puede jugar a ser mi confesor todo cuanto desee, pero no voy a inventarme un escándalo sólo para poder contárselo a usted.

—¿Y si no es una invención? —preguntó con suavidad—. ¿Y si es cierto?

—No —dijo ella, alzando la cabeza de un modo que Guilford reconoció como desafiante—. Porque no lo es.

Guilford suspiró, dispuesto a ceder por el momento. De todos modos, acabaría confiándose a él; las mujeres siempre le confiaban sus problemas y aún les quedaba el resto del día por delante—. Es usted una criatura muy testaruda, señorita Penny.

—No irá a empezar otra vez con esa tontería de que soy varonil, ¿verdad? —preguntó mirándolo fijamente—. ¿Por qué será que cuando un hombre se empeña en algo es firme, pero cuando es una mujer la que lo hace, es testaruda?

Guilford se echó a reír. Aquella mujer era maravillosa, virago o no, lo cierto era que cada vez sentía más admiración hacia ella.

—Admito la corrección. Usted, señorita Penny, es firme, no testaruda.

—Supongo que debería darle las gracias —dijo ella—. ¿O no pretendía que fuera un cumplido?

—Claro que pretendía que lo fuera —aclaró—. Y bien merecido. Podría ofrecerle más si lo desea.

—Estoy segura de ello —su boca se curvó en un gesto de ironía—. Pero tengo un tema mejor de conversación. Hablemos de usted, Excelencia.

—¿De mí? —eso sí que no se lo había esperado—. Me parece bien siempre y cuando no hablemos de mis pecados. Quizá debería empezar diciéndole lo agradable que me resulta su compañía.

Amariah se inclinó hacia él apoyando los codos en las rodillas.

—No es necesario —dijo—. Ya sé cuánto disfruta de mi compañía; si no, no habría aceptado la invitación de venir conmigo esta tarde. Pero quiero saber algo nuevo sobre usted. Hábleme de su infancia… el nombre de su primer poni, la verdura que más odiaba. ¿Qué clase de niño era?

—Un niño mal educado, para ser sinceros —dijo riéndose—. Era el único niño después de tres niñas, el heredero al título de mi padre que llegó cuando ya todos habían abandonado la esperanza. Nací siete años después que la más pequeña de mis hermanas, una verdadera sorpresa por la que repicaron las campanas de todo el condado. Estaba tan mimado, que es un milagro que haya podido hacer algo provechoso con mi vida.

Amariah sonrió con malicia.

—Algunos podrían no estar de acuerdo al respecto, Excelencia.

Él le devolvió la sonrisa, disfrutando de la calidez del momento. No era nada habitual que una mujer le pidiera que hablara de su infancia y lo cierto era que le gustaba mucho que Amariah lo hubiera hecho.

—Puede que siga siendo un malcriado, pero he de reconocer que tuve una infancia maravillosa. Pasaba la mayor parte del año en el campo, en

Guilford Abbey, metiéndome en todos los líos que podía.

—Eso está en Essex, ¿verdad?

—En Devon —aclaró antes de comenzar a recordar el feliz pasado—: Para mí era el paraíso. Tenía un poni nuevo cada verano, según iba variando mi estatura. Iba a cazar y a pescar con mis tíos y con los maridos de mis hermanas y comía galletas con mermelada en la enorme mesa de la cocina, con los sirvientes.

—Lo que quiere decir que hasta los sirvientes lo mimaban —dijo suavemente mientras lo observaba por debajo del ala de su espantoso sombrero.

—Ellos eran los peores —admitió con orgullo—. La cocinera tenía debilidad por mí; siempre me hacía pasteles y los adornaba con mis iniciales.

Eso la hizo sonreír.

—No le faltaba nada.

—Absolutamente nada. Era el pillo más feliz que podía haber en el mundo.

—Espero que nunca lo olvide, Excelencia —dijo ella mirando por la ventana del carruaje—. Ya hemos llegado.

Guilford había estado tan absorto en el pasado, que ni siquiera se había dado cuenta de por dónde iban. Echó un vistazo al exterior y la expresión de su rostro se ensombreció.

Difícilmente podría haber una imagen más

alejada de las maravillosas colinas de Devon que acababa de describir. Muy lejos de la prosperidad de la plaza de St. James, se encontraban ahora en un barrio de Londres en el que Guilford tenía la certeza de no haber estado nunca antes.

Las casas allí eran tan viejas que parecían estar a punto de caerse en cualquier momento, los muros y las vigas de aquel edificio sin duda habían sobrevivido de algún modo al Gran Incendio de 1666. La mayoría de las ventanas estaban rotas, algunas de las cuales habían tapado con paja. Cada dos puertas había una taberna en la que parecían seguir los clientes de la noche anterior, acompañados por mujeres de grandes escotes y mejillas pintadas. Como la temperatura era buena, ya que el mismo sol de los barrios ricos brillaba allí también, la calle estaba llena además de niños descalzos y sucios, lisiados que se ayudaban de palos para caminar y bebés que lloraban en brazos de unas mujeres demasiado jóvenes para ser madres. El suelo estaba sin pavimentar, por lo que había multitud de charcos de agua putrefacta y ratas muertas.

Al chofer le daría un ataque cuando viera el barro y la mugre que llenaba las ruedas del carruaje.

Amariah se dispuso a abrir la puerta personalmente sin esperar a que lo hiciera su lacayo.

—Enseguida van a venir a pedirle dinero, Excelencia —le advirtió—. Si da una moneda a alguien, aparecerán otros cincuenta a los que tendrá que darles también. Yo creo que es mejor no empezar y darles comida en lugar de dinero que no tardarán en gastarse en ginebra.

Como Amariah había advertido, mendigos de todas las edades rodearon el coche y se acercaron tanto, que movieron el carruaje e hicieron que el caballo relinchara.

—¡Espere, señorita Penny, no puede salir ahí con esa gente! —dijo agarrándola del brazo—. ¡Es peligroso!

Amariah se volvió a mirarlo con incredulidad y algo de desprecio.

—Claro que puedo, Excelencia —respondió soltándose de él antes de agarrar una de las cestas—. Lo hago todos los domingos.

—Pero piense en lo que está haciendo, señorita Penny, el riesgo que…

—Ser pobre y tener hambre no convierte a una persona en una bestia, Excelencia —aseguró con firmeza—. Pero si usted teme por su vida, puede quedarse aquí.

Salió del coche antes de que él pudiera hacer nada por impedirlo y se abrió camino entre los mendigos. Fue entonces cuando Guilford se dio cuenta de que se encontraban frente a una pequeña iglesia medio derruida en cuya puerta esperaba el pastor sonriendo a Amariah.

—Excelencia —empezó a decirle uno de sus lacayos, que parecía tan confundido como el propio Guilford—, ¿qué…?

—Maldita sea. ¡Baje el resto de las cestas de la señorita Penny!

No podía dejar que Amariah fuera sola, así que respiró hondo y se metió entre la multitud. El hedor era insoportable y Guilford tuvo que hacer un esfuerzo para no taparse la nariz con el pañuelo. ¿Quién habría imaginado que un ser humano pudiera oler de ese modo?

Desoyó las súplicas de los que lo rodeaban pidiéndole una moneda y, aunque se decía a sí mismo una y otra vez que estaba obedeciendo las instrucciones de Amariah, no podía evitar sentirse como un miserable. Rodeado de esa gente, no pudo evitar el impulso de echarse la mano al bolsillo del chaleco para comprobar que su reloj de oro seguía allí.

Por fin llegó a la puerta de la iglesia. El corazón le latía como un caballo desbocado y podía sentir la desagradable humedad del sudor en el cuello.

Pero la expresión del rostro de Amariah fue recompensa suficiente para su esfuerzo.

—Excelencia, le presento al reverendo Robert Potter —dijo con la misma facilidad y la misma elegancia con las que presentaba a los nobles y aristócratas que frecuentaban Penny House—. El reverendo Potter es el párroco de esta parroquia y es el que se encarga de que la comida que traemos sea repartida entre los que más la necesitan. Reverendo, Su Excelencia el duque de Guilford.

Lord Guilford está francamente interesado en nuestras actividades benéficas y hoy ha decidido acompañarme para verlo personalmente.

Potter se fijó en el modo en que Guilford aferraba las manos a la casaca y sonrió amablemente.

—Es un verdadero honor conocerlo, Excelencia, y recibirlo en esta parroquia —dijo el reverendo—. Ojalá más gente como usted y como la señorita Penny se interesaran por el sufrimiento de los más desfavorecidos.

Guilford se aclaró la garganta y asintió con torpeza; se sentía como un impostor.

—Debe agradecérselo todo a la señorita Penny, es ella la que me ha traído aquí.

—Por lo que veo, también ha traído más comida de lo habitual —dijo observando con evidente satisfacción a los lacayos cargados de cestas—. ¡Es todo un lujo recibirla en un coche ducal ni más ni menos!

Amariah agarró por el brazo a Guilford y le dijo:

—Vamos dentro, Excelencia, le enseñaré todo lo que hemos traído.

En cuanto los lacayos dejaron las bandejas en unas enormes mesas que había en una sala de la humilde parroquia, unas mujeres vestidas con sencillez fueron sacando la comida y colocándola en unas bandejas. Alrededor de las mesas no había bancos y, a juzgar por lo que había visto afuera, Guilford imaginó que esa gente no se sentaría a comer tranquilamente.

—Por mucho que hayamos traído, no será suficiente —dijo Amariah al tiempo que ella también empezaba a sacar manzanas y otras frutas de una de las cestas—. Hay tantos hambrientos en Londres y se dan prisa en decírselo los unos a los otros cuando descubren un lugar en el que pueden obtener algo de comer. Seguramente más de la mitad de la gente que ha visto ahí fuera procede de otras partes de la ciudad, pero han venido con la esperanza de saciar su hambre, al menos por un día.

Una de las mujeres sacó un enorme ganso asado al que no le faltaban más que dos pedazos. Guilford reconoció el plato de inmediato, pues lo había visto el día anterior en las mesas de Penny House.

—Eso sobró del club, ¿verdad, señorita Penny? —preguntó observando cómo la señora comenzaba a retirar la carne del hueso con una habilidad que le hizo sentirse inútil.

—Sí, Excelencia. Los miembros del club esperan que la comida esté siempre recién hecha, pero luego, como si de niños malcriados se trataran, apenas la tocan.

—Tienen derecho a satisfacer sus caprichos —aseguró Guilford, que sentía la obligación de defender a sus compañeros del club—. Sobre todo teniendo en cuenta lo que pagan por ser miembros de Penny House.

—De acuerdo —dijo ella con una sonrisa—. Pero no veo nada de malo en traer lo que ellos rechazan para que lo disfruten otros menos... exigentes.

Por primera vez, Guilford se detuvo a pensar en todo lo que se desperdiciaba cada noche, en los platos llenos de comida sin tocar y pensó también en cuántos de sus amigos y socios lucían con orgullo sus cuerpos orondos y sus enormes barrigas bajo los chalecos bordados en seda. El mismísimo príncipe era uno de esos hombres aficionados al exceso, de él se decía que tenía una cintura con un diámetro de más de un metro.

—Pero esas manzanas no son sobras del club, ¿no es así, señorita Penny?

—Vaya, Excelencia, es usted muy inteligente —bromeó Amariah lanzándole una de esas manzanas para que la colocara en la mesa.

—Al menos lo bastante para recordar lo que le pasó al pobre Adán por aceptar una manzana de manos de una dama.

—Tranquilo, Excelencia, esta fruta no tiene esas connotaciones —dijo riéndose—. Las manzanas, la leche, el queso y muchas otras cosas se compran con los beneficios que se obtienen en las mesas de juego. Con ellos llevamos comida a otra parroquia además de ésta y mi hermana Bethany, además, tiene su propio «rebaño», que se reúne todos los días junto a la puerta trasera de Penny House.

Mientras hablaba le lanzó una manzana a un muchacho que había por allí y el pequeño se la comió con verdadera ansia. Guilford supuso que tendría nueve o diez años, pero estaba tan flaco que resultaba difícil saberlo. Aunque su ropa estaba tan sucia como la de los demás, al menos se había lavado las manos antes de ayudar a servir la comida. Tenía los ojos azules, unos preciosos rizos rubios y una expresión de pilluelo en el rostro, a Guilford le gustó de inmediato.

Por eso, cuando Amariah bromeó con él y lo llamó descarado por haberse acercado con la esperanza de llevarse algo de comer, Guilford también participó en la broma.

—No hay nada de descarado en querer comer, señorita —dijo el joven.

—No la contradigas, muchacho —le dijo, riéndose del mismo modo que lo hacía Amariah—. Confía en mí. Sé por experiencia que es mejor no contradecir a la señorita Penny.

—No lo haga, señor —le dijo el muchacho mirándolo de soslayo por debajo del ala del sombrero que le tapaba un ojo—. La señorita Penny es un ángel, incluso conmigo.

—Entonces no tientes a la suerte —sugirió Guilford mirando a Amariah—. Es mejor no hacerla enfadar, así que quítate el sombrero y pídele disculpas.

Antes de que el muchacho pudiera reaccionar, Guilford se acercó a quitarle el sombrero él.

—No, Excelencia, no ¡por favor! —exclamó Amariah rápidamente.

Pero fue demasiado tarde. Con el sombrero del joven en la mano, Guilford se quedó helado, dolorosamente consciente de pronto del terrible error que acababa de cometer.

El muchacho no se inmutó, ni se alejó, sino que miró fijamente a Guilford, tan fijamente como el duque lo miraba a él, incapaz de apartar la mirada del cúmulo de cicatrices que había donde debería haber estado su ojo izquierdo.

El chico extendió la mano sin parpadear siquiera.

—Va a tener que darme media corona, señor —le dijo cubriendo de nuevo la grotesca herida—. Nadie se me queda mirando así sin pagar algo a cambio y, para un dandi como usted, el precio es media corona.

—No es un dando, Billy Fox —dijo Amariah rápidamente a modo de advertencia—. Es Su Excelencia el duque de Guilford.

—¿Y a mí qué? Sea quien sea, tiene que pagar el precio, ¿no le parece, duque?

—Llámalo «Excelencia», Billy Fox —le ordenó Amariah—. Y si no empiezas a tener más cuidado con lo que sale de tu boca, vas a acabar deportado a las colonias por irrespetuoso.

—A lo mejor el irrespetuoso es él, por mirarme como si no hubiera visto nada tan feo en su vida —replicó Billy Fox, aunque con menor beligerancia—. Soy feo como un demonio, señorita Penny, ni siquiera usted puede negarlo.

—Yo nunca he dicho que fueras feo —protestó Guilford.

—No era necesario que lo dijera —respondió Billy Fox amargamente—. Lo he visto en sus ojos. En los dos.

Guilford se acercó al muchacho, tendiéndole la mano.

—No era esa mi intención, Billy Fox —dijo con enorme remordimiento.

—¡Váyase a paseo, duque! —farfulló el muchacho alejándose.

Antes de que Guilford pudiera decir nada más, Billy Fox salió corriendo justo en el momento en el que el reverendo había dejado entrar al primer grupo de mendigos.

—¿Por qué demonios ha hecho eso? —preguntó Amariah apartándose de la mesa para dejar sitio a los hambrientos—. ¡No se lo merecía!

—¿Y cómo iba yo a saber que tenía así la cara? —Guilford seguía buscando en vano al muchacho entre la multitud—. Podría haberme avisado.

—Claro, eso habría sido muy agradable para el pobre muchacho. ¿Y de verdad pensaba que se creería esa tontería de que no es feo? Billy Fox es huérfano y tiene la cara así desde muy pequeño, cuando se cayó en una olla de agua hirviendo, así que sabe perfectamente cómo es.

—No era una tontería —aseguró Guilford, recordando que el muchacho le había parecido un ángel antes de ver la enorme cicatriz—. Lo decía en serio.

—Sí, y él iba a creerlo viniendo de un hombre guapo, rico y perfecto como usted —dijo dándose media vuelta—. Voy a buscarlo antes de que lo perdamos para siempre.

—No, iré yo. Yo cometí el error, así que yo debo arreglarlo.

Salió por la puerta por la que había escapado el muchacho, pero una vez en la cocina de la parroquia se esfumaron sus esperanzas de encontrarlo allí. Salió a la calle, pero sabía que no podría dar con él en las calles de aquel barrio. Pero no lo culpaba; de haber estado en su situación, Guilford habría hecho exactamente lo mismo.

Pero Guilford no había contado con el poderoso atractivo de los caballos.

Al salir del patio de la parroquia, giró la esquina para volver a entrar a la iglesia por la puerta principal. El carruaje estaba donde él lo había dejado, el chofer y los lacayos vigilaban a cualquiera que se acercara demasiado... incluyendo a Billy Fox, que estaba a sólo unos metros de ellos, observando maravillado a los dos corceles negros que tiraban del coche.

Guilford reconoció de inmediato la expresión de admiración de su rostro, pues la había visto en muchos hombres que vivían por y para los caballos. Y eso le dio una idea.

—Te gustan los caballos, ¿verdad, Billy Fox? —le preguntó suavemente para no asustarlo.

—Sí —dijo el muchacho, sin apartar la mirada de los animales—. ¿Son suyos, duque?

—Sí. Son hermanos, por eso trabajan tan bien juntos. Puedes acariciarlos si quieres.

—¿De verdad? ¿No le molesta?

—No si lo haces muy despacio para que no se asusten.

Condujo al muchacho hasta los caballos, sin hacer caso de la mirada de reprobación del chofer.

—Buck, Hop, os presento a Billy Fox.

El muchacho se echó a reír, entusiasmado.

—He visto muchos caballos, incluso de carreras, pero ninguno tan bonito como éstos. ¿Verdad, Buck?

—Ellos notan cuando alguien aprecia su belleza —dijo Guilford sonriendo—. ¿Alguna vez has pedido trabajo en algún establo? Siempre buscan muchachos para prepararlos como mozos de cuadra, sobre todo si se les dan tan bien los caballos como a ti.

El muchacho se ruborizó al oír aquello.

—Fui a uno hace tiempo, pero no me quisieron. Dijeron que asustaría a los caballos.

—Pues Buck y Hop no parecen asustarse en absoluto —dijo Guilford—. Y en eso no son diferentes a otros caballos. ¿Qué te parecería probar en mi establo?

El muchacho se volvió rápidamente a mirarlo, sin saber si creerlo o no.

—¿De verdad?

—Tendré que ver lo que se les paga a los muchachos de tu edad. Tendrás que obedecer al capataz y si tiene alguna queja de ti, te echará. Pero podrás dormir en los establos y comer con los demás empleados.

El muchacho se había quedado sin habla.

—¿No me está tomando el pelo, duque? ¿De verdad me contrataría?

—Claro —Guilford sacó una de sus tarjetas de visita del bolsillo y se la dio al chico—. Ven a mi casa mañana por la mañana y pregunta por el señor Lawson.

Billy Fox miró el papel y fue entonces cuando Guilford se dio cuenta, otra vez demasiado tarde, de que seguramente no sabría leer, así que Guilford le dijo la dirección.

El muchacho no sabía cómo reaccionar y parecía incluso a punto de echarse a llorar.

—Te veré mañana, Billy Fox —le dijo el duque, dándole una palmadita en el hombro y ahorrándole la incomodidad de darle las gracias—. Buck y Hop te estarán esperando.

Guilford se volvió hacia la iglesia y vio a Amariah en lo alto de la escalera, desde donde sin duda había oído la conversación con el muchacho. El ala del sombrero ocultaba su rostro, pero Guilford tuvo la sensación de que había vuelto a meter la pata con ella.

—No es para tanto, sólo quería arreglar las cosas —se justificó Guilford torpemente.

Amariah levantó el rostro y el duque pudo ver que estaba llorando abiertamente.

—Que no es para tanto —repitió ella—. ¿No tanto? Guilford... ¿es que no se da cuenta de que lo que acaba de hacer vale más que mil pulseras de rubíes?

Cinco

Amariah apuró el último trago de vino que le quedaba en la copa. A través del cristal podría ver el rostro del duque al otro lado de la mesa; aunque algo distorsionada, su sonrisa seguía siendo igualmente encantadora y su encanto casi irresistible, sobre todo después de lo que había hecho esa tarde y sobre todo cuando se reía.

Dios, quizá había bebido demasiado.

—Ha sido una velada encantadora, Guilford —dijo, dejando la copa sobre la mesa—. Pero ahora debo volver a casa.

—No, no tienes por qué —replicó él con voz grave y profunda—. Quiero decir que no es necesario que vuelvas todavía.

—Claro que sí —Amariah suspiró para reunir fuerzas para levantarse.

No era fácil, pues parecía haber muchos más incentivos para quedarse que para marcharse. La vieja posada junto al río donde acababan de cenar estaba prácticamente vacía y habían disfrutado de un salón para ellos solos. La mesa estaba junto a la chimenea y el servicio no había dejado de llevarles comida y vino durante toda la cena; la tentación de alargar la sobremesa era sin duda poderosa.

Y eso sin siquiera contar al guapísimo caballero que tenía enfrente.

—Tengo que volver a casa, Guilford —insistió colocando su servilleta sobre la mesa—. Tengo mucho trabajo que hacer para mañana.

—El trabajo puede esperar —hizo un gesto al mozo para que volviera a llenarles las copas—. Trabajas demasiado, Amariah.

Amariah tapó su copa con la mano para que no volvieran a llenársela.

—Y tú no trabajas nada, Guilford.

—*Touché* —se quedó mirando las dos copas, la suya llena y la de ella vacía—. De todos modos, querida, insisto en que deberías seguir mi consejo. Un poco menos de trabajo y más diversión haría tu vida más agradable.

Amariah se puso en pie por fin, aunque tuvo que apoyarse en la silla unos segundos hasta asegurarse de que las piernas la sujetaban.

—Es mucho mejor tener una vida útil que una vida divertida.

—Yo creo que se pueden hacer las dos cosas —opinó poniéndose en pie también—. Pero si insistes, mi querida señorita Penny, te llevaré a casa. No quiero que nadie diga que no soy cortés.

—Nadie diría eso de ti —aseguró ella—. Jamás. Ahora mismo estás siendo muy cortés, ofreciéndome tu brazo para que me apoye en ti.

Guilford le tomó la mano y sus dedos se entrelazaron. Amariah se alegró de que lo hiciera porque no creía que pudiera haber dado ella ese paso.

—Gracias, Guilford —susurró, prácticamente llorando de agradecimiento. Era tan amable, tan dulce y cortés incluso para un duque.

—Dame las gracias cuando te haya dejado en casa —sugirió llevándola hacia la puerta—. Pero prométeme una cosa, si te encuentras mal, avísame con tiempo. Preferiría que no acabaras vomitando en el carruaje.

Aquel comentario le resultó a Amariah enormemente divertido, tanto que no pudo dejar de reírse ni cuando se encontraban ya en el coche y se habían puesto en camino.

—Ahí lo tienes, Amariah —dijo Guilford, riéndose tanto como ella—. Ya te dije que a tu vida le iría bien un poco más de diversión y parece que has seguido mi consejo, una decisión muy sabia.

La risa desapareció al mirarlo sin ocultar su admiración.

—Aún no puedo creer lo que hiciste esta tarde.

—¿Con el muchacho? —preguntó encogiéndose de hombros con cierta vergüenza, lo que lo hizo más atractivo a los ojos de Amariah—. Ya te dije que intentaría solucionar el error que había cometido, y eso fue lo que hice.

—Pero ya viste lo que dijo; todo el mundo le trata como un monstruo de feria. En cuanto le ven la cicatriz, ya no quieren nada que ver con él.

—Eso no es culpa suya —dijo él—. Me gustaría creer que hemos superado lo del mal de ojo y otras tonterías.

—Sí, a mí también, pero parece que el resto del mundo no piensa lo mismo —susurró Amariah mientras pensaba en cuánto había disfrutado de la compañía de Guilford—. Eres mucho más amable de lo que quieres que crea el resto de Londres, ¿verdad?

Guilford le guiñó un ojo.

—Soy lo que soy, querida, ni más ni menos.

—Mucho más, diría yo —matizó con una sonrisa—. No sé cómo puedes pensar que podría encontrarme mal, Guilford, porque nunca me había encontrado mejor en mi vida.

El duque la observaba atentamente, como con desconfianza y tratando de encontrar síntomas de que, efectivamente, no se encontraba bien.

—Esperemos que continúes así, querida.

—Lo haré, Guilford —el ala de su sombrero le impedía apoyar bien la cabeza en el respaldo, así que Amariah decidió quitárselo y dejarlo sobre el asiento—. Puedo llamarte Guilford, ¿verdad? Sé que tus amigos te llaman así y me resulta mucho más fácil que «Excelencia».

—Llámame Guilford y yo te llamaré Amariah, exactamente como acordamos que haríamos hace al menos tres horas —añadió agarrando el sombrero—. Odio este sombrero, Amariah, lo detesté nada más vértelo puesto.

Amariah arrugó la nariz observando el sombrero.

—Si tú lo detestas, Guilford, yo también.

—Entonces voy a deshacerme de él y nos daré un gusto a ambos.

De pronto abrió la ventana del carruaje y, antes de que ella pudiera protestar siquiera, tiró el sombrero al aire.

—¡Guilford! —gritó Amariah con gran sorpresa, llevándose las manos a la cara—. ¡No puedo creer lo que acabas de hacer! ¡Ese pobre y horrible sombrero!

—Ahora quizá adorne a un pobre y horrible espantapájaros —sugirió grandiosamente—. Tú, mi bella Amariah, mereces algo mucho más bonito.

Guilford se acercó más y más a ella, hasta que Amariah no pudo ver nada más que su rostro: las pestañas oscuras que rodeaban sus ojos azules, la sombra gris de la barba, los pequeños rizos de cabello negro.

Amariah parpadeó varias veces y después sonrió.

—Vas a besarme, ¿verdad?

Él también sonrió y, por primera vez, Amariah se fijó en que tenía un colmillo ligeramente mellado.

—Estoy enormemente tentado de hacerlo, sí.

—Yo también, Guilford —susurró ella al tiempo que le echaba los brazos al cuello—. Yo también.

No le sorprendió en absoluto que él la besara, ni que ella le devolviera el beso. Lo que sí le sorprendió fue que besar a Guilford fuera tan increíblemente diferente a besar a cualquier otro hombre. Lo cierto era que su experiencia no era tan amplia como para poder comparar; habría besado a una docena de hombres como máximo, rápidos besos robados fuera del salón de baile de Havertworth cuando Amariah no era más que la hija mayor del reverendo Penny.

Sin embargo, Guilford… él sí sabía besar, y aquél beso no tuvo nada de rápido o de robado. Él la besaba con ternura, con pausada seguridad y con pasión. Su boca la provocaba, haciendo que la sensación aumentara poco a poco hasta que recibió con auténtico placer el roce de su lengua. Empezó a abrazarlo porque necesitaba la seguridad que le ofrecían sus hombros. Nunca había imaginado lo que sentiría cuando la lengua de un hombre rozara la suya o que el notar su cuerpo contra el de ella pudiera despertarle tan intensa emoción en todo su ser.

Y entonces, así de repente, todo había acabado y Guilford volvía a estar sentado lejos de ella, con la espalda muy recta y los brazos cruzados sobre el pecho a modo de barrera.

—Si fuera tan bueno como tú dices que soy —

dijo con voz cansada—, no habría hecho lo que acabo de hacer.

Amariah se esforzó por recobrar la compostura tan bien como lo había hecho él.

—Claro que lo habrías hecho —dijo ella—. Porque si no, lo habría hecho yo.

Guilford suspiró mirando hacia otro lado, a cualquier lado en el que no estuviera ella.

—No, porque ni siquiera se te habría pasado por la cabeza la idea de besarme si yo no la hubiera provocado antes.

—¿Cómo puedes ser tan engreído? —replicó ella, alejándose aún más de él, hasta sentarse en un rincón—. Ya sé que eres el gran duque de Guilford, pero no habrías conseguido que te besara si yo no lo hubiera deseado antes.

Guilford se volvió a mirarla con los ojos muy abiertos.

—¿Me estás desafiando, señorita Penny?

—No te estoy desafiando a hacer nada —dijo, enfadada. La bruma que el vino le había provocado en la cabeza había desaparecido de pronto, dejándole tan sólo una punzada de dolor entre los ojos y la desagradable sensación de que acababa de hacer algo que iba a lamentar—. Sólo estoy constatando un hecho. ¿Cuánto queda para llegar a Penny House?

Él miró por la ventana antes de contestar.

—Me parece que nos esperan unos cinco minutos más de tensión.

—No tiene gracia —espetó—. Puede que sea cierto, pero no tiene gracia.

—Acabas de hablar como una verdadera virago —replicó él mirándola con el ceño fruncido.

—Por supuesto —admitió ásperamente. Por mucho que detestara aquella palabra y supiera que no era una virago, no iba a darle la satisfacción de ponerse a discutir con él una vez más—. *El desventurado caballero y la virago*, una tragicomedia en tres actos que se representará esta noche con gran aclamación.

Guilford se apartó el pelo de la frente y Amariah se fijó en lo arrugada que tenía la ropa y ya no le resultó tan irresistible como antes.

—¿Qué se supone que significa eso?

—Que no eres el único ingenioso, Guilford —respondió ella—. Del mismo modo que no eres el único capaz de provocar un beso, aunque sea evidente que estaba completamente fuera de lugar.

—¡No has puesto ninguna objeción!

—Ni tú tampoco —dijo mirando por la ventana—, lo cual demuestra lo que trataba de decir. Ya hemos llegado. Chófer, deténgase aquí, por favor. Gracias por la cena, Guilford, y por la generosidad que ha mostrado con Billy Fox, pero prefiero no opinar sobre su compañía.

Y así abrió la puerta y salió sin esperar a que el lacayo la ayudara.

—¡Maldita sea, Amariah, vuelve aquí! —ordenó Guilford—. ¡Vuelve aquí inmediatamente!

Pero ella no se volvió siquiera, siguió caminando con la cabeza descubierta y bien alta hacia Penny House. Él tampoco la siguió. Si necesitaba más prueba de lo inapropiado que era confraternizar con los miembros del club, aquel día sería más que suficiente.

Para su sorpresa, la cocina se encontraba a oscuras y nadie acudió cuando llamó a la puerta. Cierto era que el club no había abierto en todo el día y que la mayoría del servicio había tenido el día libre, pero ¿sería tan tarde que todo el mundo se había ido ya a la cama? Afortunadamente, siempre llevaba en el bolso las llaves de ambas puertas del club, así que pudo abrir y entrar a la cocina en penumbras.

Al segundo paso creyó pisar unas migas, pero enseguida se dio cuenta de que eran cristales. Se agachó para comprobar que, efectivamente, se trataba de cristales y que un poco más allá, debajo de la mesa, había medio ladrillo con un papel atado con una cuerdecita. Miró a su espalda y vio por fin la ventana que había roto aquel ladrillo. Lo agarró y fue a encender unas velas con las que poder ver qué había en el papel.

Querida señorita Penny,
¿Por qué ha Decidido desoír mi Advertencia?
En su Club sigue habiendo un TRAMPOSO y si Usted no lo Descubre, me Encargaré de Avergonzarlo a Él y a Usted en la Prensa.

No Dude de que Cumpliré lo que Prometo, Comprobará que soy una Persona de Palabra y que usted Tendrá que Pagar.

Quedo a su servicio.

Un amigo de la Verdad y la Justicia.

Sin duda aquél era el final perfecto para un día perfectamente horrible. ¿Qué más podía sucederle? Volvió a leer la nota para asegurarse de que no se le había pasado por alto alguna pista. El autor era el mismo que el de la otra nota, la elegancia de su caligrafía era inconfundible. Amariah creía haber hecho todo lo que estaba en su mano para vigilar la mesa de dados e impedir que los jugadores hicieran trampas; no obstante, volvió a repetírselo a sí misma.

Se fijó en que esa vez el autor se dirigía a ella con más familiaridad y que ahora no sólo amenazaba al club, sino a ella misma. No importaba que la letra fuera la de un caballero porque el comportamiento desde luego no lo era. Aquel paquete había sido lanzado violentamente a través de la ventana y, por mucho que supiera que debía ser valiente, no podía evitar sentir miedo. Cuanto más miraba aquella nota, más le temblaban los dedos y más se le aceleraba el corazón al pensar en lo que podría haber sucedido.

¿Y si hubiera llegado mientras aquel hombre estaba allí? ¿Y si hubiera decidido «hacerle pagar» mientras estaba sola, tratando de abrir la puerta?

¿Por qué había dejado que el orgullo se apoderara del sentido común y se había empeñado en ir hasta la casa sola y a oscuras en lugar de dejar que Guilford la acompañara hasta la puerta principal, donde un lacayo estaría esperándola para asegurarse de que entraba sana y salva?

¿Y si…?

De pronto oyó unos golpes en la puerta que tenía a su espalda, golpes rápidos e insistentes. Se guardó la nota en la manga del vestido, agarró el trozo de ladrillo para defenderse y se dirigió a la puerta. Sólo podía ver la figura de un hombre al otro lado de la ventana, acercó la vela hasta poder verle la cara.

—¡Guilford! —abrió la puerta rápidamente—. ¡Gracias a Dios que sólo eres tú!

—¿Sólo yo? —enseguida se fijó en el ladrillo que llevaba en la mano y en el cristal roto—. ¡Es un placer ver cuánto te alegras de ver que sólo soy yo! ¿Olvidaste la llave, querida, o es que te gusta entrar a la fuerza en tu propia casa?

—Escucha —sin soltar el ladrillo, Amariah respiró hondo para tratar de calmarse. No se había dado cuenta de cuánto se había asustado y el alivio de ver a Guilford la hacía ahora sentirse casi eufórica—. No es lo que piensas. Alguien ha roto la ventana con el ladrillo. El cristal ya estaba roto cuando yo entré. Mira, venía con esta nota.

La expresión de su rostro cambió radicalmente al oír aquello.

—Podría haber estado esperándote, Amariah

—dijo después de leer la nota—. Podría haberte hecho daño… podría haberte matado.

—Pero no lo hizo —trató de tranquilizarlo a él y a sí misma—. Ya se había ido cuando yo entré. La puerta seguía cerrada con llave. Sea quien sea, es un cobarde. Estoy bien, de verdad. No ha pasado nada.

A la luz temblorosa de la vela, Amariah vio la extrema seriedad de su rostro.

—Debes llamar a los guardias de inmediato —sugirió él—. Y denunciar lo ocurrido al jefe de policía a primera hora de la mañana.

—Nada de guardias ni de jefes de policía —dijo ella con firmeza—. Penny House no puede permitirse tal escándalo, que es lo que obtendríamos en cuanto se enterara la policía. Además, tengo la sospecha de que el autor de esta tontería es un miembro del club. ¿Qué haríamos si la policía hiciera público al culpable? Estoy segura de que todos los miembros del club, incluyéndote a ti, comprenderían el riesgo que eso conlleva. Y, como ya te he dicho, no ha pasado nada, no ha habido más daño que un cristal roto.

—Puede que esta vez no —matizó en tono alarmante.

—Ni esta vez ni ninguna otra —respondió tan tajantemente como pudo—. No soy ninguna niña. Puedo cuidarme sola.

—No eres una niña, pero tampoco eres tonta —dijo él negando con la cabeza—. Vamos, Amariah, tú eres más sensata que todo eso. ¿Es que no te acuerdas de lo que le pasó a tu hermana?

Claro que lo recordaba. Su hermana Bethany había sido secuestrada en el mismo callejón por el que había pasado Amariah hacía menos de una hora y había estado a punto de morir antes de que William Callaway la rescatara. ¿Cómo podría Amariah olvidar aquella noche, o el sentimiento de culpabilidad que la había perseguido desde entonces?

—Pero eso... eso fue diferente —dijo mirando hacia otro lado para que su rostro no la delatara—. No es la misma situación en absoluto.

—Lo que es igual es que vuelves a empeñarte en negar los hechos —aseguró él—. A menos que quieras acabar con una pistola apuntándote a la sien, sugiero que dejes de creerte que eres todopoderosa y llames a la policía.

—Yo no me creo nada de eso —replicó con voz temblorosa—. Soy Amariah Penny, de Penny House y te pediría que no lo olvidaras, Guilford.

Cerró los ojos con fuerza, tratando de encontrar la serenidad. No podía dejar de ver la imagen de Bethany con aquella pistola en la sien. Prácticamente podía sentir el frío del metal en la piel, el olor agrio de la pólvora y la presión del brazo de aquel hombre en la garganta...

—¿Amariah?

Oyó la voz del duque mientras su cuerpo se balanceaba. Una parte de ella era consciente de que no se estaba desmayando con ninguna elegancia, como lo habría hecho una dama, sino que cayó de bruces, como una marioneta a la que le hubieran cortado los hilos. Pero la caída se detuvo cuando Guilford la agarró en sus brazos.

—Está bien —susurró el duque tratando de tranquilizarla—. No pasa nada, querida. Mírame. ¿Ves? Sólo soy yo, tu viejo y malvado amigo Guilford, nada más.

—Estoy bien —protestó débilmente, al tiempo que trataba de sostenerse en pie por sí misma—. Lo que pasa es que estoy cansada y el vino me ha afectado.

—Claro, claro, el vino —dijo él suavemente mientras la giraba en sus brazos para tenerla cara a cara. Estaba preocupado por ella, algo que Amariah nunca había visto en él—. Entonces me conoces, ¿verdad?

—¡Claro que te conozco!

Sabía que debía apartarse de él para demostrarle que estaba tan bien como afirmaba estar, pero la triste realidad era que no tenía el menor deseo de hacerlo. Le gustaba la cálida sensación que le transmitían sus brazos alrededor de la cintura, unos brazos que la hacían sentirse segura y, aunque iba en contra de todo lo que había creído siempre sobre sí misma, lo cierto era que le gustaba sentirse protegida.

Oh, ¡al demonio con todo! Lo que le gustaba era él. Y esa vez no tenía nada que ver con el vino.

—¿Cómo no iba a saber quién eres? —dijo fijándose en el modo en que tenía la mano apoyada en su fuerte pecho.

Por fin sonrió.

—¿El malvado Guilford?

—Exacto —si seguía mirándola con ese gesto de preocupación, Amariah no tardaría en echarse a llorar y entonces no creía que pudiese parar—. Siempre sabré quién eres.

Guilford deslizó las manos suavemente por su espalda, unas manos que ya no eran necesarias como apoyo.

—No debería haberte perdido de vista, no debería haberte dejado marchar sola.

—Fui yo la que se marchó, tú no me «dejaste» hacer nada.

—Entonces debería haberte seguido antes —insistió él—. ¿Cómo podría haber vivido con mi conciencia si te hubiera pasado algo?

—Tu conciencia podría sobrevivir a cualquier cosa —pretendía reprenderlo, pero lo que salió de su boca no fue más que un susurro—. Tú mismo dijiste que eres malvado.

—Pero tú no lo eres —dijo justo antes de besarla.

Amariah aceptó su beso y volvió a responder a él con la misma intensidad. Cerró los ojos y se dejó zambullir en el placer que él le daba. Tuvo que echarle los brazos alrededor del cuello para no perder el equilibrio. Algo que necesitaba aunque, después de que la hubiera besado en el coche, había creído saber lo que la esperaba al volver a sentir sus labios. Pero esa vez fue diferente, la besó con una dulzura y una ternura que jamás habría imaginado en él.

La besaba como si de verdad estuviese preocupado por ella.

Amariah suspiró y aceptó aquel momento como lo que era…

—¡Señorita Penny! —gritó Pratt, muy sorprendido para su habitual tranquilidad—. Le ruego que me disculpe, no pretendía interrumpir.

Se retiró de Guilford de un salto. Pratt se encontraba en la puerta de la cocina con un candelabro en la mano. A juzgar por la bata y el gorro de dormir que llevaba en lugar de su librea y su peluca, Pratt se disponía a irse a la cama.

—Discúlpeme, Excelencia, y usted también, señorita —repitió haciéndole una reverencia al duque—. Pero Boyd me dijo que creía haber oído voces en la cocina y pensé que debía acercarme a ver, no pensé que usted… quiero decir que…

—Queda disculpado, Pratt —se apresuró a decir Amariah, mientras se esforzaba por recobrar la compostura. La cara de sorpresa de su empleado no era más que el recordatorio de lo egoísta que estaba siendo su comportamiento con Guilford y lo negligente que estaba siendo con sus responsabilidades para con todos aquellos que trabajaban en Penny House—. Ha hecho bien al venir.

No se atrevía a mirar a Guilford. ¿Estaría enfadado por la interrupción, o le haría gracia la locura de la situación? Porque sin duda era una locura; jamás la habían descubierto así con un caballero, era lo que solía llamarse una situación comprometida.

Pero seguramente para Guilford aquello no tenía nada de nuevo.

—Ha hecho lo correcto, Pratt —opinó el duque—. Siempre debe preocuparse más por el bienestar de la señorita que por su reputación, aunque como puede ver, no ha sufrido ningún daño en ninguno de los dos aspectos. Aunque esta ventana rota sí que es un peligro, habría que barrer los cristales cuanto antes.

—Sí, Excelencia, ahora mismo —dijo Pratt, agradecido por el cambio de tema—. No me había dado cuenta de que la ventana estaba rota.

—Sin duda ha sido algún bellaco de la zona —supuso Guilford—. No obstante, yo llamaría a los guardias sólo para asegurarnos...

—Su Excelencia ya se marchaba, Pratt —lo interrumpió Amariah antes de que dijera nada más y asustara a Pratt.

—¿Está segura de que quiere que me marche, señorita Penny? —le preguntó con la más encantadora de las sonrisas—. Aún es pronto y estoy seguro de que no quiere pasar sola lo que queda de noche, después de que...

—Buenas noches, Excelencia —dijo con una reverencia aunque no pudo ocultar su indignación.

Había agradecido su comprensión y su amabilidad, pero ¿de verdad creía que eso le daba derecho a quedarse a pasar la noche con ella?

Él le tendió la mano en un movimiento que podría entenderse como despedida y como invitación, lo que ella eligiera. ¿Cómo habría aprendido a ser tan bueno en aquel juego?

—Gracias, pero no, Excelencia —sólo esperaba no parecer tan mojigata como temía.

Guilford enarcó una ceja.

—¿Está segura, señorita Penny? Debe saber que se me da muy bien mirar debajo de las camas en busca de duendes y cocos.

—Buenas noches, Excelencia —insistió Amariah, haciendo un esfuerzo para no dejarse engatusar una vez más. Ya había confiado demasiado en Guilford, pero Penny House era única y exclusivamente su responsabilidad, no de él; se lo debía no sólo a sus hermanas, sino también a la memoria de su padre—. Disculpe que no lo acompañe hasta la puerta, pero estoy muy cansada. Pratt, por favor, acompañe a Su Excelencia hasta su carruaje.

Y con la cabeza bien alta, empezó a subir las escaleras sin siquiera sentir la tentación de mirar atrás.

Westbrook salió a toda prisa por el callejón de Penny House hacia la calle sin separarse de la pared para que nadie pudiera verlo. No podía estar seguro de nada después de que hubieran estado a punto de descubrirlo.

¿Qué demonios hacía Amariah Penny en el club la noche en la que estaba cerrado? Y, peor aún, ¿por qué estaba allí también Guilford?

Lo único que había querido hacer era dejar otra tarjeta de visita, sembrar la sombra de la duda una vez más, no encontrarse con testigos que pudieran identificarlo. Una vez en la calle principal, miró hacia ambos lados y comprobó que no lo habían seguido. Por el momento estaba a salvo, pensó sonriendo. Estaba a salvo.

Lástima que Amariah Penny no pudiera decir lo mismo.

A la mañana siguiente, Guilford estaba de muy mal humor, por lo que optó por sentarse en el rincón más apartado de la sala principal de White's y además colocó su silla de cara a la pared. Necesitaba tiempo para pensar en todo lo que debería haber hecho de otro modo la noche anterior. El recóndito lugar y la expresión de su rostro eran señal inequívoca de que quería estar solo; sólo un loco se habría acercado a él.

Un loco o, más probablemente, un amigo.

—Así que es aquí donde te escondes, Guilford —le dijo Henry, lord Stanton, apoyándose en la silla de Guilford y mirando por encima de su hombro—. Pero claro, es mejor llorar en soledad.

Guilford cerró los ojos, deseando poder así hacer desaparecer a su amigo.

—Stanton, como de costumbre, no dices más que tonterías. ¿Por qué demonios iba a estar llorando si no es para lamentar que me hayas molestado?

—No seas obtuso, Guilford —se acercó un poco más para susurrarle al oído—. Lloras porque sabes que vas a perder la apuesta que has hecho conmigo.

—¡Por supuesto! —exclamó sarcásticamente al tiempo que giraba la silla para poder mirar a Stanton frente a frente—. ¿De dónde has sacado tan descabellada idea?

—Del hecho de que estás tan lejos de la cama de Amariah Penny como yo mismo —dijo con satisfacción—. Quizá más, a juzgar por lo que he oído.

—¡No has oído nada porque no hay nada que oír!

—Eso es exactamente lo que yo estaba diciendo. No hay nada que oír porque no has avanzado nada con la bella dama. Tengo entendido que la señorita Penny y tú estuvisteis tan ocupados alimentando a los pobres, que ni siquiera llegaste a levarla a Carlile's.

—Porque preferimos huir de la multitud y refugiarnos en una posada junto al río —aclaró Guilford, lleno de orgullo—. Aunque no es asunto tuyo.

—Menudo antro para seducir a una dama.

—A nosotros nos pareció estupendo —dijo Guilford, recordando lo contenta y dispuesta que se había mostrado Amariah en el camino de vuelta a su casa. Ojalá Guilford hubiera controlado su conciencia para que no le impidiera aprovechar la oportunidad que había tenido ante sí. De haberlo hecho, ahora podría estar reclamándole a su amigo el pago de la apuesta—. Te recuerdo que la señorita Penny no es ninguna actriz de pacotilla, ansiosa por dejarse ver y actuar incluso mientras cena.

—Eso es cierto —convino Stanton—. Ella es la hija pelirroja de un pobre cura, encantada de pasar las noches contando las fichas de los caballeros en un salón de juego.

—Cuidado con lo que dices de la señorita Penny, Stanton —espetó Guilford, sorprendiendo tanto a su amigo como a sí mismo.

Stanton abrió los ojos de par en par.

—Entonces es que sí que lo has conseguido, ¿no es cierto? ¿Por qué si no ibas a saltar en su defensa de ese modo?

—No he conseguido nada —aseguró Guilford de inmediato—. Así que ya puedes terminar con tus vulgares conjeturas.

—Querido Guilford —empezó a decir con una lánguida sonrisa en los labios—, ¿qué otra cosa es esta apuesta sino una conjetura vulgar?

—¿Qué es una conjetura vulgar, Stanton?

Guilford volvió a cerrar los ojos con exasperación. Stanton ya era una molestia considerable sin necesidad de que apareciera también Alec, el barón Westbrook. Guilford nunca había sentido demasiada simpatía por Westbrook, un hombre que cambiaba de opinión y de ideales según con quien estuviese. Pero bueno, siempre había sido más amigo de Stanton que suyo.

—Una apuesta sobre la propietaria de Penny House —explicó Stanton con evidente placer—. La moza bella y alta que suele recibir a los caballeros en la puerta.

—¡No hables así de la señorita Stanton! —le ordenó Guilford, ofendido—. Pensé que ya te lo había dejado claro antes.

—Pero si es una virago, Guilford —intervino Westbrook alegremente—. Tú mismo lo escribiste en el libro de apuestas. Y predijiste que nunca se casaría porque es varonil y ningún hombre la aceptaría.

—Pero eso no es todo, Westbrook —dijo Stanton, dándole un codazo de complicidad al recién llegado—. Guilford hizo otra apuesta más privada conmigo. Apostó a que, virago o no, la seduciría antes de que hubieran transcurrido dos semanas.

—¡Vaya! Me encantaría participar —aseguró con la mirada clavada en Guilford—. Pero necesitaríamos detalles, ya sabes, y alguna prueba de que...

—Vete a paseo, Westbrook —Guilford se puso en pie bruscamente y se abrió camino entre los dos hombres—. Y guárdate tu dinero. Tú no formas parte de esta apuesta.

Pero Westbrook soltó una carcajada y fue tras él.

—Sabes que no vas a ganar. No con esa mujer; la señorita Penny no tiene tiempo ni siquiera para un tipo guapo y rico como tú, Guilford, sobre todo ahora que algún granuja tramposo está merodeando por el club.

Guilford se detuvo en seco y se volvió a mirarlo. La última persona a la que Amariah le habría confesado su problema habría sido a un chismoso como Westbrook.

—¿Dónde demonios has oído eso? —le preguntó con un susurro furioso con el que esperaba que nadie se enterara del contenido de la conversación—. ¿Es que no sabes que un escándalo de ese tipo arruinaría Penny House?

—Pero si... si lo sabe todo el mundo en la ciudad —tartamudeó Westbrook, bravuconeando incluso mientras se echaba atrás—. No sé exactamente dónde lo oí. Maldita sea, Guilford, sólo es un salón de juego en el que desean vaciarnos los bolsillos como en cualquier otro. Sabes tan bien como yo que es verdad.

—¿La verdad, Westbrook? —repitió Guilford, asqueado—. Un malnacido como tú no reconocería la verdad aunque le diera en la cara. ¡La verdad!

Aún seguía resoplando con ira cuando bajó las escaleras que daban a la calle donde lo esperaba su carruaje. La verdad. Westbrook era un estúpido ignorante. Era una lástima que Amariah no pudiera llevar a todos y cada uno de los miembros del club a ver lo que hacía con el dinero que ellos perdían, para que esos ignorantes vieran que su dinero servía para comprar comida suficiente para alimentar a...

—Hola, duque… Excelencia.

Guilford se detuvo frente al muchacho.

—Billy Fox, ¿qué demonios estás haciendo aquí?

El joven sonrió y torció la cabeza para poder mirar a Guilford con su único ojo sano. Era evidente que se había esforzado por mejorar su aspecto; se había lavado las manos y la cara, se había cepillado el pelo e incluso su gorro parecía más limpio.

—Buenos días, Excelencia. He venido por ese trabajo que me ofreció.

—¿Pero por qué has venido aquí? —preguntó Guilford tratando de calmarse—. ¿Por qué no has ido a la dirección que te di ayer?

Su sonrisa se volvió más tensa, más cautelosa.

—Tenía mis motivos —dijo a la defensiva—, y eran buenos motivos.

Guilford asintió para tranquilizar al muchacho y que no saliera corriendo como había hecho el día anterior.

—No habrás cambiado de opinión sobre lo del trabajo, ¿verdad, Billy Fox? —le preguntó en voz baja—. ¿O es que has encontrado otro trabajo que te conviene más?

El chico se apresuró a contestar:

—¡No, Excelencia, nada de eso! ¡Sigo queriendo el trabajo!

—¿Entonces por qué me has seguido hasta aquí? ¿Por qué no has ido a hablar directamente con mi capataz como te dije?

El muchacho negó con la cabeza y no contestó a pesar de tener la boca llena de palabras que no quería decir, palabras que Guilford deseaba escuchar. Por eso se agachó para quedar a la altura del rostro del muchacho.

—Dímelo, Billy Fox, si aún quieres cuidar de mis caballos, quiero saberlo.

—Quería asegurarme de que no me ofreció el trabajo sólo por la señorita Penny, para hacerla feliz y así poder besarla, y que luego cuando ella no estuviera, me pegaría la patada como hacen los demás.

—¿Creías que lo había hecho sólo para impresionar a la señorita Penny? —era una idea bastante ruin y, como era consciente de que se aproximaba bastante a la verdad, Guilford se sintió ruin.

El chico asintió y Guilford respiró hondo. No iba a cometer el error de Amariah de querer salvar a toda la ciudad, pero al menos intentaría empezar por aquel pobre muchacho.

—Yo siempre cumplo mi palabra, Billy —dijo poniéndole la mano en el hombro—. Siempre. Ahora dime, ¿te gusta el pastel de carne?

Billy abrió la boca y los ojos de par en par.

—¡Claro, Excelencia! ¿A quién no?

—Algún loco habrá que no le guste —respondió Guilford con satisfacción—. Conozco una taberna aquí cerca donde hacen los mejores pasteles de todo Londres. Comeremos y hablaremos de caballos y te aseguro que la señorita Penny no estará por allí.

Seis

—Buenas noches, señor —Amariah saludó al vizconde con la reverencia correspondiente—. Lo hemos echado de menos mientras se encontraba en su casa de campo.

El vizconde sonrió, satisfecho de que lo hubieran echado de menos y Amariah se dio la vuelta para saludar al siguiente grupo de caballeros con una nueva sonrisa. Era curioso recordar lo difícil que le había resultado todo aquello en otro tiempo, y ni siquiera hacía tanto tiempo. En aquel momento recordar todos los nombres y los títulos nobiliarios de cada caballero había sido su mayor preocupación, nada que ver con lo que ahora la angustiaba.

—Todo sigue en orden en la sala de dados, señorita Penny —le dijo Pratt entonces con voz apenas audible para que nadie supiera lo que hablaba—. Las mesas están llenas de gente, pero ningún jugador gana más que los demás. Ninguno de los caballeros se ha mostrado violento o extrañamente nervioso.

—Gracias, Pratt —murmuró Amariah.

Una vez sola de nuevo, pensó en la nota que habían tirado por la ventana; la advertencia, la amenaza y la forzada familiaridad. Se la había enseñado a Pratt, pero a ningún otro empleado más y aunque él también le había sugerido que avisara a la policía, Amariah se había negado a hacerlo con el mismo empeño con el que lo había hecho con Guilford. A menos que tuviera más pruebas que las dos notas, provocaría un escándalo desastroso para Penny House. Se enfrentaría a aquello como se había enfrentado el club a todas las demás crisis, grandes o pequeñas: con firmeza y valentía.

Aquella prueba era sencilla comparada con la otra a la que se enfrentaba. La noche anterior había besado a un miembro del club, después había salido corriendo sólo para volver a besarlo una segunda vez. Siempre había creído estar por encima de ese tipo de comportamiento; se había considerado demasiado fuerte y sensata como para caer en tal debilidad. ¡Maldito Guilford con todos sus encantos! No era de extrañar que no hubiera pegado ojo en toda la noche, suspirando con frustración y dando vueltas en la cama sin parar.

El lacayo abrió la puerta de nuevo y con sólo ver el ala del sombrero del recién llegado supo que era él.

¡Maldito fuera aquel hombre por acelerarle el corazón!

—Buenas noches, Excelencia —empezó a abanicarse con la esperanza de no ruborizarse—. Nos alegramos mucho de verlo esta noche en Penny House.

—Qué tontería, señorita Penny —dijo, sonriente, al tiempo que le tomaba la mano y se la llevaba a los labios sin llegar permitir que su boca la rozara—. Después de lo de anoche, seguro que prefería que no volviera a aparecer por aquí.

Después de retirar la mano con la mayor elegancia posible, Amariah sonrió con enorme dulzura, casi de manera empalagosa.

—Se equivoca, Excelencia. Usted juega tan mal y pierde tan a menudo, que jamás se me ocurriría desear que no volviera.

Sin dejar de sonreír en ningún momento, Guilford se colocó a su lado como había hecho muchas otras veces, por lo que nadie vería nada extraño en el gesto de aquella noche.

—Pues tiene una extraña manera de demostrar su afecto mercenario hacia mí, señorita Penny —dijo él—. Hasta un bandolero se enfrenta cara a cara a su víctima al pedirle el botín, pero tú… anoche no veías el momento de deshacerte de mí deseándome felices sueños.

—Había sido un día muy largo, Guilford, y una noche también muy larga. Estaba tan cansada que lo único en lo que podía pensar era en irme a la cama.

—Yo te habría llevado en brazos y te habría

acostado personalmente —dijo al tiempo que le rozaba el brazo levemente con los dedos, tan levemente que podría haber parecido un movimiento fortuito—. Sólo tenías que pedírmelo.

—Pero no lo hice —Amariah se apartó unos milímetros de él—. ¡Qué lástima que no haya ocasión de que puedas acostarme!

—Lo sé.

—Bueno, Guilford, si eso es todo lo que…

—¿Has ido esta mañana a hablar con la policía?

Amariah levantó la mirada hasta sus ojos.

—Guilford, ya te dije que no iba a hacerlo y vuelvo a decírtelo ahora. Hemos tomado todas las precauciones necesarias para asegurarnos de que no haya trampas en la mesa de dados. En realidad ni siquiera tengo ninguna prueba que demuestre que alguien haya hecho trampas, excepto las notas.

—¿Notas? —preguntó enseguida—. ¿Has recibido alguna otra, Amariah?

—Ya te lo he dicho, no voy a ir a hablar con la policía y no hay más que decir —dijo, evitando responder a su pregunta. Guilford era inteligente; ésa había sido siempre una de las cosas que le gustaban de él, por lo que sin duda se habría percatado de su maniobra de huida. De cualquier modo, Amariah aprovechó para volverse hacia la puerta a recibir al siguiente caballero—. Buenas noches, lord Westbrook. ¡Cuánto tiempo sin verlo por Penny House! ¡Es un placer que haya vuelto esta noche!

—El placer es mío, señorita Penny, por volver a verla —Westbrook sonrió tanto que sus enormes mejillas estuvieron a punto de hacerle desaparecer los ojos. Con ese rostro y ese cuerpo tan redondos, a Amariah siempre se le había asemejado a un duende—. Los aburridos asuntos familiares me han mantenido alejado de este lugar.

—Entonces le doy la bienvenida, señor —y así era, lord Westbrook era como la gallina de los huevos de oro para el club; bendecido con los bienes familiares en el negocio del carbón y el estaño y maldecido con una absoluta incapacidad para ganar incluso en los juegos más sencillos, ya fueran de azar o de ingenio. El dinero tardaba tan poco en salir de sus bolsillos para unirse a las arcas del club, que Amariah nunca dudaba en ofrecerle todos los préstamos que necesitara—. Adelante, yo misma lo acompañaré a la mesa de los dados.

Pero al mismo tiempo que le ofreció el brazo a Westbrook, Guilford se interpuso entre ellos.

—Estoy seguro de que encontrará el camino él solo, señorita Penny.

—¿Por qué habría de rechazar tan amable invitación, Guilford? —preguntó Westbrook—. No me gustaría ofender a una dama como la señorita Penny. Y tampoco debería hacerlo usted.

—No me ofende, señor —Amariah miró a

ambos hombres con curiosidad. La tensión que había entre ellos era inconfundible, pero también inexplicable. Ambos nobles de aproximadamente la misma edad, sin duda se conocían y sin embargo se movían en círculos de amigos tan diferentes, que Amariah jamás los había juntos antes—. Como ya le he dicho, usted siempre es bienvenido en Penny House.

—¿Sin importar el juego que elija? —preguntó Westbrook con expresión insinuante—. ¿Siempre seré bienvenido, sea cual sea mi apuesta o la causa a la que decida dedicar mi dinero?

—Ya es suficiente, Westbrook —Guilford lo agarró del brazo y antes de que Amariah pudiera comprender lo que estaba ocurriendo, tiró de él hacia la puerta y después a la calle.

—Guilford, ¿qué estás haciendo? —gritó al tiempo que trataba de abrirse camino entre los hombres que se habían agolpado en la puerta a ver lo que sucedía.

—Déjelos, señorita Penny —le recomendó lord Henry Stanton, que había llegado con Westbrook—. Es una pequeña rencilla privada.

—Pero, ¿qué están haciendo? —preguntó, incapaz de ver nada entre tantos hombres—. No se estarán peleando, ¿verdad? ¡No pienso tolerar que haya una pelea frente a esta casa!

—No se están peleando —dijo otro hombre—. No habría nada que hacer; Guilford mataría a Westbrook al primer golpe.

—¡No voy a permitirlo! —gritó haciéndoles señas a los lacayos que había a ambos lados de la sala principal. No quería que nadie saliera herido, ni que le mancharan de sangre los escalones de mármol blanco de la escalera de entrada—. ¡Boyd! ¡Cary! Salid ahí inmediatamente y aseguraos de que esos caballeros no se peleen.

Pero no pudieron seguir sus órdenes porque una ráfaga de aplausos y vítores anunció la vuelta de Guilford al interior del club. Tenía el pelo despeinado y una malévola y triunfal sonrisa en el rostro.

—Lord Westbrook lamenta no poder quedarse a jugar esta noche —dijo mientras los demás hombres escuchaban atentamente—. De pronto se ha sentido indispuesto y ha tenido que volver a casa inmediatamente.

Amariah lo observaba boquiabierta mientras los demás le aplaudían como marineros borrachos en una taberna del puerto.

—Excelencia —dijo ella ásperamente—, me gustaría hablar un momento en privado con usted, si no le importa.

En lugar de limitarse a asentir, Guilford hizo una exagerada reverencia, como la de un actor saludando a su público.

Después la siguió hasta una pequeña habitación que había junto al vestíbulo y esperó a que ella cerrara la puerta.

—¿Va a castigarme, señorita Penny? ¿O a regañarme? ¿Tendré que irme a la cama sin cenar?

—¡Calla, Guilford, por favor! —tuvo que apretar los puños para no dejarse llevar por la tentación de gritarle de verdad—. Eres miembro de honor del club y formas parte del comité, por lo que sabes que yo debo encargarme de que todo el mundo cumpla las normas.

—Por supuesto —dijo él con un suspiro de felicidad—. ¡Qué magnífica institutriz serías, Amariah!

—Calla y, por una vez en la vida, escúchame —volvió a ordenarle con la sensación de ser esa institutriz que él había mencionado—. Sabes que las normas prohíben estrictamente que haya ningún tipo de pelea en el club y que el incumplimiento de dichas normas es motivo para que un miembro sea expulsado instantánea y permanentemente y sin embargo…

—No estábamos en el club —la interrumpió él—. Estábamos cerca, pero no en él y, que yo sepa, no hay ninguna norma que incluya los alrededores del club. Además, ni siquiera nos hemos peleado... exactamente.

—¡Era más que suficiente para que todos los presentes empezaran a comportarse como niños de colegio!

Guilford se encogió de hombros con fingida inocencia.

—Lo único que he hecho ha sido explicarle a Westbrook por qué no es bienvenido en el club.

—Guilford, ese hombre perdió una vez veinte

mil libras en la misma noche. ¡Claro que le daré la bienvenida siempre que quiera venir a jugar!

—No deberías hacerlo —advirtió con repentina seriedad—. Ni por veinte mil libras, ni por todo el té del mundo.

—Pues a mí me parece que sí debería —replicó sin poder evitar darle unos golpecitos en el pecho con el abanico cerrado—. Recibiré a Westbrook, sus veinte mil libras y todo el té del mundo. ¿Qué demonios te hace creer que no lo haría? Después de lo de ayer, pensé que lo entenderías. El objetivo de Penny House es tener la mayor cantidad posible de beneficios; si queremos tener éxito, necesitamos a hombres como el barón Westbrook, que…

—¡Maldita sea, Amariah, lo he hecho para protegerte!

—¿A mí? —lo miró, estupefacta—. ¿Protegerme de Westbrook?

—Sí, de Westbrook —gruñó Guilford en tono defensivo—. Tú no lo conoces como yo, por suerte.

—No necesito que me protejan, Guilford, sobre todo de clientes del club.

Guilford se pasó la mano por la cabeza con frustración.

—No es tan sencillo, Amariah.

—Claro que lo es —para ella estaba claro como el agua—. Como me besaste anoche, ahora creer que tienes el derecho, ¡y la obligación!, de mantener alejados de mí al resto de caballeros, aunque sus intenciones sean completamente inofensivas.

—Amariah, por favor —susurró tratando de tomarle la mano, pero ella se apartó—. Ahí está de nuevo la testarudez de siempre.

—No es testarudez, Guilford, sino sentido común —corrigió con más dulzura—. No tienes derecho a «protegerme» y no deseo que lo hagas.

—Tú misma dijiste que soy miembro del comité —le recordó él—. Tú eres la persona más importante de Penny House y sin ti las cosas no serían como son. ¿No te parece razón suficiente para que intente protegerte?

¿Acaso lo había malinterpretado? ¿Realmente el interés que sentía por ella era tan impersonal? Eso no significaba que deseara que Guilford sintiese ningún tipo de interés por ella...

—No, no lo es, Guilford —abrió el abanico de golpe y empezó a moverlo—. Y no quiere decir que puedas decirme lo que tengo que hacer o a quién debo ver, y no pienso...

—No te molestes —dijo cortantemente—. No importa.

Los cristales de la puerta temblaron cuando él la cerró, pero Guilford no se volvió a mirar.

Nada más levantarse a la mañana siguiente, Amariah envió una nota conciliadora a lord

Westbrook, en ella incluyó disculpas suficientes para curar el orgullo herido de cualquier hombre y lo invitó a volver al club. Amariah esperaba que aceptara las disculpas, pero sobre todo esperaba que volviera.

Lo que debía hacer con Guilford era mucho más difícil de decidir.

Seguía creyendo que había hecho mal en sacar a Westbrook a la calle, aunque los lacayos la habían informado de que, efectivamente, no había habido una verdadera pelea, sólo un par de empujones y unas cuantas palabras acaloradas antes de que Westbrook se retirara cabizbajo. De todos modos, seguía molesta por el comportamiento, pero no podía permitirse ofenderlo del mismo modo que no podía permitirse ofender a Westbrook. Quizá Guilford no fuera un jugador ostentoso, pero era un hombre poderoso cuya mera presencia era un signo de distinción para el club. Si dejaba de acudir, todos notarían su ausencia.

Amariah acarició la cabecita del recién nacido, Sammy, al que estaba meciendo mientras su madre descansaba un rato y nadie dudaba que Janey Patton, que así se llamaba la joven madre, necesitaba dormir unas horas.

Si escribía a Guilford, siguió pensando Amariah, sería tan sólo por el bien del club. Le diría que esperaban volver a recibirlo pronto en Penny House y nada más: no mencionaría los besos o las risas que habían compartido, ni lo desgraciada que se había sentido la noche anterior al ver que se había marchado sin despedirse de ella.

—¿Quiere que me lleve al niño a dar un paseo, señorita? —le preguntó Letty, la cocinera.

—Gracias, Letty —respondió ella dejando al pequeño en sus brazos—. Me vendrá bien porque tengo que hacerme cargo de algunas facturas.

Y sin embargo siguió unos segundos más mirando al bebé, que se acurrucaba en los nuevos brazos que lo acogían.

—No hay nada como tener un pequeño en la casa, ¿no le parece?

Amariah sonrió con melancolía. No podía negar que echaría de menos a Sammy cuando se fueran su madre y él. Enseguida se recordó una vez más que Penny House era todo lo que necesitaba para tener una vida completa y productiva; días y noches llenos de responsabilidades, compañía interesante y ayuda caritativa. No quedaba tiempo para un marido y mucho menos para un bebé.

¿Y no era ése precisamente el contenido de la apuesta que habían hecho algunos caballeros en White's, ésa que tanto la había hecho enfadar? ¿Que ella sería la única hermana que jamás se casaría, que se convertiría en una vieja doncella varonil?

—¡Señorita Penny, aquí está! —Boyd bajó corriendo las escaleras que conducían a la cocina y, ante la mirada de reprobación de ambas mujeres por el ruido que había hecho, atravesó la habitación de puntillas y hablando en voz baja—.

Acaba de llegar esto de parte de Su Excelencia el duque de Guilford.

Amariah respiró hondo antes de recibir el envío. ¿Cuántos regalos tendría que devolver hasta que Guilford se diera cuenta de que no aceptaría ninguno? Al menos esa vez no se trataba de ninguna joya, a juzgar por el gran tamaño del paquete. En cualquier caso, lo que importaba era que estaba pidiéndole perdón.

—Sea lo que sea lo que tenga, se lo devolverá a Su Excelencia acompañado de una nota.

Boyd carraspeó para llamar su atención y, una vez lo consiguió, bajó la mirada incómodamente.

—Lo siento, señorita Penny, pero el paquete no es para usted. Viene dirigido a Janey Patton y al bebé.

Amariah miró la nota que acompañaba al paquete; no había duda, no era para ella.

Para la Nueva Madre de Penny House y para su Hijo,
Con los Mejores Deseos de Felicidad y
Alegría.
Su Excelencia el Duque de Guilford.

Amariah devolvió el papel a su sitio sin decir nada. Nada de disculpas. Sabía que todos la observaban a la espera de su reacción, seguramente no sabían si estaba enfadada o aliviada por que el paquete no fuera para ella.

Y, si debía ser sincera, ni siquiera ella lo sabía.

—Así que es para Janey y para Sammy —dijo con tanta alegría como le fue posible—. Qué amable por parte del duque.

Justo en ese momento, como si se hubiera dado cuenta de que lo habían mencionado, el bebé abrió los ojitos y empezó a llorar y, automáticamente, Janey apareció por la puerta de la habitación continua a la cocina en la que le habían instalado una cama.

—Lo siento mucho, señorita Penny —se disculpó con gesto atribulado—. Sammy no pretendía molestar, es que tiene hambre.

—Es un bebé, Janey —le dijo Amariah dulcemente—. Se supone que tiene que llorar. He visto muchos hombres hechos y derechos, caballeros de renombre, llorar cuando la cena no está lista a la hora.

Pero la joven no sonrió siquiera, era demasiado tímida, tanto que era un milagro que hubiera sobrevivido tanto tiempo en las difíciles calles londinenses. Cada día, Amariah daba las gracias a Dios porque Janey hubiera encontrado Penny House.

—Mira, Janey, acaba de llegar este paquete para ti —le dijo Amariah—. Es un regalo del duque de Guilford.

—¿Para mí, señorita? —preguntó con evidente confusión—. ¿Por qué iba un duque a mandarme un regalo a mí?

—La tarjeta dice que es para ti y para el bebé. Yo le hablé de ti y debió acordarse.

—Ábralo usted, señorita, por favor —le pidió con cautela—. El duque la conoce a usted, no a mí.

—Como quieras —Amariah cortó el cordel y, al abrir el envoltorio de papel, se quedó boquiabierta—. ¡Mira, Janey! ¡Mira lo que te ha enviado!

Allí había todo lo que se pudiera necesitar para vestir a un bebé: gorritos, calcetines, camisitas… y todo de una calidad inmejorable.

—Dios mío —susurró Janey con los ojos llenos de lágrimas—. ¿Por qué le habrá mandado estas cosas a Sammy?

—Porque quería ser amable —explicó Amariah tratando de contener las lágrimas ella también.

Primero Billy Fox y ahora Janey y Sammy. Era evidente que había subestimado a Guilford. No era tan tonta como para creer que hubiera elegido toda aquella ropita personalmente, pero sí había descubierto el tipo de regalos que Amariah jamás rechazaría.

—Es un buen hombre, señorita —susurró Janey—. Es un excelente caballero.

—Quizá lo sea, Janey —murmuró Amariah con un ligero toque de ironía—. Quizá lo sea.

Mientras Crenshaw le afeitaba, Guilford no dejaba de preguntarse si el paquete habría llegado ya a Penny House. Habiéndolo dirigido a la pobre joven que había dado a luz allí a su bebé, Guilford sabía que era probable que Amariah ni siquiera se enterara de su existencia, pero lo más curioso era que tampoco le importaba demasiado. Por supuesto que esperaba impresionar a Amariah con su muestra de generosidad, pero lo cierto era que si no llegaba a enterarse, de todos modos se alegraría de haber ayudado a alguien que tanto lo necesitaba.

Su sirviente empezó a limpiarle los últimos restos de espuma de la cara, pero entonces se detuvo a mirar por la ventana.

—Se ha parado un coche frente a la casa, Excelencia. ¿Espera visita a estas horas?

—¿Visita?

Uno de sus lacayos salió de inmediato y, desde la ventana, Guilford pudo ver la mano de una dama que le daba una tarjeta. Una dama que se inclinó sobre la ventana lo justo para que el sol iluminara el cabello cobrizo que asomaba bajo el ala de un sombrero extremadamente elegante y poco práctico.

—¿Pero bueno, qué demonios…? —murmuró Guilford—. ¿Amariah… aquí?

Se levantó de un saltó y salió de la habitación sin pararse a pensar que sólo llevaba puesto el pantalón del pijama y el batín de seda. Jamás habría imaginado que la vería allí, en su propia casa. Una dama, ni siquiera una tan poco convencional como ella, no visitaba a los caballeros solteros como él. Probablemente había pensado que él aún estaría en la cama y podría dejarle una nota y escapar. Pero Guilford no iba a dejarla escapar después de que se hubiera atrevido a ir a su casa.

¿Quién habría imaginado que un puñado de ropita de niño podría surtir tan mágico efecto?

—¡Guilford! —exclamó Amariah al verlo aparecer por la puerta de la casa con el batín abierto y el pecho desnudo—. ¿Te has vuelto loco?

—Lo mismo podría preguntarte yo, querida —dijo él fijándose en el elegante sombrero que había elegido precisamente ese día en el que no tenía pensado verlo a él—. ¿Qué haces aquí? Jamás habría pensado que te vería aquí.

—Bueno, en realidad no estoy aquí, como puedes imaginar —dijo ella sin poder evitar que su mirada bajara una y otra vez hasta el pecho desnudo de Guilford y ruborizándose más y más con cada segundo que pasaba—. Sólo he venido a dejar una tarjeta, eso es todo. Pero… Guilford… ¡eres un indecente!

Guilford se echó a reír, encantado.

—De eso nada, soy muy decente.

—¡No para Londres, ni para este barrio! Tu aspecto no es propio de un caballero como Dios manda.

—Ay, ése es tu error, Amariah. Yo soy un caballero, sí, pero no como Dios manda.

Amariah abrió la puerta del carruaje y trató de salir de él, pero las plumas del elegante sombrero se le engancharon en la ventana y tuvo que qui-társelo para liberarse de él. Al quitárselo, se fue-ron con él las horquillas con las que llevaba reco-gido el cabello, con lo que acabó sin sombrero y con el pelo suelto frente a Guilford.

—Eso ya lo sabía, Guilford, pero eso no quie-re decir que tenga que saberlo el mundo entero —dijo mirando a su alrededor.

—El mundo puede saber y ver lo que le plazca —dijo él con orgullo—. No me importa lo que opinen.

—Calla —le pidió rozándole el brazo—. No he venido a ver cómo te exhibes.

—¿Entonces a qué has venido?

—A darte las gracias por tu amabilidad. No sabes cómo lloró Janey Patton al ver todo lo que le habías enviado. Ha sido un gesto muy generoso por tu parte, Guilford. Me has sorprendido igual que me sorprendiste con Billy Fox.

—Me gusta sorprenderte —y era cierto, resul-taba tremendamente satisfactorio.

—Creo que te subestimé, Guilford —admitió Amariah.

—¿Y tú, también lloraste?

Amariah levantó la cabeza unos centímetros.

—La verdad es que sí. Es el efecto que tiene la ropita de bebé en las mujeres.

—Pero no en las viragos.

—No, pero es que esa palabra la utilizaste tú, no yo. Yo nunca dije que fuera una virago.

—¿Entonces yo no soy un caballero como Dios manda y tú no eres una virago?

Amariah negó con la cabeza y sonrió.

—Sin duda yo no soy una virago y tú no eres como Dios manda.

—Parece que por una vez estamos de acuerdo en algo.

Hacía ya días que lamentaba haber escrito esa palabra en el libro de apuestas y no porque se hubiera cansado de bromear con ella, que no lo había hecho, sino porque no quería que nadie pensara eso de ella. Estaba mal y algún día tendría que confesarle su error.

—Entra conmigo en casa —le pidió con un susurro, al tiempo que la agarraba del brazo—. Tómate un té conmigo, o un coñac, o lo que quieras. Después podrás darme las gracias como consideres oportuno.

La sonrisa de su rostro se hizo más grande y luminosa al oír aquello, tanto que los pensamientos de Guilford se volvieron más poéticos de lo que solían serlo en relación a las mujeres; parecía que Amariah le inspiraba ese tipo de locuras.

—No puedo hacerlo y lo sabes —le dijo suavemente—. Puede que tú seas un indecente, pero yo no. Ya me estoy excediendo estando aquí en la calle contigo vestido de ese modo.

Guilford la descubrió mirándole el pecho y se echó a reír.

—Calla —le pidió ella, ruborizada—. Imagínate

lo que dirá la gente que nos vea aquí, tú medio desnudo y si acto seguido me vieran entrar en tu casa sola...

—Entonces pensarían también que eres una mujer de suerte y yo el más afortunado de los hombres.

—Pero después dirían muchas otras cosas que no harían ningún bien al club —añadió apartándose un poco de él.

—Quédate, Amariah —lamentaba haberla llamado virago, pero no había olvidado la otra apuesta. ¿Cómo podría olvidar que había prometido llevársela a la cama, ahora que la tenía frente a él mirándolo de ese modo—. Por favor. Ven conmigo. ¿Qué podría pasar a plena luz del día?

—Contigo la hora no importa.

—Si a mí no me importa, tampoco debería importarte a ti —dijo él—. Ven conmigo, querida.

Amariah volvió a negar con la cabeza.

—No vuelvas a pedírmelo, Guilford, por favor. Tengo que irme a prepararlo todo para esta noche. Lord Alistair va a venir acompañado de una veintena de familiares suyos escoceses y tengo que encargarme de que todo esté en orden para dar la bienvenida a tan ilustre visita.

—¿Y yo? ¿Seré bienvenido también?

Pudo sentir el calor que desprendía su sonrisa y supo que ese calor era sólo para él.

—Siempre eres bienvenido, Guilford. Ya lo sabes.

—Pero me gusta oírlo —se le pasó por la cabeza la idea de besarla, pero enseguida supo que no debía hacerlo. Ya tendría oportunidad de hacerlo en un lugar más privado donde pudiera dejarse llevar por lo que ese beso desencadenara—. Pero, ¿qué clase de bienvenida recibiré esta noche?

Amariah lo miró fijamente, con ese brillo desafiante que Guilford conocía ya bien.

—Supongo que tendrás que esperar hasta esta noche para saberlo.

Amariah seguía sonriendo cuando llegó a Penny House. Por mucho que supiera que había sido una locura seguir el impulso de presentarse en casa de Guilford, no conseguía arrepentirse de haberlo hecho. Era curioso que sin apenas tocarla, Guilford fuera capaz de hacerle sentir cosas que otros no habían conseguido ni tan siquiera besándola. Él la hacía reír y sentirse mejor consigo misma y con el resto del mundo. Así pues, lo único que lamentaba era no haber tenido el valor suficiente para entrar en su casa con él.

—Buenos días, Boyd —le dijo al lacayo nada más entrar en la casa con una enorme sonrisa en los labios—. ¿Podría decirle a Pratt que venga a mi despacho?

Pero resultó que ya la esperaba allí y la expresión de su rostro no presagiaba nada bueno.

—Por fin ha vuelto, señorita Penny —le dijo con tono de gravedad—. ¿Ha visto ya esto?

La sonrisa de su rostro desapareció con sólo ver el titular del periódico.

—¡No!

Mientras ella perdía el tiempo con Guilford, aquella noticia se habría extendido por toda la ciudad:

Tramposos de sangre azul encuentran refugio en Penny House.

Siete

Guilford no había visto nunca tanta gente a las puertas de Penny House. La fila de carruajes que comenzaba varias manzanas antes de la plaza en la que se encontraba el club le había hecho bajarse del suyo y caminar las últimas calles con enorme impaciencia.

Fuera cual fuera el efecto de esa basura anónima que había aparecido en la página de escándalos del periódico, desde luego no había sido el de alejar a los miembros del club.

Sin embargo, cuando por fin subió los escalones de la entrada y cruzó el umbral, fue Pratt el que lo recibió, no Amariah.

—¿Dónde está la señorita Penny, Pratt? —le preguntó con sincera preocupación—. Está bien, ¿verdad? ¿No se estará escondiendo por culpa de ese artículo ruin?

—Está bien, Excelencia —dijo Pratt con una leve reverencia—. Incluso me atrevería a decir que está excepcionalmente bien. Ya conoce a la señorita Penny, Excelencia; nada le gusta más que un desafío.

—Desde luego, Pratt —asintió Guilford recordando el brillo que había visto en su mirada al despedirse de ella esa mañana—. ¿Ha descubierto quién es el cretino que escribió esa sarta de mentiras y ha ido a darle una patada en el trasero?

La boca de Pratt se curvó en algo parecido a una sonrisa.

—No, Excelencia —dijo por fin—. Está en la sala de los dados, si quiere verla.

—Gracias, Pratt. Siempre está bien saber cuál es el mejor lugar para ver fuegos artificiales —le agradeció amablemente.

—Si lo que quieres es ver fuegos artificiales, ven conmigo —le dijo de pronto Stanton, agarrándolo del brazo. Era evidente que había estado bebiendo—. Westbrook está teniendo tal suerte con los dados, que cualquiera pensaría que él es el famoso tramposo.

—Westbrook no es lo bastante inteligente ni para engañar a una pulga —replicó Guilford soportando gran parte del peso de Stanton, a su pesar—. La suerte que esté teniendo sin duda es verdadera.

—Ven conmigo y juzga con tus propios ojos, Guilford. Además —añadió con un guiño de complicidad—, también está tu amada. Más bella que una mañana de primavera y más fría que una noche de invierno. Mucho más fría.

—Si te refieres a la señorita Penny, no es mi amada, ni la de nadie —replicó Guilford tajantemente.

—No es eso lo que he oído. No finjas conmigo porque me han dicho que la han visto salir de tu casa esta mañana en condiciones algo comprometidas, no sé si me entiendes.

—Eso es imposible, Stanton. Y me alegro de que la dama en cuestión no te haya oído decir eso. No han podido verla salir de mi casa porque nunca ha estado dentro y lo más comprometedor que ha hecho ha sido intentar darme una bofetada.

—¡Mientes! —Stanton lo miró con desconfianza—. Sé que me estás mintiendo, Guilford. Seguro que ya la has conseguido.

—En absoluto. Lo máximo que he compartido con la señorita Penny ha sido una taza de té. Me temo que es un modelo de virtud, ésa es la verdad.

—Nunca podrás ganar la apuesta porque hoy lo único en lo que parece pensar la virtuosa señorita Penny es en ese maldito tramposo.

—Entonces tendré que empezar a hacer trampas para atraer su interés —sugirió Guilford bromeando antes de despedirse de Stanton.

Sabía que su amigo no estaba en condiciones de seguirlo entre la multitud, así que no le resultó difícil deshacerse de él y llegar a la sala de los dados en el momento en el que se oyó el estruendo de multitud de voces exclamando al unísono. Si Westbrook seguía tirando, o lo había perdido todo o acababa de ganar una buena suma.

La sala estaba abarrotada de gente y, aunque las enormes ventanas estaban abiertas, el calor era asfixiante. Guilford echó un rápido vistazo hasta dar con Amariah, lo cual no fue difícil teniendo en cuenta que era la única mujer presente y además se encontraba junto al señor Walthrip, el jefe de la sala de los dados. Ambos observaban a la gente con aparente calma y normalidad.

Ella también miró alrededor de la sala y cuando sus miradas se encontraron Guilford sonrió esperando que ella hiciera lo mismo. Pero aunque le pareció ver un brillo diferente en sus ojos, Amariah no sonrió.

—Mire a la señorita Penny —le dijo el hombre que tenía al lado—. Está viendo sufrir a ese pobre Westbrook y ni se inmuta. ¡Cómo puede haber una mujer tan insensible!

Guilford prefirió no responder, pero sabía que no había nada más lejos de la verdadera naturaleza de Amariah que aquella descripción. Ella no era fría en absoluto, pero no podía mostrar ningún tipo de comprensión por los jugadores, especialmente ahora que se enfrentaba al escándalo de las trampas. No podía favorecer a nadie, ni a Westbrook ni a ningún otro.

Efectivamente, Westbrook estaban agazapado en una de las sillas que había alrededor de la mesa de dados, viendo con furia cómo el juego continuaba después de que él hubiera perdido todo lo que había tenido sobre la mesa. A pesar de lo llena que estaba la sala, los demás hombres tenían cuidado de dejarle espacio suficiente, como si la mala suerte fuera contagiosa.

El turno era ahora de un joven al que Guilford no conocía, pero cuyo acento le hizo pensar que se trataba de uno de los invitados y parientes escoceses de lord Alistair para los que Amariah había tenido que prepararse especialmente.

—¿Cuál es su apuesta, caballero? —preguntó Walthrip con la misma cortesía con la que trataba a los clientes habituales.

—Siete —respondió el hombre—. Ése es el número de cachorros que ha tenido mi perra preferida.

Todos los caballeros se echaron a reír como si fueran colegiales burlándose de un compañero que hubiera dado una respuesta equivocada.

—Silencio —ordenó Walthrip—. ¿Cuál era su apuesta, caballero?

—Siete —repitió sin dudarlo.

—Adelante entonces.

Guilford rara vez jugaba a los dados, prefería otros juegos en los que interviniera más el ingenio que el azar, pero sabía que el número siete era el que solían elegir los principiantes porque se decía que daba suerte. Sin embargo en realidad resultaba ser un número difícil de conseguir y el rumor que circuló entre los presentes confirmó la idea de Guilford.

No obstante, el escocés asintió y lanzó los dados con decisión. Toda la sala contuvo la respiración hasta que ambos dados aterrizaron sobre el tapiz.

Cuatro y tres. Siete. Parecía que la suerte estaba de lado del joven principiante. El silencio estalló a su alrededor. Sus compatriotas aplaudieron y gritaron de júbilo.

—Siete, caballero —anunció Walthrip sin levantar la voz ni un ápice—. La suerte gana, señor.

—Querrá decir que la suerte engaña —dijo de pronto Westbrook, poniéndose en pie con tanto ímpetu, que tiró la silla al suelo—. Nadie tiene tanta suerte sin un poco de ayuda.

El escocés lo miró estupefacto, aferrándose a la mesa con ambas manos.

—¿Puede repetir lo que ha dicho, caballero?

—He dicho que esa clase de suerte no es fortuna sino ayuda —repitió Westbrook inclinándose sobre la mesa hacia el otro hombre.

El escocés dio un golpe en la mesa.

—Nadie me llama tramposo, ¡y menos un inglés engreído! He utilizado los mismo dados que usted y si…

—¡Silencio, caballeros! —ordenó Walthrip con ira—. Les recuerdo que en esta casa se respetan las normas de la buena sociedad.

El escocés movió la cabeza con incredulidad y

trató de hacerse entender por Walthrip mientras, por su parte, sus amigos intentaban tranquilizarlo.

—¡Usted ha oído lo que me ha llamado ese loco! ¡Todos han escuchado…

—Revisa los dados, Walthrip —le ordenó Westbrook entonces—. Apuesto diez a uno a que están trucados para que caigan a favor de la pelirroja.

—¡Ya está bien, Westbrook! —intervino Guilford sin importarle lo que pensaran los demás—. Será mejor que no diga nada más.

Westbrook le lanzó una mirada de desprecio.

—Métete en tus asuntos, Guilford, o solucionaremos esto después.

—Lord Westbrook —trató de mediar Amariah—. Le recuerdo que el señor Walthrip inspecciona todos los pares de dados que se utilizan en esta mesa y se cambian cada hora.

«Qué mujer tan excepcional», pensó Guilford. Nada de gritos ni de histerismos, sólo el más puro sentido común con una voz que para nada encajaba con una virago, sino con un ángel.

—Controle su genio, milord, o le tendré que pedir que se marche de Penny House.

Pero Westbrook hizo justo lo opuesto de lo que le pedían y pegó un puñetazo en la mesa.

—Compruebe lo que le digo, señorita Penny —gruñó Westbrook—. Si prefiere no fiarse de mi palabra y aceptar la de un desgraciado tramposo…!

—¡Contrólese! —exclamó el escocés despojándose de la levita—. ¡Qué clase de valentía es ésa que…!

—¡Le voy a demostrar que soy un honesto caballero inglés! —gritó Westbrook con furia, justo antes de lanzarse a por el escocés—. ¡Maldito tramposo!

Unos segundos después el resto de los escoceses trataron de defender a su amigo y, en un abrir y cerrar de ojos, toda la sala se llenó de hombres peleándose y sembrando el caos. Enseguida empezaron a entrar guardias y sirvientes que trataban de controlar la reyerta.

—¡Amariah! —gritó Guilford intentando encontrarla entre los puñetazos que volaban a un lado y a otro. La silla de Walthrip estaba vacía, el director de la sala había desaparecido. Miró a su alrededor y por un momento creyó ver la pluma blanca de Amariah entre la multitud enloquecida—. ¡Amariah!

Se abrió camino entre unos y otros hacia el lugar donde la había visto. Ninguna mujer debería estar allí en aquel momento, y menos una contra la que muchos de aquellos caballeros podrían sentir cierto resentimiento y quizá algunos simplemente la desearan.

—¡Amariah! —gritó de nuevo con una enorme frustración. Seguían entrando guardias en la habitación mientras que algunos caballeros, los más sensatos, salían de la sala—. ¿Amariah?

—¿Guilford? —Amariah apareció de pronto, la pluma había desaparecido y tenía la cara muy pálida—. ¡Guilford!

El duque la agarró de la mano y no la soltó hasta conseguir salir juntos de la sala.

—¿Estás bien? —le preguntó tan pronto como estuvieron en un lugar tranquilo—. ¿Te han hecho daño? —insistió girándola en sus brazos para poder mirarla a la cara.

—No, estoy bien —replicó tratando de volverse a mirar a la sala de la que acababan de salir—. ¡No puedo creer lo que ha pasado! ¡Míralos, Guilford! Son peores que una manada de hienas. Van a destrozar todo por lo que tanto he trabajado... ¡todo!

—Claro que no —Guilford trataba de tranquilizarla, seguramente porque él se sentía tan aliviado de comprobar que estaba bien, que no podía ni creerlo—. Todo va a salir bien.

—¿Cómo puedes decir eso? —preguntó con el rostro enrojecido por la frustración y también el miedo, aunque ella jamás lo admitiría—. Debería volver ahí y hacerles entender…

—Ahora no podrás decirles nada —opinó él—. Espera a mañana. Podrás expulsar a Westbrook y a Alistair para siempre y…

—Ninguno de ellos es el tramposo —lo interrumpió—. Por mucho que hayan dicho el uno del otro, no es cierto. Ninguno de los dos había estado aquí últimamente antes de esta noche, por lo que es imposible que ninguno fuera la persona contra la que me habían advertido.

—No pienses en eso ahora —le dijo —. Pratt y tú debéis arreglar todo esto para poder·volver a abrir mañana. Cuando vuelvan los clientes mañana, ninguno podrá imaginar que aquí ha pasado lo que ha pasado.

—Me alegro de que estés tan seguro —se llevó la mano a la cabeza y se peinó un poco con los dedos—. ¡Dios, Guilford! Me han quitado la pluma.

—Yo te compraré otra —dijo él—. Te compraré una avestruz entera para que tengas donde elegir. Penny House y tú sobreviviréis, Amariah, ya lo verás.

—Lo sé —aseguró ella mientras veía cómo los guardias se llevaban a caballeros con los ojos morados y la ropa rasgada—. Igual que sé que al final ganaré.

Guilford sonrió y volvió a pensar en besarla.

—¿Quién es ahora la que está segura?

—Yo y por un buen motivo —levantó la mano y la abrió para que él pudiera ver lo que había estado escondiendo en ella—. Estos dados están trucados como dijo Westbrook. Qué Dios ayude al granuja que se atrevió a traerlos a mi club.

La mañana siguiente fue terrible, quizá la peor que Amariah había sufrido desde que estaba en

Penny House. Los daños ocasionados a la sala de dados resultaron ser bastante leves, menos de cien libras de gastos, aunque sin contar la pérdida de ganancias provocada por el cierre prematuro del club. Pero, como Guilford había predicho, todo había vuelto a la normalidad antes del mediodía siguiente.

Ninguno de los lacayos había sufrido heridas de consideración, sólo algunos cortes y magulladuras sin importancia. Lo mismo había ocurrido con los clientes que habían ido saliendo de la sala poco a poco como si todos ellos hubieran ganado la pelea. La noche anterior se había enfadado tanto con Guilford por echar a Westbrook a la calle, que no se había dado cuenta de que todos los demás socios del club habrían deseado hacer lo mismo que había hecho él. Ese tipo de comportamiento masculino resultaba incomprensible para Amariah, tanto que a última hora de la noche había llegado a preguntarse si tenía la paciencia y la fuerza necesarias para dirigir un club para los seres más maleducados de la creación, los hombres.

Ahora se encontraba en su despacho con Walthrip y con Pratt. Walthrip observaba los dados trucados detenidamente.

—Esto no es obra de un aficionado —sentenció por fin—. El culpable sabía muy bien lo que hacía. Cada dado fue perforado para introducir una pequeña cantidad de plomo en el interior y así hacerlos caer sobre un lado determinado. Después volvió a cerrarlos para que nadie lo notara.

Amariah probó los dados personalmente y, por muchas veces que tirara, siempre salía siete. El mismo número por el que había apostado el escocés.

—Pero son nuestros dados —les recordó sin comprender.

—Sí —dijo Pratt observándolos—. Sin duda lo son.

—Es cierto —admitió Walthrip con tristeza—. De alguna manera alguien consiguió llevarse uno de nuestros pares y devolverlos después retocados. Dado el número de testigos, no comprendo cómo pudieron hacerlo —Walthrip se llevó las manos a la cara y se frotó los ojos con fuerza—. Dios, señorita Penny, no sabe cuánto lo siento. Jamás había cometido un error semejante en mi vida. Señorita Penny, si decide despedirme, lo entenderé perfectamente.

—No diga tonterías —le dijo suavemente, al tiempo que le daba unos golpecitos en el brazo—. No voy a hacer nada de eso. Vamos a solucionar esto juntos.

—¿Entonces cree que el tramposo es el joven Alistair? ¿Cómo si no podría haber tenido tanta suerte?

Amariah negó con la cabeza.

—No puede ser él, Pratt. Anoche era la primera vez que venía a Penny House. Los dados tuvo que cambiarlos otra persona, él sólo fue el afortunado beneficiado.

Pratt tocó los dados una y otra vez.

—Hasta un novato notaría la diferencia al agarrarlos.

—Pero él no los había agarrado antes —puntualizó Walthrip—. No, es evidente que fue otra persona la que puso los dados en juego con algún movimiento que a los demás nos pasó inadvertido.

—Entonces estamos como al principio —dijo Amariah, descorazonada—. Pensé que lo único positivo que sacaríamos del desastre de anoche es que descubriríamos quién podía ser el tramposo.

—Eso dijo también Su Excelencia el duque —recordó Pratt.

—¿Se refiere a lord Guilford? —preguntó ella con cautela, aunque en realidad sabía que tenía que ser él. ¿Qué otro miembro hablaría de esas cosas con Pratt? ¿Por qué Guilford no podía ser como el resto de los socios que le dejaban a Amariah la responsabilidad de todos los asuntos del club? Él sin embargo mostraba tanto interés, que empezaba a entrometerse—. ¿Qué fue lo que te dijo Su Excelencia, Pratt?

Pratt se quedó pensando unos segundos antes de responder.

—Anoche… cuando todo el mundo se estaba yendo, Su Excelencia comentó lo inteligente que

153

había sido usted al agarrar los dados, pero lamentó que no fuera a servir de nada.

—¿Eso es todo? —Amariah no sabía si creerlo porque era consciente de que, como el resto de Londres, Pratt adoraba a Guilford—. ¿No te dijo lo que debíamos hacer a continuación, ni te dio ninguna orden?

—No, señorita. Su Excelencia siente una profunda admiración por usted y jamás haría nada que pudiera comprometerla a usted o al club.

Claro que lo haría, pensó Amariah, pero prefirió callarse.

—Al menos llegamos a la misma conclusión —concluyó después de una pausa.

—Sí, señorita.

La llegada de un lacayo con los periódicos sirvió para que Walthrip pudiera excusarse y marcharse.

Pratt y Amariah se repartieron los diarios y buscaron en todos ellos los artículos que hicieran referencia a lo sucedido. En uno de ellos se describía como *grave altercado*, en otro se decía que la reyerta había sido provocada por la *reacción de un grupo de parientes de lord A******* ante las acusaciones de que estaban teniendo más suerte que los demás caballeros*, lo cual se ajustaba bastante a la realidad.

El tercer periódico sin embargo culpaba a lord Westbrook;

Como suele pasar con aquellos que gustan de

lanzar los dados sobre el tapete verde, la suerte sonríe unas veces a unos más que a otros. La noche pasada, la paz y la amabilidad de Penny House se vio alterada por la infelicidad de cierto barón que acababa de descubrir que los hados de los dados pueden arrebatarle a uno lo que antes le han regalado. Su reacción provocó una desagradable situación que obligó a cerrar el club a tempranas horas.

—Nada de malo tampoco en ése —comentó Amariah, atreviéndose a pensar que quizá sus miedos fueran infundados.

Pratt asintió.

—Lord Guilford dijo que ningún caballero contaría lo sucedido a los periodistas porque todos ellos preferían que sus esposas o prometidas no supieran nada al respecto.

—Supongo que habla por experiencia propia —dedujo Amariah—. ¿Salió alguna otra perla de boca de lord Guilford?

—No, señorita.

Amariah suspiró y echó mano del último periódico, *The Covent Garden Tattle*. Lo extendió sobre la mesa y empezó a leer lo que constaba bajo el titular de *Noche deshonrosa en Penny House*:

Honestidad y Honor deberían ser las características reinantes en cualquier club de juego pri-

155

vado que pretendiera recibir a los mejores invita-
dos, pero eso no fue lo que ocurrió la pasada
noche en Penny House. Con el rumor de la pre-
sencia de tramposos ya en el aire, un noble
miembro del club se vio obligado a poner en
entredicho la victoria de un visitante del norte, un
joven caballero escocés cuyo repentino cambio
de fortuna hizo que crecieran sus pertenencias
con sólo lanzar los dados una vez, mientras que
*el barón W***b***k se quedaba con los bolsillos*
vacíos.

—Discúlpeme, señorita Penny —la interrumpió Pratt, indignado—, pero eso no fue lo que
ocurrió.

—Ya sabes que el Tattle jamás dejará que la
verdad estropee una buena historia —respondió
Amariah con tristeza—. Pero escucha, las mentiras continúan:

Los responsables del club no prestaron ayuda
alguna, pues todos ellos decidieron ponerse de
parte del escocés y en contra del barón y, lo que
es más, se quedaron de brazos cruzados mientras
los amigos de Escocia lo atacaban salvajemente.
Sin duda este lamentable hecho acabará muy
pronto en un Encuentro de Honor entre los dos
implicados en algún rincón de esta ciudad,
dejando a la Reina Roja de Penny House con
total libertad para seguir ocultando lo injusto de

su negocio, el trabajo del Gran Tramposo, que
seguirá sembrando el mal en su mesa de juego
para beneficio de ambos.

La rabia le impedía hablar, Amariah sólo pudo
emitir un resoplido de furia para después tirar el
periódico al fuego.

—¡Es puro veneno, Pratt! Esa gente quiere
arruinarnos, Pratt, y yo no voy a permitir que lo
hagan quedándome de brazos cruzados. Si se
atreven a llamarme la Reina Roja por mi pelo,
muy bien, ¡seré una reina y les enseñaré lo que
les ocurre a los que deshonran mi reino!

—No, señorita Penny —le dijo Pratt con voz
temblorosa por culpa de la misma furia que sentía
ella—. Quiero decir, no, señorita, no puede quedarse de brazos cruzados.

—Claro que no —insistió dando un puñetazo a
la mesa que hizo bailar a la taza de té—. Llámame
un coche, Pratt. Ya va siendo hora de que le haga
una visita al editor del *Tattle*.

Ocho

Guilford se detuvo en la calle, frente al viejo edificio. La pintura de la fachada estaba desconchada y el nombre del cartel prácticamente borrado; resultaba extraño que un negocio de aspecto tan descuidado pudiera ocasionar tanto trastorno. Eso no significaba que Guilford se hubiera sentido intimidado porque a él no le importaba lo más mínimo lo que se dijera o escribiera sobre él.

Pero por Amariah, había hecho algo impensable. Había leído la primera edición de los periódicos antes de acostarse y eso había sido suficiente para hacerle levantarse casi a la vez que el sol. No se había levantado a horas tan intempestivas desde que había alcanzado la mayoría de edad, pero lo había hecho por Amariah. Y también por ella había ido a hablar con dos caballeros magullados y medio aturdidos que no habían querido hablar con él, aunque finalmente lo habían hecho y después se había dirigido a aquella sucia zona de Londres, dispuesto a enfrentarse con los escritorzuelos del *Covent Garden Tattle*. Y aún ni siquiera eran las doce del mediodía.

—¿De parte de quién, señor? —le preguntó un muchacho regordete con las manos manchadas de tinta, cuando pidió hablar con el editor del periódico.

Guilford sonrió, dispuesto a actuar exactamente como había planeado.

—Del duque de Guilford.

El aprendiz bajó la cabeza a modo de torpe reverencia y salió corriendo hacia el despacho del fondo, de donde volvió unos segundos después acompañado de un hombre igualmente regordete que debía de ser su padre.

—Simon Dalton, su más humilde servidor —le dijo con un movimiento que pretendía ser una reverencia, pero que se quedó en algo parecido a una burla—. No sabe el honor que es para mí recibirlo en nuestra humilde publicación, Excelencia. No es común recibir la visita de alguien tan ilustre.

Guilford se limitó a tirar sobre la mesa la copia del periódico que llevaba en la mano.

—Esa sarta de mentiras que ha publicado no me ha dejado otra opción que venir.

Dalton apretó los dientes.

—Son palabras muy fuertes ésas que utiliza contra mi periódico, Excelencia. Muy fuertes.

—Pero verdaderas —matizó Guilford, impasible—. Pero no creo que usted vea la diferencia.

—Debo pedirle que recuerde que mi negocio consiste en vender periódicos, no verdades.

—Al menos veo que no lo niega —dijo con un desprecio que no tuvo que fingir—. ¿Es usted el autor de esa calumnia sobre lo sucedido anoche en Penny House?

Dalton volvió a inclinar la cabeza y sonrió.

—¿Admira mi trabajo, Excelencia?

—Lo único que podría admirar es su insolencia —dijo Guilford—. Usted ni siquiera estuvo anoche en Penny House, claro que tampoco lo admitirían. ¿Cómo demonios ha podido escribir todas esas mentiras?

—Tengo reporteros que actúan como si fueran mis ojos —replicó encogiéndose de hombros—. El público tiene derecho a saber lo que ocurre tras esas enormes puertas de St. James Square.

—El público debería saber la verdad, no su retorcida visión de la misma.

—La verdad, Excelencia, depende del color del cristal con que se mire —respondió sonriente, como si tan torpe afirmación lo explicara todo—. Lo que no alcanzo a comprender es su disgusto. Usted no salía mencionado en el artículo, ni siquiera de pasada. ¿Acaso actúa usted como padrino de alguno de los dos caballeros implicados?

—No hay necesidad de padrinos porque no va a haber ningún duelo —anunció Guilford tajantemente—. Yo mismo he hablado con los dos caballeros esta mañana y los he disuadido de considerar siquiera tan insensato comportamiento.

—Excelencia, no sabe cuánto lamento que haya hecho eso —protestó Dalton, malhumorado—. Pocas cosas aumentan tanto nuestras ventas como un duelo.

—También hay pocas cosas menos legales, Dalton —a Guilford empezaba a agotársele la paciencia y, de no haber sido por Amariah, no habría dudado en darle una paliza a aquel granuja y acabar con el problema rápidamente—. ¿Quién demonios le da derecho a incitar al asesinato de ese modo? ¿Es que no le importa la cantidad de vidas que puede destrozar con sus mentiras o que su artículo pueda arruinar la reputación de un negocio respetable?

—Se refiere usted a Penny House, ¿verdad, Excelencia? —en los ojos de Dalton apareció un brillo malicioso—. De eso se trata. A usted no le importa que Westbrook y el otro caballero se revienten los sesos al amanecer. Lo único que le preocupa es el efecto que pueda tener ese duelo o la existencia de un tramposo en Penny House, y en la encantadora señorita Penny.

Guilford agarró a Dalton por la pechera y lo miró fijamente a los ojos.

—No vuelva a mencionar a la señorita Penny, Dalton. No quiero que su nombre vuelva a salir ni por su boca ni en su vil periódico.

—Usted no puede presionarme —protestó

Dalton tratando de soltarse—. No me dejaré amenazar, ni… ni comprar.

—No será necesario porque va a hacer lo que yo le estoy pidiendo —aseguró soltándolo de golpe. No podía dejar que el mal genio le estropeara el plan—. No habrá más difamaciones sobre Penny House si no quiere que lo lleve a los tribunales por calumnias.

—¡No puede hacerlo, Excelencia! Sabe perfectamente que ningún juez me daría la menor oportunidad teniéndolo a usted como demandante —dijo con indignación—. No tendría nada que hacer contra un hombre de su posición y su riqueza.

—Entonces téngalo en cuenta a la hora de escribir sus artículos. Lo que yo haría con usted no es ni más ni menos que lo que usted hace todos los días con la gente sobre la que miente en sus periódico.

—Yo nunca hago ningún daño a los de su clase, Excelencia —replicó furiosamente—. Nada de lo que yo diga puede afectar a un caballero o a una dama de su importancia.

—Claro que les afecta, los lleva a retarse en duelos estúpidos —argumentó Guilford—. Y claro que afecta que diga que Penny House sirve de refugio a tramposos.

—No voy a dejar de escribir sobre Penny House, Excelencia —declaró con firmeza—. No puedo hacerlo sabiendo que allí se reúnen las mayores fortunas de la ciudad. No sería justo para mi negocio.

Guilford frunció el ceño.

—Puede escribir sobre Penny House todo cuanto quiera, siempre y cuando sea verdad.

—¿Verdad? ¿Quién iba a pagar por leer eso?

—No lo sabrá hasta que no lo intente —había llegado la hora de jugar su baza—. Dígale a sus fuentes que le cuenten la verdad para variar.

—¡Bah! —exclamó Dalton con desprecio—. ¡No son más que lacayos deseosos de ganarse unos chelines extra! ¿Qué verdad puede darme esa gente, Excelencia?

Guilford no contestó porque sospechaba que Dalton seguía sin decirle toda la verdad. Aunque sus artículos eran una colección de infamias, sí daba la sensación de tener fuentes dentro del club que le daban detalles que de otro modo no podría saber. Lástima que Guilford fuera a arruinarles el trabajo a esos informadores, ya fueran lacayos de Penny House o algún guardia.

—Supongo que tendrá que pagar más por su información, Dalton, si no quiere que yo…

—¡Guilford! —exclamó Amariah—. ¿Qué estás haciendo aquí?

Guilford no se dio la vuelta de inmediato con la esperanza de que no fuera cierto que Amariah estuviera allí y fuera a estropearlo todo. Pero sí lo era.

Allí estaba, radiante a pesar de todo lo sucedido la noche anterior.

—Buenos días, señorita Penny —la saludó con una inclinación de cabeza—. Espero que esté bien.

—Estoy perfectamente, Guilford —después de decir eso, Amariah se giró a mirar a Dalton—. Usted debe de ser el señor Dalton —dijo en un tono que hizo que Guilford se compadeciera del editor—. El editor y principal escritor del Covent *Garden Tattle*, ¿no es así?

—Exactamente, señora. Y usted es…

—La señorita Amariah Penny —completó ella al tiempo que le mostraba el artículo aparecido esa misma mañana—. Me sorprende que no me reconozca, teniendo en cuenta las veces que me ha atacado ese espanto que usted llama periódico.

—¡Es un honor conocerla, señorita Penny! —exclamó Dalton sin la menor dignidad. Los ojos estaban a punto de salírsele de las órbitas. Evidentemente, no había imaginado que la señorita Penny fuera tan joven y tan bella—. ¿Puedo ofrecerle un té?

—He venido en busca de respuestas, señor Dalton, no de té —replicó Amariah sin dejarse distraer por sus modales—. ¿Cómo se atreve a escribir lo que ha escrito sobre mi negocio? ¿Cómo osa a escribir tantas mentiras?

—No es más que entretenimiento para las masas. Al pueblo llano siempre le gusta saber algo más de las clases superiores de la ciudad.

—Lo dice como si fuera algo completamente

inocente. ¿Es que no se da cuenta de que ese «entretenimiento» como usted lo llama puede arruinarme?

—Le aseguro, señorita Penny —empezó a decir con la frente empapada en sudor—, que sólo pretendo ganarme la vida humildemente y edificar a mis lectores.

—¿Desde cuándo son edificantes las mentiras? —contraatacó Amariah—. Penny House no es sólo un salón de juego, también es una manera de recaudar dinero para caridad. Si usted continúa difamándonos, dejará sin comida a cientos de niños, viudas y pobres de todo Londres. ¿Eso le resulta entretenido, señor Dalton?

—Es su negocio, señorita Penny, y puede hacer lo que quiera con los beneficios. Pero no veo por qué mi familia y yo tenemos que sufrir su decisión de jugar a hacerse la dadivosa.

Amariah contuvo la respiración unos segundos para no explotar.

—No le estoy pidiendo que sufra, señor Dalton —dijo, algo más tranquila—. Lo único que le pido es que no vuelva a escribir una palabra sobre Penny House.

—¿También usted? —gritó el editor—. Es lo mismo que me ha pedido Su Excelencia, pero ninguno de los dos puede obligarme a que obedezca.

Amariah se volvió a mirar a Guilford.

—¿Es eso cierto? ¿De verdad le has pedido que deje de escribir sobre el club?

—Sí, por eso he venido. He leído lo que se ha publicado esta mañana y he venido a hablar con él.

—Guilford... —susurró con la misma expresión con la que lo había mirado al agradecerle el regalo que le había hecho a la mamá y al bebé, con la misma admiración en su cálida sonrisa—. Y siendo tan temprano. Es todo un detalle.

Guilford suspiró, debía decirle la verdad.

—Se lo he pedido, sí, pero eso no significa que él haya accedido a hacerlo.

—Pero... ¿De qué parte estás tú, Guilford?

—De la tuya —respondió a toda prisa—. De la de Penny House y de la verdad.

—Mis lectores se morirían de aburrimiento con la verdad —protestó Dalton—. Si no escribo más que cosas buenas, me arruinaré.

—También se arruinará si yo lo llevo a los tribunales —le recordó Guilford con una sonrisa—. En ésas estábamos cuando has llegado, Amariah —dijo mirándola a ella—. Dalton acababa de decidir que necesita un informador más fiable dentro de Penny House.

—Si uno de mis empleados se atreviera a traicionar los secretos de nuestros socios y vendérselos a un periódico, lo despediría de inmediato —prometió tajantemente.

—Lo sé —dijo Guilford con solemnidad—. Por eso yo voy a ser el nuevo informador de Dalton.

—¿Usted, Excelencia? —preguntó el editor, atónito—. ¿Un noble dándole información al *Covent Garden Tattle*? ¿Destapando los secretos de sus iguales? ¿Cómo podría confiar en usted, Excelencia? ¿Cómo podría saber que no me miente?

Guilford sonrió mientras pensaba que quizá, después de todo, no estuviera mal que Amariah estuviera presente para que tuviera la total seguridad de que estaba haciendo todo aquello para salvar la reputación de su negocio.

—Supongo que tendrá que confiar en mi palabra de caballero para saber que no voy a traicionarlo.

—¡Sin embargo a mí ya me has traicionado! —gritó Amariah golpeándolo en el brazo con el periódico enrollado—. ¿Cómo eres capaz de hacer algo así, Guilford?

—Porque es lo mejor, Amariah —aseguró con cierta sorpresa—. ¿Cómo si no podemos asegurarnos de que sólo se publicará la verdad?

—¡Pero serás un espía! Se supone que Penny House es un refugio para nuestros socios, no un lugar en el que serán espiados por un chaquetero como tú.

—Nunca lo sabrán —dijo Guilford vigilando el periódico que Amariah seguía teniendo en la mano. Jamás habría imaginado que reaccionaría de ese modo—. Nadie lo sabría excepto Dalton y tú.

—Yo no se lo diré a nadie —prometió el editor rápidamente—. ¿Pero no cree que alguien acabará adivinándolo?

—¡Por supuesto! —exclamó Amariah—. Estarán tan preocupados sospechando unos de otros, que no habrá más que acusaciones y peleas.

—Entonces seré sincero y dejaré que Dalton utilice mi nombre —propuso Guilford sin comprender por qué Amariah no se daba cuenta de que era el plan perfecto—. Haré lo que sea mejor para Penny House. Lo único que quiero es ayudarte, Amariah. Tienes que estar segura de eso —añadió con una sonrisa.

—¿Alguna vez te he pedido ayuda, Guilford? —preguntó ella, indignada—. ¿Alguna vez te he pedido que te entrometas en mis asuntos de esta manera?

—No era necesario que lo hicieras —dijo él, lamentando que pareciera tan ofendida—. Leí el artículo yo solo.

—¡Yo también! —replicó Amariah—. ¡Y podría haberlo solucionado todo por mis propios medios!

—Me temo que no, señorita Penny —intervino Dalton, que parecía sentirse victorioso—. Es usted una dama encantadora, pero haré caso a Su Excelencia.

Amariah apretó los labios con frustración.

—Ya ves lo que has conseguido, Guilford —dijo ahora con cierta resignación—. Dios, si fuera un caballero, ¡lo retaría a un duelo en este mismo momento!

Dalton se echó a reír.

—Ahí tiene su primera historia, Excelencia —dijo sin parar de reír—. La virago de triste fama reta a duelo a un caballero.

«Maldita sea», pensó Guilford. «Hasta un gusano como Dalton había oído la dichosa palabra».

—No lo he dicho yo, Amariah —se excusó inmediatamente—. Sabes perfectamente que yo jamás te llamaría algo así.

Amariah clavó la mirada en sus ojos con un gesto herido que le hizo sentirse el hombre más estúpido del mundo.

—No, Guilford, no es necesario que lo hagas tú, siempre tienes algún adulador que lo hace por ti, ¿no es cierto?

—Amariah, por favor —empezó a decir Guilford, pero ella ya estaba saliendo por la puerta.

—Es toda una virago, Excelencia —dijo Dalton—. No podría habérsele ocurrido una palabra mejor para describirla.

—Váyase al infierno, Dalton —explotó Guilford sin dejar de mirar a Amariah—. Váyase al infierno y no vuelva.

Por enésima vez desde que habían abierto las puertas del club aquella noche, Amariah miró al reloj: casi media noche y ni rastro de él.

Volvió a preguntarle a Pratt si lo había visto y recibió su negativa, creyó ver en su empleado un gesto de comprensión, como si se hubiera percatado de la decepción y la tristeza que sentía. ¡Y todo por culpa de Guilford!

—Buenas noches, milord —saludó a un caballero cuyo nombre parecía habérsele borrado de pronto. Eso también era culpa de Guilford, por tenerla tan ocupada pensando en él, que había olvidado las cosas más importantes—. ¡Es un honor tenerlo con nosotros esta noche!

—¿Quién se lo habría perdido después de lo de anoche? —contestó el recién llegado con aparente entusiasmo—. No me había divertido tanto desde hacía mucho tiempo, señorita Penny, le doy mi palabra —añadió mostrándole los nudillos magullados de la mano derecha.

La sonrisa de Amariah quedó petrificada en su rostro.

—Pues espero que ese tipo de diversión no se repita a menudo, milord —prefirió hacer caso omiso del guiño de complicidad del caballero y continuar con su papel de anfitriona—. Si gusta, encontrará a sus amigos reunidos en las mesas de naipes.

Aún no podía creer que las barbaridades que habían escrito sobre Penny House no hubieran ahuyentado a los socios, sino más bien al contrario, porque aquél no era el primer caballero que le decía algo parecido.

Pero eso no hacía que la idea de Guilford de convertirse en espía de sus amigos le resultara más agradable, y no era sólo porque no se fiara de lo que Dalton hiciera con la información que le diera Guilford. Le inquietaba que el duque pensara que aquello era un acto de nobleza y, peor aún, que creyera que así estaba salvándola a ella. Aunque, ¿no era eso lo que había sentido cuando se había enterado de que había ido al *Tattle* a pedirle al editor que no escribiera más sobre el club? El problema era que tenía la sensación de que aquello era como hacer un pacto con el diablo. Ya no creía que Guilford estuviera salvándola del dragón ni que sonriera sólo para ella; más bien creía que sonreiría exactamente del mismo modo al propio dragón.

De pronto se preguntó si podría volver a confiar en él…

Lady Frances Carroll le sirvió el té con un suspiro de resignación. Frances era la hermana mayor de Guilford, lo cual parecía darle derecho a mostrar su desaprobación con total libertad siempre que lo considerara oportuno.

—De verdad, Guilford, eres el peor hermano sobre la faz de la tierra —dijo meneando la cabeza de tal modo que lo llenó todo del talco que desprendía su cabello—. Llevas semanas sin venir a verme y ahora vienes y no eres capaz de contarme nada sobre tu nueva amante, porque sin duda hay una nueva. Así que dime, ¿cómo se llama?

—¿Quién, Fan? —preguntó Guilford, al tiempo que se preguntaba a sí mismo por qué había tenido que ir a verla esa noche, aunque en realidad sabía que lo había hecho para huir de Penny House y no tener que enfrentarse a Amariah después de lo sucedido en el periódico.

—Tu nueva enamorada —respondió con una maliciosa sonrisa—. Vamos, Guilford, sé que no eres capaz de estar sin una mujer.

—No es mi enamorada —dijo él a modo de defensa—. No puedes compararla con las otras.

—¡Cuánto me alegro! —exclamó con entusiasmo—. Por fin has encontrado a una mujer que esté a tu altura. Y yo preocupada por esos rumores que te relacionan con esa criatura de ese antro del juego.

—No es una criatura —protestó Guilford frunciendo el ceño—. Es la señorita Amariah Penny y, aunque no cumpla tus requisitos, debes saber que es más noble que la mayoría de los caballeros que conozco.

La felicidad de su hermana se deshizo como una nube de humo.

—¡Ay, Guilford! ¡Otra vez no! Tenía la esperanza de que por fin pudiéramos hablar de boda y de un heredero nueve meses después, como habrían querido mamá y papá.

—La señorita Penny no es como las otras —insistió a pesar de saber que su hermana nunca lo entendería—. Es hija de un vicario.

—¿Y dirige un salón de juego?

—Sus hermanas y ellas lo heredaron, pero dedican todos los beneficios a la caridad. Es una mujer buena y amable, pero también inteligente.

—Y supongo que también será bella.

—Enormemente, sí —dijo Guilford, sonriendo al pensar en todas sus cualidades—. Tiene un precioso cabello rojo y unos brillantes ojos azules y…

—Ni título, ni fortuna, ni futuro —añadió su hermana con pesar—. Mi único consuelo es saber que la olvidarás igual que a las demás.

—No lo creo —entonces recordó la expresión herida de sus ojos esa misma mañana—. Si eso ocurre, será porque ella lo decida, no yo.

—¡Ella! ¿Qué mujer se atrevería a rechazarte?

—La señorita Penny, Fan —dijo de inmediato—. Lo haría si creyese que lo merezco.

Guilford se detuvo en seco. ¿Desde cuándo le preocupaba lo que pensase una mujer de él? Si Amariah le importaba tanto como estaba diciéndole a su hermana, lo lógico era que tratara de solucionar las cosas con ella cuanto antes. Esconderse en casa de Frances no iba a servirle de nada.

—La señorita Penny —repitió su hermana con consternación—. Lo que yo creo es que deberías tratar a esa señorita Penny como se merece.

—Tienes razón, Fan —dijo él poniéndose en pie. En Penny House, todavía era temprano y podría estar allí en un abrir y cerrar de ojos—. Toda la razón del mundo. Voy a tratar a la señorita Penny exactamente como merece, y voy a hacerlo ahora mismo.

Amariah subió las escaleras que llevaban a sus habitaciones apoyándose en la barandilla. Le dolía tanto la cabeza que apenas podía fijar la vista, pero sin la ayuda de sus hermana, debía seguir trabajando, por lo que subía a tomarse el remedio que le había preparado el boticario para el dolor de cabeza.

Se detuvo en lo alto de las escaleras, extrañada de que no hubiera ningún hombre vigilando sus habitaciones, pero enseguida recordó que los había enviado a todos a la sala de los dados para que mantuvieran la paz allí. Así que abrió la puerta con llave y entró sin molestarse en encender la luz. Conocía de sobra aquellas habitaciones para moverse a oscuras y además así se libraba del dolor que le provocaba la luz en aquellos momentos.

Con la luz de la chimenea, fue hasta la mesilla de su dormitorio, donde encontró el preparado que mezcló con agua y se tomó a toda prisa con la esperanza de que pusiera fin a aquella tortura. También se echó agua en la cara y, después de volver a colocarse la pluma, se dirigió de nuevo hacia la escalera.

Se detuvo en la puerta que separaba su dormitorio del saloncito y contuvo la respiración. No había cerrado la puerta al entrar y sin embargo ahora estaba cerrada. Algo no iba bien. Había algo diferente. Podía sentir la presencia de otra persona en la oscuridad. Se quedó inmóvil, tratando de oír algo, pero lo único que llegaba a sus oídos era el eco de las risas y de las voces del piso de abajo.

—¿Quién hay ahí? —preguntó con voz ronca—. ¿Qué quiere?

No hubo respuesta, claro que tampoco Amariah esperaba que la hubiera. Pero fuera quien fuera, ahora sabía que ella también estaba ahí.

¿Y si era el hombre que le había lanzado el ladrillo con la nota por la ventana de la cocina? ¿Y si pretendía cumplir su amenaza contra ella?

Muy despacio, Amariah agarró el candelabro que había sobre la mesita de caoba que tenía a su izquierda. Sin la vela, le serviría de arma.

—Sea quien sea, tiene que marcharse —ordenó con algo más de confianza—. No debería estar aquí, así que márchese.

Se alejó de la seguridad que le ofrecía la mesa con el candelabro en la mano.

—¡Vamos, lárguese antes de que…!

Vio la sombra que se acercaba, un instante de oscuridad total. Trató de golpearlo con el candelabro, pero sólo encontró aire antes de que las piernas se le enredaran en las faldas y la hicieran caer al suelo. Trató de ponerse en pie, pero un golpe en la cabeza se lo impidió. Mientras trataba de respirar, vio las piernas de su atacante, tobillos anchos y zapatos con hebillas ovaladas y lisas. De algún modo había conseguido no soltar el candelabro y pudo darle con él en los pies.

El hombre gritó entre dientes antes de darle una patada que le provocó a Amariah un intenso dolor. Ya no podía pensar en nada, sólo en acurrucarse en una bola y llorar.

De pronto se hizo la luz en la habitación, una luz que la obligó a cerrar los ojos y esconder la cabeza entre los brazos. Sintió una mano fuerte en su hombro e intentó soltarse, pero estaba demasiado débil.

—Mírame, querida —le susurró el hombre—. ¡Mírame!

De pronto reconoció la voz; conocía a aquel hombre. Con un sollozo ahogado, abrió los ojos y lo miró.

Nueve

—Mueve los dedos —le pidió Guilford, agachándose junto a su silla—. Por favor, hazlo por mí.

Amariah apretó los labios y Guilford creyó que iba a volver a echarse a llorar. A la luz de la vela, su rostro se veía enrojecido por el llanto y por la magulladura que ya había empezado a inflamarle la sien. Tenía el pelo suelto y enredado y el vestido rasgado, pero lo que más preocupaba a Guilford era que parecía haber perdido la fuerza y la energía para luchar, una de las cosas que más la hacían ser como era.

¿Qué habría pasado si él no hubiera llegado cuando había llegado? ¿Y si no hubiera llegado a tiempo para salvarla?

—Creo que no puedo hacerlo —susurró ella, abatida—. Me duele mucho.

—Inténtalo, por favor. Necesitamos saber si el hueso está roto porque, si es así, voy a llamar al médico quieras o no.

177

—¡No! —gritó Amariah—. ¡Ya te lo he dicho, Guilford! El médico llamaría a la policía y no quiero que eso ocurra.

—Entonces haz lo que te pido —le dijo suavemente—. Mueve los dedos para demostrarme que estás tan bien como dices estar.

Amariah respiró hondo y estiró el brazo muy lentamente. El antebrazo estaba rojo e inflamado, pues allí era donde ese granuja la había pateado. Guilford no pudo evitar maldecir entre dientes. Iba a asegurarse de que el hombre que lo había hecho pagara por el sufrimiento que le había causado.

—Vamos, Amariah —la animó dulcemente—. Si hay una mujer capaz de hacerlo, ésa eres tú.

Aquello le arrancó una tenue sonrisa de los labios que no hizo más que dar cuenta del dolor que sentía. Enseguida volvió a concentrarse en la mano hasta que consiguió mover los dedos como él le había pedido.

—Muy bien, querida. ¿Puedes también mover la muñeca?

Volvió a tomar aire antes de girar la muñeca suavemente al tiempo que seguía moviendo los dedos para estar segura.

—Ya te dije que no estaba roto —anunció ella con orgullo—. Pero de todos modos, me duele una barbaridad.

—Estoy seguro de ello —dijo él levantándose a servirle un coñac—. Bébete esto. No voy a llamar al médico, pero voy a pedir que me traigan hielo de la cocina para bajar la hinchazón. ¿Tenéis hielo en la cocina?

—Claro. Letty lo utiliza para conservar el pescado y para enfriar la jalea.

Después de llamar a los sirvientes, Guilford miró a su alrededor con preocupación.

—¿Crees que podría ser el mismo hombre que te mandó la nota amenazante?

—Yo también lo pensé —dijo ella bajando la cabeza para ocultar el miedo que sin duda había en sus ojos—. Pero creo que este hombre no venía buscándome. De haber sido así, me habría… me habría seguido hasta el dormitorio, pero sólo me atacó cuando yo traté de golpearlo con el candelabro.

—¿Entonces no sabes quién pudo ser?

—No —murmuró con frustración—. Sólo pude verle los pies y aun así, estaba muy oscuro. Llevaba unos zapatos con hebillas ovaladas lisas y medias de hilo, lo que quiere decir que podría ser un lacayo o un caballero.

—Ya sabemos algo —muy poco en realidad, teniendo en cuenta que casi todos los hombres presentes en Penny House se ajustaban a tal descripción. Él no había visto a nadie en la escalera al llegar, lo que quería decir que el atacante ya había tenido tiempo de escapar de la casa, o de confundirse entre el resto de los invitados sin que nadie se percatara—. Debía de tener copia de la llave de estas habitaciones.

—No... yo... había dejado la puerta abierta —admitió con la mirada clavada en la copa de coñac—. Sólo había entrado un segundo a tomarme un remedio para el dolor de cabeza, por lo que no me molesté en cerrar. Y, antes de que me lo preguntes, no había ningún guardia en la puerta, yo misma los había enviado a vigilar la sala de los dados. Me equivoqué, Guilford, y lo siento mucho, pero ésa es la verdad.

—Yo también lo siento, Amariah, pero porque te hayan hecho daño —apartó la mirada unos segundos y fue entonces cuando vio su escritorio—. ¡Mira! Tú no habías dejado eso así, ¿verdad?

—¡Por supuesto que no! —exclamó al ver su escritorio lleno de papeles, todo revuelto—. ¿Qué estaría buscando?

—¿Dinero? ¿O quizá oro?

Amariah negó con la cabeza y miró hacia un cuadro que había en la pared, debía de ser allí donde estaba la caja fuerte.

—Puede que buscara los pagarés de las apuestas —sugirió Guilford entonces—. Quizá quisiera robar la prueba de alguna gran pérdida.

Amariah volvió a negar.

—Guardamos los pagarés con el dinero y, de todos modos, cada mañana se lleva al banco todo lo que hay aquí. Normalmente aquí no hay prácticamente nada de valor.

—Sin embargo es evidente que había algo que quería ese desgraciado —por un lado, Guilford se alegraba de que el motivo del ataque hubiera sido el robo y que los daños que había sufrido Amariah fueran accidentales y no planeados—. Tómate el coñac, te ayudará a dormir. Mañana ya tendrás tiempo para decidir qué quieres hacer al respecto.

—¡Ya te he dicho que no voy a llamar a la policía! —espetó rápidamente—. No puedo permitirme el escándalo.

—No puedes seguir sin hacer caso a los ataques, como hiciste con el ladrillo que rompió la ventana y con la nota en la que te amenazaban.

—¡Esto no tiene nada que ver! Está claro que no hay ninguna relación entre una cosa y otra.

—No puedes saberlo a ciencia cierta, Amariah —dijo él—. Podría haber sido el mismo hombre.

La llegada de la sirvienta interrumpió la discusión. Ambos sabían que en cuanto Pratt se enterara de que habían pedido hielo para un golpe, subiría a ver qué había pasado y de nada serviría que le hubieran dicho a la doncella que Amariah se había dado un golpe en la escalera.

—Ay, Guilford, ¿qué voy a hacer? —le preguntó Amariah, angustiada, una vez que volvieron a estar solos—. No sólo con Pratt, sino con todo… con todo esto que está pasando.

—Pratt no tiene por qué enterarse de lo sucedido hasta mañana, si tú no lo deseas —sugirió tratando de animarla—. Ahora lo único en lo que debes pensar es en acostarte y en dormir un poco. ¿Podrás desvestirte sola?

Amariah le lanzó una mirada de reprobación.

—Perfectamente, Guilford.

—Vaya, yo ya me estaba haciendo ilusiones de ser tu doncella.

Al menos consiguió que sonriera y que aceptara su ayuda para sacar el camisón de la cómoda. Al hacerlo, Guilford trató de no imaginarla dentro de tan delicada prenda.

Cuando la sirvienta volvió a llamar para darles el hielo, Amariah le pidió que fuera por él mientras ella se ponía el camisón. Guilford obedeció y esperó en la puerta de la habitación pacientemente hasta que ella lo avisó de que volvía a estar visible.

La encontró sentada al borde de la cama y tapada con un enorme chal de lana. Guilford hizo un esfuerzo por no fijarse en ella y concentrarse en ponerle el brazo en el hielo para detener la inflamación, una técnica que había aprendido de niño. Un invierno se había caído del caballo y el médico le había mandado poner el tobillo en hielo; aunque el dolor provocado por el frío le había hecho gritar y maldecir, lo cierto era que el remedio había funcionado. Así se lo contó a Amariah para animarla.

—Bueno, yo prometo no maldecir —dijo ella con una suave sonrisa que, un segundo después, se convirtió en una mueca de dolor—. Más vale que esto sirva de algo —farfulló al sentir el frío helador—. Me siento como un trozo de pescado.

—Vas a ver como dentro de un rato te sientes

mejor —aseguró Guilford riéndose del símil—. Te lo prometo.

—Te haré cumplir la promesa, Guilford… Pero a cambio prometo no decirles a tus amigos que Su Excelencia el duque ha hecho de enfermera.

—Me parece bien —lo cierto era que resultaba extraño ser él el que ayudaba. Ya desde la cuna, un lord siempre tenía a alguien para ayudarlo a vestirse, lavarse, peinarse y para cualquier otra cosa que pudiera necesitar.

—Lo suponía —su boca se curvó en una irónica sonrisa—. ¿Podría pedirte que me hicieras un pequeño favor?

—Lo que tú digas —dijo Guilford, con una extraña sensación de alegría provocada por que ella fuera a pedirle algo. Fuera cual fuera el favor, se lo haría sin pensarlo.

—Eres tan galante, Guilford, que me siento como una tonta —bajó la mirada con una vergüenza encantadora—. Si no quieres hacerlo, lo comprenderé perfectamente, pero… ¿me cepillarías el pelo?

—Por supuesto, querida —respondió, sinceramente aliviado de que se tratase de algo tan fácil—. Eso no es un favor, sino un placer.

—Quizá cambies de opinión cuando veas los nudos que tengo. Es que si no me cepillo el pelo antes de acostarme, por la mañana es imposible domesticarlo.

—Tendré tanto cuidado como el mejor peluquero francés —agarró el cepillo de carey y se sentó a su lado—. Avísame si te hago daño.

—Antes tienes que quitarme las horquillas —parecía en tensión, como si no confiara del todo en su maestría con el cepillo—. La mayoría se me han caído ya, pero creo que aún queda alguna.

—Recuerdo ver cómo las doncellas peinaban a mi madre y a mis hermanas para un baile la temporada en que Frances, mi hermana mayor, fue presentada en sociedad —le contó terminando de quitarle las horquillas—. Yo no debía de tener más de ocho o nueve años si me dejaban estar allí. Ellas quedaron encantadas con el resultado, pero yo recuerdo que pensé que les habían dejado la cabeza como el capullo de un diente de león. Y se lo dije a ellas.

Amariah se echó a reír con ganas y así empezó a relajarse.

—Qué desconsiderado por tu parte.

—Era la verdad.

Guilford empezó a cepillarla siguiendo sus consejos y se relajó él también cuando vio que los nudos se iban deshaciendo sin demasiado problema. Su cabello brillaba como el fuego y caía libremente sobre sus hombros ahora desnudos. Había perdido por completo la noción del tiempo, pero aún oía el sonido de los caballos y los carruajes procedente de la calle.

—Hasta hoy, sólo una vez te había oído hablar de tu familia —le dijo Amariah poco después—.

Y sin embargo en la última media hora me has contado dos cosas.

—Supongo que no suelo hablar de ellos porque no es demasiado interesante —admitió Guilford—. No hay oscuros secretos ni tragedias. Lo cierto es que tuve una infancia normal y feliz; mis padres nos querían tanto como nosotros a ellos. Una historia muy aburrida.

—A mí me gusta oírte hablar de ellos —respondió ella con voz ronca y algo adormilada.

Guilford podía sentir cómo la tensión iba desapareciendo de su cuerpo. Amariah había dejado de agarrar el chal y éste se había ido deslizando por sus hombros, dejándolos al descubierto. Ya no había nudos en su cabello, pero él no dejó de cepillarlo; no quería dejar de sentir su fragancia a lila y lavanda, ni dejar de ver su piel inmaculada, una piel que deseaba acariciar para comprobar si era tan suave como prometía ser.

Si de él dependiera, se quedaría allí el resto de su vida. No deseaba separarse de ella. Con su sencillo camisón de lino y el chal de lana, Amariah le resultaba mucho más tentadora que cualquier mujer vestida de encaje francés. Teniéndola tan cerca, tenía la sensación de poder protegerla. Era parecido a lo que había sentido al darse cuenta de que podía ayudar a Billy Fox ofreciéndole un empleo; se sentía útil. Sólo que ahora era mucho mejor porque era a Amariah a la que estaba ayudando.

En ese momento sacó el brazo del hielo, incapaz de aguantar el frío por más tiempo, y se volvió a mirarlo.

—Tengo algo que confesar, Guilford —dijo con un susurro—. No he sido completamente sincera contigo.

—¿No? —Dios, ¿qué iba a decirle? ¿Que estaba casada, o que el hombre que la había golpeado era su amante?

—No —respiró hondo con evidente incomodidad—. Cuando te dije que tenía un último favor que pedirte, no estaba diciendo la verdad. Quiero pedirte algo más.

Guilford dejó el cepillo sobre la cama y la rodeó entre los brazos.

—¿Sólo uno?

—Sí. Puedes negarte a hacerlo, por supuesto. Sé que estoy siendo una cobarde, pero estoy demasiado cansada como para pensar con claridad. Debería ser valiente, pero después de lo que ha pasado antes, yo… te agradecería mucho que te quedaras conmigo hasta por la mañana.

—¿Quieres que me quede aquí? —preguntó, incapaz de creer lo que acababa de oír a pesar de lo mucho que deseara que fuera cierto.

—Sí —dijo con una tristeza tan sincera, que Guilford se dio cuenta de que creía que él diría que no—. No me gusta admitirlo, pero… tengo miedo, Guilford. Ya está, ya lo he dicho. Estoy asustada y no quiero estar sola.

—Claro que me quedaré —le dio un beso muy suave en la frente. ¿Cómo había podido encariñarse tanto de ella? ¿Había sido necesario estar a punto de perderla para darse cuenta de que ya no podía imaginar su vida sin Amariah?—. ¿Qué clase de amigo sería si no lo hiciera?

—Gracias —susurró ella acurrucándose en sus brazos—. Gracias.

Guilford la abrazó aún más fuerte y se quedó inmóvil hasta que cerró los ojos, empezó a respirar más despacio y supo que dormía. Así seguía, abrazándola, cuando se consumió la vela y cuando dejaron de oírse ruidos en la calle, hasta que también él se quedó dormido.

Westbrook se sentó en un rincón del carruaje con el sombrero sobre los ojos para intentar calmar el mareo provocado por el exceso de alcohol, y quizá también por el fuerte aroma del perfume de la prostituta rubia con la que acababa de estar. Aquella prostituta tenía una lengua endiabladamente hábil que había hecho que el dinero gastado mereciera la pena.

Las prostitutas jamás le fallaban, no como el juego. En el burdel de la señora Poynton, Westbrook siempre ganaba. El rumor de lo satisfechas que dejaba a las mujeres corría a menudo entre sus amigos, sin embargo nadie le preguntaba cómo le había ido en Penny House, o si había estado allí cuando…

—¡Dios mío, Westbrook, mira eso! —exclamó Stanton en ese momento, después de pedir al conductor que se detuviera—. ¡Despierta y dime que no estoy soñando!

—¿Por qué demonios iba a hacer lo que tú me ordenes? —preguntó Westbrook sin siquiera retirarse el sombrero de los ojos.

—Porque ha ganado —respondió Stanton con evidente envidia—. Ese maldito Guilford ha ganado.

—¿Guilford?

Eso bastó para que Westbrook se dignara a mirar. Estaba a punto de amanecer y casi no había nadie en los alrededores de St. James Square, sólo algunos chicos de los recados y las mozas de las lecherías que iban a entregar los pedidos sin poder ocultar los bostezos. Pero no era eso lo que Stanton le señalaba.

Muy cerca de Penny House seguía aparcado el carruaje de lord Guilford, exactamente en el mismo lugar en que lo habían visto por la noche, cuando habían pasado por allí de camino a la casa de la señora Poynton.

—Sí, es el de Guilford —admitió Westbrook sin demasiadas ganas—. Qué más da.

—No seas idiota, Westbrook. Vimos llegar a Guilford poco antes de marcharnos, también lo vimos subir las escaleras y después de eso no lo vimos más. Tampoco vimos a la señorita Penny… ¿te acuerdas de que los sirvientes nos dijeron que no se encontraba bien y que se había retirado a sus habitaciones?

—¿Y qué? —Westbrook se encogió de hombros como si no le interesara, como si no se le hubiera quedado la boca seca y el corazón no le fuera a mil por hora. No quería ni pensar en que un hombre de la inteligencia de Guilford hubiera subido a ver a la señorita Penny y a hacer preguntas.

No quería pensar en ellos dos.

—Estaba tan seguro de que ni siquiera Guilford podría llevársela a la cama, que aposté quinientas libras contra él —recordó Stanton con rabia—. Ahora querrá que le pague. ¡El muy maldito no ha necesitado ni una semana para meterse entre sus piernas! Yo no puedo permitirme deshacerme de todo ese dinero así como así.

Westbrook seguía mirando al carruaje con la mirada fija y tratando de ocultar la culpabilidad que sin duda se reflejaba en sus ojos.

—El hecho de que su coche esté ahí no quiere decir que esté en la cama con ella —sugirió Westbrook—. Puede que lo dejara aquí, o que esté en alguna otra casa de la zona.

—Tienes razón —convino Stanton—. Además, yo le pedí que trajera alguna prueba que demostrara que había conseguido acostarse con ella. El carruaje por sí solo no significa nada.

—Dicen que sus aposentos están mejor vigilados que la Torre de Londres —dijo Westbrook tratando de tranquilizarse al mismo tiempo que fingía tranquilizar a su amigo—. Todo está cerrado bajo llave y una mujer como la señorita Penny no es de las que le pasa la llave a un caballero con un beso.

—Es cierto. La apuesta no habrá terminado hasta que me traiga una prueba.

Westbrook asintió con ímpetu.

—No hay prueba alguna de que nadie haya estado en sus habitaciones esta noche, excepto la propia señorita Penny.

Pero Stanton ya no le escuchaba, sus pensamientos seguían centrados en la apuesta.

—Debería haber sabido que no era buena idea apostar algo así con Guilford —insistió—. Ese hombre vuelve locas a las mujeres, a todas, y además es duque. No hay justicia.

Stanton tenía razón, no había justicia. Westbrook nunca tenía la fortuna de su lado; las prostitutas gemían tan sólo si antes él había pagado a la madama del burdel y, a pesar de todas sus muestras de admiración, Amariah Penny seguía sin dignarse a mirarlo siquiera. Mientras que a Guilford siempre lo miraba como si fuera a derretirse y cada vez que el duque se sentaba a jugar a alguna mesa, fuera del juego que fuera, la suerte siempre estaba con él.

Pero si uno era lo bastante inteligente, podía cambiar su suerte y él lo había demostrado esa noche. Se puso la mano en la boca para ocultar su sonrisa de satisfacción. Stanton podía lloriquear todo lo que quisiera, pero él se había arriesgado y había cambiado su suerte. Había hecho justicia, no sólo para él, también para Guilford y para Amariah.

La próxima vez que se sentara a la mesa de los dados, quizá lo acompañara la suerte.

Amariah se despertó al oír un ronquido.

Se dio media vuelta aún entre el sueño y la vigilia. No podía levantarse todavía, le dolía el cuerpo entero y quería dormir más, así que hundió la cabeza en la almohada para huir de la luz del sol.

Pero no podía huir de los ronquidos; un ronquido fuerte y masculino. No había oído algo parecido desde la muerte de su padre.

Algo que jamás había oído en su propia cama. Aquello la hizo despertar de pronto e incorporarse en la cama de un salto a pesar del dolor.

—¡Guilford! —exclamó, horrorizada, al tiempo que se tapaba con el chal—. ¡Por el amor de Dios! ¿Qué estás haciendo en mi cama?

Guilford frunció el ceño y gruñó, pero no llegó a despertarse. No estaba metido en la cama, sólo tumbado encima de la colcha. Llevaba las mangas subidas y algunos de los botones de la camisa abiertos; sus zapatos estaban en el suelo, pero al margen de eso, estaba decentemente vestido. El chaleco seguía abrochado, así como los pantalones, gracias a Dios.

—¡Guilford, despierta! —le dijo en susurro.

Al ir a zarandearlo y sentir el dolor en el brazo, recordó todo lo ocurrido la noche anterior; Guilford había acudido en su ayuda cuando ella más lo había necesitado.

Y entre ellos no había pasado nada indecoroso.

Se quedó mirándolo unos segundos. Tenía el pelo alborotado y una sombra de barba en la cara. Dormido, parecía diferente; más joven, menos astuto e insinuante, lo que seguramente significaba que se parecía menos al Guilford que ella había conocido hasta la noche anterior.

Pero ese Guilford de antes no le habría cepillado el cabello, ni la habría cuidado con la ternura y la amabilidad que ella necesitaba. Desde que tenía uso de razón, Amariah había sido siempre la que había cuidado de los demás, sin embargo la noche anterior había sido él el que la había cuidado. Y a ella le había gustado que lo hiciera. Le gustaba mucho esa nueva versión de Guilford, un hombre que sonreía y contaba cosas de su infancia y que la había abrazado hasta caer dormida. Así debían de ser las mañanas para sus hermanas, cuando se despertaban junto a sus maridos, sintiéndose protegidas y seguras.

Por supuesto que no tenía derecho a pensar de ese modo del hombre que tenía a su lado. Guilford había sido muy amable, nada más; no era culpa suya que su estúpido corazón deseara algo más, más de lo que tenía derecho a esperar o de lo que él tenía deseo de dar. Era una lástima que su presencia allí fuera a destrozar su reputación si alguien lo descubría.

—Guilford, por favor, tienes que despertarte.

Por fin abrió los ojos, la miró y sonrió.

—Amariah —susurró, medio dormido—. ¡Estás preciosa!

—No, Guilford, no hay tiempo para eso. Es tarde y tienes que irte antes de que alguien se dé cuenta de que estás aquí.

—¿Tan pronto? —dijo echando mano de su reloj—. Ni siquiera es mediodía, todavía quedan horas para que abra el club.

—¡Mediodía! —se giró para agarrar el reloj que tenía en la mesilla—. ¡Son más de las once! Todo el mundo estará ya trabajando.

—Entonces estarán muy ocupados para darse cuenta de mi presencia.

—¡No, no, no! —gritó, desesperada—. ¡Todos se habrán dado cuenta ya de que no he bajado todavía! Y, después de que Deborah te viera aquí anoche, supondrán que tú eres el motivo de que no haya aparecido todavía.

—Y tendrán razón —Guilford se volvió hacia ella a observar sus heridas—. El moretón de la cara no tiene buen aspecto, ven aquí para que te lo vea mejor.

—¿Está tan mal? Porque lo del brazo puedo ocultarlo con unos guantes, pero eso… Jamás me he pintado la cara.

193

—Pues puede que esta noche tengas que hacerlo. A la mayoría de las mujeres no les importa que alguien piense que he estado en su dormitorio —dijo cambiando de tema con una pícara sonrisa.

—Yo no soy como la mayoría de las mujeres.

—Ya lo había notado —susurró él—. Y me gusta que sea así.

Amariah se dispuso a apartarse de él.

—Espera —le dijo poniéndole la mano en la mejilla—. Me alegro de que estés mejor. Anoche tuve tiempo de pensar y me he dado cuenta de cuánto te aprecio. Nunca había conocido una mujer como tú, Amariah, y no creo que pueda hacerlo.

—Es… es sólo porque no buscas en los lugares adecuados —susurró ella.

—Claro —respondió sin convicción alguna—. Cuando pienso en lo que podría haberte pasado anoche…

—No pasó nada —dijo ella, casi sin respiración. Nunca lo había visto sonreír de ese modo, como si nada importara excepto ella—. Ya está, Guilford. No debes preocuparte.

—Por supuesto que debo preocuparme, Amariah, esto no ha hecho más que empezar —protestó él.

Entonces la besó y Amariah se dio cuenta de que había esperado que lo hiciera desde que la había encontrado en la oscuridad. Ella lo besó con igual pasión, como si necesitara confirmar su deseo por ella. Por unos minutos, pudo olvidarse de todas las responsabilidad y limitarse a ser ella misma.

Saboreó el placer de sus labios, el placer de estar con él allí, en su cama. Sintió su mano bajando por el hombro, metiéndose bajo el chal, bajo el escote del camión.

Cuando por fin llegó al pecho, Amariah se dio cuenta de que estaba conteniendo la respiración, anticipando el placer de sentir su mano sobre la piel desnuda. Y cuando lo hizo, cuando notó sus dedos acariciándole el pecho, el pezón se endureció de inmediato y sintió un escalofrío de placer y de alegría. Con mucho cuidado para no hacerle daño en el brazo, Guilford la tumbó sobre las almohadas y se colocó sobre ella como si aquél fuera su sitio, como si...

—¡Guilford, hay alguien en la puerta! —exclamó de pronto—. Seguramente sea Deborah, que me trae el desayuno. Tengo que abrir.

—No, no tienes por qué —dijo él sin dejar de darle besos por el cuello—. Tú eres la señora de la casa, no tienes por qué responder si no quieres.

—Claro que sí, precisamente por ese motivo —respondió ella, tratando de no dejarse influir por el poder de persuasión de sus besos—. Tienen que consultármelo todo y Deborah no se marchará hasta que haya contestado.

Guilford resopló con resignación y se hizo a un lado.

—Entonces despídelos a todos. Se lo merecen y tú me mereces a mí.

—Ninguno de los dos merecemos esto —murmuró ella poniéndose en pie—. Si cierro la puerta, ¿prometes quedarte en el dormitorio hasta que se haya ido?

—Me he escondido de maridos y padres, e incluso de algún que otro hermano ofendido, pero nunca de un desayuno —dijo él, pero en sus ojos había cierta amargura al verla marchar—. Vuelve pronto, amor, por favor.

Amariah sonrió y cerró la puerta tras de sí, pero no pudo dejar de pensar en que acababa de llamarla «amor». ¿Habría sido sólo un apelativo cariñoso… o algo más? ¿Cuál de los dos Guilford era el que había dejado en su cama?

Al salir a la salita comprobó con la luz del día el destrozo que había hecho el intruso. No sólo había revuelto el escritorio, los cajones estaban abiertos y el suelo lleno de papeles. Incluso había abierto la caja en la que guardaba las cartas de sus hermanas, que estaban desperdigadas por todas partes. ¿Qué habría pasado si Guilford no hubiera aparecido?

Necesitaría todo el día para arreglar todo aquello. Prefirió no pensar en cuánto habría deseado poder pasar ese tiempo con Guilford.

Antes de abrir la puerta, se echó el pelo sobre la frente para ocultar el golpe y se tapó el brazo con el chal.

—Le he traído el desayuno —anunció Deborah con la bandeja en la mano.

—Espero que esté mejor, señorita —dijo Pratt, a su lado. Pero iba acompañado por otros dos caballeros—. Al ver que no contestaba antes, decidí acompañar a Deborah personalmente y pedirles al doctor Hislop y al señor Green que vinieran también. El señor Green es el jefe de policía, señorita.

Pratt empujó la puerta suavemente para permitir el paso a la doncella y a los otros dos caballeros.

—No es necesario, Pratt —aseguró ella—. No necesito ningún médico, ni ningún policía. Estoy perfectamente, como puede ver.

Pero Pratt ya había visto suficiente a juzgar por el modo en que la miraba a ella y después el caos de la habitación. Y quizá también mirara la puerta cerrada de su dormitorio.

—Como usted diga, señorita Penny —dijo amablemente—. Como usted diga. Pero ahora, si le parece, creo que es hora de que me lo cuente todo.

Diez

El señor Green no parecía satisfecho con el testimonio de Amariah. No parecía creer que realmente no hubiera visto más de ese hombre que las medias y los zapatos. Eso y la venda que el médico le había puesto en el brazo, hacían que Amariah se sintiera como una prisionera enferma e interrogada.

—Comprenderá, señorita, que decir que llevaba zapatos y medias no es de ninguna utilidad —protestó el policía.

—Entonces tampoco lo es usted —replicó ella poniéndose en pie y dispuesta a acompañarlo a la puerta.

Pero no pudo hacerlo.

—He oído rumores de que había un tramposo en el club —dijo de pronto—. Un tramposo no es más que otro tipo de ladrón. ¿Cree que es posible que ese mismo hombre hubiera subido aquí a robar?

Amariah pensó en la nota e inmediatamente

decidió no hablarle de ella al señor Green. Guilford había estado de acuerdo con ella en que el ataque de la noche anterior no parecía estar relacionado con las amenazas anteriores, así que no había motivo para complicar más la situación.

—Hubo rumores, sí, pero ninguna prueba —respondió con firmeza—. Ya hemos tomado medidas al respecto. Y creo que también será mejor que solucionemos esto personalmente —igual que habían hecho con todos los problemas que habían surgido en Penny House durante el año anterior. Quizá pudieran contratar a la agencia de detectives que se había encargado de investigar otros problemas del modo más discreto—. Así que, Pratt, si eres tan amable de acompañar al señor Green a la puerta…

—Encantado, señorita —dijo Pratt con la paciencia de siempre—, pero antes quiero preguntarle algo más. Todavía no ha explicado la relación de Su Excelencia el duque de Guilford con el ataque. Deborah dijo que fue él el que la envió por hielo y el que le abrió la puerta después.

Amariah sintió cómo le subía la sangre a las mejillas. Debería haber sabido que Pratt acabaría preguntando por el duque; habría sido imposible que no lo hiciera. ¿Estaría escuchando Guilford al otro lado de la puerta de su dormitorio?

—Yo había subido porque no me encontraba bien —empezó a hablar eligiendo las palabras con extremo cuidado—. Su Excelencia debió de preocuparse por mi ausencia y subió a ver si estaba bien.

—Pero éstos son sus aposentos privados, ¿no es cierto, señorita Penny? —persistió Green—. ¿Su Excelencia tiene costumbre de visitarla aquí?

—¡Por favor, señor, tenga cuidado con lo que dice! —advirtió Pratt.

—Gracias, Pratt, pero si el señor Green cree que es necesario hacerme esa pregunta, entonces tendré que responderla —dijo Amariah, con la intención de usar la autoridad que tenía en aquella casa a pesar de ir cubierta con un camisón y un chal—. Anoche fue la primera y la única ocasión en la que Su Excelencia ha estado en estas habitaciones. Supongo que su llegada asustó al intruso y me salvó la vida.

—Puede que sea cierto, señorita. Seguramente lo sea, pero... ¿por qué iba Su Excelencia a elegir precisamente esa noche en particular para seguirla a sus habitaciones? ¿Cómo pudo saber que usted se encontraba en peligro?

—¡No lo sabía! —protestó Amariah—. No fue más que una coincidencia que subiera justo en ese momento, una coincidencia que me salvó la vida.

—Una coincidencia —repitió Green con gesto pensativo—. ¿Su Excelencia el duque suele hacer grandes apuestas, señorita Penny?

—No —respondió Amariah con la mirada clavada en el abrigo de Guilford, que estaba apoyado en una silla a la espalda del señor Green—. Aunque es miembro del comité del club, Su Excelencia viene más por la compañía que por el juego en sí.

—Y sin embargo viene prácticamente todas las noches.

—Ya se lo he dicho, señor Green —dijo con toda la firmeza de la que era capaz en aquel momento—. Su Excelencia viene a Penny House por la compañía.

Green sonrió antes de hablar.

—¿Por su compañía, señorita Penny?

—¡Señor Green, por favor! —intervino Pratt.

—Está bien, está bien. Entonces permítame que le haga otra pregunta —dijo Green, impertérrito—. ¿Por qué habría de venir Su Excelencia a estos aposentos si no era en busca de su compañía? ¿Qué otro motivo podría traerlo aquí?

—Yo... no lo sé —respondió Amariah tratando de controlar el pánico que amenazaba con apoderarse de ella. Esa misma duda se le había pasado por la cabeza también a ella y la había hecho sentirse desleal y desconfiada con Guilford, por eso había optado por olvidarse de la idea. Sin embargo la pregunta de Green hacía que volviera a dudar de sí misma y de Guilford—. Sólo puedo decirle que estoy muy agradecida de que viniera.

Green asintió.

—Una última pregunta, señorita. Usted recibe a los miembros del club cada noche, por lo que quizá pueda decirme si Su Excelencia el duque de Guilford ha adoptado la nueva moda de los pantalones largos de caballero o si por el contrario sigue llevándolos cortos y con medias de hilo.

—¡Maldita sea, compruébelo usted mismo! —se abrió la puerta del dormitorio y apareció Guilford con cara de pocos amigos—. Lo siento, señorita Penny, pero no podía dejarla sola por más tiempo. Si este sinvergüenza entrometido quiere saber algo de mí, debería tener la valentía de preguntármelo a la cara.

Con el corazón encogido, Amariah no se atrevía a mirar a Guilford, por miedo a que su rostro la delatara. Llevaba la ropa arrugada y la cara sin afeitar por lo que era evidente que había pasado allí la noche y, teniendo en cuenta que ella iba en camisón, la conclusión a la que llegaría cualquiera era predecible.

No obstante, consiguió reunir las fuerzas necesarias para presentar a ambos caballeros.

—Es un honor, Excelencia —dijo el policía con una inclinación de cabeza—. Ya ha respondido a mi pregunta, porque veo que Su Excelencia sigue prefiriendo los pantalones con medias.

—Efectivamente —respondió Guilford con sequedad—. Al igual que otros diez mil caballeros de esta ciudad y sus sirvientes.

—Sí, Excelencia —dijo Green, que parecía

poco dispuesto a echarse atrás a pesar de su inferioridad social—. Pero dado que la señorita Penny me ha proporcionado tan pocos datos, me veo obligado a basarme en lo que me ha dicho.

—¿Y lo mejor que se le ha ocurrido es elegirme a mí como sospechoso? —preguntó Guilford, desafiante—. Recuerde quién soy, señor. Y explíqueme qué crimen supone que acudiera a ayudar a esta dama.

La sonrisa de Green era cada vez más burlona.

—Es una triste verdad, Excelencia, que muchas mujeres que sufren el maltrato a manos de sus amantes siguen protegiéndolos del castigo de la ley.

—No —ordenó Amariah inmediatamente, antes de que Guilford pudiera hablar más de lo que era aconsejable y pudiera decir algo que ya no podría retirar—. No, por favor —insistió poniéndole la mano en el hombro.

—¿Es que no te das cuenta de lo que este malnacido está diciendo de ti? —le preguntó en voz baja—. ¿Y de mí?

Amariah asintió y respiró hondo. No quería que el genio de Guilford complicara aún más la situación, así que debía ser ella la que hablara. Se volvió hacia donde se encontraban Green y Pratt, que parecía horrorizado.

—Me doy cuenta, Excelencia —repitió—. Y sé que a pesar de la sordidez y lo escandaloso de las acusaciones del señor Green, no debo temerlas porque están basadas en una falsedad, no en la verdad. ¿Cómo iba a sostenerse esa afirmación sobre nosotros si nunca hemos sido amantes, ni esta noche ni nunca?

—Perdone, señorita Penny —dijo Green—, pero las circunstancias sugieren algo muy diferente.

—Las circunstancias pueden sugerir muchas cosas, señor Green —continuó ella—. Pero la realidad es que yo estaba muy alterada para estar sola y Su Excelencia tuvo la amabilidad de hacerme compañía. Quizá no sepa que Su Excelencia forma parte del comité de miembros del club y suele asesorarme con los problemas del negocio.

—Como usted diga, señorita Penny —la desdeñosa mirada de Green daba cuenta de la poca confianza que le merecían las palabras de Amariah.

—Como dice ella y como digo yo también —añadió el duque—. A menos que quiera poner en duda mi palabra, Green.

—El señor Green sólo está investigando el caso, Excelencia —le recordó Amariah poniéndole la mano en el hombro para aplacar sus ánimos—. No creo que para el señor Green todo esto sea una cuestión de honor.

Amariah mantuvo la cabeza bien alta, como si aún estuviera coronada por una de sus plumas blancas, y trató de recuperar su habitual confianza en sí misma. Después de todo, Guilford parecía creer en ella lo suficiente para ponerse de su lado sin dudarlo. De hecho, estaba defendiendo la reputación de Amariah tanto o más que la suya propia. Tenía que estar por encima de todo aquello... de aquella tontería.

Así pues, lanzó una de sus mejores sonrisas al jefe de policía y miró también a Guilford. Sólo fue un segundo, pero detrás de su ira pudo ver algo más; ¿sorpresa? ¿diversión? Eso significaba que se había dado cuenta de lo se disponía a hacer Amariah.

—Es su trabajo, igual que el mío es estar pendiente de las necesidades de los socios del club, ¿verdad señor Green? —le dijo sin borrar la sonrisa—. Supongo que también en su oficio es imprescindible ser un buen observador.

—Exacto, señorita Penny —confirmó Green cayendo en las redes de su falsa amabilidad—. Debo observarlo todo porque muchas veces el detalle más insignificante es la clave para resolver un caso.

—¿Aunque lo único que recuerde del culpable sean sus medias y sus zapatos? —Amariah se sentía ya en su terreno.

—Está todo aquí —dijo Green abriendo su libreta—. Piernas de hombre con medias de hilo y zapatos grandes con hebillas ovaladas y lisas. Ésas han sido sus palabras, señorita Penny.

—Entonces, si mira a los zapatos de Sù Excelencia —comenzó a decir en tono inocente—, podrá comprobar que sus hebillas no son ovaladas, sino rectangulares y el metal está labrado. Detalles, señor Green, que supongo significarán que no siga incluyendo a Su Excelencia entre su lista de sospechosos.

Por primera vez desde que había entrado en las habitaciones de Amariah, parecía que el doctor Green no tenía nada que decir. Se quedó con la mirada clavada en los zapatos de Guilford y con una amarga expresión en la cara.

—Si me excusan, caballeros —dijo Amariah entonces, sin querer desaprovechar la ocasión—, debo vestirme y ponerme a trabajar. Señor Green, me pondré en contacto con usted en cuanto haya ordenado este desastre y sepa si falta algo, pero antes me gustaría pedirle que mantenga de un modo completamente confidencial cualquier cosa que haya podido ver u oír aquí. Nuestros socios son los caballeros más importantes de la ciudad y no creo que les gustase que yo discutiera sus asuntos con usted.

—Por supuesto, señorita Penny, le doy mi palabra.

Después de aquello, el señor Green no tuvo más opción que marcharse, a pesar de que él habría querido quedarse a ayudar a Amariah a recoger, pero la señorita Penny no tardó en hacerle comprender que su presencia no era necesaria.

También Pratt se despidió de ella, no sin antes decirle lo contento que estaba de que no le hubiera sucedido nada serio la noche anterior.

—Supongo que ha llegado mi turno para despedirme —dijo Guilford una vez se hubieron quedado solos—. ¿Estás deseando librarte también de mí?

—No, Guilford. Tú eres diferente y lo sabes.

¿Sabría que lo decía de todo corazón? De pronto le resultaba extraño estar con él; toda la calidez y la intimidad de antes habían quedado aplastadas por la fría realidad. Quizá fuera porque otra vez se veía inmersa en el sinfín de responsabilidades que era dirigir Penny House y eso había hecho que el tiempo que había pasado con él le pareciera un sueño, o quizá su lado más independiente se avergonzara de haberlo necesitado tanto la noche anterior. O quizá fuera sencillamente porque se había dado cuenta de que, después de lo que habían pasado juntos aquella noche, ya no podrían volver a como estaban antes.

Le costaba incluso mirarlo a los ojos, por lo que empezó a tocar la venda que le habían colocado en el brazo.

—Ayúdame a quitarme esto —le dijo finalmente.

—Yo creo que si el doctor te la puesto, quizá deberías dejarla donde está —le aconsejó Guilford.

—No la necesito —insistió Amariah, algo inquieta—. Sabes perfectamente que estoy bien y eso no es más que una molestia.

—Creo que realmente no sé nada sobre ti —dijo él agarrándole el brazo para empezar a retirar la venda—. Excepto que te fijas en cómo son las hebillas de mis zapatos.

Amariah se echó a reír, satisfecha con el triunfo conseguido.

—No creo que se atreva a hacerte ninguna pregunta más, ¿verdad?

Pero Guilford no se reía, terminó de quitarle la venda y después la dejó sobre una silla.

—¿No creerás que ese estúpido policía vaya a cumplir su promesa de mantener la boca cerrada sobre lo que ha visto aquí?

—En absoluto —también su risa desapareció—. Es un hombre, qué se puede esperar.

—No metas a todos los hombres en el mismo saco.

Amariah levantó la mirada para intentar adivinar su estado de ánimo.

—Supongo que lo decidiré después de leer el *Tattle* mañana.

Con sólo verle la cara supo que había errado.

—Si algo de esto aparece en el *Tattle*, no lo habré contado yo —aseguró con tristeza—. Ya te dije que lo estoy haciendo por ti y por Penny House. Es una lástima que no me creas.

—¿Acaso he dicho yo eso?

—No es necesario que lo digas —ahora era él el que la miraba fijamente a los ojos—. ¿Qué soy para ti, mi querida Amariah?

Aquella vez sabía que no era sólo un apelativo cariñoso.

—Tú y yo no… no somos amantes, Guilford, da igual lo que piense todo el mundo.

—No fue eso lo que sentí anoche, en tu cama —dijo dando un paso más hacia ella—. Ahora quiero oír la verdad. ¿Realmente no sientes nada por mí?

Amariah bajó la mirada para huir de sus ojos y no respondió.

—¿Desde cuándo eres tan callada?

—Desde que no sé qué decir —contestó con un susurro, porque comprendía su frustración—. Realmente no lo sé, Guilford.

—Maldita sea, Amariah, esto no debería ser tan difícil.

—Pero para mí lo es. Sé lo que dirá la gente de todo esto. Si pierdo mi reputación, también se verá empañada la del club. Sé que todos los caballeros que entren por la puerta me verán de un modo diferente y también a Penny House; creerán que soy como esas actrices que entretienen a los caballeros en sus camerinos.

—No, si estás conmigo, no dirán nada de eso —dijo, muy seguro de sí mismo—. No se atreverían.

—Vamos, Guilford, eres demasiado inteligente como para creer eso —Amariah no podía ocultar la tristeza que había en su voz—. Sabes muy bien cómo es esta sociedad; a ti te alabarán por ser el hombre que por fin consiguió mis favores, mientras que yo no seré más que una ambiciosa que se vendió a un precio muy alto, a todo un duque.

—No hagas caso de todo eso —le pidió rodeándola por la cintura con su brazo—. Tú eres una mujer independiente que se gana la vida por sí sola. Esas cosas no deben importarte.

Le puso las manos en el pecho, intentando no recordar la noche anterior y haciendo un esfuerzo por controlar las lágrimas.

—Es lógico que a ti no te importen —dijo Amariah, sabiendo que aquélla seguramente era la última vez que estaba entre sus brazos—. Tú eres el duque de Guilford y nada te afecta. Yo sin embargo sólo puedo tratar de escuchar los rumores sobre mí y, desde luego, no dar más motivos para el chismorreo.

—Amariah, eso es ridículo, no puedes…

—No, Guilford, por favor —le dijo poniéndole un dedo en los labios—. Perdóname, pero así debe ser. A partir de ahora, nadie me verá nunca contigo fuera del club e, incluso en él, no estaremos nunca a solas.

Guilford tenía su mano entre las suyas y le besaba los dedos suavemente.

—No, preciosa, ven conmigo y no tendrás que volver a preocuparte por nada de eso. Demos la espalda al mundo y disfrutemos.

Amariah cerró los ojos para tratar de concentrarse a pesar de sus besos. Guilford era amable y encantador, era el primer hombre que la había hecho reír y suspirar, el primer hombre lo bastante valiente para demostrarle su ternura. Pero también era un hombre rico y poderoso y ella sabía perfectamente lo que quería decir que un caballero le propusiese «disfrutar». Cariño, deseo, pasión, amistad, pero nada de amor.

Estaba pidiéndole que fuera su amante.

—Las cosas serían de otro modo si sólo tuviera que pensar en mí —siguió hablando con enorme pesar—, pero no es así. Tengo que pensar en todos los que dependen de mí y de Penny House, desde Pratt al pequeño Sammy o a todos los pobres a los que alimentamos con los beneficios del club. Debo pensar también en mis hermanas y en la memoria de mi padre. No voy a darles la espalda a todos ellos. No puedo hacerlo, Guilford.

Volvió a mirarla a la cara, buscando otra respuesta que no fuera la de sus palabras.

—¿Y qué será de mí, Amariah? ¿Vas a darme la espalda a mí?

—No puedo evitarlo, Guilford. No puedo sacrificar todo eso sólo para conseguir mi propio placer. Eso sería muy egoísta.

—Muy bien —la soltó tan de pronto, que la dejó tambaleando—. Si ésa es tu decisión.

—Sí —dijo, tapándose bien con el chal—. Es la única posible.

—Para ti, pero no para mí —agarró el abrigo de la silla y se lo puso rápidamente—. Anoche venía con la intención de arreglar las cosas entre nosotros. De acabar con las dudas y las preguntas. Y parece que eso es exactamente lo que has hecho tú, ¿no es cierto?

—Así es, Guilford —respondió en voz baja, tan baja que dudó de si él lo oyó antes de irse—. Así que ayúdame.

En el camino de vuelta a su casa Guilford no pudo dejar de pensar en Amariah. No alcanzaba a comprender lo que quería aquella mujer; la había salvado y cuidado, la había abrazado durante toda una noche e incluso le había cepillado el pelo sin intentar aprovecharse de ella ni una sola vez. Hasta que ella había intentado aprovecharse de él. Lo que sentía por ella no se parecía a nada que hubiera sentido nunca por ninguna otra mujer y deseaba demostrárselo.

Comprendía perfectamente que cuidase tanto de su reputación, pues la reputación lo era todo para una mujer decente, pero cuando había intentado arreglar las cosas, le había ofrecido protección contra los chismorreos y contra los hombres que la acosaran, ella había respondido con arrogancia y altanería. Guilford le habría dado todo lo que ella deseara, todo lo que necesitara para ser feliz y aun así, Amariah se lo había tirado todo a la cara.

Había sido muy injusta. ¿Cómo era posible que hubiese tomado tal decisión? Guilford no se consideraba un hombre egoísta, pero tenía una posición y unas expectativas sobre lo que debía ser su vida. Nunca le habían negado nada que desease, especialmente si estaba relacionado con las mujeres.

Sin embargo, Amariah lo había rechazado. Él la deseaba, deseaba aquel cuerpo suave y seductor tanto como ella lo deseaba a él, porque se lo había demostrado en cada beso. Pero lo había rechazado. Y no sólo eso, le había dicho que no había lugar para él ni en su cama, ni en su vida. Pero lo había hecho con los ojos llenos de lágrimas, lo que quería decir que no sólo lo había privado a él del placer sino que también se había privado a sí misma. No tenía ningún sentido.

No pudo evitar pensar en esa estúpida apuesta que había hecho con Stanton. Aquella apuesta no hacía más que ensuciar lo que sentía por Amariah, pero al menos podría anularla. Esa misma mañana escribiría a Stanton y le diría que la apuesta quedaba cancelada. Sabía que Stanton se pondría como una furia, pero eso no le importaba si servía para acercarlo a Amariah.

El carruaje se detuvo frente a su casa y Guilford se bajó en cuanto el lacayo le abrió la puerta. Estaba a punto de subir los escalones de su residencia cuando se acercó a él Billy Fox, que tras unos días de comer y dormir bien, parecía otra persona. Según le contó el muchacho, estaba sustituyendo a un lacayo que se había puesto enfermo, pero nadie parecía haberle dicho que un lacayo jamás debía dirigirse a su amo, y menos con la familiaridad que lo hacía él. Sin embargo a

Guilford no le importaba; siempre le había gustado ese joven, y no porque le recordara a Amariah.

—¿Tan emocionante estaba el juego anoche, Excelencia, que duró hasta el día siguiente? —le preguntó el muchacho sin la menor vergüenza.

—Si he de serte sincero, lo cierto es que anoche no jugué ni una sola partida —confesó Guilford.

—Pero apuesto a que sí que vio a la señorita Penny.

—Así es —respondió Guilford mirando hacia la puerta de su casa con la seguridad de que su mayordomo estaría escuchando al otro lado, preparando una buena regañina para el muchacho y atendiendo a toda la información que pudiera recabar—. Tú no la has visto desde que empezaste a trabajar para mí, ¿verdad, Billy?

Billy se encogió de hombros sin comprometerse y Guilford supo que debían continuar la conversación en un lugar más privado que la calle. Así pues, lo invitó a entrar, después de asegurarle que no había problema porque entrara en la casa siempre y cuando lo hiciera con él, el señor de la misma.

Una vez delante de un buen desayuno, Guilford siguió interrogando al muchacho.

—Bueno, Billy, dime la verdad —le ordenó con firmeza—. ¿Has hablado con la señorita Penny desde que trabajas en esta casa?

Pero el chico siguió sin responder.

—Billy, si no estás contento aquí, debes hablar con Cartwright, el capataz, o incluso conmigo, pero no con la señorita Penny.

—¡No es eso, Excelencia! Estoy muy contento aquí —aseguró Billy con énfasis—. ¡Nunca me he quejado a la señorita Penny! Fue a la parroquia en mi día libre y ella estaba allí, pero antes de preguntarme qué tal estaba aquí, lo que hizo fue preguntarme por usted, Excelencia. Y que Dios me lleve ahora mismo si le estoy mintiendo.

Guilford tuvo que fruncir el ceño para ocultar su sorpresa.

—¿La señorita Penny te preguntó por mí?

—¡Sí, Excelencia! Y cuando le dije que usted era muy bueno, sonrió como sonríe sólo cuando lo mira a usted, sonríe como un ángel. Y eso no lo hace con ningún otro caballero.

—Claro que lo hace, cada día en el club recibe a todos los caballeros con esa sonrisa.

—Puedo garantizarle, Excelencia, que a usted le sonríe de un modo diferente. Como... como una amante.

—¡Ja! —exclamó Guilford sin ocultar su amargura—. ¿Qué dirías entonces, Billy Fox, si te dijera que hoy mismo le he ofrecido que fuera exactamente eso, mi... amante, y me ha rechazado?

—¿Que qué diría, Excelencia? Pues que no debió utilizar las palabras que ella deseaba oír.

—¿Y qué palabras serían ésas, Billy? —preguntó Guilford antes de tomar un sorbo de té—.

¿Cómo convencerías tú a la angélica señorita Penny?

Billy se cruzó de brazos y frunció el ceño con gesto pensativo.

—Le diría que sonríe como un ángel, pero ella no es un ángel, no, la señorita Penny es demasiado práctica para eso. Tiene que ver cómo lo organiza todo cuando llega a la parroquia, parece un general del ejército.

—Es cierto —dijo Guilford recordando no sólo sus dotes de mando, sino cómo había rechazado la pulsera que había intentado regalarle.

Aquello le hizo pensar. Jamás habría imaginado que acabara aceptando el consejo de un niño de diez años, pero lo cierto era que Billy Fox era muy sabio para su edad y además, tenía razón. Debía encontrar el modo de ser más moral, más caritativo y más práctico que ella, Amariah no tendría otra opción que acceder a ser más apasionada y mucho menos práctica con él. ¿Acaso había mejor manera de que ambos tuvieran lo que deseaban?

—Eso es lo que tiene que hacer, Excelencia —afirmó el muchacho—. Ésa es la clave.

Guilford sonrió.

Amariah sería suya.

Parecía imposible que después de todo lo sucedido con Guilford hubiera podido volver al trabajo como si nada. Amariah se había reunido con el personal de Penny House que, por supuesto había estado al corriente del ataque de la noche anterior y habían mostrado su preocupación por ella. Después se había encerrado con Pratt y con el señor Fewler, el investigador al que habían contratado, a ordenar los papeles de su despacho.

En todo ese tiempo no había dejado de pensar en Guilford, no había parado de preguntarse si acudiría al club esa noche, si actuaría como si nada hubiese ocurrido o si desaparecería del club y de su vida para siempre. Mientras ordenaba las pilas de papeles se imaginaba a qué estaría dedicando él su día. ¿Estaría escribiendo alguna terrible calumnia sobre ella para el *Tattle*? ¿Habría llamado a alguna mujer bella y dispuesta a darle lo que ella le había negado? ¿O simplemente se habría echado a dormir? Entonces pensó en su cabello oscuro sobre la almohada y las sábanas acariciando su pecho desnudo...

—El intruso no forzó los cajones —la voz de Fewler la sacó del torbellino de preguntas en el que se habían convertido sus pensamientos—. ¿Es posible que tuviera otra llave, señorita?

Amariah tuvo que confesar una vez más su negligencia al dejar la puerta y los cajones abiertos y, una vez más, tuvo que aguantar que la reprendieran merecidamente por su descuido.

—He aprendido la lección, señor Fewler —prometió mientras seguía revisando los papeles—.

Vaya, qué extraño —dijo de pronto—. Pratt, ¿sabía usted que anoche el barón Westbrook ganó a los dados?

—¿Lord Westbrook? —preguntó Pratt con sorpresa—. No, señorita Penny, no lo sabía. No recuerdo que estuviera mucho tiempo en el club, pero lo cierto es que había mucha gente.

—Yo no lo vi, pero eso tampoco quiere decir nada —admitió Amariah—. El caso es que según este pagaré, le ganó una buena cantidad de dinero a lord Stanton. Me alegro por él porque siempre tiene muy mala suerte. Y después de los últimos problemas, temí que fuera a dejar de venir.

—¿Podría ver ese pagaré, señorita Penny? —le pidió Fewler con la minuciosidad que le caracterizaba—. ¿No suele guardar los pagarés en la caja fuerte con el dinero?

—Normalmente sí, pero como bien dice Pratt, últimamente hemos estado tan ocupados que no he tenido tiempo de organizarlos debidamente.

Fewler le devolvió el pagaré después de estudiarlo detenidamente.

—El tío de Westbrook ha debido alegrarse mucho —comentó el eficiente investigador que también los había ayudado el año anterior—. Después de todas las pérdidas que han sufrido sus negocios en los últimos tiempos, agradecerá que su sobrino ingrese dinero en lugar de limitarse a gastarle.

—¿Pérdidas? —preguntó con curiosidad

Amariah, que siempre creía conveniente conocer la situación económica de los socios del club.

—Sí, perdió dos barcos cargados de azúcar por culpa de un… un huracán, creo que lo llaman así en las Indias.

—¡Qué horror!

—¿Westbrook le ha pedido crédito últimamente? —siguió indagando Fewler.

—No —Amariah dejó el papel en su sitio y continuó buscando por si echaba algo en falta, cosa que no había sucedido hasta el momento—. Pero supongo que deberíamos estar preparados por si ocurre. Le diré al señor Walthrip que esté pendiente y hable con lord Westbrook si es necesario.

Pratt asintió.

—Sería arriesgado prestarle dinero si perdiera.

—Cosa que, conociendo su suerte, no tardará en suceder porque, en mi opinión, lo de anoche fue una excepción —añadió con cierta lástima, pues siempre era difícil negarle el crédito a un socio—. A ningún caballero le haría gracia perder parte de sus posibles. Quizá sea por eso por lo que lord Westbrook ha estado tan irascible últimamente.

Tan irascible, pensó Amariah, que había tratado de provocar a Guilford para que le retara a un duelo, como si Guilford fuera capaz de hacer algo tan estúpido.

—Esperemos que continúe ganando, señorita

Penny —comentó Pratt—. Por el bien de todo. Ganar hace que a cualquier caballero le mejore el humor.

—Desde luego, señor Pratt, desde luego —convino Fewler—. Los caballeros satisfechos como lord Westbrook nunca ocasionan problemas, de los que hay que cuidarse es de los caballeros que se sienten decepcionados o frustrados. Caballeros como el duque de Guilford…

Once

—Haga pasar al señor Bly —ordenó Guilford tras poner el sello al artículo que había escrito para el *Tattle*. Esperaba que hubiera detalles suficientes para satisfacer a Simon Dalton, pero no tantos como para ofender a Amariah.

Se alisó el pelo con la mano y se dispuso a recibir al señor Bly, su abogado. Guilford ya lo había preparado todo, pero necesitaba que Bly lo pusiera por escrito de manera legal. Quería que todo fuera perfecto para impresionar a Amariah y no iba a dejar nada a la suerte.

—Es usted muy inteligente al hacer estos arreglos por adelantado, Excelencia —dijo un rato después el señor Bly—. Y muy generoso en cualquier circunstancia, pero este tipo de arreglos con mujeres jóvenes resultan más difíciles una vez que el... bueno, el ardor inicial ha pasado y ha sido sustituido por la avaricia.

—Esta vez es diferente, Bly —respondió Guilford—. La dama en cuestión ya dispone de una casa propia y no tiene el menor interés en las joyas o en la ropa cara.

Bly enarcó las cejas con verdadera sorpresa.

—Entonces está siendo usted muy cuidadoso al pedirme que elabore un contrato sin que la parte femenina necesite fondos a cambio de su compañía.

—No, no, ella necesita fondos y muchos —le corrigió Guilford. Sólo que ella no será la destinataria —se limitó a decir sin dejar margen para la discusión—. La dama recibirá mil libras mensuales durante el tiempo que permanezcamos juntos y una renta final de cinco mil cuando rompamos.

Bly volvió a mirarlo por encima de los anteojos.

—Debo decir, Excelencia, que una vez más me sorprende su generosidad.

—Esta dama en cuestión lo merece, eso y mucho más —dijo Guilford pensando lo maravilloso que había sido besar sus labios y lo seguro que estaba de que podría perderse durante horas en aquella boca—. Ahora sólo hay que convencerla, eso es todo.

—Si decide rechazar su espléndida oferta, Excelencia, quizá debiera saber el nombre del beneficiario.

—La iglesia de St. Crispin y toda su parroquia —dijo Guilford, satisfecho con su generosidad. Si Amariah deseaba realmente poner aquel trabajo de caridad por encima de todo, no podría negar lo beneficios de aquel arreglo. Además le gustaba pensar todo lo que se podría hacer con mil libras en un lugar como St. Crispin—. Créame, la dama lo aprobará.

—Entonces es que es una mujer fuera de lo común —dijo Bly al tiempo que redactaba el contrato—. Confío en que sepa apreciarlo, Excelencia, y que a su vez sea generosa con usted.

—Eso espero yo también, Bly —murmuró Guilford recordando el placer de compartir la cama con ella y deseando volver a hacerlo—. Eso espero.

Aquella noche Amariah recibió a los socios del club como siempre, sonriendo y conversando animadamente con todos ellos. El turbante de seda que se había puesto para ocultar el moretón de la sien le daba un aire exótico que todo el mundo alabó sin sospechar su verdadera función, la misma que la de los largos guantes con los que escondía la magulladura de su brazo derecho.

Así pues, sonrió y fingió que no había ningún problema, que nada había ocurrido la noche anterior y que la ausencia de Guilford no le preocupaba en absoluto.

—¡Lord Westbrook, buenas noches! —dijo saludando al barón en cuanto apareció por la puerta—. ¡Me alegro mucho de ver que se ha decidido a visitarnos también esta noche!

—¿Cómo podría no hacerlo, señorita Penny, su belleza me atrae poderosamente? —parecía más entusiasmado que de costumbre; tenía el rostro sonrojado y las palabras salían de su boca atropelladamente—. ¿Por qué habría de castigarme de ese modo?

Amariah se echó a reír. Westbrook parecía muy feliz consigo mismo y con el mundo. Siempre resultaba evidente cuándo a un caballero le había sonreído la suerte y Westbrook no era una excepción.

—He oído que anoche tuvo suerte en los dados, milord —dijo dándole un golpecito en el hombro con el abanico—. No debería ser tan modesto.

—No me gusta presumir, señorita Penny —aseguró con un tono de voz que denotaba justo lo contrario—. No me gusta alabarme cuando pueden hacerlo otros por mí.

—¿Como yo, milord? —preguntó ella, sonriente—. ¡Atención, atención! —gritó ampliando el sonido con las manos—. ¡Lord Westbrook ganó a los dados!

—Calle, señorita. No haga eso —le pidió con repentina tensión—. Ya le he dicho que soy un hombre modesto.

Amariah lo miró sin comprender por qué normalmente Westbrook fanfarroneaba hasta de las más ínfima ganancia. Ahora sin embargo, hasta había roto a sudar.

—Perdone, milord —se disculpó enseguida—. La modestia es siempre mejor que el orgullo.

—Eso lo comprende muy bien una dama como usted, señorita Penny —continuó explicando Westbrook—. No quiero ofender al caballero al que gané.

—Por supuesto, milord —nunca se podía predecir cómo iba a reaccionar un caballero ante la suerte. En aquel momento no recordaba el nombre del caballero que le había firmado el pagaré a Westbrook, pero quizá hubiera algo más entre ellos que una simple partida de dados; una mujer, un caballo… quién sabía—. Desde luego, aprecio su discreción en estos asuntos, milord.

—Gracias, señorita Penny —Westbrook asintió y respiró hondo, exageradamente hondo—. Confío en que se encuentre bien esta noche, señorita.

—Gracias, milord, estoy perfectamente —¿por qué le habría preguntado eso en aquel momento? Se llevó la mano al turbante para asegurarse de que no había dejado a la vista el moretón, pero seguía bien cubierto.

—Me alegro mucho —dijo solemnemente, como si realmente fuera así—. ¿Y dónde está Guilford esta noche?

—¿Su Excelencia? —tenía que mirar a su alrededor fingiendo no saber si había llegado cuando sabía perfectamente que no se encontraba entre los presentes—. Si no ha llegado, supongo que no tardará en hacerlo.

Intentó sonreír como si no tuviera el corazón y el estómago encogidos. ¿Habría ya algún rumor sobre ellos?

—Normalmente a estas horas, Guilford ya está aquí, a su lado —aseguró Westbrook—. De hecho si está él cerca, es casi imposible obtener un poco de su atención, señorita Penny.

—Disculpe, milord, pero no creo que sea así —contestó firmemente—. El duque de Guilford forma parte del comité del club, así que si lo ve hablando conmigo, seguramente sea porque estamos discutiendo algún problema del negocio.

—Quizá haya empezado a cansarse de este lugar —sugirió el barón—. Guilford suele hacer esas cosas; es el primero en descubrir una nueva moda y el primero en aburrirse de ella.

Era más probable que se hubiese aburrido sí, pero no de Penny House, sino de ella.

—No sé mucho de los caprichos e inclinaciones de Su Excelencia —dijo Amariah—. Pero sé que no viene todas las noches, igual que usted.

—Y tampoco es un gran jugador —apuntó Westbrook—. Guilford jamás hace el tipo de apuestas que hice yo anoche.

—Es cierto, milord —Amariah asintió mientras se preguntaba cuál era el propósito de aquella conversación—. Pero sería muy egoísta por mi parte pretender que todos ustedes vinieran cada noche.

—Yo lo haría, señorita Penny —se apresuró a decir con un inesperado entusiasmo—. Si Guilford se marcha de Penny House, si decide que es demasiado importante para el comité, sería un honor para mí ocupar su puesto.

De todo lo que habría podido imaginar, jamás habría esperado aquello.

—Es muy generoso por su parte, milord —dijo sin darle esperanza alguna.

Westbrook jamás podría ser miembro de un comité, por mucho que jugara. Su posición social era demasiado baja para un cargo tan importante, además carecía del estilo y el ingenio necesarios y le sobraba mal genio. En definitiva, no tenía nada bueno que ofrecer al club.

—Yo también sé ganar, señorita Penny —la seguridad, o quizá la voluntad, estaba alzando su tono de voz—. Usted misma lo ha visto y puedo decirle con toda sinceridad que yo jamás haría trampas.

—¡Eso espero, milord! —el pobre jamás tendría la inteligencia necesaria para engañar a nadie, y menos en la mesa del señor Walthrip.

—No se arrepentiría de tenerme a su lado, señorita Penny —continuó diciendo—. Yo le haría olvidar la ausencia de Guilford.

¡Como si alguien pudiera sustituir a Guilford!

—Gracias por el ofrecimiento, milord —le dijo amablemente sin querer herir sus sentimientos—. Le prometo tenerlo en cuenta.

—Eso espero. No sabe el honor que sería para mí pasar más tiempo aquí, en su compañía.

Amariah sonrió sin intención de animarlo en absoluto. Westbrook no habría sido el primer caballero que confundía su amabilidad con otra cosa. Barón o no, estaba tan necesitado y desamparado como los mendigos más pobres de St. Crispin. No obstante, no podía dedicarle más tiempo.

—Ahora si me excusa, milord —dijo ella—. Debo encargarme de…

—De los demás socios, sí, lo sé —añadió Westbrook con ímpetu—. Bueno, ya sabe dónde encontrarme, señorita Penny.

Después de una ridícula reverencia, se dio media vuelta y se dirigió a la sala de los dados, dejándola allí, pensativa. Fewler le había dicho que eran los hombres que perdían los que ocasionaban problemas y no los que ganaban, pero Fewler no conocía al barón Westbrook.

Amariah respiró hondo y sonrió, preparada para recibir al siguiente caballero y esperando más de lo que era capaz de admitir, que esa vez se tratara de Guilford.

Esperó la noche entera, pero fue en vano.

Guilford esperó impacientemente en la sala de Penny House, observando todo a su alrededor a esas extrañas horas de la mañana en las que todo allí se veía diferente gracias a la luz del sol. Estaba seguro de que Amariah aceptaría su ofrecimiento, pero no podía esperar a ver su reacción.

Cambió de postura en la silla, inquieto por verla aparecer. Una noche sin ella y se moría por verla.

Levantó la mirada en cuanto oyó el sonido de la puerta.

—La señorita Penny lamenta enormemente el retraso, Excelencia —anunció Pratt—. Janey Patton y su bebé nos dejan esta mañana y la señorita Penny está despidiéndose de ellos.

Guilford tardó unos segundos en recordar quién era Janey Patton. Sí, la mujer que había dado a luz allí a su hijo bastardo, el mismo para el que había comprado todas esas cosas. Esperaba que Amariah lo recordara aún.

Sacó el reloj una vez más. Nunca le había gustado mucho esperar, pero ahora era especialmente difícil, habiendo tanto en juego.

—Enseguida vendrá, Excelencia —le dijo Bly con voz comprensiva—. Las mujeres suelen tener una noción del tiempo muy particular —añadió mientras repasaba una vez más el contrato.

—La señorita Penny no —aseguró Guilford—. Ella es peor que cualquier hombre, jamás quiere perder un minuto. Me pregunto si alguna vez tiene tiempo para dormir.

—Confío en que usted pueda hacerla cambiar como desee, Excelencia —dijo Bly con la mano sobre el contrato—. Usted y su generosidad…

—Buenos días, Excelencia —dijo Amariah incluso antes de terminar de entrar al salón—. ¿Deseaba verme, Excelencia?

—Sí —afirmó Guilford, consciente de cuán verdad era.

No habían transcurrido ni veinticuatro horas desde que Guilford se había marchado de Penny House, pero las horas le habían resultado interminables sin ella. Con el sencillo vestido de lino blanco que se ponía para trabajar durante el día, estaba encantadora, incluso con la herida de la cabeza que no se había molestado en ocultar y que le recordaba a Guilford que había estado a punto de perderla. Pero eso no volvería a ocurrir; Amariah no volvería a estar en peligro si él podía evitarlo. Y por eso precisamente estaba allí.

—Pratt me dijo que tenía algo importante que discutir conmigo —dijo ella sin apartarse de la puerta.

Pratt estaba a su lado, por lo que Guilford dedujo que había dicho completamente en serio que jamás volvería a estar a solas con él. Muy bien, si quería vivir con esas estúpidas normas, tendría que aceptar el trato que iba a ofrecerle.

Guilford se puso en pie y se dispuso a hablar.

—Señorita Penny —tuvo que aclararse la garganta antes de volver a empezar—. Señorita Penny, ya sabe que la tengo en muy alta estima.

Su rostro se puso repentinamente tenso y receloso contra él.

—Sólo sé lo que usted me dice.

—Entonces sepa que la considero una mujer excepcional entre todas las damas de la ciudad —

dijo él—. Por su inteligencia y, por supuesto, por su incomparable belleza.

—Gracias por sus cumplidos, aunque no soy merecedora de ellos —replicó ella—. Pero no alcanzo a comprender qué le ha traído aquí esta mañana.

—Sé lo diferente que es de otras mujeres, señorita Penny —dijo dando un paso hacia ella porque, aunque se tratara de un acuerdo legal, no podía evitar salvar la distancia que lo separaba de ella—. Y no sólo aprecio dicha diferencia, sino que la respeto enormemente.

—Guilford, no comprendo qué está planeando —lo interrumpió con impaciencia.

—No planeo nada —se defendió de inmediato—. Al menos nada malo. Lo que he planeado, Amariah, es una manera de que ambos seamos felices.

—Yo ya soy feliz —dijo sin demasiada convicción—. ¿Por qué habrías de planear nada?

—Por la otra noche, querida. Porque ambos disfrutamos enormemente de la compañía del otro.

Amariah bajó la cabeza, una mala señal.

—Guilford, no. Ya hemos hablado de esto y ya sabes lo que siento…

—Por eso precisamente estoy aquí —añadió rápidamente—. No eres el tipo de mujer que se deja impresionar por las joyas.

—¡Qué inteligente de tu parte por haberte dado cuenta!

—Es que soy muy inteligente, tanto como tú —añadió Guilford—. Soy consciente de que tu posición aquí impide cualquier... vínculo entre nosotros. La responsabilidad que tienes con todos esos huérfanos, viudas y madres jóvenes como Janey Patton. Todos ellos dependen de ti y de lo que ganas en Penny House. No puedes abandonarlos por mí y sería muy egoísta por mi parte esperar que lo hicieras.

¡Qué suerte que Pratt hubiera mencionado el nombre de Janey Patton! Podía ver en el rostro de Amariah cómo la mera mención de su nombre había ablandado su semblante.

—Tienes muchos defectos, Guilford —dijo ella—, pero el egoísmo no suele ser uno de ellos. Al menos no más de lo que lo es en otros duques.

—Eso no es más que el comienzo —prometió al tiempo que le agarraba la mano—.Tú me has cambiado, Amariah, ya lo sabes. Y tengo intención de ser aún menos egoísta.

Amariah sonrió con tal dulzura que Guilford consideró la idea de besarla allí mismo, delante de aquellos dos hombres y antes de acordar nada.

—¿Fue la visita a la parroquia lo que te abrió los ojos? —le preguntó ella—. ¿O fue Billy Fox?

—Fuiste tú. Tú y nada más que tú —le agarró ambas manos con las suyas—. No quiero interponerme en tus actividades benéficas, Amariah, pero tampoco quiero que nos veamos privados el uno del otro sólo por miedo a lo que pueda decir la sociedad. Creo que ésta es la mejor solución.

—No entiendo nada, Guilford —seguía sonriendo, pero negaba con la cabeza—. Sé que tus intenciones son buenas, pero creo que tus intenciones han confundido a tu cerebro.

Se llevó su mano a los labios y la besó. Amariah era especial. Guilford no recordaba haber deseado jamás a una mujer del modo que la deseaba a ella.

—Mil libras en efectivo esta misma mañana a nombre de la parroquia de St. Crispin y contigo como administradora. ¿Qué te parece?

Amariah lo miró boquiabierta.

—¿Que cómo suena? ¡Suena a que eres el hombre más generoso del mundo!

Guilford sonrió, entusiasmado.

—Tengo intención de hacer lo mismo todos los meses.

—¿Qué? —tenía los ojos abiertos de par en par—. ¿Estás seguro de que quieres hacer una oferta tan extravagante, Guilford? ¿O es que estás completamente loco?

—Estoy loco, Amariah. Loco por ti.

—¡Sí, claro! —se burló ella al tiempo que se echaba a reír con una alegría inesperada y absolutamente deliciosa—. ¡Nadie puede estar tan loco, Guilford! ¡Mil libras al mes!

—Mereces hasta el último chelín —dijo él—. Mil libras para St. Crispin, o para quien tú decidas, mientras estemos juntos.

La alegría se convirtió en espanto en un abrir y cerrar de ojos.

—¿Juntos? ¿En qué sentido?

—En el sentido habitual, preciosa —le dijo en voz muy baja, sólo para ella—. Amariah, yo te deseo y tú a mí también y así podremos estar juntos sin que nadie sufra por ello.

Retiró las manos rápidamente.

—Dios, sí que estás loco —gritó entonces—. Deberían encerrarte.

—¡No es esa clase de locura! —protestó Guilford, sorprendido con su reacción—. Sólo estoy siendo práctico, como tú sueles serlo.

—¿Práctico? —repitió con una voz temblorosa que le hizo comprender que, por algún motivo, le había hecho daño.

—He arreglado las cosas de manera que no haya ninguna confusión. Tú me importas mucho, Amariah, y quiero hacerte feliz.

Ella movió la cabeza como si no pudiera creer lo que oía.

—Primero te ofreces a ayudarme espiando para el *Tattle* y ahora esto…

—Mil libras al mes mientras estemos juntos y cinco mil cuando nos separemos.

De pronto ya no estaba herida, sino furiosa. Apretó los dientes y puso los brazos en jarras.

—¿Un regalo de despedida antes de que haya aceptado nada? —preguntó en tono mordaz—. Me parece, Excelencia, que es algo prematuro.

—En absoluto, señorita Penny —intervino Bly sin darse cuenta del cambio de humor de la interesada—. Su Excelencia demuestra ser muy generoso ofreciéndole un contrato legal antes de que la pasión ciegue a la razón.

—Ahora no, Bly —espetó Guilford a su abogado—. Ahora no.

Amariah se volvió a mirarlo por primera vez.

—¿Y quién es usted, caballero?

—Es Bly —respondió Guilford—. Mi abogado.

—Su alcahuete querrá decir, Excelencia —matizó Amariah—. Haré todo lo que esté en mi mano para cumplir los deseos de mi padre, para ayudar a aquellos que tienen menos que yo. Pero intentar poner precio a mis esfuerzos de esa forma, Excelencia, es sencillamente… despreciable.

—¿Entonces qué es lo que quieres que haga, Amariah? —preguntó con enorme frustración—. ¡Maldita sea, rechazas todos mis regalos y todas mis ofertas!

—Le sugiero que lleve todos esos regalos al teatro esta noche, seguro que allí encuentra alguna actriz que los acepte —dijo dándose media vuelta.

—¡Amariah, espera! —la agarró por los hombros para impedir que se fuera—. ¿Es que no comprendes lo importante que eres para mí? Pídeme lo que quieras y será tuyo. ¡Sólo tienes que decírmelo!

—¡Es usted el que debería comprender, Excelencia! —tenía el rostro enrojecido por la rabia—. Si me comprendiera, sabría que jamás tendrá dinero suficiente para comprar mi corazón o mi cuerpo. Al caballero que ame, se los daré gratis y con alegría, pero jamás a cambio de un precio, sea cual sea.

—¡Pero yo te amo, Amariah! —exclamó de pronto—. ¡Yo te amo!

—¿De verdad, Excelencia?

Por un momento, lo miró a la cara con tal intensidad, que Guilford sintió que le subía la sangre a las mejillas y supo que sus ojos estaban llenos de lágrimas sin derramar.

¿Qué había descubierto? Se preguntó desesperado. ¿Qué le faltaba? ¿Qué más esperaba encontrar que él no le hubiera ofrecido?

—De verdad, preciosa, te amo —repitió con la voz quebrada—. Te amo.

—Entonces lo siento por usted, Excelencia —dijo ella, soltándose de él una vez más—. Siento defraudar a un hombre como usted, pero no seré su fulana, ni siquiera a cambio de su amor. Buenos días, Excelencia, y si elige no volver a Penny House, lo entenderé.

Doce

—Mira, Westbrook —dijo Stanton girándose en sillón de cuero para mirar a su amigo—. Te has ganado una mención con tu nombre y todo en el *Covent Garden Tattle*.

—¿Yo? —sorprendido, Westbrook agarró el periódico de las manos de Stanton—. Yo nunca aparezco en estas cosas.

—¿Por qué habrías de hacerlo? No eres lo bastante rico, lo bastante interesante, ni lo bastante malvado para que alguien se fije en ti, cuando menos aún para que escriban sobre ti.

—El autor de este artículo no opina lo mismo —no podía ocultar el placer que aquello le proporcionaba. Allí estaba su nombre, escondido, por supuesto, tras aquellos asteriscos que ni protegían ni engañaban a nadie. Quizá aquello bastara para hacerse con el lugar de Guilford en Penny House—. ¡Aquí estoy!

—Léelo antes de empezar a pavonearte —le sugirió Stanton con cierto aburrimiento—. Ya sabes que el *Tattle* no suele hablar de nadie en tono de alabanza.

—Empieza bien —anunció Westbrook antes comenzar a leer en voz alta:

En nuestra constante búsqueda de la VER-DAD, hemos vuelto al lugar donde se produjeron los recientes disturbios en St. James, a saber, Penny House, allí donde encuentran refugio y descanso los más importantes caballeros de la ciudad. Más de un noble rostro mostraba orgullo-so las heridas de la Batalla de Honor, heridas más propias de una feria de ganado que de la Cámara de los Lores. Entre los orgullosos heri-dos estaban el marqués de S*****l**d, el conde de Fl**t y el barón de W***b***k.

—¿Has visto cómo tengo los puños, Stanton? —preguntó Westbrook mostrando orgullosos la evidencia de la pelea—. Sin duda di más de lo que recibí.

Pero Stanton no se dejaba impresionar.

—Deberías hacer que te grabaran esa frase en una bandeja de plata, para la posteridad.

—Te da envidia que tú no aparezcas —replicó Westbrook, demasiado contento como para darse por ofendido. Se preguntaba si las chicas de la señora Poynton leerían el *Tattle*—. Pero veamos si vuelven a mencionar mi nombre.

—Lee, lee —dijo Stanton de mala gana—.

238

Aunque no creo que pudieras parar aunque te lo pidiera.

Westbrook continuó leyendo, imperturbable:

Sin embargo, después de tan infame reyerta, nos sorprendió ver que todo había vuelto a la normalidad. Asimismo observamos que había más vigilantes y oficiales de la paz y la justicia para salvaguardar el juego limpio y el entretenimiento a todos los caballeros que pertenecen al club. Es un verdadero placer comprobar que se han tenido en cuenta nuestras ADVERTENCIAS anteriores y que vuelve a ondear bien alto la bandera de la VERDAD y la HONESTIDAD.

—No creo que vayas a aparecer ahí, Westbrook, en el mismo párrafo en el que hablan de verdad y honestidad —señaló Stanton.

Pero Westbrook había dejado de pensar en sí mismo.

—¿Tú... hablaste anoche con la señorita Penny?

—Y tú también, idiota.

Westbrook tragó saliva, tratando de hacer desaparecer el nudo de ansiedad que se le había formado en la garganta. No había tenido intención de golpearla, desde luego que no, pero se había sorprendido al verla allí, en la oscuridad, y no se había parado a pensar.

—¿Y no... no te dijo nada extraño?

—Fue tan correcta como siempre —respondió Stanton mientras Westbrook contenía la respiración—. Lo único diferente era ese turbante que le daba un aire exótico, como recién salida del harén. Por supuesto eso no se lo dije, pero lo cierto es que esa moda oriental te hace pensar en todos los secretos encantos que debe de esconder la señorita Penny.

—¿Crees que por eso llevaba el turbante? ¿Para esconder algo? —a Westbrook ni siquiera se le había pasado por la cabeza hasta ese momento. Sabía que le había dado en la cabeza cuando se había acercado con la pistola, o el palo, o lo que fuera que llevaba en la mano. ¿La habría golpeado tan fuerte, que se había visto obligada a ocultarlo?

Pegar a una mujer, aunque no fuera intencionadamente, era un crimen de extrema gravedad. ¿Lo habría visto ella lo bastante como para identificarlo ante la policía?¿Y si lo relacionaban con el pagaré falsificado que había dejado en su escritorio? Había tratado de cambiar la caligrafía, pero… ¿y si la comparaban con la de las notas que le había mandado sobre el tramposo? Si eso sucedía, estaría perdido.

—¿Que qué escondía bajo el turbante? —preguntó Stanton, exasperado—. Las joyas de la corona. ¿De qué crees que estoy hablando, idiota? Me refería a lo que escondía bajo el vestido, estúpido, no bajo el maldito turbante.

Westbrook frunció el ceño, esperando no haberse delatado. Era una suerte que Stanton no fuera el genio que él se creía. Y que Guilford no hubiera estado allí; si Guilford empezara a investigar con su inteligencia, entonces sin duda estaría perdido.

Optó por seguir leyendo y distraer a Stanton antes de que se pusiera a pensar otra vez:

Debemos también detenernos a alabar a la SUPREMA GOBERNANTE de Penny House, a quien debemos admirar tanto por su sabiduría como por su belleza. Alabar a una dama es una peligrosa práctica, pues se corre el peligro de desairar a las demás, pero la REINA ROJA, Reina de Corazones, Reina de Diamantes, Reina de Penny House merece tal distinción por su rápida actuación contra las infames TRAMPAS, su elegancia a la hora de ENFRENTARSE A LOS CABALLEROS y su fuerza y valentía frente al PELIGRO de aquél que le deseaba el mal a tan magnífica mujer. Sólo podemos desear lo mejor para tan NOBLE DAMA, que esperemos sirva de modelo para los demás miembros de su sexo.

—¿Me preguntó a quién habrá pagado la señorita Penny para que escriba todo eso de ella? —comentó Stanton con interés renovado.

—Todo se vende si el precio es el adecuado —sentenció Westbrook tratando de aplacar el pánico.

Sin duda la señorita Penny debía de haberle contado lo sucedido en sus aposentos la otra noche al editor del periódico. ¿Por qué si no esa mención al peligro? De pronto le pasó por la cabeza la posibilidad de que su nombre apareciera también en la siguiente edición, pero esa vez como el hombre que había atacado a la mismísima Reina Roja...

—Hay que admitir que es una mujer inteligente —comentó Stanton—. A pesar de los rumores sobre las trampas y la pelea que empezaste con todo un clan...

—¡Yo no la empecé! —protestó Westbrook—. ¡Me provocaron!

—Lo que tú digas —dijo Stanton con serenidad—. Cualquiera habría pensado que los socios del club se alejarían del club por escándalos como ésos y sin embargo ella parece haberle sacado beneficio a todo lo sucedido. Nunca he visto Penny House tan llena como estos últimos días. Es un placer hacer lo que sugiere el *Tattle*, levanto mi copa en honor a la Reina Roja.

Pero justo en ese momento, un camarero se acercó a llevarle una carta.

—¿Quién será? —se preguntó Stanton agarrando el sobre.

—Algún amigo tuyo que sepa escribir —parecía que los nervios empezaba a ponerlo beligerante—. Y, estando yo aquí, las posibilidades se reducen enormemente.

—Es de Guilford.

—¿Guilford te ha escrito? —preguntó Westbrook con voz aguda. ¿Se lo habría contado a él también y ahora Guilford se lo contaba a Stanton?—. ¿Por qué?

—Compruébalo tú mismo —dijo pasándole la nota—. Quiere cancelar la apuesta sobre Amariah Penny.

Westbrook tomó el papel con enorme alivio.

—¿Crees que habrá fracasado? —preguntó el barón.

—Más bien soy de la opinión de que ha tenido todo el éxito que buscaba y más.

—¿Por qué habría entonces de anular la apuesta?

—Porque el duque se ha enamorado de ella, por eso, y no quiere que la apuesta se haga pública —dedujo con una malévola expresión en la mirada—. ¿Qué te parece, Westbrook, si compartimos las buenas noticias y les damos alguna información a esos granujas del *Tattle*?

—¿Quieres que les digamos que el duque de Guilford tiene una nueva amante? —preguntó Westbrook, entusiasmado con la idea, pues era mucho mejor que cualquier escándalo que él pudiera provocar—. La Reina Roja se convierte en la fulana escarlata.

Sola en sus habitaciones, Amariah se sentó junto a la ventana con el brazo sumergido en hielo y trató de concentrarse en la carta de su hermana Cassia. Su hermana pequeña no había vuelto a Penny House desde la boda de Bethany y Amariah tampoco había podido ir a verla al hogar que compartía con Richard, su marido, en Hampshire.

Mientras leía el relato de Cassia sobre la evolución de su embarazo; los cambios que estaban experimentando su cuerpo y sus emociones, Amariah no pudo evitar pensar que su hermanita estaba a punto de ser madre, igual que le ocurriría pronto también a Bethany, sin embargo ella seguramente nunca tendría un hijo.

¿Quién habría imaginado que su vida sería así? Amariah siempre había visto su futuro en una pequeña casa en el campo, con un marido, quizá un clérigo como su padre, y muchos hijos. Nunca habría pensado que acabaría dirigiendo un elegante salón de juego y que se codearía con lo más granado de la sociedad londinense. Pero tampoco habría pensado jamás que seguiría soltera a los veintiséis años con la perspectiva de convertirse en esa tía vieja que iba sola a las reuniones familiares.

Eso no quería decir que quisiera casarse, porque la mayoría de los maridos la obligarían a abandonar su trabajo en Penny House, y no era eso lo que ella quería. Lo que ella quería era muy sencillo: quería amor.

Movió el brazo dentro del hielo con un profundo suspiro. Guilford le había prometido que el hielo la haría sentir mejor y así había sido. Lo cierto era que había tenido razón en muchas otras cosas; al darse cuenta de cuánto le gustaban los caballos a Billy Fox, o en que había algo raro en lord Westbrook...

Y sin embargo cuando le había dicho que la amaba, Amariah había tenido la total seguridad de que no era cierto.

¿Por qué había tenido que estropearlo todo ofreciéndole aquel acuerdo? Lo que habían tenido no era perfecto, pero desde luego era mejor que lo que él le había propuesto, y muchísimo mejor que no volver a verlo.

Por supuesto podía entender qué le había llevado a idear algo así y a creer que ésa era la única solución. Probablemente en el mundo en el que vivía Guilford, lo era.

Ella le había dicho que no podía acostarse con él porque el escándalo que eso provocaría afectaría a las ganancias del club, por lo que Guilford se había ofrecido a compensar dichas pérdidas. No podía ofrecerle matrimonio, Amariah lo sabía, y por eso le había ofrecido lo mejor que había podido idear. Guilford sabía que ella era diferente a otras mujeres y eso la hacía más atractiva para él, no menos. Y cuando había dicho que la deseaba tanto como ella a él, no se había equivocado. Era tan cierto, que Amariah sentía ganas de llorar.

Le echaba tanto de menos.

La llegada de Pratt con la última edición del *Tattle* la sacó de sus tristes pensamientos. Amariah agarró el periódico con manos temblorosas, sin saber si quería leer lo que Guilford había escrito o tirarlo directamente al fuego. Pero ganó su lado más valiente y curioso y, sin pensárselo dos veces, buscó el artículo de Guilford.

Lo leyó no una, sino dos veces para asegurarse de que las palabras que había visto eran las que realmente estaban impresas y no las que ella deseaba.

—¿Es tan malo, señorita? —preguntó Pratt, expectante.

—¿Por qué crees que es malo? —dijo ella, luchando por controlar sus emociones.

—Porque la última vez se puso hecha una furia, pero hoy se ha quedado lívida. Y creo que prefiero la furia.

Lentamente, Amariah dobló el periódico para que Pratt leyera el artículo. Sólo ella sabía que lo había escrito Guilford. Había hecho lo que había prometido, salvar la reputación del club y corregir todos lo errores cometidos en la anterior edición. Y lo había hecho por ella. La había llamado Reina de Corazones, Reina de Diamantes y Reina de Penny House; sólo ella sabría lo que realmente significaban aquellas palabras.

Había muchas maneras de decir «Te amo» y eso era precisamente lo que había hecho Guilford.

—Pratt, por favor, haz que me traigan un coche —ordenó con decisión—. Creo que voy a tener que hablar con el autor de un artículo del *Tattle*.

—Vaya, señorita, no sabe cuánto lo siento —murmuró Pratt con sincero pesar—. Enseguida tendré el coche.

—Gracias, Pratt —dijo dirigiéndose ya al dormitorio para cambiarse—. Estaré preparada.

Sólo esperaba que Guilford también lo estuviera.

Guilford se sumergió por completo en la bañera de agua caliente. Había pasado la mayor parte de la mañana montando a caballo, cabalgando a todo lo que daba el pobre animal, intentando librarse de su frustración. Pero sólo había conseguido acabar agotado y hacer enfadar al capataz del establo por tener tanto tiempo fuera al caballo.

Daba igual lo que hiciera, no podía apartar a Amariah de sus pensamientos. Por mucho que se ordenara a sí mismo que la olvidara, no podía hacerlo. Podía aceptar que rechazara sus regalos, incluso el contrato que había preparado Bly, pero lo que no podía soportar era que lo hubiera rechazado a él. ¿Cómo había podido apartarlo de su vida de esa forma? ¿Y por qué no podía hacer él lo mismo?

Cerró los ojos y maldijo entre dientes. Si Amariah no deseaba verlo, no le quedaba otro remedio que marcharse de la ciudad. Quizá a Escocia...

¿Qué demonios era eso?

Alguien estaba llamando a la puerta como si le fuera la vida en ello. ¿Dónde estaban los sirvientes? ¿Por qué no contestaba nadie?

A pesar de estar en el piso de arriba, con todas las puertas cerradas, pudo oír la voz de Amariah. Salió del baño de un salto y se puso el batín a toda prisa, sin siquiera molestarse en secarse. Debía de estar ya junto a la puerta de su dormitorio, pues oía al mayordomo tratando de contenerla.

¿Qué había sido de su decencia? ¿Ya no le importaba el escándalo que provocaría que se presentara en su casa de ese modo? ¿Y por qué ahora, cuando ya había decidido apartarla de su vida para siempre?

Apenas se había atado el batín cuando se abrió la puerta de golpe y apareció ella, dejando horrorizados al mayordomo y a otros dos lacayos a su espalda.

—Buenos días, señorita Penny —dijo él. Tenía la cara sonrojada y el pelo alborotado. Nunca la había visto tan bella, y no era porque hubiera creído que no volvería a verla—. Qué visita tan inesperada.

—Guilford —dijo ella—, estás empapado.

Guilford trató de no sonreír, no quería hacerlo hasta saber por qué había ido a torturarlo.

—¿Te has colado en mi casa para decirme eso?

—No —dijo negando con la cabeza, después respiró hondo y lo miró fijamente—. He venido a decirte que te amo.

Trece

—¿Me amas? —preguntó Guilford—. ¿Has venido a decirme eso?

—Eso —dijo Amariah tratando de no fijarse en la enorme cama con dosel que ocupaba la mayor parte del dormitorio—, y muchas otras cosas.

—Estaré encantado de oírlas, señorita Penny —dijo él, con una expresión tan bella como indescifrable en el rostro—. Si me concede unos segundos para que me vista...

—No —replicó ella, con la cabeza bien alta—. Quiero decir que no es necesario que se vista para escuchar lo que tengo que decirle.

Sabía que estaba empapado, tanto que estaba mojando el suelo, pero no estaba dispuesta a dejarlo escapar después de haber llegado tan lejos.

—Entonces le ruego que se siente, señorita Penny —dijo señalando dos butacas que había junto a la chimenea.

—No, gracias, prefiero estar de pie.

—¿Puedo ofrecerle un té, o un café? —preguntó como buen anfitrión.

Amariah negó con la cabeza. Que Dios la ayudara porque esa vez Guilford no llevaba nada bajo el batín excepto agua.

Les hizo un gesto a los sirvientes para que se marcharan y los dejaran a solas.

—Cuéntame —le dijo después de esperar a que la puerta se hubiera cerrado.

—Sí —tenía que concentrarse en su rostro y sólo en eso. Siempre le había resultado muy fácil hablar con Guilford y sin embargo ahora, cuando era más importante, parecía imposible encontrar las palabras adecuadas—. He estado pensando en todo lo que dijiste, Guilford. Lo he pensado detenidamente y…

—¿Vas a aceptar?

—¿El qué, esa espantosa oferta? ¡Por supuesto que no!

—Bueno —dijo sin sonreír—. No importa, puesto que la oferta ya no está en pie. Continúa.

—Gracias —Amariah no dejaba de apretarse las manos. Con las prisas había olvidado los guantes y ahora se sentía desnuda… una estupidez comparada con Guilford mojado y en batín, o comparada con lo que estaban hablando—. Como iba diciendo, he pensado en lo que me dijiste y debo admitir que a pesar de lo pecaminoso de la oferta, era increíblemente generoso.

—Fui generoso porque esperaba que el pecado fuera igualmente increíble —afirmó abiertamente—. Pero a juzgar por tu reacción, debí de equivocarme.

Sabía que se había ruborizado, por lo que le dio la espalda para que él no lo viera.

—Entonces quizá también yo me haya equivocado al venir aquí —dijo ella—. Pero quería que supieras que, al margen del dinero que pensabas donar a St. Crispin, ahora sé todo lo que me estabas ofreciendo y lo aprecio enormemente.

—¿Qué más aparte de las mil libres mensuales? —preguntó con una amargura que no le pasó inadvertida a Amariah—. Perdóname, pero creo que me he perdido algo.

—Mucho más, Guilford —dijo ella suavemente—. Piensa en todo lo que me diste aquella noche; me cepillaste el pelo, me dijiste que el hielo frenaría la hinchazón de mi brazo, me abrazaste cuando más lo necesitaba y me contaste cosas sobre tu infancia para que no tuviera miedo.

—No te di nada —insistió él, obviamente desconcertado—. Sólo hice lo que habría hecho cualquier caballero en las mismas circunstancias.

—La mayoría de los caballeros no habrían hecho nada de eso —aseguró ella—. Y recuerda que trato con ellos cada noche, Guilford. Supongo que la mayoría habrían llamado a Pratt, con suerte, y habrían desaparecido cuanto antes para no verse envueltos.

—No podía abandonarte de ese modo —dijo, horrorizado.

—Eso es lo que te hace diferente de otros hombres —sonrió a pesar de que estaba dándole la espalda—. Puede que estés muy por encima de mí en la escala social, pero jamás me has tratado como si hubiera la menor distancia entre nosotros. Eso también me lo has dado, Guilford, ¡y es un regalo muy poco común!

—Maldita sea, Amariah, tú eres poco común —corrigió, malhumorado. No podría tratarte como a las demás mujeres porque no eres como ellas, desde luego no te pareces en nada a ninguna que yo haya conocido. Eso es algo que nunca he ocultado, puedes preguntárselo a quien quieras.

—No es necesario porque tú mismo me lo has dicho —dijo ella—. Por eso estoy aquí, Guilford, para que puedas oír lo mismo de mi boca.

—¿El qué, que no soy como ninguna otra mujer que hayas conocido?

Amariah no se rió. Fijó la mirada en el cuadro que había sobre la chimenea y se concentró en el paisaje que ofrecía para evitar que las emociones se apoderaran de ella por completo.

—Bueno, sí, por supuesto —dijo tratando de parecer relajada, pero fracasó estrepitosamente—. Pero también para decirte que cuando dijiste que me amabas, no te creí. No podía creerlo, en parte porque tu eres Su Excelencia el duque de Guilford y yo no soy más que la señorita Penny, pero sobre todo porque… porque yo también te amo. Ya está, ya lo he dicho, ahora ya puedo marcharme y dejarte tranquilo.

Se volvió hacia la puerta y echó a correr sin levantar la cabeza, pero no había contado con que él le bloqueara el paso.

—No puedes irte todavía, Amariah —le dijo—. No hasta que hayas hecho una última cosa por mí.

Ella levantó la mirada hacia él porque no tenía otra alternativa.

—Debería marcharme, Guilford.

—No te dejaré marchar —susurró él con una voz tan profunda, que Amariah la sintió como una caricia sobre la piel—. Has dicho que yo he hecho muchas cosas por ti, ahora es hora de que tú hagas algo por mí.

—Dime qué es, Guilford —respondió ella con un hilo de voz. Estaba segura de que iba a pedirle un beso de despedida y estaba igualmente segura de que no podría negárselo—. Sólo una cosa.

Sus labios esbozaron una suave sonrisa.

—Llámame por mi nombre de pila.

Amariah lo miró nuevamente.

—¿Por qué?

—Porque para mí sería un placer oírlo de tu boca —respondió pasándole el dedo por los labios muy suavemente.

—Pídeme otra cosa, por favor, Guilford.

Su sonrisa se hizo más grande.

—No lo sabes, ¿verdad? Dejaste que me tumbara en tu cama sin ni siquiera saber mi nombre.

—Seguro que lo sé —se apresuró a decir, avergonzada—. Siempre me aprendo el nombre completo, el título y la dirección de los socios del club y de sus esposas, si están casados.

—Yo no tengo esposa —dijo con fingido dramatismo—. Y parece que tampoco nombre de pila.

—¡Guilford, por favor! —exclamó, mortificada—. Siento haber olvidado tu nombre, pero es que nadie lo usa y, desde que me diste permiso para llamarte Guilford como hacen todos tus amigos, yo...

—Eliot —murmuró al tiempo que se inclinaba sobre ella para besarla—. Pero, puesto que me amas, también puedes llamarme Guilford.

Amariah cerró los ojos y abrió los labios para él, así ahuyentó el llanto. Si aquél era el último beso que compartían, quería llenarlo de alegría, no de tristeza. Apoyó las manos en sus hombros en busca de un equilibrio que necesitaba porque de pronto sentía que todo se tambaleaba. Guilford tenía la piel caliente a pesar de no haber llegado a secarse. Sintió la caricia de la seda de su batín en la garganta cuando él levantó los brazos para quitarle el sombrero, que no tardó en caer al suelo, pero a ella no le importó. Lo único que le importaba era estrechar aquel cuerpo que la abrazaba, aquel cuerpo que, ahora ya a ciencia cierta, sólo tapaba el fino batín de seda. Podía sentir cada músculo, cada hueso de aquel magnífico cuerpo.

Finalmente separó los labios de ella y la miró.

—¿Ahora recuerdas mi nombre, preciosa?

—Guilford —susurró ella con la respiración acelerada y sin poder evitar sonreír—. Pero también podría llamarte Eliot para sorprenderte.

—Odio Eliot, así que no me sorprendas —le dijo él sonriendo también—. Dime, Amariah, ¿no seguirás pensando en marcharte?

La sonrisa desapareció del rostro de Amariah. Sabía muy bien lo que le estaba preguntando en realidad; aquella enorme cama con dosel de madera era la prueba inequívoca.

—Dime tú cuál es la respuesta.

—No puedo —murmuró Guilford acariciándole la mejilla—. Sólo tú puedes tomar esa decisión. Debes decidir qué quieres y qué tomas.

—¿Por qué no mejor qué nos daremos el uno al otro? —movió las manos por sus brazos, incapaz de no tocarlo—. Pero nada de oro, ni de pulseras. Jamás seré una mercenaria.

—¿Estás segura, preciosa?

—Sí —respondió tajantemente—. Sé que todo el mundo dice que los hombres y las mujeres no pueden ser amigos, pero no es cierto; tú y yo somos amigos desde hace mucho, mucho antes de todo esto. Yo confío en ti, Guilford. Tú te entregas a mí y yo me entregaré a ti, ése es todo el contrato que necesitamos. Te amo, Guilford, o Eliot, o como quiera que te llames.

Eso le hizo reír con ganas.

—Y yo te amo a ti. No deseo nada más —aseguró pasándole la mano por la espalda de un modo que la hizo estremecer—. Pero quiero que estés completamente segura. Las habladurías, el escándalo y las consecuencias que tendrá todo esto en Penny House siguen existiendo. Algo así no se puede guardar en secreto mucho tiempo, al menos en Londres.

—En ningún sitio —pero ahora que estaba allí con él, se sentía más valiente y dispuesta a enfrentarse a cualquier chismorreo con tal de vivir aquel amor—. Pero no voy a avergonzarme, Guilford, no permitiré que nadie me haga sentir mal por esto. Si vivo como quiero y mantengo la cabeza bien alta, estaré satisfecha.

—¿Conmigo? —le preguntó dulcemente, con una expresión vulnerable que Amariah jamás había visto en él.

—Contigo, sí —afirmó tomándole el rostro entre ambas manos para besarlo—. Te quiero, Guilford. ¡No sabes cuánto te quiero!

Su respuesta fue una especie de rugido que se perdió entre sus bocas. Amariah jamás podría cansarse de besarlo y de sentir su cuerpo contra ella. La fina seda del batín había revelado ya más de lo que habría debido y Amariah era perfectamente consciente de la enorme y dura necesidad que sentía por ella.

—Pero esto es injusto —protestó él—. Déjame que iguale un poco la situación —dijo antes de empezar a desnudarla muy despacio.

—Primero me cepillas el pelo y ahora me desnudas —dijo ella riéndose—. Vas a acabar convirtiéndote en mi doncella.

—Cuando quieras.

Era evidente que tenía experiencia en la práctica de desabrochar botones de vestidos, en desatar los cordeles del corpiño o en soltar la tiras que unían las faldas a la parte de arriba del vestido. La delantera del corpiño no tardó en caer y, cuando lo hizo, él besó cada centímetro de piel que quedaba expuesto. Después le besó también el hueco que quedaba en la clavícula y Amariah sintió un escalofrío.

¿Quién habría imaginado que aquel lugar fuera tan sensible?

—Pareces muy familiarizado con la ropa femenina, Guilford —comentó ella, sin verdadero interés en los motivos de dicha familiaridad, pero incapaz de resistir la tentación de provocarlo.

—Tengo hermanas.

—Ya.

Ahora la besaba en el cuello, provocándole más escalofríos y más placer. Una cosa era oír los comentarios de los caballeros sobre sus experiencias con las mujeres, y había oído mucho más de lo que ellos podrían sospechar; pero sentirlo en carne propia era algo completamente diferente. Era maravilloso descubrir cuánto placer podía dar y recibir su cuerpo.

—Mi querida Amariah —susurró mientras le retiraba el vestido por completo—. Confía en mí.

Se agachó a besarle los pechos desnudos; primero uno y luego el otro, su lengua y sus labios juguetearon con los pezones, arrancándole gemidos de placer desconocido e inesperado. El corazón le latía desenfrenadamente y su cuerpo ardía por dentro. No quería que parara por nada del mundo.

—Entonces... ¿confías en mí?

Antes de que pudiera contestarle, Guilford la levantó del suelo con enorme facilidad y se dirigió a la cama.

Aquello era lo que describían los poetas... arrastrados por el amor, por la pasión y el deseo. Por fin descubrió que los poetas no exageraban.

Amariah se hundió en el colchón de plumas y un segundo después Guilford estaba junto a ella. El batín rojo abierto parecía unas alas, su ángel.

—Escarlata y oro, como el fuego —dijo ella sin aliento y tendiéndole los brazos—. Como tú.

—Como tú —respondió tumbándose sobre ella—. Debería haber sabido que teniendo el cabello como el fuego, el resto de ti sería igual de ardiente.

Esa vez, cuando la besó fue diferente. Más apasionado, más arrollador. Su piel parecía de fuego también.

Suavemente, Guilford le separó las piernas lo suficiente para colarse entre ellas y acariciar el rincón más secreto de su cuerpo. Ella emitió un sonido de sorpresa y se agarró a sus hombros.

—Confía en mí, mi amor —susurró él.

Amariah no tenía fuerzas para respirar o para

decirle que confiaba en él y confiaba en que no dejara de hacer lo que estaba haciendo. Su cuerpo se arqueó contra aquellos dedos que exploraban su interior, pero deseaba más. Como si hubiera leído sus pensamientos, Guilford sustituyó los dedos por algo más caliente e infinitamente más grande. Antes de que pudiera darse cuenta de lo que estaba pasando, Amariah lo sintió dentro de su cuerpo y gritó con sorpresa y con una ligera incomodidad. Él la calmó con mil y un besos, dejó que se acostumbrara a su presencia antes de empezar a moverse muy despacio dentro de ella.

Y entonces, sin saber muy bien, Amariah empezó a moverse también, siguiendo su ritmo y la tensión que había creado con sus dedos volvió con más intensidad y con mucho más placer. De manera instintiva, lo rodeó con las piernas y levantó las caderas cuando los movimientos se hicieron más y más rápidos. Hasta que de pronto algo estalló dentro de ella, era como fuegos artificiales, como un terremoto o como cualquier otra cosa que habían utilizado los poetas para expresarlo, pero sin jamás acercarse a lo que ella estaba sintiendo con Guilford.

Después se quedaron tumbados juntos durante mucho tiempo, sus piernas entrelazadas en mitad de un silencio que a Amariah le resultó maravilloso.

—Te quiero, Amariah —susurró él por fin mientras le apartaba el pelo de la cara.

—Yo a ti también —Amariah sonrió con lágrimas en los ojos, pero no de dolor, sino de amor—. No ha sido en absoluto como esperaba.

—Para mí tampoco —Guilford se apoyó en el codo para poder mirarla de frente—. Eras virgen.

—Sí —dijo, sorprendida de que se lo dijera—. ¿Qué te hizo pensar que no lo sería?

—No lo sé.

—Yo sí —dijo ella, algo molesta por que él hubiera creído que no lo entendería—. Porque tengo veintiséis años y no mujeres de veintiséis años y vírgenes en todo Londres. Y por todos los hombres con los que hablo cada noche…

—Nada de eso importa —la interrumpió tapándole la boca suavemente—. Ahora eres mi Amariah, mi amante y de nadie más. Pero me habría gustado saberlo para haber hecho las cosas de otro modo.

Amariah sonrió al comprender.

—Entonces me alegro de que no lo supieras porque no habría querido que nada fuera diferente. Ha sido… maravilloso.

—Sí —dijo él sonriendo también—. Totalmente maravilloso.

—Es extraño estar aquí contigo en esta cama tan enorme, completamente desnudos y no sentir ninguna vergüenza.

—¿No te arrepientes de nada? —le preguntó mirándola fijamente.

Amariah comprendió inmediatamente a qué se refería.

—No, no habría querido esperar a estar casada, no. Tengo veintiséis años, Guilford, y estoy acostumbrada a vivir a mi manera. Un marido intentaría manejar mi vida por mí y ambos seríamos desgraciados. Pero lo peor sería que, por ley, Penny House sería suya en cuanto nos casáramos, no podría soportarlo.

—Tienes razón —le dijo él, extrañamente pensativo.

¿Acaso le había leído los pensamientos? ¿Habría sentido su deseo de tener a alguien a su lado para toda la vida, alguien con quien tener hijos? Unos hijos que seguramente nunca tendría. ¿Estaría pensando lo mismo que ella, que los duques se casaban con las hijas de otros nobles, mientras que las hijas de los clérigos se casaban con otros hombres normales?

¿Acaso él la conocía tanto como creía conocerlo ella a él?

—Así es —insistió ella, tanto por sí misma como por él—. Además, si estuviera casada, ahora no podría estar aquí contigo.

La sonrisa que había en el rostro de Guilford era tan tierna que le rompía el corazón, tan cálida que la hizo inclinarse hacia y él besarlo con cariño más que con pasión.

De pronto el reloj marcó la hora, las cinco de la tarde.

—Guilford, tengo que marcharme.

—Quédate —le pidió acunándola en sus brazos—. No vayas a Penny House. Quédate conmigo toda la noche.

Amariah lo miró, la idea le resultaba casi incomprensible.

—Nunca he faltado desde que abrimos. Ni una sola noche, ni siquiera al día siguiente del ataque, siempre he estado allí para recibir a los socios.

—Que sea esta noche la primera —insistió él mientras volvía a besarla, como prometiéndole lo que podían volver a compartir si se quedaba—. Hazlo por mí, mi amor.

Amariah sonrió, dividida entre la responsabilidad y el placer. Jamás había hecho algo tan egoísta en su vida, pero miró a Guilford a los ojos y supo que había llegado el momento de hacerlo.

—Necesitaré que uno de tus sirvientes le lleve una nota a Pratt —dijo por fin, abrazándose a él con fuerza—. Él se hará cargo de mis deberes esta noche.

—¿Cómo podría no amarte?

Westbrook subió los escalones de Penny House junto a Stanton, ansioso por recibir la cálida bienvenida de Amariah Penny y que Stanton fuera testigo del cariñoso trato que le profesaba la dueña del club. Además, esa noche se sentía afortunado; quizá igualara de verdad las ganancias que había creado para sí con el pagaré.

Pero en lugar de la señorita Penny se encontró

con la cara agriada del viejo Pratt. Allí estaba él, ocupando el lugar de la dama y saludando a los socios a su llegada.

—¿Dónde está la señorita Penny, Pratt? —le preguntó Westbrook sin siquiera saludarlo—. ¿Dónde la ha escondido?

Pratt inclinó la cabeza, imperturbable.

—Lo siento, milord, pero la señorita Penny no estará con nosotros esta noche. Me temo que no se encuentra bien.

—¿No se encuentra bien? —Westbrook no podía creer lo que oía, no quería creerlo—. ¿Cómo es posible que no esté aquí? Maldita sea, ella siempre está aquí para recibirme.

—Lo siento, milord —continuó Pratt con paciencia infinita—. La señorita Penny suele gozar de una magnífica salud, pero esta noche se sentía indispuesta.

—Sí, claro —murmuró Westbrook en tono burlón antes de proseguir su camino hacia la sala de los dados—. Esa mujer nunca se pone enferma.

—Pues parece que esta noche sí —replicó Stanton encogiéndose de hombros—. Claro que quizá oyó que ibas a venir y se puso enferma.

Westbrook le lanzó una mirada de desprecio a su amigo.

—No digas tonterías, Stanton. La señorita Penny me considera uno de los socios especiales del club. Ella jamás me evitaría. Ésa es la verdad.

—Vaya, después de oír excusas de tantas

mujeres —continuó diciendo Stanton, que parecía disfrutar del sufrimiento de su amigo—, ya deberías haber aprendido a reconocer la verdad.

—Vete a paseo.

Sin decir nada más, Westbrook fue directo a la sala de los dados. El espacio de alrededor de la mesa estaba abarrotado de gente, pero Westbrook encontró un hueco en el que sentarse y prepararse para jugar en cuanto tuviera la menor ocasión.

Aquélla iba a ser su noche y, si ganaba, Amariah volvería a sonreírle y Stanton tendría que tragarse sus palabras. Casi podía sentir el toque de la suerte rozándole las manos mientras veía cómo otro jugador tiraba los dados.

—Milord —le dijo al oído un lacayo con librea—. Si es tan amable, el señor Walthrip desea hablar con usted en privado.

Westbrook se volvió con sorpresa. El director de la sala no solía hablar con nadie y mucho menos en privado.

—¿Walthrip quiere verme?

—Por aquí, milord —anunció el lacayo conduciéndolo a otra sala—. El señor Walthrip lo recibirá en su despacho privado.

Westbrook lo siguió en silencio, pero antes se acercó a informar a Stanton:

—El director quiere verme en privado —le dijo a su amigo—. Seguramente la señorita Penny le pidió que me preguntara algo relacionado con el juego.

El despacho privado del señor Walthrip resultó ser un lugar mucho menos grandioso de lo que Westbrook había imaginado. Era una diminuta sala sin ventanas y con una mesa y dos sillas por todo mobiliario.

El director de la sala lo esperaba.

—Adelante, milord —le dijo con voz seca y grave—. Gracias por venir.

—No hay de qué, Walthrip, para lo que necesite —respondió Westbrook con entusiasmo, al tiempo que se sentaba.

—Le quitaré muy poco tiempo, milord —anunció Walthrip observando un libro de contabilidad que tenía abierto sobre la mesa—. Anoche nos solicitó un aumento de su línea de crédito en la sala de dados. Me temo que la casa ha decidido que en estos momentos nos es imposible realizar tal ampliación.

Westbrook lo miró, boquiabierto. No era sólo la desgracia de que lo rechazaran allí, su tío también se había negado a adelantarle más dinero de la herencia, por lo que no recibiría nada hasta después de varios meses.

—¿Qué demonios quiere decir eso de «la casa»? ¡Deme un nombre, Walthrip! ¡Dígame quién no cree que sea lo bastante caballero!

—Esto no es una cuestión de honor, milord. Nadie ha puesto tal cosa en cuestión. Lo único que pedimos es que se haga un pago a su cuenta y...

—¡Esto es intolerable! —exclamó poniéndose

en pie—. ¡Soy un caballero, un lord y socio de este club y no toleraré que se me trate con tal falta de respeto!

En ese momento se abrió la puerta que había a su espalda y entraron dos guardias.

—Sólo se trata de un pago, milord —insistió Walthrip—, y estaremos encantados de que vuelva a nuestra mesa.

—¡Qué Dios maldiga su mesa! —Westbrook tiró la silla al suelo y salió de la sala con paso airado.

Era consciente de que los guardias lo seguían, pero fue directo hacia Pratt, que seguía en la puerta principal como si nada, como si Westbrook no acabara de sufrir la peor humillación de su vida.

—Tengo que hablar con la señorita Penny, Pratt —susurró con urgencia—. Ese malnacido de Walthrip me ha echado de la sala de dados y tengo derecho a saber el motivo. ¡La señorita Penny jamás me trataría así!

Pratt no se inmutó ni un ápice.

—El señor Walthrip se ha limitado a comunicarle una decisión de la casa, milord. No es responsabilidad de la señorita Penny. Ahora, si es usted tan amable, milord, le sugeriría que se calmase si no…

—La señorita Penny puede arreglarlo —insistió el barón.

Los caballeros que había a su alrededor habían

empezado a observar la escena con curiosidad, como si fuera un vagabundo pidiendo una limosna.

—La señorita Penny puede hacer lo que quiera por sus amigos —continuó diciendo con empeño—. Y yo soy su amigo personal.

En ese momento apareció Stanton y lo agarró del brazo.

—Vamos, Westbrook, te acompañaré a casa.

—No sin antes ver a la señorita Penny —decía mientras intentaba soltarse de su amigo—. Dígale que baje y pregúnteselo usted mismo. Está pensando en ofrecerme un puesto en el comité de socios, así que podrá imaginar que nunca me trataría de este modo. Sé por dónde se va a sus aposentos, Pratt, y no...

Las manos de los guardias fueron delicadas pero firmes al guiarlo hacia la puerta de salida mientras el resto de los caballeros se esfumaron mágicamente.

—Buenas noches, milord —dijo Pratt, pero ya era demasiado tarde para responder.

Salió por la puerta, bajó los escalones y, una vez en la calle, Westbrook supo, también demasiado tarde, que todo estaba acabado.

Sobre todo él.

Catorce

Guilford vio sonreír a Amariah en el interior del carruaje y pensó que jamás había visto a una mujer más satisfecha. Tenía los ojos brillantes por el amor y por la falta de sueño, las mejillas enrojecidas y los labios aún hinchados por los besos. Estaba acurrucada contra él, con la mano apoyada en su muslo.

Sus sirvientes le habían planchado el vestido y ella se había recogido el pelo cuidadosamente, pero hasta un ciego habría visto la diferencia entre la mujer que había llegado a su casa la tarde anterior y la que Guilford tenía ante sí ahora. Amariah deseaba mantener su relación en secreto todo el tiempo que fuera posible, pero cualquier caballero de Penny House se daría cuenta que la señorita Amariah Penny tenía un amante.

—Me gustaría que este día no acabara nunca —deseó ella en voz baja mirándolo a los ojos—. Te quiero eso y más.

Guilford suspiró, tan reticente a separarse como lo estaba ella.

—Pero si el día no acabara, no podría esperar con impaciencia el momento de volver a verte esta noche.

—Será mejor que nos encontremos de madrugada —sugirió con pesar—. No cerraré las puertas hasta que se hayan ido todos los caballeros.

—Esperaré —prometió él—. Tendré un buen motivo para hacerlo.

—Podría pedirle a Pratt que adelantara los relojes —propuso entre cálidas risas.

—¿Harías eso por mí? —después de la última noche, la creía capaz prácticamente de cualquier cosa.

—Por mucho que lo deseara, mi conciencia no me lo permitiría. Casi puedo oír la voz de mi padre, reprendiéndome por no haber estado allí anoche.

Lo último que deseaba tener Guilford en aquel carruaje era la voz del difunto reverendo, sobre todo después de todo lo que había hecho con su hija en las últimas horas.

—Estoy segura de que Pratt se encargó de todo tan bien como lo habrías hecho tú.

—Seguramente mejor —corrigió ella antes de asomarse por la ventana—. Oh, no, ya hemos llegado.

Amariah se puso el sombrero y se alisó las faldas a toda prisa para salir en cuanto el lacayo le abriera la puerta.

—No huyas de mí todavía —le pidió Guilford

270

estrechándola en sus brazos—. Hazme un último favor.

—Todo lo que desees —dijo ella con malévola sonrisa—. Lo que sea, Eliot.

—Al demonio con Eliot —murmuró él susurrando a su oído y sintiendo cómo ella se estremecía gracias a él—. Quiero que pienses en mí mientras estamos separados.

—Sería imposible que no lo hiciera —aseguró ella besándole los labios—. ¿Harás tú lo mismo?

—Querida, ya sabes la respuesta a esa pregunta.

La puerta se abrió y Amariah no tardó en salir del carruaje.

—Hasta esta noche, mi amor —dijo al salir.

Dejó que entrara sola como ella le había pedido, pero no pudo evitar asomarse a la ventana y observarla en la distancia. Justo antes de entrar por la puerta se volvió a mirarlo; no hizo nada infantil como saludarlo con la mano, ni siquiera sonrió, pero la mirada que vio en sus ojos fue suficiente para que Guilford supiera que ya estaba pensando en él.

Se abrió la puerta de la casa y ella desapareció al otro lado. Guilford siguió allí unos segundos.

Cada minuto, pensaría en ella cada minuto.

Desde que había llegado a Londres con sus hermanas, Penny House había sido toda su vida. Sin embargo al poner un pie en el interior de la casa, de pronto se sintió en un mundo completamente ajeno a ella.

—¡Buenos días, señorita Penny! —exclamó Pratt nada más verla—. Cuánto me alegro de que haya vuelto.

Amariah sonrió sin comprender.

—No he estado fuera tanto tiempo, Pratt.

Pero era evidente que Pratt se sentía realmente aliviado de verla. ¿Acaso había creído que no volvería a Penny House, que se dejaría absorber por Guilford para siempre?

—Cuando pueda, señorita Penny, me gustaría hablar con usted —anunció Pratt con mayor seriedad—. Anoche ocurrió algo un tanto desagradable.

—¿Desagradable? —repitió Amariah.

Pratt no tardó en contarle lo acontecido la noche anterior con lord Westbrook y el señor Walthrip, pero eso no era todo. Según el director de la sala de dados, en los cuadernos de juego no figuraba que lord Westbrook hubiera ganado una sola partida en los últimos meses.

Amariah recibió la noticia con preocupación.

—¿Entonces el pagaré de lord Stanton?

—El señor Walthrip dice que lord Stanton jamás juega a los dados —respondió Pratt—. Pero dado que los dos caballeros son amigos, quizá encontremos la respuesta en esa amistad.

Tendría que volver a mirar ese pagaré y pedir consejo al señor Fewler. Aquello no estaba bien, como tampoco lo estaba que un socio se comportase de ese modo, hasta el punto de tener que expulsarlo del club.

—Fue muy extraño, señorita —siguió Pratt—. Westbrook exigía hablar con usted, afirmaba una y otra vez que era amigo suyo y que usted lo arreglaría todo por él. Incluso amenazó con subir a sus aposentos, señorita.

«Maldita sea», como habría dicho Guilford. Lo último que necesitaba en aquel momento era que un socio reclamara privilegios especiales por su parte.

—¿Se enteraron otros caballeros? —le preguntó a Pratt.

—Era realmente difícil no hacerlo.

—¿Quiere decir que Westbrook se puso violento?

—Sí, señorita —respondió sin dudarlo.

—Al menos contamos con bastantes testigos —debería haber estado allí para calmar al barón, pero el daño ya estaba hecho y no le quedaba alternativa—. Todos los privilegios del barón Westbrook quedan suspendidos hasta que estudiemos la situación con el comité. Escribiré la carta ahora mismo y se la enviaremos de inmediato. Dígales a los guardias que no le permitan la entrada al club bajo ninguna circunstancia.

Se puso en pie para dirigirse a su despacho mientras pensaba en que el pobre Westbrook había llegado a albergar la esperanza de que lo tuvieran en cuenta para formar parte del comité y ahora sin embargo iba a ser expulsado.

—Disculpe, señorita —le dijo Pratt antes de que llegara a la escalera—. Pero al señor Fewler le gustaría hablar con usted.

Amariah suspiró y volvió a sentarse en la silla a esperar al investigador y jefe de seguridad. ¿Cuántos más querrían hablar con ella antes de que pudiera subir a sus habitaciones?

—Buenos días, señorita Penny —le dijo bruscamente nada más aparecer—. Lo primero, necesito saber en qué estado se encuentran sus heridas.

Amariah se las mostró y le explicó que, aunque continuaba sintiendo más sensibilidad en las dos zonas heridas, ya no le dolían y podía mover el brazo sin problema alguno.

—Entonces es una suerte que tengamos tantos testigos que puedan dar fe de su sufrimiento ante un tribunal —dijo, casi defraudado por la mejoría—. Los necesitaremos para poder presentar los cargos. Verá, señorita, tengo información nueva sobre el agresor.

—¿Sí? —preguntó con impaciencia—. ¿Quién fue, señor Fewler?

—Aún no tenemos el nombre —dijo frunciendo do el ceño—. Pero espero tenerlo muy pronto. He hablado con los conductores de los carruajes que esperaban en la calle y muchos coinciden en que, poco después de que usted fuera atacada, vieron salir a un caballero a toda prisa.

—¿Un caballero? ¿Un socio del club?

—Por su indumentaria y por el modo en que

salió por la puerta principal, sí, debía de ser un socio —afirmó Fewler.

A Amariah no le agradaba la idea de desconfiar de uno de los socios, pues a todos los veía como caballeros, no como villanos y muchos de ellos incluso se habían convertido en amigos.

—¿Y nadie le vio la cara para poder identificarlo?

—No, por el momento no he encontrado a nadie que lo viera bien, pero lo haremos, estoy seguro. Hasta ese momento, le sugiero que tenga mucho cuidado. Si ese granuja se entera de que vamos tras él, podría intentar volver a atacarla. Asignaré a dos de mis hombres para que la acompañen en todo momento…

—¡No! —lo interrumpió al darse cuenta de lo difícil que le resultaría entonces ver a Guilford—. Gracias, señor Fewler, pero no creo que sea necesario.

—Disculpe, señorita, pero creo que debería hacer lo que le dice —intervino Pratt—. Es demasiado peligroso.

Fewler asintió.

—Señorita Penny, debe de tener en cuenta que ya la han atacado una vez, por lo que insisto en que…

—Si salgo de Penny House sola, ya sea andando o en carruaje, iré acompañada de sus dos guardias —prometió ella—. Dentro de la casa, estaré siempre acompañada y segura entre amigos.

—No estoy seguro de que eso baste, señorita —opinó Fewler con evidente escepticismo.

—Tendrá que bastar, Fewler —respondió ella.

Ahora que se enfrentaba a tan difícil realidad, el tiempo que había pasado con Guilford le parecía casi un sueño. Quizá hubiera prometido pensar en él, pero no había imaginado que habría tantas otras cosas llenándole la cabeza.

¿Qué estaría haciendo Guilford en aquel momento? Le había dicho que tenía intención de volver a casa y acostarse en las mismas sábanas en las que había estado con ella. Podía imaginarlo desnudo sobre la cama, con su…

—Disculpe, señorita Penny —le dijo entonces la doncella—. Acaban de traer esto.

Le acercó la bandeja con la última edición del *Tattle*. Amariah agarró el periódico, lo abrió y buscó algo que pudiera haber escrito Guilford.

Y se quedó helada.

Según la más reciente información, Su Excelencia el duque de G***f**d ha encontrado un nuevo Juguete de Pasión con el que divertirse esta temporada…

—¿Un juguete? —leyó Stanton con sorpresa—. Suena como si la estuvieran llamando fulana, ¿no te parece?

—Bueno, el *Tattle* ya la llamaba Reina Roja,

así que supongo que no cambia mucho —opinó Westbrook leyendo el artículo por encima del hombro de su amigo—. Además, nosotros lo único que hicimos fue hacerle alguna sugerencias al editor. Él es el que lo ha escrito.

—Y contra él irá Guilford —añadió Stanton antes de mirar a su alrededor con inquietud. La taberna en la que se encontraban estaba muy tranquila a esas horas, pero no estaba de más tener cuidado—. Pero lo de Virginal Virago fue idea tuya, Westbrook.

—Me pareció ocurrente —admitió el barón con malévolo orgullo. Aún se sentía herido por la humillación sufrida en Penny House. Si la señorita Penny hubiera sido la buena amiga que fingía ser, jamás habría permitido que sucediera algo así; pero era evidente que era tan falsa como las prostitutas de la señora Poynton—. Podría haber dicho algo mucho peor.

—Alégrate de no haberlo hecho —le advirtió Stanton—. Guilford ya te odia suficiente y, cuando se entere de que fuiste tú…

—¡Fue él el que la llamó virago el primero! —protestó Westbrook.

—Sí, pero cuando sugerí que informáramos al Tattle, sólo pretendía vengarme ligeramente de Guilford; no imaginaba que fueras a arrastrar el nombre de esa mujer por el lodo.

Westbrook no se arrepentía. Él había caído en desgracia y todo era culpa de Amariah Penny.

—Lo merecía, Stanton —aseguró—. Después de lo que me hizo.

—¡Eso te lo hiciste tú solo! —le contradijo Stanton—. Paga lo que debes y volverán a dejarte jugar.

—Ella no debió dejar que pasara —insistió Westbrook.

Stanton apuró su copa y se puso en pie.

—Mejor sería que pienses en lo que te hará Guilford cuando lo lea.

—Ella lo merece —murmuró Westbrook a pesar de que Stanton ya no estaba—. Se merece eso y mucho más.

Guilford vio acercarse a su hermana con paso firme, como un soldado a punto de entrar en combate. Se había prometido a su mismo que no se quedaría más de una hora con ella, quizá menos si se aburría mucho o si la compañía resultaba demasiado abrumadora. Al menos la invitación de Frances le había servido para matar el tiempo hasta poder ir a Penny House, con Amariah.

—¡Me alegro tanto que hayas podido venir, Guilford! —exclamó su hermana con sus modales de gran dama—. ¡Mis invitados están impacientes por conocerte!

Invitados impacientes solía querer decir impacientes por casarse con un noble, por lo que la tensión de Guilford no hizo más que aumentar.

Frances era persistente en su afán por encontrarle esposa y Guilford no trató en descubrir quién era la nueva candidata.

—Guilford, te presento a lady Cornelia Stanley —Frances lo presentó con exagerado entusiasmo—. Mi querida lady Cornelia, permítame presentarle a mi hermano, lord Guilford.

La muchacha parecía aterrada, lo miraba con demasiado miedo como para poder decir ni una palabra. Era guapa, pero también era demasiado joven y poco interesante. Nada que ver con Amariah, con su Amariah.

—¡Qué increíblemente inteligente es usted, Excelencia! —exclamó de pronto la madre de lady Cornelia y las tres mujeres se echaron a reír al unísono.

Dios, ¿qué había dicho sin darse cuenta? ¿Se habría concentrado tanto en Amariah que habría hablado sin saberlo siquiera? Al menos sabía que, pensando en Amariah, seguramente lo había hecho con una sonrisa en los labios.

—A mí también me encantan los fuegos artificiales, Excelencia —susurró lady Cornelia con nerviosismo.

—Entonces deberíamos organizar una excursión para verlos desde el río —sugirió Frances sin perder la más mínima oportunidad.

Unos segundos después, su hermana lo agarró de la mano y se lo llevó a un lado después de excusarse con sus invitadas.

—¿No te parece encantadora? —le preguntó—. Está claro que te gusta y, por supuesto, tú a ella le has gustado de inmediato.

—No, por favor, Frances —dijo él con cansancio—. Puede que esa pobre muchacha sea encantadora, pero jamás me interesaría por ella como esposa.

—¿Y se puede saber por qué? He visto que le has sonreído.

—Porque estaba pensando en otra persona —admitió él—. Me moriría de aburrimiento con una esposa como ésa.

—Una esposa no es un objeto de entretenimiento, Guilford —espetó su hermana—. Uno se casa para preservar su título, por la familia, por el futuro. No se elige a una mujer para divertirse.

—Pues quizá yo debería hacerlo —estaba harto de aquella conversación que se había repetido miles de veces, primero con su madre y ahora con Fan—. Quizá debería intentar hacerme feliz a mí mismo y no a ti, y casarme con una mujer que me guste a mí.

Su hermana lo miró, estupefacta y escandalizada.

—Guilford, no intentes provocarme. Los años pasan, algún día podrías tener un accidente a caballo o caer gravemente enfermo, ¿qué pasaría entonces con la sucesión?

—Supongo que si eso ocurre, no me importará demasiado —de pronto recordó cuánto solía reírse con Amariah, con sus retos y sus bromas. Jamás se aburriría estando con ella.

—Otra vez estás sonriendo —lo acusó Frances con desconfianza y acercándose a él como si así pudiera ver la causa—. ¿En qué estás pensando? ¿No será en esa horrible criatura que has convertido en tu amante?

—¿De qué hablas, Fan? —preguntó repentinamente alarmado.

—De lo que habla toda la ciudad, Guilford. No sé por qué me empeño en buscarte alguien a tu nivel mientras tú insistes en seducir a las mujeres más vulgares que puedas encontrar.

—Fan —la detuvo—. Dime de una vez de qué estás hablando.

Su hermana se acercó a un cajón cercano del que sacó un ejemplar del *Tattle*.

—Me sorprende que lady Cornelia y su madre hayan accedido a venir después de esto.

—¿Por qué tienes esa basura, Fan? —le preguntó Guilford al ver el periódico.

—Porque es la única manera que tengo de enterarme de tu escandaloso comportamiento —abrió el periódico y le señaló un artículo—. Mira esto, por favor, hermano. ¡Léelo, por el amor de Dios!

—Estás loca, Fan —Guilford le quitó el periódico y leyó el artículo.

Según la más reciente información, Su Excelencia el duque de G***f**d ha encontrado *un nuevo Juguete de Pasión con el que divertirse esta temporada. Mientras Damas de nivel se disputan su atención con la misma ferocidad que la de las Actrices de Covent Garden, Su Excelencia ha decidido poner sus Afectos (y otras partes de su heroico cuerpo) en la cama de la celebrada Virginal Virago de St. James. A pesar de sus aires refinados, nos informan que la dama se rindió con placer y con ansia y cayó en los brazos del gentil G***f**d y alcanzó el Placer Lascivo bajo la experimentada tutela de Su Excelencia.*

Ahora, ya ensillada y domesticada, nos preguntamos si la Reina Roja abandonará su puesto en P***y House y entrará a formar parte de la nutrida colección de Yeguas Obedientes del establo del Duque.

«Maldita sea», pensó Guilford antes de leerlo todo una segunda vez para asegurarse de que no lo había imaginado por culpa de la furia que sentía.

«Maldición, maldición, maldición».

Quince

Amariah se colocó en el vestíbulo de Penny House como había hecho miles de veces antes, más noches de las que alcanzaba a recordar. Sonrió a todos y felicitó a aquéllos a los que les había sonreído la suerte en los últimos días. Se comportó en definitiva como si nada hubiera cambiado, como si todo su mundo no se hubiera derrumbado.

Guilford le había pedido que confiara en él y ella lo había hecho, libre y felizmente. Le había entregado su cuerpo, su corazón y, lo más grave de todo, su alma. ¿Y qué había hecho él con todos esos regalos? Los había destrozado y después había paseado los restos por la calle para diversión del mundo entero.

Por el bien de Penny House y de todos los que dependían de ella, Amariah sería fuerte. Su cuerpo olvidaría aquellas caricias y el placer que él le había dado. Miraría con altanería a todos los que intentaran seguir los pasos de Guilford y haría

283

caso omiso de las especulaciones y de las bromas que sin duda habría sobre el escándalo de la temporada. Incluso se obligaría a sí misma a ser civilizada con él si volvían a encontrarse. Si tenía fuerza suficiente para hacer todo eso y evitaba tener más equivocaciones, quizá pudiera recuperar su reputación.

Pero su corazón… eso seguramente quedaría roto para siempre.

Lo reconoció inmediatamente, aunque no era más que una silueta oscura en la distancia, con el abrigo negro y la camisa imposiblemente blanca. Sintió que se le encogía el pecho por la ira y que las manos se le empapaban de sudor, pero siguió sonriendo. El resto de los caballeros presentes en el vestíbulo lo reconocieron también y se echaron a un lado para dejarlo pasar, sin duda expectantes por ver qué pasaba cuando se encontraran los dos.

«Nada», se dijo a sí misma tajantemente. "¡No les des nada que puedan luego contar a sus amigos!"

—Buenas noches, Excelencia —le dijo con la sonrisa pintada en los labios y la reverencia de rigor—. Es un placer tenerlo aquí esta noche.

—Ya veo que has visto el *Tattle* —dedujo él. Tenía la cara muy pálida y los rasgos tan marcados, que Amariah se maravilló de que pudiera halar—. Amariah, tienes que creerme si te digo que no tengo nada que ver con eso.

—Esta noche hay pavo asado acompañado de

un delicioso puré de castañas —continuó ella, sin mirarlo directamente a los ojos para no ver el dolor que había en ellos, un dolor que jamás podría ser tan intenso como el que ella sentía.

—Sabes que yo jamás podría haber escrito algo así —su voz era un susurro profundo y atormentado—. ¿Cómo podría haberlo hecho? Yo te amo, Amariah. ¿Cómo podría haber escrito esa vil basura sobre ti?

Se le enrojecieron las mejillas por la rabia al recordar cada palabra de esa «vil basura». ¿Cómo habría podido presentarse allí después de escribir algo así? ¿Cómo podía decir que la amaba?

—Le recomiendo también que pruebe el nuevo vino blanco que ha llegado a nuestras bodegas, Excelencia.

—Amariah, por favor, no hagas esto. No nos hagas esto.

Amariah luchaba por olvidar lo que había sido sentir las caricias de esas manos y se dio cuenta de lo difícil que era para él no acercarse y abrazarla.

—Tengo entendido que un grupo de caballeros estaba organizando una partida de whist —continuó Amariah, aferrándose con fuerza al abanico para que él no pudiera ver el temblor de sus manos—. Estoy seguro que lo aceptarán encantados, Excelencia.

—Amariah, mírame y dime que prefieres creer esa calumnia que lo yo te estoy diciendo ahora mismo —le susurró con impaciencia—. Mírame y dime que ya no me amas.

Lo miró y, si podía ver sus verdaderos sentimientos, seguramente vio más de lo que habría deseado escuchar.

—Por muy agradable que me resulte charlar con usted, Excelencia, hay otros caballeros esperando, por lo que debo pedirle que pase si así lo desea.

—¡Maldita sea, Amariah! No, no lo deseo.

—Por favor, Excelencia —esa vez no pudo evitar que le temblara la voz, ni que los ojos se le llenaran de lágrimas de rabia.

—Está bien —se apartó de ella con una inclinación de cabeza—. Me iré, pero esto no termina así, Amariah.

Lo vio alejarse con la cabeza tan alta como la tenía ella. Había dicho que sería fuerte y lo había conseguido. Había prometido no perder los nervios y no los había perdido. Y si había conseguido todo eso, también conseguiría no llorar ahora. No, no iba a llorar.

Westbrook se vio obligado a bajarse del carruaje a un par de manzanas de la plaza y de Penny House, pues la fila de coches era tan larga que el conductor se negó a esperar. Bajó de mala gana del coche, preguntándose si el conductor no lo habría reconocido, si no habría conocido su historia y por eso había creído indigno esperar por él. Sin duda Amariah Penny no tenía idea de lo que había provocado contra él.

Caminó aprisa, sin querer mirar a esos bellos carruajes adornados con los escudos de las familias, algo que él no podría tener. No quería que los pasajeros de los coches lo miraran, pero sobre todo no quería que le recordaran lo injusta que era su vida. Porque si la vida fuera justa, él podría también disfrutar de todo eso; tendría una amante siempre dispuesta a satisfacerlo y dinero suficiente para llevar hebillas de diamantes en los zapatos y Amariah Penny le suplicaría que se sentara a jugar a su maldita mesa de dados.

Si al menos su tío muriera y le dejara la herencia ahora que podía disfrutar de ella.

—¡Eh, milord! —gritó una voz joven desde alguno de los carruajes—. ¿Qué me dice de una partida de dados?

Las carcajadas de sus acompañantes resonaron en toda la calle. Westbrook se volvió dispuesto a retar al culpable, pero no pudo distinguir de qué coche había salido la voz, así que sólo pudo seguir caminando hacia Penny House.

No recordaba haber visto nunca tantos caballeros esperando a entrar al club. Parecía que nada podría arruinar a Penny House, ni siquiera el escándalo sobre la relación entre Guilford y Amariah Penny.

Esperó hasta que encontró el momento de entrar él solo, pues tenía un plan para arreglar la situación. Hablaría con la señorita Penny y le diría lo indignado que estaba con el trato recibido, conseguiría que se apiadara de él y que le dijera a Walthrip que le diera crédito para volver a jugar.

Por fin llegó el momento de subir las escaleras de Penny House.

—Lord Westbrook, ¿verdad? —le dijo uno de los enormes guardias que había en la puerta.

—Así es —respondió el barón, orgulloso de que lo hubieran reconocido.

Quizá la señorita Penny ya hubiera cambiado de opinión y hubiera decidido volver a darle la bienvenida a la sala de los dados.

—¿Ha leído la carta que le mandó hoy la señorita Penny? —le preguntó el guardia.

—¿Me ha escrito una carta? —eso sí que era halagador, una carta personal de la señorita Penny. Ojalá la hubiera visto entre la pila de facturas que lo esperaba en casa.

—Sí, milord. En esa carta se lo explicaba todo.

—¿Ah, sí? —preguntó con alegría—. Como no he visto esa carta, supongo que lo mejor será entrar y que me lo explique personalmente.

—No, milord —ambos guardias intercambiaron una mirada—. En esa carta se le explicaba que su pertenencia al club se encuentra bajo revisión; hasta que el comité no tome una decisión al respecto, no volverá a considerársele socio de Penny House.

—¿Qué demonios significa eso? ¡Soy miembro fundador de este maldito lugar y tengo derecho a entrar siempre que me venga en gana!

—Lo siento, milord, pero tenemos órdenes de no permitirle la entrada —declaró el segundo guardia con voz tajante—. Esta noche no. Y ahora si es usted tan amable, milord, debo pedirle que se eche a un lado para que puedan entrar otros caballeros.

—Exijo que me dejen ver a la señorita Penny…

—La señorita Penny no está disponible, milord —el guardia respiró hondo antes de repetir aún con más fuerza—: Y ahora, si es usted tan amable…

—¡Váyanse al infierno! —exclamó Westbrook con furia.

Se dio media vuelta y se hizo camino entre los caballeros que esperaban a entrar.

Esa perra de pelo rojo había ido demasiado lejos esa vez. Había osado prohibirle la entrada a un club en el que se encontraban todos los caballeros de su rango. No lo consideraba merecedor de tan ilustre compañía y tendría que pagar por ello. Le había arrebatado lo que era suyo por derecho.

Pero ahora había llegado el momento de que ella recibiera su merecido. Y sería él el encargado de dárselo. Aunque le costara hasta el último chelín de su bolsillo, se encargaría de que así fuera. Mientras continuaba caminando por la calle a oscuras, casi sonrió.

De alguna manera, Amariah había conseguido superar la noche, aunque había sido la más larga de su vida.

Estaba recorriendo el club completamente vacío junto a Pratt para asegurarse de que todo estaba en orden antes de retirarse a sus habitaciones, cuando alguien llamó a la puerta principal. Amariah se sobresaltó; estaba demasiado cansada y nerviosa.

—Mira a ver quién es, Pratt —le pidió a su fiel empleado—. ¿Es alguien conocido? —le preguntó cuando Pratt se encontró junto a la puerta.

—Sí, señorita —dijo él muy despacio—. Es lord Guilford.

Amariah contuvo la respiración unos segundos. Pratt aguardaba su decisión con gesto serio.

—Déjelo entrar, Pratt —ordenó por fin.

—¿Está segura, señorita Penny? —su preocupación por ella era verdadera.

—Sí, gracias, Pratt —le dijo, conmovida.

—Como desee, señorita.

Guilford entró con total normalidad, como si no hubiera dudado en ningún momento que fueran a dejarle pasar.

—¿Puedo ayudarlo en algo, milord? —le preguntó Pratt.

—Sólo una persona puede ayudarme, Pratt —dijo Guilford—. Y es la señorita Penny.

—Pasa —le ordenó Amariah entre las sombras, sintiendo aún la rabia y el dolor que le encogía el estómago—. Puede retirarse, Pratt.

Pratt asintió sin demasiadas ganas de abandonarla.

—Llámeme si me necesita —le dijo antes de marcharse.

—No sabía que Pratt fuera un guardián tan fiel —comentó Guilford en cuanto estuvieron solos.

—Alguien tiene que cuidarme —se hizo a un lado para dejarle pasar, pero no volvió a encender las velas para no animarlo a quedarse más que lo estrictamente necesario para decir lo que tuviera que decir—. Después de leer el artículo del *Tattle*, Pratt no se fía de ti.

—No me sorprende —Guilford no se sentó, sólo se apoyó en la enorme mesa que había en el centro del salón y desde allí la observó en la penumbra—. ¿Y tú, Amariah? ¿Te fías de mí?

—No debería —dijo ella, aún junto a la puerta—. Pero te he dejado pasar.

—Te dije que esto no podía acabar así —le dijo con voz baja, un sonido demasiado peligroso para ella—. Tú y yo no podemos acabar sin hablar... o sin discutir.

—¿Es eso lo que quieres, una pelea a gritos? —se preguntaba si aquél sería uno de sus retos.

—No —respondió con una leve sonrisa—. Pero aquí no hay testigos, Amariah. Sé que prefieres solucionar tus problemas sin público.

—Yo también creía conocerte, Guilford —estaba dejando que hablara la rabia y el resentimiento.

—Tu corazón sigue conociéndome —aseguró él—. Yo no escribí esas cosas sobre ti, Amariah.

No podría haberlo hecho y no sólo porque eran crueles e injustas, sino porque no tuve tiempo.

—Pues alguien las escribió.

—Sí, pero no fui yo —insistió él—. ¿Cuándo iba a hacerlo, preciosa? Entre la edición anterior del periódico y la nueva, estuve todo el tiempo contigo.

—No me llames preciosa —protestó, pero ya había empezado a considerar sus palabras.

Era cierto que no había habido tiempo material para que Guilford escribiera aquel deplorable artículo. No se había parado a pensar en que había estado con ella en todo momento y que había gente que podría desearles mal a alguno de los dos, alguien que podría haber buscado vengarse de ellos con aquellas palabras.

—¿Alguna vez me has oído hablar de ti o de alguna otra mujer en esos términos? —continuó él—. ¿Por qué habría de empezar a hacerlo ahora?

—Dímelo tú, Guilford —no quería admitir que lo que Guilford decía era perfectamente lógico.

—Ya sabes que me sorprendiste cuando apareciste en mi casa —siguió explicándole—. Por supuesto que me encantó que lo hicieras, pero yo no lo esperaba en absoluto.

—No podías saber que iba a ir —murmuró ella recordando aquel día—. Y tampoco podrías haber escrito eso antes.

—Efectivamente. Tengo muchas cualidades, pero predecir el futuro no es una de ellas.

—Estoy hablando en serio, Guilford.

—Yo también. No hay nada más serio para mí que la posibilidad de perderte.

Amariah fue hacia él muy despacio, sus pasos retumbaron en la habitación vacía. Se detuvo a menos de un metro de él. Guilford sonrió y, muy suavemente, la atrajo hacia así.

—Maldito seas, Guilford, ¡yo tampoco quiero perderte! —gritó dejando salir toda su frustración—. Creí que ya te había perdido y aun así no podía dejar de pensar en ti ni un segundo. Por mucho que intentara romper la promesa que te había hecho, no podía hacerlo. ¡No podía!

—Yo tampoco —en su rostro había una expresión de inseguridad muy poco común en él cuando le ofreció sus manos—. El otro día te pedí que confiaras en mí y, que yo recuerde, todo salió muy bien.

—¿Vas a pedirme que vuelva a confiar en ti? —Amariah era consciente de todo lo que le estaba ofreciendo con aquellas dos manos.

—Voy a suplicártelo —corrigió él—. No puedo hacer otra cosa amándote como te amo.

—Igual que yo te amo a ti —dijo dejando por fin que sus dedos se entrelazaran con los de él—. Dios, Guilford, ¿por qué tiene que ser todo tan difícil?

—Las cosas que realmente merecen la pena nunca son fáciles.

—Es curioso que digas eso tú, que lo has tenido todo tan fácil en la vida.

—Todo excepto tú —matizó dulcemente.

Amariah suspiró con emoción.

—Tenemos que estar juntos, ¿verdad, Guilford?

Guilford la abrazó con fuerza antes de susurrarle al oído.

—Y con nadie más, mi amor.

Amariah se inclinó hacia él y le concedió el perdón con un beso que él aceptó de inmediato. Sumergió los dedos en su cabello, perdiéndose en aquel beso mientras Guilford la agarraba y la subía a la mesa sin separarse de ella por un segundo. La besó apasionadamente, con unas ansias que no dejaban lugar para la razón y a ella le gustó; le gustaba sentir el deseo que crecía imparable en sus cuerpos.

Entonces le levantó las faldas y Amariah reaccionó separando las piernas, dejándole espacio para que se sumergiera en ella. Sólo un segundo después, le había desabrochado los pantalones y pudo sentirlo en su interior y cuando lo rodeó con las piernas, él rugió de placer y empezaron a moverse en perfecta sintonía, tratando de alcanzar un paraíso que habían estado a punto de perder.

—Guilford, eres malvado —suspiró frenéticamente aferrándose a él con fuerza—. Tan malvado y tan bueno y te quiero tanto…

—¿Amariah?

Amariah abrió los ojos, horrorizada, y se volvió a mirar por encima del hombro de Guilford. ¿Cómo era posible? Sólo hizo falta un instante para ver a sus hermanas, Bethany y Cassia con sus maridos, Richard y William.

Se separó de Guilford a toda prisa mientras él se subía los pantalones tan rápido como podía. Se bajó de la mesa y trató de recomponerse antes de volverse hacia su familia.

Qué el cielo la ayudara, ¿qué se supone que debía decir en esas circunstancias?

Pero no tuvo que hablar porque lo hizo Richard.

—¿Qué demonios crees hacer, Guilford? —gritó lanzándose por él—. ¡Maldito granuja! ¡Aléjate de Amariah!

—¡No! —gritó Amariah interponiéndose entre ambos hombres—. ¡No es lo que crees, Richard, por favor! ¡Yo le quiero! ¡Le quiero!

—No te preocupes, Amariah, puedo hacerme cargo de esto —dijo Guilford apartándola suavemente.

—¡No, Guilford, no vas a hacerlo! —insistió ella agarrándolo de la chaqueta—. ¡No vas a pelear por mí!

—¡Richard! —intervino Cassia acercándose a ellos tan rápido como le permitía su avanzado embarazo—. ¡Deja que Amariah hable!

—¡Ya está bien! —exclamó entonces el marido de Bethany, William, que fue el único que consiguió que Guilford y Richard dejaran de forcejear—. ¡Así no vais a conseguir nada!

Por fin, Amariah pudo agarrar de la mano a Guilford y mirar a sus hermanas y a sus maridos.

—Todos conocéis a Su Excelencia el duque de Guilford —dijo tratando de sonreír—. Él y yo... bueno, nos hemos unido mucho desde que os fuisteis de Londres.

—¿Os habéis unido? —repitió Richard incrédulamente—. Si eso es estar unido, yo...

—Calla, Richard —le ordenó Cassia—. Por favor, deja que Amariah se explique.

—Sí, por favor —dijo también Bethany—. Desearía oír lo que tiene que decir.

Amariah también habría deseado saber lo que iba a decir. No podía soportar la idea de estar dando aquella imagen a sus hermanas pequeñas. Por el amor de Dios, ¡la habían descubierto con su amante en el salón de la casa!

Afortunadamente, fue Guilford el que habló, y lo hizo rodeándola con sus brazos.

—Amo a Amariah con todo mi corazón —aquélla era una declaración que pocos hombres se atrevían a hacer delante de otros—. Y me atrevo a esperar que ella me ame del mismo modo.

Bethany sonrió con enorme alegría.

—¡Entonces habrá otra boda en Penny House!

—No vayas tan deprisa, Bethany —se apresuró a decir Amariah, sin atreverse a mirar a Guilford—. Las cosas no son así entre nosotros.

—Entonces es cierto —dijo Richard, de nuevo iracundo—. La has convertido en tu amante, Guilford, sin prometerle nada más duradero que lo que acabamos de ver.

—¡No ha hecho nada de eso, Richard! —exclamó Amariah, desesperada por hacerles entender—. ¡Las cosas no son así entre nosotros!

—Blackley, no tienes derecho a hablar así de ella o de mí —advirtió Guilford.

Cassia se acercó a Amariah y le puso la mano en el hombro.

—Ven con Bethany y conmigo y dejemos que los caballeros solucionen esto entre ellos.

—No es necesario —respondió Amariah con la cabeza bien alta y sintiendo la fuerza que le transmitía la mano de Guilford—. Guilford y yo estamos juntos en todo esto. Lo que Richard y William tengan que decirle podrán decírselo delante de mí.

—Entonces siento mucho lo que voy a decir, Amariah —dijo Richard—. Y por lo que crees que debes oír.

—No, Richard, por favor, no lo hagas —le suplicó su mujer.

—Ella lo ha decidido, Cassia. Y quizá sea mejor que sepa el tipo de hombre con el que está.

Guilford no tardó en saltar:

—¿Qué demonios significa eso, Blackley?

—Significa que todo el mundo en Londres habla de la apuesta que hiciste sobre esta dama —dijo Richard de pronto—. Significa que apostaste con tus amigos que serías capaz de seducir a Amariah en menos de dos semanas. Lamento enormemente que hayas ganado, maldito bastardo.

Amariah sintió de repente que le faltaba la respiración, que el cuerpo se le quedaba helado.

«Sé fuerte, sé fuerte, no importa lo que ocurra. Pero sé fuerte para enfrentarte a esto».

—¿Es eso cierto, Guilford? —le preguntó directamente, buscando la respuesta en su rostro—. ¿De verdad hiciste esa apuesta?

Guilford bajó la mirada a sus manos, unidas, y Amariah supo la respuesta antes incluso de que hablara.

—Antes te he pedido que confiaras en mí, Amariah, y vuelvo a pedírtelo ahora. Esa apuesta...

—La hiciste —murmuró con voz muy baja. Notó la presencia de sus hermanas, una a cada lado, dispuestas a sostenerla si el futuro negro y sin amor que la esperaba se le hacía demasiado insoportable—. Hiciste esa apuesta sobre mí. ¿De verdad creías que no me enteraría?

—Que Dios me perdone, Amariah, hice esa apuesta, sí... Pero fue antes de que...

—Vete —dijo Amariah dándole la espalda—. Vete y, esta vez, no vuelvas.

Dieciséis

Guilford no podía imaginar su vida sin Amariah, pero por culpa de su propia estupidez, había perdido a la única mujer que había amado en su vida.

Golpeó el lateral de su carruaje con fuerza, pero no con la suficiente para olvidar lo que había hecho. Era un idiota, un estúpido. Aquella apuesta parecía haber tenido lugar hacía mil años porque había sido antes de enamorarse de Amariah y de que ella lo cambiara para siempre.

Debería habérselo contado él mismo y haberle pedido disculpas inmediatamente por haber sido tan tonto. Ella se habría puesto furiosa, por supuesto, pero seguramente lo habría perdonado si él se lo hubiera explicado bien, quizá incluso hubiera acabado riéndose. Pero había tenido que enterarse de la peor manera posible y de boca del peor mensajero. Eso no significaba que Blackley no tuviera razón; Guilford era un maldito bastardo por haberle hecho algo así.

Dios, la echaba de menos más de lo que habría creído posible. Tenía una última carta que jugar, una última oportunidad de ganarse su perdón. No sabía si ella lo perdonaría, pero de lo que estaba seguro era de que él jamás se perdonaría a sí mismo.

El carruaje se detuvo frente a la sede del *Tattle*. Estaba todo a oscuras, pero a Guilford no le importó. Aquélla no era una visita social.

—¿Qué demonios cree que está…? —empezó a preguntarle Stanton al ver a su lacayo tras la puerta, pero él le impidió continuar.

—Su Excelencia el duque de Guilford desea hablar con usted —anunció abriendo paso a Guilford.

—Sí, Dalton, quiero hablar con usted —repitió Guilford entrando en la oficina—. Y no puedo esperar a oír lo que tiene que decir al respecto.

—Excelencia… buenos días —dijo Dalton, titubeante—. ¿A qué debo el honor?

Guilford esperó a que hubiera encendido unas velas antes de responder.

—Sabe perfectamente por qué he venido. Esa basura que publicó en su última edición sobre la señorita Penny, ¿quién se la dio?

Dalton tragó saliva.

—Va contra mis principios revelar la identidad de mis fuentes, Excelencia.

—¡Usted no tiene principios! —replicó Guilford pasando el brazo por su escritorio y tirando todos sus papeles al suelo—. Si me dice quién escribió todas esas mentiras, quizá pueda conservar su negocio. Si no, me encargaré personalmente de que cierren esta pocilga hoy mismo.

—¿Con qué motivo, Excelencia? —preguntó Dalton con su habitual beligerancia—. ¡No puede cerrarme el periódico sin un motivo!

—La policía encontrará uno enseguida —dijo Guilford—. Pero usted y yo sabremos que es porque usted decidió aceptar la responsabilidad del ultraje que se ha cometido contra una de las damas más distinguidas de la ciudad.

—¡Fue el barón Westbrook, Excelencia!

—¿Westbrook? —repitió con incredulidad—. ¿Por qué habría Westbrook de hacer algo así?

—No lo sé, Excelencia, pero lo hizo. Vino con otro caballero, lord Stanton, pero fue lord Westbrook el que habló, el que me contó su... relación con la señorita Penny.

—Mentiras —se apresuró a decir Guilford—. Westbrook no tiene ni idea de nada.

—Por supuesto, Excelencia —asintió Dalton, sin querer ofenderlo—. Sin embargo hablaba como si conociera bien a la dama, realmente bien, no sé si sabe a lo que me refiero.

—¿Westbrook? —el nombre de Westbrook jamás había sido relacionado con ninguna mujer, que Guilford supiese, y desde luego jamás con Amariah. Guilford no conseguía imaginar qué motivo podría haberlo llevado a hacer algo tan bajo para dañar la reputación de Amariah—. ¿Westbrook le dijo eso?

—¡Sí, sí! ¿Cómo iba a saberlo yo si no? El otro caballero intentó detenerlo todo el tiempo, pero lord Westbrook no se dejaba detener.

—Y por supuesto, usted tuvo que publicarlo.

Dalton bajó la cabeza, fingiendo estar arrepentido.

—Me dio la sensación de que decían la verdad, Excelencia.

Guilford hizo un gesto de asco. Tenía que hacer algo para luchar contra esas mentiras e intentar arreglar las cosas con Amariah.

—Tráigame papel y lápiz —ordenó Guilford—. Voy a escribir la verdad y, si quiere seguir en este negocio, usted la publicará.

Después sólo le quedaría rezar para que Amariah lo leyese y estuviese dispuesta a confiar en él una vez más.

Amariah fijó la mirada en el té que no deseaba beberse y escuchó los consejos de sus hermanas que no deseaba oír. Se encontraban sentadas a la mesa de la cocina, uno de sus lugares preferidos para charlas, pero para Amariah ahora era el sitio más incómodo del mundo.

—Está muy bien hablar de amor, Amariah —decía Cassia—. Pero tienes que pensar en el futuro. Tú misma me lo dijiste una vez. ¿Qué pasará si te has quedado embarazada? Sabes perfectamente, que podría ser.

—Guilford cumpliría con sus responsabilidades —aseguró Amariah—. Eso no me preocupa.

—Pero... ¿qué hay de ti, cariño? —le preguntó Bethany poniendo su mano sobre la de Amariah—. ¿Qué hay de su responsabilidad hacia ti? Si te ama tanto como afirma, no veo por qué no puede...

—Porque él es un duque y yo sólo soy Amariah Penny —recordó Amariah al tiempo que retiraba la mano—. Eso lo supe desde antes de meterme en la cama con él y sigo sabiéndolo ahora. Él es noble y yo soy una persona normal y corriente; jamás podría casarse conmigo. Y yo no esperaría que lo hiciera.

—¿Por qué no? —preguntó Cassia con indignación—. ¡Tú eres tan buena como cualquier dama de la nobleza! ¡Ese Guilford sería muy afortunado de tenerte por esposa!

—¿Alguna vez te ha dicho él eso? —le preguntó Bethany con enorme dulzura—. ¿Alguna vez te ha dicho que no seas digna de él?

Amariah negó con la cabeza.

—No es necesario que lo haga. Conozco bien a los caballeros y sé lo protectores que son con sus títulos y con la pureza de su sangre.

—Pero Guilford no es así, ¿verdad?

—No, pero eso no significa que...

—Amariah, cada persona es diferente —aseguró Bethany—. Mira William, su padre es el conde de Beckham y sin embargo él creía que yo no lo creería suficiente para mí.

—Pero William no es Guilford —dijo Amariah poniéndose en pie—. De todos modos, esta conversación no tiene ningún sentido ahora que lo he echado para siempre.

Bethany se puso también en pie.

—Yo vi cómo te miraba, Amariah. Está claro que te ama tanto como tú a él. Estoy segura de que volverá.

Amariah suspiró y sonrió con tristeza.

—Lo importante es saber si puedo confiar en él, Betts, y para eso da igual cuánto lo ame.

—Si lo amas, confiarás en él —afirmó Cassia levantándose también—. Bueno, hermanas, yo me voy a la cama. Ahora tengo los horarios del campo, no los de Penny House.

—Yo también me voy antes de que William venga en mi busca —dijo Bethany.

Amariah se volvió a mirarlas antes de que se fueran.

—¿Qué os hizo venir hoy precisamente?

—Pratt, por supuesto —confesó Cassia con una sonrisa—. Nos mandó una carta a Richard a mí y nos dijo que le habías prohibido que avisara a la policía o al médico, pero que no le habías dicho nada de tus hermanas.

—Nosotros habíamos parado en Greenwood de camino a Londres —dijo Bethany—. Fue una coincidencia que estuviéramos allí.

—O la Providencia —pensó Amariah en voz alta, antes de acercarse a darles un beso a sus hermanas—. Me alegro de que estéis aquí.

—No te quedes levantada hasta tarde, Amariah.

Ambas se marcharon enseguida. Era lógico que estuvieran impacientes por subir a sus dormitorios, sus maridos estaban allí esperándolas. Amariah sin embargo no tenía a nadie, y aún le dolía el cuerpo por la insatisfacción del encuentro interrumpido.

—Ay, Guilford, Guilford —susurró tristemente mientras ponía las sillas en su sitio—. ¿Qué he hecho? ¿Qué hemos hecho?

Se acercó a la puerta a comprobar que estuviera cerrada, pero al hacerlo vio el brillo de la luna a través de la ventana y no pudo resistir la tentación de salir a verla. Estaba casi llena. Caminó por el jardín hasta obtener una visión total de su esplendor. Recordaba una vieja historia que hablaba de que la luna ayudaba a los amantes; quizá si dejaba que su luz la bañara, Guilford y ella recibirían su ayuda. Se sintió un poco estúpida por creer en esas cosas, pero siguió allí mirando a la luna.

«Bueno, querida luna, aquí tienes una dama enferma de amor que necesita tu ayuda desesperadamente.

Aquí estoy».

—¿Cuánto más tenemos que esperar, señor? —preguntó el hombre más alto—. Debe de estar a punto de amanecer. Si la dama no ha aparecido, ya no creo que venga.

—Si queréis que os pague —gruñó Westbrook—, será mejor que no os mováis hasta que yo os lo diga.

Ambos hombres se quedaron callados y siguieron esperando junto al muro mientras Westbrook se pasaba la mano por la cabeza con ansiedad. Aquellos dos daban lástima, pero era lo mejor que había podido encontrar en la taberna en la que había ideado el plan. Lo único que le interesaba era que no lo conocieran y que después volvieran a desaparecer en las calles de Londres para siempre.

No sabían su nombre y, por supuesto, tampoco el de Amariah Penny. Cuanto menos supieran los unos de los otros, mejor.

Se asomó a la esquina para mirar una vez más Penny House. El plan original había consistido en esperar a que todo estuviese a oscuras para colarse por la cocina y subir después las escaleras hasta sus dormitorios. Ya había estado allí antes, por lo que conocía bien el camino. Pero todo se había complicado con la llegada de aquellas dos parejas que habían llegado poco después que él. Había visto a Amariah volver a la cocina con las dos mujeres y allí, a la luz de las velas, había podido reconocer a las tres hermanas, sentadas y charlando durante toda una eternidad.

¿Cómo iba a sorprender a esa perra con tanta gente? ¿Cómo iba a poder darle su merecido por haberlo tratado de un modo tan infame? ¿Cómo podría hacerle el mismo daño que ella le había hecho a él? Entre maldiciones y protestas, Westbrook había seguido observando a las tres hermanas.

Pero entonces todo había cambiado de la manera más inesperada y maravillosa. Las dos hermanas habían dejado a Amariah sola y de pronto ella había abierto la puerta y había salido al jardín con la mirada puesta en el cielo, tan indefensa como un corderillo.

—Venid aquí, muchachos —susurró Westbrook, emocionado—. Nuestra suerte acaba de cambiar.

Guilford llegó a su casa con el corazón aún más cansado que el cuerpo, salió del carruaje y subió los escalones. Acaba de entrar en la casa cuando una pequeña figura se coló por la puerta muy deprisa.

—¡Muchacho, Su Excelencia no te quiere aquí! —exclamó su lacayo agarrando al joven por el cuello para echarlo.

—¡Excelencia, Excelencia, tengo que hablar con usted! —gritó Billy Fox intentando soltarse—. ¡Es cuestión de vida o muerte!

—Suéltalo, Parker —ordenó Guilford inmediatamente—. ¿Qué haces aquí, Billy, por qué no estás durmiendo?

—¡Ya se lo he dicho, Excelencia, es cuestión

de vida o muerte! —repitió el muchacho—. No puedo esperar, de verdad, Excelencia.

Guilford respiró hondo, estaba demasiado cansado para dramas.

—Billy, por favor, estoy agotado, así que dime ya lo que te pasa.

Billy tragó saliva un par de veces antes de empezar a hablar.

—Yo estaba sujetando a los caballos mientras usted estaba en Penny House y oí ciertas cosas. Quise decírselo entonces, Excelencia, pero Robert me envió a casa.

—¿Decirme qué, Billy? —preguntó Guilford con impaciencia—. ¿Qué demonios tienes que decirme?

—¡Que lord Westbrook quiere hacerle daño a la señorita Penny!

Guilford olvidó su cansancio automáticamente.

—¿Qué has dicho?

—Lord Westbrook pasó a mi lado cuando yo estaba con los caballos, parecía borracho y no paraba de decir que iba a volver a castigar a la señorita Penny, a darle lo que se merecía por haberlo tratado tan mal.

De pronto todo encajaba. El artículo difamando a Amariah, la descripción de Dalton del irracional comportamiento de Westbrook y ahora eso.

—¿Estás seguro de lo que oíste, Billy? —le preguntó, alarmado y preocupado por el bienestar de Amariah—. ¿Seguro que ese hombre era lord Westbrook?

—Sí, sí, Excelencia —respondió el muchacho de inmediato—. Los conductores de los otros coches no paraban de decirle cosas y reírse de él por su mala suerte en el juego. Sólo yo oí lo de la señorita Amariah porque yo estaba fuera del coche. Tiene que avisarla, Excelencia. Tiene que mandarle a alguien que la avise, Excelencia.

—No, voy a hacer algo mejor, Billy —dijo Guilford—. Iré yo personalmente.

Amariah miró a la luna y pensó en Guilford, y sonrió. Él llenaba sus pensamientos y hacía que se olvidara de todo lo que la rodeaba.

Por eso cuando oyó los pasos que se acercaban a ella corriendo, ya era demasiado tarde.

No pudo evitar que un hombre alto vestido de gris la agarrara por la cintura. Trató de gritar, pero él le tapaba la boca con una mano enorme y maloliente que le revolvió el estómago. Se revolvió en sus brazos y pataleó tratando de soltarse, pero un segundo hombre la agarró por las piernas y la inmovilizó.

—Buen trabajo, muchachos —dijo un tercero cuando los otros dos la llevaron hacia las sombras de los árboles—. Es salvaje, ¿verdad? —preguntó el hombre con la cara tapada cuando la dejaron en el suelo de piedra.

—¿Quiénes son ustedes? —preguntó Amariah, tratando de respirar mientras la sujetaban—. ¿Qué quieren de mí?

Oyó la risa del tercer hombre, que parecía ser el que daba las órdenes.

—No voy a decirle quién soy, señorita Penny. Digamos tan sólo que estoy aquí para darle lo que merece por lo que usted me hizo.

—¡Yo no he hecho nada! —gritó frenéticamente—. ¡Ni siquiera sé quién es! Yo no…

—Ya está bien —dijo el hombre tajantemente antes de meterle un pañuelo en la boca—. Levantadle las faldas.

Los otros dos hombres obedecieron y le levantaron las faldas hasta la cintura. Amariah lloraba de miedo y desesperación, pero continuaba luchando contra las manos que la sujetaban. Podía oír la respiración acelerada del hombre mientras se desabrochaba los pantalones. Amariah cerró los ojos, no quería ver nada más.

—Te voy a dar lo que mereces, perra —dijo el hombre a través del pañuelo que le tapaba la cara mientras se hacía un hueco entre sus piernas—. Tú me has arruinado la vida y por Dios que te la voy a arruinar yo a ti.

—De eso nada, Westbrook.

Guilford. ¡Era la voz de Guilford!

Consiguió ponerse de lado justo en el momento en que el hombre que tenía encima caía al suelo. Reconoció a Guilford luchando contra el hombre que la había atacado, rodaban por el suelo dándose puñetazos.

También oyó otras voces en el interior de la casa, atraídas por el ruido. Los otros dos hombres debieron oírlas también porque se miraron el uno al otro y salieron corriendo calle abajo. Amariah consiguió arrodillarse torpemente. Seguía llorando, no podía parar aunque quisiera.

—¡Amariah! —de pronto Guilford estaba allí, ayudándola a ponerse en pie—. ¿Te ha hecho daño? ¡Dime, mi amor, dímelo!

—Estoy bien —sollozó mientras se abrazaba a él—. ¡Dios mío, Guilford, si no hubieras…!

—Pero lo hice —susurró él estrechándola en sus brazos y acunándola suavemente—. Tranquila, mi amor, está todo bien. Estás bien y te amo, eso es lo único que importa.

De repente vio al otro hombre poniéndose en pie y echando mano del bolsillo del abrigo, del que sacó una pistola.

—¡Guilford! —gritó Amariah dándole la vuelta para que lo viera.

El hombre les apuntaba con la pistola, se le había caído el pañuelo y Amariah pudo darse cuenta, con horror, que se trataba de Westbrook.

—Suelta eso, Westbrook —le ordenó Guilford—. Sabes que así no conseguirás nada.

—¿No? Tu fulana me ha arruinado la vida, Guilford. Me trató como si fuera peor que la basura y consiguió que toda la ciudad se riera de mí.

Guilford la apretó con fuerza contra sí con un solo brazo.

—Eso no es cierto, Westbrook, y lo sabes.

—¡Maldita sea, Guilford! —exclamó Westbrook con voz temblorosa, al tiempo que colocaba el dedo en el gatillo—. ¡Claro que es cierto!

Amariah oyó la explosión del disparo y mientras se agachaba para protegerse, sintió el amor y el deseo y la injusticia de que su vida fuera a acabar de ese modo antes de haber empezado de verdad.

«Guilford, ¡no he podido decirte cuánto te amo, cuánto significas para mí!».

Pero el grito de dolor procedía de Westbrook, ni de ella ni de Guilford. Amariah lo vio caer llevándose mano al brazo en el momento en que la pistola caía al suelo.

—¿Están bien la señorita Penny y usted, Excelencia? —preguntó Fewler con su pistola en la mano—. Siento no haber llegado un poco antes para poder evitarles todo esto.

—Lo importante es que hayan llegado —dijo Guilford.

Sus hermanas habían salido de la casa con sus respectivos esposos y corrían hacia ella llorando. De pronto el jardín estaba lleno de gente, sus hermanas la abrazaban y lloraban mientras le preguntaban si estaba bien.

Unos segundos después, Guilford la tomó de la mano y la hizo mirar a todos los presentes bajo la luz de la luna.

—Sólo hay un modo de arreglar todo esto, Amariah —dijo con voz ronca—. Voy a preguntártelo delante de todos estos testigos. ¿Quieres casarte conmigo, Amariah?

Amariah sonrió entre las lágrimas, tenía el corazón tan lleno de amor por él que se preguntó si podría soportarlo.

—Sí —susurró—. ¡Guilford, mi amor, claro que quiero casarme contigo!

Al día siguiente, poco antes de abrir las puertas del club, Amariah estaba sentada con Guilford en el salón principal de la casa cuando un lacayo llevó la última edición del Covent Garden Tattle.

NOSOTROS los miembros de la Prensa no solemos cometer Errores con los datos, pues Respetamos enormemente la HONESTIDAD. Pero cuando la Falsa Información nos lleva a cometer un error, nos apresuramos a corregirlo y a volver humildemente al Camino de la Verdad.

Eso es lo que ocurrió en la edición anterior en el artículo relacionado con la Reina Roja, la señorita P***y y Su Excelencia el duque G***f**d. Debemos ofrecer nuestras más sinceras y profundas disculpas a la Dama y al Caballero y confiamos en que el Bellaco que nos ofreció tales Falsedades disfrazadas de VERDAD se enfrente pronto con su justo DESTINO.

Asimismo nos congratula compartir con nuestros fieles LECTORES la feliz noticia de que Su Excelencia ha pedido la mano de la señorita P***y en matrimonio.

¡Deseamos que sean bendecidos con la Dicha de un Matrimonio que dure por siempre!

¡Que encuentren el Amor y la Satisfacción el uno con el otro!

¡Que su unión sea bendecida con Prosperidad, Salud y con Hijos sanos con los que compartir su FELICIDAD y que preserven el linaje de Su Excelencia!

¡QUE EL AMOR TRIUNFE SOBRE TODAS LAS COSAS!

Amariah miró a Guilford por encima del periódico y frunció el ceño.

—¿Cuándo escribiste esto? —preguntó con desconfianza.

Él miró al techo, como si fuera a encontrar allí la respuesta.

—Supongo que anoche, en algún momento. No lo recuerdo exactamente.

—Lo escribiste cuando fuiste a las oficinas del *Tattle*, antes de volver a Penny House —adivinó ella—. Y lo escribiste antes de habérmelo pedido.

—Ya te he dicho que no recuerdo exactamente la hora a la que lo escribí, preciosa —dijo, tratando de reírse.

—¿Y si te hubiera rechazado? —Amariah le

tiró el periódico—. Podría haberlo hecho, lo sabes, ¿verdad? ¡Habríamos sido el hazmerreír de toda la ciudad!

Guilford esquivó el periódico antes de agarrarla y obligarla a sentarse en su regazo, donde la besó hasta que hizo que olvidara lo que acababa de leer.

O casi.

—Y dijiste que no podía predecir el futuro.

—Para ti, sí puedo —dijo besándola de nuevo—. En tu futuro no veo nada más que el amor y la felicidad que va a darte tu marido, un hombre guapo y perfecto.

Amariah se echó a reír y pensó lo afortunada que sería de tener a ese hombre por esposo.

Epílogo

Se casaron en Penny House una cálida y soleada tarde de octubre. Como era la última de las bodas de las hermanas Penny, las tres se esforzaron por que fuera inolvidable. Cassia decoró todas las habitaciones con flores que ella misma había cultivado. Bethany preparó una cena que habría tentado al paladar más exquisito y que culminó con un pastel nupcial que dejó boquiabiertos a los invitados. Y con su diplomacia característica, Amariah preparó una lista de invitados que incluía desde un príncipe hasta varios ministros de las parroquias más pobres de la ciudad.

Pero la mayor hazaña de Amariah fue ganarse a la hermana de Guilford, lady Frances Carroll. Con una perfecta mezcla de deferencia, ingenio y encanto, Amariah cautivó a la exigente dama y antes de que llegara el día de la boda, la propia lady Frances estuvo encantada de anunciar que Amariah sería una espléndida duquesa.

Aunque lo más notable de la celebración de la boda fue cuando, aún con el vestido de bodas, Amariah se subió al carruaje junto a Guilford y se dirigieron a White's.

Allí, entró al refinado club con la audacia y la elegancia que la caracterizaba y fue directa al famoso libro de apuestas.

—Señorita… quiero decir, Excelencia —dijo el lacayo, estupefacto—. Supongo que conocerá las reglas del club, que no permiten la entrada a las damas.

—Claro que las conozco —admitió Amariah con una sonrisa—. Sólo será un momento y después prometo marcharme antes de comprometer a ninguno de sus socios. ¿Lo has encontrado ya, Guilford?

El lacayo se dirigió a Guilford con desesperación y le imploró que no provocara un escándalo ni pusiera en peligro su pertenencia al club.

—Lo siento, Duncan —dijo Guilford mientras pasaba las hojas del libro—. Me temo que nunca he tenido el menor control sobre las acciones de esta dama, y no espero empezar a tenerlo ahora. ¡Aquí está, mi amor! «Veinte guineas a que la señorita Amariah Penny, la virago de Penny House, jamás se casará».

—Ay, Guilford, cuánto lo siento por ti —lo consoló haciendo un esfuerzo por no reírse—. Todo parece indicar que has perdido.

—De eso nada, Amariah —le dijo él mientras

escribía el resultado de la apuesta en el libro—. Porque esta vez al perder, he ganado.

Amariah sonrió y se acercó a darle un beso.

—Entonces paga, Guilford —le susurró—. Paga.

CAROLE MORTIMER
Secreto de seducción

Prólogo

Abril de 1817. Palazzo Brizzi, Venecia, Italia

—¿Caballeros, os había comentado que he pensado pedir la mano de una de las hijas de Westbourne?

Lord Dominic Vaughn, conde de Blackstone, uno de los caballeros a los que se refería lord Gabriel Faulkner, el anfitrión, se quedó boquiabierto y lo miró incrédulo desde su sitio en la mesa del desayuno. Su amigo, Nathaniel Thorne, conde de Osbourne, se quedó con la taza de té a medio camino entre el plato y la boca. Era uno de esos momentos en los que parecía que el tiempo se había detenido, como todos los sonidos, como si el mundo hubiera dejado de girar.

Naturalmente, no era así y los gondoleros seguían cantando en el Gran Canal, los vendedores de frutas y verduras seguían anunciando sus pro-

3

ductos por el canal y los pájaros seguían piando sus alegres melodías. El tiempo solo se había congelado en el balcón del palazzo Brizzi, donde los tres hombres estaban disfrutando del último desayuno antes de que Blackstone y Osbourne volvieran a Inglaterra ese mismo día.

—Caballeros...

El anfitrión intentó sacarlos del pasmo con ese tono irónico y divertido tan típico de él y con una ceja arqueada sobre sus ojos azul oscuro, mientras dejaba en la mesa la carta que había estado leyendo. Dominic fue el primero en reaccionar.

—No puedes decirlo en serio, Gabe.

—¿No...? —preguntó Gabriel arqueando la otra ceja.

—Claro que no —intervino por fin Osbourne—. ¡Tú eres Westbourne!

—Sí, desde hace seis meses —confirmó quien era el nuevo conde de Westbourne—. He pedido la mano de una de las hijas del anterior conde.

—¿Copeland?

Westbourne inclinó la cabeza.

—Efectivamente.

—Yo... ¿por qué ibas a hacer algo así?

Dominic no intentó disimular su rechazo a la idea de que uno de los suyos se metiera voluntariamente en esa ratonera. Los tres tenían veintiocho años y habían estado juntos en la universidad antes de servir cinco años en el ejército de Wellington. Habían luchado juntos, habían bebido juntos, habían comido juntos, habían buscado mujeres juntos, habían compartido el mismo alojamiento muchas veces... y hacía mucho que habían decidido que no había por qué conformarse con una fruta deliciosa cuando podían deleitarse con toda la cesta. Lo que acababa de anunciar Gabriel era una traición al pacto tácito.

—Me ha parecido que es lo que tengo que hacer —contestó Westbourne encogiéndose de hombros.

¡Lo que tenía que hacer! ¿Desde cuándo le había importado a Gabriel hacer lo que tenía que hacer? Lord Gabriel Faulkner, quien vivía en el continente desde hacía ochos años porque había caído en desgracia respecto a su familia y la sociedad, había vivido desde entonces según sus propias normas y sin importarle lo que tenía que hacer. Al haber heredado el muy respetado título de conde de Westbourne, las cosas habían tomado un giro distinto y, naturalmente, la sociedad de Londres, sobre todo las madres que querían casar a sus hijas, recibirían al escandaloso Gabriel con los brazos abiertos, pero, aun así...

—Naturalmente, estás diciéndolo de broma —insistió Osbourne sin disimular el escepticismo.

—Me temo que no —replicó Westbourne con firmeza—. La herencia inesperada del título y las posesiones ha dejado a las tres hijas de Copeland a mi entera merced —hizo una mueca como si se burlara de sí mismo—. Estoy seguro de que Copeland había esperado que sus tres hijas hubiesen estado casadas y situadas antes de encontrarse con el Supremo Hacedor. Desgraciadamente, no fue así y las tres se han convertido en mis pupilas.

—¿Quieres decir que has sido el tutor de las tres jóvenes Copeland desde hace seis meses y no has dicho nada? —preguntó Osbourne sin dar crédito a lo que había oído.

Westbourne inclinó con frialdad su arrogante cabeza.

—Es como abrir la puerta del gallinero al zorro, ¿verdad?

Efectivamente, lo era, pensó Dominic. La reputación de Gabriel con las mujeres era legendaria. Como lo era su inflexibilidad cuando quería dar por terminada una relación en cuanto se cansaba de ella.

—¿Por qué no lo habías dicho antes, Gabriel?

—Estoy diciéndolo ahora —contestó él encogiéndose de hombros otra vez.

—¡Es increíble! —exclamó Osbourne sin encontrar las palabras todavía.

Gabriel sonrió con severidad.

—En realidad, es casi tan increíble como que haya heredado el título.

Efectivamente, no lo habría heredado si Copeland no hubiera perdido a sus dos sobrinos luchando contra Napoleón. Como Copeland solo había tenido hijas, el deshonroso lord Gabriel Faulkner había heredado el título de conde de Westbourne de un primo segundo o algo así.

—Evidentemente, que ahora sea el tutor de esas jóvenes hace que la situación sea algo inusitada y le he pedido a mi abogado que presente una petición de matrimonio en mi nombre —explicó Westbourne.

—¿A qué hija?

Dominic intentó recordar si había conocido a alguna de las hermanas Copeland durante sus ocasionales incursiones en la sociedad, pero no lo consiguió y le pareció un mal presagio que ninguna de ellas lo hubiera impresionado lo suficiente como para recordarla mínimamente.

Westbourne hizo otra mueca de resignación.

—Como no conozco a ninguna de la tres, no me pareció necesario señalar una preferencia.

—¡De verdad! —Dominic lo miró con gran espanto—. Gabriel, no puedes estar diciendo en serio que has pedido en matrimonio a cualquiera de las jóvenes Copeland.

—Eso es exactamente lo que he hecho —replicó Westbourne con una sonrisa gélida.

—Es un poco arriesgado, ¿no? —preguntó Osbourne, con el mismo espanto que Dominic—. ¿Qué pasaría si decidieran entregarte a la fea y gorda? La que no querría ningún hombre.

—No me parece un problema si Harriet Copeland fue su madre —contestó Westbourne con un gesto desdeñoso de la mano.

Los tres tenían diecinueve años cuando lady Harriet Copeland murió a manos de un amante celoso, unos meses después de haber abandonado a su marido. La belleza de esa mujer era legendaria.

—Pueden decidir que te quedes con la que ha salido a su padre —insistió Dominic con una mueca de disgusto.

Copeland era un hombre bajo y fornido de unos sesenta años cuando murió. Además, tampoco lo adornaba ningún encanto y no era de extrañar que una mujer tan hermosa como Harriet Copeland lo hubiese abandonado por un hombre más joven.

—¿Y qué?

Westbourne se dejó caer contra el respaldo con los rizos morenos cayéndole elegantemente sobre la nuca y la frente.

—El conde de Westbourne necesita una esposa para tener un heredero, cualquier esposa. Cualquiera de las hermanas Copeland podrá tenerlo independientemente de su aspecto.

—Pero... quiero decir, si es gorda y fea, tú no podrás... encontrar la ocasión de... engendrar ese heredero.

Osbourne hizo una mueca de disgusto por la imagen que acababa de insinuar.

—¿Qué dices a eso, Gabe? —le preguntó Dominic entre risas.

—Digo que ya no importa si puedo... funcionar o no en el lecho conyugal —Westbourne recogió la carta que había dejado y la ojeó con tranquilidad aparente—. Al parecer, mi reputación me precede.

—Explícate, Gabe —le pidió Dominic con el ceño fruncido.

—La carta de mi abogado que recibí esta mañana me comunica que la tres hermanas Copeland han rechazado la idea de casarse con el libertino lord Gabriel Faulkner. Sí, hasta Nate, la baja y gorda —añadió Gabriel inclinando burlonamente la cabeza hacia Osbourne.

Dominic conocía a Gabriel lo suficiente como para saber que esa calma era una careta, que el brillo de sus ojos azul oscuro y la firmeza de su barbilla indicaban lo que sentía su amigo. Bajo esa apariencia de despreocupación estaba fría y peligrosamente enojado.

—Dadas las circunstancias, caballeros, he decidido que pronto os seguiré a Inglaterra.

—Las mujeres de Venecia se quedarán muy abatidas —comentó Osbourne con ironía.

—Es posible —reconoció Gabriel con desapasionamiento—, pero he decidido que el nuevo conde de Westbourne ocupará el lugar que le corresponde en la sociedad de Londres.

—¡Excelente! —exclamó Osbourne.

Dominic sintió el mismo entusiasmo ante la idea de que Gabriel volviera a Londres.

—La residencia Westbourne de Londres lleva varios años vacía y parecerá un mausoleo. A lo mejor prefieres quedarte conmigo en la residencia Blackstone cuando vuelvas. Además, también me gustaría que me dieras tu opinión sobre los cambios que he ordenado que hagan en Nick's durante mi ausencia.

Se refería a un club de juego que había ganado hacía un mes en una partida de cartas a su anterior propietario, Nicholas Brown.

—Dom, yo tendría cuidado con los tratos que puedas tener con Brown —le avisó Gabriel con el ceño fruncido.

Era una advertencia innecesaria. Dominic ya sabía que Brown no era un caballero, que era el hijo bastardo de un noble con una prostituta y que tenía muchos contactos con el submundo de la capital de Inglaterra.

—Tomo nota, Gabe.

—Entonces, te agradezco tu invitación a quedarme en la residencia Blackstone, pero no pienso quedarme en la ciudad. Me marcharé inmediatamente a Shoreley Hall.

A Dominic le pareció que esa idea no era un buen presagio para las hermanas Copeland.

Uno

Tres días después, en el club de juego Nick's. Londres, Inglaterra

Caro cruzó el escenario y se colocó cuidadosamente en el diván.

Comprobó que la máscara de oro y joyas le cubría desde la frente a los labios, se arregló los rizos morenos de la peluca para que le cayeran sobre los pechos y la espalda y se alisó los pliegues del vestido dorado para cerciorarse de que estaba tapada desde el cuello hasta los pies. Pudo oír los murmullos nerviosos a pesar de las cortinas que había delante de pequeño escenario, y supo que los clientes masculinos del club de juego estaban esperando que se corrieran las cortinas y empezara su actuación.

Se le aceleró el corazón y la sangre le bulló cuando empezó a sonar la música y la habitación que había al otro lado de esas cortinas quedó en un silencio expectante.

Dominic vaciló a la entrada de Nick's, uno de los clubs de juegos más elegantes de Londres y uno de sus sitios favoritos antes de que se lo quedara hacía un mes. Había llegado de Venecia esa misma tarde y había decidido visitarlo en cuanto pudo. Le entregó el sombrero y la capa al empleado y se dio cuenta de que el robusto joven que vigilaba la entrada no estaba en su sitio. También se dio cuenta de que las salas de juego que había al otro lado de las cortinas de terciopelo estaban anormalmente silenciosas. ¿Qué estaba pasando?

Entonces, la voz sensual y voluptuosa de una mujer que cantaba rompió ese silencio. Sin embargo, antes de marcharse a Venecia había dado la orden estricta de que ninguna mujer trabajara en el club, en ningún puesto. Frunció el ceño, entró en el salón principal y vio a Ben Jackson, el portero, que estaba extasiado en una habitación llena de clientes igual de fascinados que, al parecer, solo oían y veían una cosa.

Una mujer, de la que, evidentemente, brotaba esa voz tan seductora, estaba tumbada en un diván de terciopelo rojo sobre el escenario. Era menuda y unos rizos morenos y abundantes le caían como una cascada sobre los hombros y su delgada espalda. Una máscara con joyas, parecida a las que se usaban en Venecia durante el carnaval, le tapaba casi toda la cara, pero los labios eran carnosos y sensuales y el cuello era blanco como una perla. Llevaba un vestido dorado que insinuaba sus curvas más que mostrarlas descaradamente y que era más seductor por eso. Aun enmascarada, era la mujer más sensual y seductora que había visto. Los demás hombres de la sala pensaban lo mismo, a juzgar por la avidez de sus miradas, el rubor de sus mejillas y el hecho de que muchos se lamieran los labios. Él frunció más el ceño antes de volver a mirar a esa encarnación de la seducción que estaba en el escenario.

Caro intentó no mostrar su enojo con el hombre que la miraba con el ceño fruncido desde el fondo del salón y terminó su primera actuación de la noche levantándose lentamente y acercándose con elegancia al borde del escenario mientras cantaba las últimas notas. Eso no impidió que se fijara en esa mirada de censura ni en el hombre que la tenía. Era tan alto que sobresalía sobre los demás aunque estuviera al fondo del salón, su levita negra se ajustaba perfectamente a unos hombros anchos y musculosos y la camisa, blanca e impecable, tenía encaje de Bruselas en el cuello y los puños. El pelo, cortado a la última moda, era negro como el ala de un cuervo y parecía que casi tenía un tono azulado. Los ojos, críticos y penetrantes, eran grises como una neblina sedosa, pero tan intensos como la plata. Tenía un rostro fuerte y aristocrático; con los pómulos marcados, la nariz recta, unos labios tallados con firmeza y un mentón cuadrado y arrogante. Era un rostro pétreo e inflexible, que se endurecía más por la cicatriz que le bajaba por la mejilla izquierda, desde debajo del ojo hasta la implacable mandíbula. Sus ojos grises la miraban con un disgusto como no había visto jamás durante sus veinte años.

Se sentía tan desasosegada que le costaba mucho mantener la sonrisa mientras se inclinaba para recibir la estruendosa ovación. Una ovación que sabía por experiencia que duraría unos minutos después de que hubiese vuelto a su camerino. No pudo evitar volver a mirar a ese hombre ceñudo antes desaparecer del escenario, y se alarmó ligeramente al ver que estaba hablando con el director del club, Drew Butler.

—¿Qué significa todo esto, Drew?

Dominic lo preguntó en tono gélido mientras

ovacionaban a la belleza que seguía saludando desde el escenario. El hombre canoso no se inmutó. Llevaba veinte años siendo el director de Nick's y el escepticismo que se reflejaba en sus ojos azules indicaba que había visto y hecho casi todo durante sus cincuenta años y que nada le impresionaba, y mucho menos el tono de censura del hombre que se había convertido en su jefe hacía un mes.

—Lo clientes la adoran.

—Los clientes no han jugado ni bebido desde que esa mujer empezó a cantar hace un cuarto de hora —replicó Dominic.

—Mírelos ahora —le pidió Drew con delicadeza.

Él los miró y arqueó las cejas al ver que el champán empezaba a correr en abundancia, que los clientes ponían unas apuestas ridículamente altas en las mesas, que el volumen de las conversaciones aumentaba a medida que se comentaban los atributos físicos de la joven y que se hacían muchas apuestas sobre que alguno de ellos tendría el privilegio de ver lo que se ocultaba detrás de la máscara.

—Como verá, es muy beneficiosa para el negocio —siguió Drew encogiéndose de hombros.

Él sacudió impacientemente la cabeza.

—¿No dejé muy claro cuando vine hace un mes que en el futuro esto iba a ser un club de juego y no un burdel?

—Sí —contestó Drew sin inmutarse lo más mínimo—. Por eso, los dormitorios del piso superior han estado cerrados a todo el mundo.

Que un caballero, un conde ni más ni menos, fuese del dueño de un club de juego con la reputación de Nick's era inaceptable para la sociedad, pero para él había sido una cuestión de honor cuando Nicholas Brown lo retó a una partida de cartas y que se jugara a Midnight Moon, el magnífico caballo que tenía en sus caballerizas de Kent. Él, a cambio, había pedido que Nicholas se apostara Nick's y, evidentemente, había ganado.

Una cosa era ser propietario de un club de juego, pero le parecía completamente inaceptable tener media docena de dormitorios en la primera planta a disposición de quien quisiera tener algo de intimidad con... quien fuese. ¡No iba a permitir que lo consideraran un proxeneta! Por eso, había prohibido la presencia de todas las mujeres dentro del club y había ordenado que se cerraran inmediatamente los dormitorios. Al parecer, esas órdenes se habían cumplido, con la excepción de la misteriosa joven que acababa de encandilar a los clientes del club, y no solo con sus canciones.

—Creo que ordené que se acabara con los servicios de todas las... mujeres que trabajaban aquí.

—Caro no es... no es una ramera —replicó Drew visiblemente crispado.

—Entonces, ¿puede saberse qué es? —preguntó Dominic frunciendo el ceño sombríamente.

—Exactamente, lo que ha visto —contestó Drew—. Se tumba en ese diván y canta dos veces cada noche. Los jugadores beben y apuestan más que nunca cuando ella abandona el escenario.

—¿Viene con una doncella o una señorita de compañía?

—¿Usted qué cree? —preguntó el hombre mayor en tono burlón.

—¿Qué creo? —él entrecerró los ojos con frialdad—. Creo que es un desastre en ciernes. ¿Qué caballero tiene el privilegio de acompañarla a su casa al final de la velada?

—Yo.

Ben Jackson, el portero, lo dijo con orgullo mientras volvía a su puesto en la entrada del club. Su cara redonda no tenía nada de angelical porque, evidentemente, le habían roto la nariz más de una vez y sus puños eran grandes como unos jamones.

—¿Tú? —preguntó Dominic arqueando una ceja con escepticismo.

Ben sonrió y mostró varios dientes rotos.

—La señorita Caro insistió.

¿De verdad? Ben Jackson podía conseguir que un hombre temblara solo con mirarlo y Drew Butler era un escéptico de los pies a la cabeza, pero, al parecer, la señorita Caro había conseguido que los dos comieran de su delicada mano.

—Creo que deberíamos seguir esta conversación en tu despacho, Drew.

Él se dio la vuelta con la esperanza de que el director lo siguiera y haciendo un esfuerzo para dominar la impaciencia. Aun así, consiguió sonreír y saludar a varios conocidos mientras se dirigía hacia el fondo del club lleno de humo, donde estaba el despacho de Drew. Casi ni se fijó en lo lujoso que era el despacho antes de que entrara Drew y cerrara la puerta. Sin embargo, sí se fijó en una frasca con lo que supo que era un brandy de primera categoría. Se sirvió una copa y se deleitó con un sorbo antes de ofrecerse para servirle otra al director. El hombre mayor negó con la cabeza.

—Nunca bebo mientras estoy trabajando.

Él se apoyó en la inmensa mesa de caoba.

—Muy bien, Drew, ¿quién es ella y de dónde ha salido?

El director se encogió de hombros.

—¿Quiere saber mi impresión de ella o lo que

me contó cuando se presentó en la puerta de atrás para pedir trabajo?

—Las dos cosas —contestó Dominic con los ojos entrecerrados.

Dio otro sorbo y se quedó mirando la punta de la lustrosa bota mientras el otro hombre empezaba a contarle la triste historia de la joven. Caro Morton decía ser una huérfana que había vivido en el campo con una tía soltera hasta hacía tres semanas, cuando la muerte de la anciana la había dejado sin techo. A raíz de eso, llegó a Londres hacía dos semanas con muy poco dinero y sin doncella ni señorita de compañía, pero con la decisión de abrirse camino en la vida. Al parecer, su intención fue ofrecerse como señorita de compañía o institutriz en una casa respetable, pero fue imposible por la falta de referencias y tuvo que empezar a llamar a las puertas de teatros y clubs. Él lo miró penetrantemente cuando llegó a esa parte de la historia.

—¿Cuántos visitó antes de llegar aquí?

—Media docena o así —contestó Drew con una mueca de disgusto—. Entiendo que recibió algunas ofertas de... trabajos alternativos.

Él sonrió con severidad al adivinar qué ofertas habían sido.

—¿No tuviste la tentación de hacer lo mismo cuando llamó a esta puerta?

Para él estaba claro que la señorita Caro Morton era una joven con la que querrían acostarse casi todos los hombres, independientemente de su edad.

El hombre mayor lo miró con el ceño fruncido mientras se sentaba detrás de la mesa.

—Milord, llevo veinte años felizmente casado y tengo una hija que no es mucho más joven que ella.

—Te pido disculpas —Dominic inclinó levemente la cabeza—. Muy bien, esa es la versión de la señorita Morton sobre su llegada a Londres. ¿Cuál es la tuya?

Drew pareció pensárselo.

—Es posible que existiera una tía soltera, pero, no sé por qué, lo dudo. Creo que está en Londres porque huye de alguien o algo. Puede ser de un padre despiadado o de un marido que la maltrataba. En cualquier caso, es demasiado refinada para ser la típica actriz o ramera.

Él lo miró con curiosidad.

—Defíneme «refinada».

—Parece una dama —contestó el hombre con cierta tensión.

Él se sintió intrigado. Eso podría explicar que quisiera ocultar su identidad detrás de una máscara con joyas.

—¿No crees que una actriz o una ramera pueden dar la impresión de parecer damas?

—Sé que pueden —reconoció Drew—, pero creo que Caro Morton no lo es. Quizá, lo mejor sea que hable con ella y lo decida usted mismo —añadió el director con un gesto inexpresivo.

Era evidente que el director tenía un sentimiento protector y algo paternal hacia la «refinada» señorita Caro Morton. También parecía que Ben Jackson sentía lo mismo. Si era una hija o una esposa que había huido, él no sentía algo tan delicado.

—Pienso hacerlo —aseguró él mientras se erguía—. Solo quería saber tu impresión primero.

—¿Piensa despedirla? —le preguntó Drew con preocupación.

Él lo pensó antes de contestar.

Era indudable que, como había dicho Drew Butler, las actuaciones de Caro Morton eran un atractivo para el club, pero también podían ser un problema mayúsculo si era una hija o una esposa que había huido.

—Eso dependerá de la señorita Morton.

—¿Cómo?

Él arqueó las arrogantes cejas.

—Acepto que has sido director del Nick's durante años, Drew, y que, sin duda, eres el mejor

22

para ese trabajo —sonrió fugazmente para suavizar lo que iba a decir—. Sin embargo, eso no te da derecho a cuestionar lo que haga o decida.

—No, milord.

—¿Dónde está Caro Morton en este momento?

—Normalmente, me ocupo de que coma algo en el camerino entre las actuaciones.

Drew lo dijo con una expresión que lo retaba a cuestionar esa decisión que había tomado. Él, al acordarse de la delgadez y palidez de la muchacha, no lo hizo.

A juzgar por su aspecto, eso podía ser lo único que comiera en todo el día.

—Me gustaría que me informara si decide que tiene que marcharse. Se le debe alguna paga —añadió Drew ante la sorpresa de Dominic.

Él aceptó compasivamente antes de marcharse del despacho y decidió que ella también tenía al escéptico director bien atrapado entre sus pequeños dedos y que este la ayudaría a encontrar otro empleo si él decidía que se marchara. Decidir por sí mismo quién o qué era la señorita Caro Morton prometía ser una experiencia interesante, algo que le pareció sorprendente a un hombre que, después de haber pasado años en el ejército y otros dos años en Inglaterra sorteando las garras de todas las madres de la alta sociedad deseosas de casar a su hijas, se había convertido en tan escéptico, si no más, que Drew Butler, quien era mucho mayor que él.

Caro se sobresaltó cuando oyó que llamaban a la puerta del camerino. En realidad, no era un camerino propiamente dicho, sino un cuarto que el señor Butler le había reservado al fondo del club de juego para que lo usara entre las actuaciones. Un cuarto que le había garantizado que estaba vedado para todos los hombres que frecuentaban los otros cuartos de Nick's.

Se levantó, se cercioró de que tenía la bata bien atada alrededor de la cintura y cruzó el diminuto cuarto para quedarse junto a la puerta cerrada con llave.

—¿Quién es? —preguntó con cautela.

—Me llamo Dominic Vaughn.

Ella supo que se trataba del mismo hombre que la había mirado con esos ojos plateados y desdeñosos. No supo por qué lo sabía, pero lo sabía. Su voz de barítono tenía una arrogancia y una seguridad que indicaba que llevaba años dando órdenes y que estaba acostumbrado a que las obedecieran inmediatamente. Además, era evidente que estaba esperando que abriera la puerta para dejarlo entrar.

Cerró los puños dentro de los bolsillos de la bata y se clavó las uñas en las palmas de las manos.

—No está permitido que los caballeros me visiten en el camerino.

Se hizo un breve silencio antes de que el hombre replicara con una impaciencia implacable.

—Le aseguro que Drew Butler me ha permitido venir aquí.

El director de Nick's había sido muy amable con ella durante la semana anterior y sabía que podía confiar en él. Sin embargo, no le bastaba con que un hombre se presentara en el camerino de esa forma inesperada, afirmara que el señor Butler le había permitido ir allí y que esperara que lo creyera.

—Lo siento, pero sigo negándome.

—Le aseguro que no la entretendré más de unos minutos —replicó él en tono irritado.

—Tengo que descansar antes de la siguiente actuación —insistió ella.

Él apretó los labios ante la obstinada negativa de esa mujer.

—Señorita Morton...

—Es mi última palabra sobre el asunto —le interrumpió ella con altivez.

Entrecerró los ojos y se acordó de que Drew había dicho que Caro Morton parecía una dama.

Él pudo captarlo en su impecable dicción. Su tono tenía una sutil aunque inconfundible autoridad que indicaba refinamiento y educación.

—Señorita Morton, o habla conmigo ahora o le aseguro que no actuará nunca más en Nick's.

Estaba apoyado en la pared del oscuro pasillo con los brazos cruzados sobre su formidable pecho.

—¿Está amenazándome, señor Vaughn? —preguntó ella con una leve incertidumbre.

—No tengo que amenazarla, señorita Morton, cuando bastará con la verdad.

No sabía qué hacer. Se había escapado de su casa hacía dos semanas con el convencimiento de que encontraría un trabajo en el anonimato de Londres como institutriz o señorita de compañía, pero la habían rechazado una y otra vez solo porque no tenía las referencias adecuadas. Además, en Londres todo era mucho más caro de lo que se había imaginado. El poco dinero que había ahorrado durante meses de su asignación había menguado mucho más deprisa de lo que había previsto y no le había quedado otra alternativa, si no quería volver a una situación intolerable, que llamar a las puertas traseras de los teatros. Siempre le habían alabado su forma de cantar en las escasas ocasiones en que su padre recibía amigos o vecinos a cenar y ella les amenizaba la velada. En las visitas a los teatros le habían hecho algunas ofertas de trabajo, pero todas eran escandalosas para una joven que se había criado al amparo del campo de Hampshire.

El empleo que tenía, y el dinero para pagar su modesto alojamiento, se los debía por completo a la amabilidad de Drew Butler. Por eso, no sabía si podía rechazar a Dominic Vaughn cuando, por algún motivo, ese buen hombre lo había autorizado a visitar el camerino. Sacó las manos de los bolsillos y le temblaron ligeramente mientras giraba la llave y retrocedía apresuradamente antes de que la puerta se abriera.

Efectivamente, era el diablo de ojos plateados y parecía más diabólico todavía a la luz de las velas del pasillo que le iluminaba la cicatriz de la mejilla. Además, la levita negra y la camisa blanca realzaban ese poder imponente que parecía emanar de él. Retrocedió otro paso.

—¿De qué desea hablar conmigo?

Él tuvo que hacer un esfuerzo para que su expresión no reflejara la impresión que había sentido al ver a Caro Morton sin la máscara con joyas ni la peluca negra que había ocultado los largos y espléndidos rizos dorados. Esos rizos enmarcaban unos ojos almendrados de color verde como el mar y un rostro delicado y tan bello que lo dejó sin respiración. Se le ocurrió que si era una hija desobediente o, peor aún, una esposa fugitiva, la idea no le complacía lo más mínimo.

—Invíteme a entrar, señorita Morton —le exigió autoritariamente.

Las largas pestañas parpadearon nerviosamente antes de que levantara la barbilla con orgullo.

—Como ya le he explicado, estoy descansando antes de la siguiente actuación.

—La cual, según Drew, será dentro de una hora —replicó él apretando los labios.

Su esbelto cuello tragó saliva y eso hizo que se fijara en la piel blanca como la nata que permitía ver el escote de la bata. Bajó un poco más la mirada, hasta los pequeños y puntiagudos pechos que cubría la tela sedosa. Tenía una cintura tan delgada que podría rodearla fácilmente con las manos. También pensó que podría tomar sus diminutos pechos con las manos antes de bajarlas a la delicada redondez de su trasero para levantarla y que le rodeara la cintura con las piernas...

Ella se dio cuenta de que no le importaba gran cosa cómo estaba mirándola, como si pudiera verla desnuda debajo de la bata. Se sonrojó y se puso muy recta.

—Preferiría que se quedara donde está, señor.

Los ojos plateados volvieron a mirarla a la cara.

—Milord.

—¿Cómo dice? —preguntó ella parpadeando.

—Soy lord Dominic Vaughn, conde de Blackstone.

Sintió una opresión en el pecho y se dio cuenta de que ese hombre pertenecía a la alta sociedad y que, con toda certeza, sería tan arrogante como el tutor que acababa de caerle en suerte.

—Si pretende impresionarme con eso, milord, me temo que no va a conseguirlo.

Él arqueó las cejas sin hacer caso del sarcasmo que traslucía su tono.

—Creo que lo habitual, llegado este momento, es que también se presente.

Ella se sonrojó más por la crítica.

—Si ha hablado con el señor Butler, como ha afirmado, ya sabrá que me llamo Caro Morton.

—¿Ese es su nombre? —preguntó él en tono casi amenazante.

—Eso es lo que he dicho, milord —contestó ella con una mirada penetrante.

—Como si algo fuese verdad solo por decirlo —se burló él.

Ella sintió que la opresión en el pecho aumentaba.

—¿Duda de mi palabra?

—Mi querida Caro, tengo una edad y experiencia en la que dudo de todo hasta que se demuestra lo contrario.

El escepticismo burlón de ese hombre le daba un aire de estar de vuelta de todo y la cicatriz de la mejilla izquierda hacía que pareciese peligroso, pero, aun así, diría que no tenía más de veintiocho o veintinueve años. Además, no era «querida» nada.

—Qué triste tiene que ser para usted.

No era la respuesta que había esperado, ni la que había querido. El rico y codiciado conde de Blackstone no quería ni necesitaba la compasión de nadie, y menos de una mujer que ocultaba su aspecto detrás de una máscara y una peluca. ¿La versión de Butler sería la acertada? ¿Habría escapado a Londres para esconderse de un padre tiránico o de un marido inhumano? Era tan menuda y delicada que le pareció imposible plantearse la segunda posibilidad. Fuera cual fuese el misterio, creía que ni él ni su club necesitaban los problemas que podría acarrearles.

—¿Tiene siquiera la edad de poder entrar en un club de juego, señorita?

—¿Milord...? —preguntó ella con asombro.

—Solo me preguntaba su edad.

—Un caballero nunca le pregunta la edad a una dama —replicó ella en tono remilgado.

Él la miró lentamente de arriba abajo y de abajo arriba, hasta volver a su rostro sonrojado y algo rencoroso.

—Que yo sepa, las damas siempre van acompañadas por una doncella o una señorita de compañía y, además, no dan brincos en el escenario de un club de juego para caballeros.

Ella volvió a levantar la barbilla.

—No doy brincos, milord, estoy tumbada en un diván. Tampoco entiendo qué puede importarle que tenga o no tenga una doncella o una señorita de compañía.

Él miró alrededor y vio la bandeja que había sobre el tocador. Tenía un cuenco con un guiso todavía humeante, un plato con pan y una hermosa y tentadora naranja en otro plato. Eso tenía que ser lo que Butler había llamado «algo de comer».

—Al parecer, le he interrumpido la cena. Propongo que terminemos esta conversación más tarde, cuando yo, no Ben, la acompañe a su casa.

Ella abrió mucho los ojos, antes de negar firmemente con la cabeza.

—Me temo que eso no va a ser posible.

—Ah...

Captó el brillo arrogante de sus ojos plateados, vio la ceja despóticamente arqueada y se dio cuenta de que ese hombre no estaba acostumbrado a recibir una negativa. Además, podría haberle explicado fácilmente por qué no tenía doncella ni señorita de compañía, pero no quería darle ninguna explicación.

Haberse llevado una doncella o una señorita de compañía cuando salió corriendo de Hampshire hacía dos semanas las habría convertido en cómplices y ya tenía bastantes problemas ella como para implicar a alguien más.

—No —insistió ella con más mesura—. Ben se sentiría muy dolido si no pudiera acompañarme a casa. Además —siguió como si él ya hubiera desechado esa excusa—, no permito que un desconocido me acompañe a casa.

Un desconocido que no quería conocer, habría añadido ella.

Esos ojos grises dejaron escapar un destello burlón.

—¿Aunque Drew Butler me avalara?

—Todavía no he oído que lo haga. Ahora, si me disculpa, quiero cenar antes de que se enfríe.

Ella fue a cerrarle la puerta en las narices, pero él puso una bota y se lo impidió. Ella lo miró amenazantemente mientras abría la puerta otra vez.

—Por favor, no me obligue a que llame a Ben para que lo expulse del local.

Fue una amenaza que no impresionó lo más

mínimo a Dominic Vaughn, quien siguió sonriéndole muy seguro de sí mismo.

—Sería algo muy... interesante.

Ella lo miró con cierta perplejidad. Ben era tan alto como el conde y mucho más fornido, pero el aspecto elegante de ese hombre disimulaba un aire peligroso, un halo de poder que daba a entender que podía derrotar a cualquier hombre contra el que midiera esa amplia espalda y ese cuerpo alto, fibroso y musculoso. Además, dudaba mucho que se hubiese hecho esa cicatriz cuando estaba sentado cómodamente junto a la chimenea de su casa. Hizo un esfuerzo para sonreír y parecer tranquila.

—¿Podríamos posponer su oferta de acompañarme hasta que haya hablado con el señor Butler?

Él supuso que quizá decidiera marcharse sin hablar siquiera con Drew Butler.

—Estaré esperándola afuera cuando haya terminado la actuación.

Supo que había acertado cuando esos ojos verdes como el mar se oscurecieron por la rabia.

—¡Es usted muy insistente, señor!

—Solo quiero conocer a unos de mis empleados.

Ella se quedó boquiabierta y con los ojos como platos.

—¿Sus...? ¿Ha dicho sus empleados?

Él asintió con la cabeza y sintió un placer inmenso cuando ella se quedó pálida al darse cuenta de que, efectivamente, podía hacer que no volviera a actuar en Nick's.

—Hasta luego, señorita Morton.

Él inclinó elegantemente la cabeza, antes de volver a las salas de juego con una sonrisa en los labios.

Dos

—Prefiero pasear, gracias.

Unas dos horas más tarde, Caro rechazaba firmemente la invitación a montarse en el elegante carruaje de Dominic Vaughn, un hombre que, como le había confirmado Drew Butler, no solo era el conde de Blackstone, sino que también era el hombre que, desde hacía poco tiempo, era el dueño del club de juego donde estaban empleados los dos. Eso aparte, no pensaba ponerse en una situación tan vulnerable al montarse sola con él en su carruaje.

—Como quiera.

Él hizo una seña al cochero para que los siguiera. Su pelo negro como el ala de un cuervo estaba cubierto por una elegante chistera y sus musculosos hombros por una capa de seda negra. Lo miró de soslayo desde debajo de su anodino sombrero, que dejada asomar algún rizo dorado por la nuca y las sienes. El vestido marrón que llevaba debajo de la práctica capa negra parecía igual de recatado y tenía el escote muy alto y mangas largas. Se había comprado tres vestidos cuando llegó a Londres hacia dos semanas. Ese marrón, otro verdoso y un tercero de color crema tostada. Pronto se dio cuenta de que los pocos vestidos de seda que se había llevado llamaban la atención en la zona de Londres donde había conseguido encontrar un alojamiento limpio y barato. Lo que más quería evitar era que la reconocieran como a ella misma y no como a la mujer enmascarada que trabajaba en Nick's.

Decir que él volvió a sorprenderse cuando Carol Morton apareció para acompañarlo sería decir muy poco. En realidad, tardó unos segundos en reconocerla bajo ese sombrero marrón que escondía casi todos sus espléndidos rizos dorados y bajo la también espantosa capa que la tapaba desde el cuello hasta los tobillos. Todo ello le daba aspecto de ser una joven recatada y pudorosa con pocos recursos. El oscuro decoro de su ropa abría otra posibilidad para explicar por qué vivía sola en Londres y necesitaba un trabajo para mantenerse. Sus delicadas manos no llevaban anillos, pero eso no significaba que no fuese una de esas jóvenes ingenuas y románticas que, durante las guerras contra Napoleón, lo abandonaron todo para fugarse con un apuesto e inadecuado soldado antes de que se marchara a la guerra y que se habían encontrado viudas a las semanas o días del escandaloso matrimonio.

Fuera cual fuese la explicación, era muy poco probable que cualquier cliente de Nick's fuese a reconocer a esa joven anodinamente vestida como a la sirena morena que esa noche los había hechizado a todos con su seductoras actuaciones. A él entre ellos, se reconoció sin reparos.

—A lo mejor, podría aclararme por qué una joven desprotegida ha elegido trabajar en un elegante club de juego de Londres.

Era una pregunta que ella parecía haber previsto porque su expresión no se alteró lo más mínimo.

—¿Qué le parce por el dinero?

—Si tiene que trabajar, ¿por qué no ha buscado un empleo más respetable? —preguntó él con el ceño fruncido—. Es suficientemente refinada como para ser la doncella de una dama o, si no, para ser dependienta en una tienda.

—Es usted muy amable —replicó ella exagerando la cortesía—, pero se necesitan referencias para las dos cosas. Referencias que no tengo —añadió en tono cortante.

—¿Porque nunca ha trabajado como doncella o en una tienda? —insistió él.

—O, quizá, porque lo hice tan mal en esos dos empleos que no me dieron referencias —ironizó ella.

Él sonrió impulsivamente y luego añadió:

—En vista de lo cual, ha elegido que docenas de hombres licenciosos la miren babeando todas las noches.

Ella se paró en seco por el insulto. Él también se paró a su lado, a la trémula luz de una farola, y la miró de arriba abajo.

—Al parecer, no necesito referencias para eso —replicó ella con una altivez gélida.

Sabía que no era de su incumbencia si quería exponerse a los comentarios que él había tenido que oír después de su segunda actuación, cuando las apuestas sobre quién acabaría siendo su amante y protector habían alcanzado un punto que le había parecido muy desagradable. Aun así...

—¿Tan poco le importa su reputación?

Ella se sonrojó.

—Se lo agradezco, pero gracias a la máscara con joyas mi reputación se mantiene intacta.

—Es posible —él apretó los dientes—, pero me sorprende que no se planteara un empleo menos... gravoso.

—¿Menos gravoso? —preguntó ella con desconcierto.

—Es joven —él se encogió de hombros—. Los comentarios que he oído esta noche dan testimonio de lo deseable que es. ¿No se ha planteado tener un solo protector en vez de exponerse de esa manera a docenas de hombres?

—¿Un protector, milord? —preguntó ella sonrojándose.

—Un hombre que se ocupe de tenerla bien vestida y alojada a cambio del placer de... su compañía.

Ella contuvo el aliento al darse cuenta de que el conde le proponía que debería haber buscado un amante cuando llegó a Londres, en vez de cantar a cambio de algo de dinero y la cena en Nick's. ¡Un amante! Un amante cuando su padre se opuso tanto a que sus tres hijas se presentaran en la sociedad de Londres que ni siquiera les permitió asistir a una Temporada y las retuvo recluidas en sus posesiones de Hampshire. Había protegido tan exageradamente a sus hijas que ella no había estado a solas con un hombre joven hasta ese momento. Aunque esa descripción no era la más indicada para el arrogante Dominic Vaughn. La cicatriz que recorría su hermoso rostro y el brillo burlón de sus entrecerrados ojos plateados indicaban que era un caballero con un escepticismo y experiencia muy superiores a los años que tenía...

—Creo que mi compañía no sería lo único que se valoraría en ese trato, milord.

Él empezaba a desear no haber sacado esa conversación. Desde luego, no tenía ni idea de por qué estaba tomándose tanto interés en lo que pudiera pasarle a esa joven en concreto. ¿Quizá su sentido de la caballerosidad no estuviera tan muerto como había creído?

—Las... atenciones de un hombre serán preferibles a que docenas de hombres la desnuden noche tras noche, aunque sea mentalmente.

Ella se quedó boquiabierta.

—¡Está intentando escandalizarme, señor!

Efectivamente, estaba intentándolo intencionadamente.

—Estoy intentando que se dé cuenta de lo necio que es que se ponga en una situación tan vulnerable.

Ella abrió los ojos con indignación.

—Le aseguro, señor, que soy perfectamente capaz de cuidar de mí misma. No corro ningún...

Él zanjó esa ridícula afirmación rodeándola con sus brazos y adueñándose, sin ningún esfuerzo, de sus labios. Lo hizo para demostrarle la vulnerabilidad de la que hablaba, para demostrarle que un hombre, cualquier hombre, podía aprovecharse fácilmente de su delicadeza, que su cuerpo diminuto no podía resistirse a un hombre dispuesto a besarla... o a algo peor.

Estrechó ese cuerpo tenue contra el suyo mientras poseía la suavidad de sus labios separados. Con una sensualidad intencionada, le pasó la lengua por el labio inferior, mientras le acariciaba la espalda antes de bajar las manos a su trasero para estrecharla más contra sí e introducir la lengua en la ardiente caverna de su boca.

Nada en su vida, ni los veinte años que había pasado recluida de Hampshire, ni las dos semanas que llevaba en Londres, la había preparado para el arrebato de sensaciones que se había adueñado de ella y que había hecho que se aferrara a los poderosos hombros de Dominic Vaughn en vez de desmayarse a sus pies. Se sentía abrumada por un calor que le aceleraba el corazón y por un hormigueo desenfrenado que empezaba en los pechos y que le endurecía los pezones tanto que le dolían al aplastarse contra él. Ese calor hacía que se derritiera entre los muslos y que sintiera algo que jamás se había imaginado, y mucho menos vivido. Ella...

—¡Vaya, muchachos!

—¡No te la quedes para ti solo, amigo!

—¡Déjanos un poco!

Él apartó lo labios tan bruscamente que se quedó boquiabierta. La agarró con fuerza de la cintura y sus ojos plateados la miraron un segundo antes de apartarla con firmeza. Se giró y dirigió la mirada implacable a los tres jóvenes caballeros que se acercaban a ellos tambaleándose un poco.

Ella también se tambaleó un poco cuando la soltó. Estaba muy trastornada por la intensidad abrasadora del beso de Dominic Vaughn. Había sido un ataque exigente y demoledor a sus labios y sentidos, que no se había parecido en nada a lo que se había imaginado que podía ser un beso. No había tenido la delicadeza que había esperado, ni el tímido estremecimiento de los sentimientos. Había sido una oleada de calor que le había acelerado el pulso y le había despertado un hormigueo desenfrenado en los pechos y entre los muslos. Sensaciones que no se reflejaban en la pétrea intensidad del rostro del conde mientras indicaba al cochero y a lacayo que tenía la situación dominada, como la había tenido mientras la besaba.

Los tres jóvenes se habían parado en seco en cuanto se sintieron el centro de atención de la mirada acerada de Dominic y retrocedieron ligeramente por el evidente enojo que captaron en su expresión y por el peligro inminente que transmitía la cicatriz que le recorría la mejilla izquierda.

—No queríamos... ofenderte, amigo —balbuceó el cabecilla del trío.

—Creo que hemos bebido un poco demasiado —añadió nerviosamente otro de ellos.

—Ya nos marchamos.

El tercero agarró a sus amigos del brazo y se dieron la vuelta para volver por donde habían llegado. Caro, todavía temblorosa, se quedó a merced de las nada delicadas atenciones de Dominic Vaughn. Tembló más todavía cuando la miró con el ceño fruncido.

—Creo que estaba asegurándome que puede cuidar de sí misma y que cree que no corre peligro por lo que pueda hacerle un hombre.

Ella sintió un escalofrío cuando miró su rostro ceñudo y no le extrañó que los tres jóvenes decidieran que lo mejor era retirarse. También ella quiso retirarse cuando recordó lo implacable y excitante que había sido su boca cuando... Se puso muy recta y con aire de firmeza.

—Me besó, milord, con la única intención de demostrarme que es más fuerte que yo.

Su mirada plateada la miró de arriba abajo.

—Con la única intención de demostrarle que cualquier hombre es más fuerte que usted, incluso esos tres jovenzuelos borrachos que acaban de salir corriendo con el rabo entre las piernas.

Ella arqueó una arrogante ceja.

—Exagera, señor...

—Al contrario, señorita Morton —le interrumpió él con frialdad—. Creo que conozco mejor que usted la lascivia de mi sexo —él hizo una mueca de disgusto—. Si no hubiese estado para protegerla, le garantizo que estaría en un callejón con el vestido subido hasta la cintura y con uno de esos cabestros metido entre sus piernas mientras los otros dos esperaban su turno.

Ella sintió una náusea por la imagen tan cruda que había descrito. Una crudeza que quería escandalizarla y asustarla. ¿Lo había conseguido? Esos tres jóvenes caballeros habían bebido demasiado y tenían ganas de divertirse, pero seguramente no se habrían comportado tan escandalosamente como había dicho el conde. Lo miró retadoramente.

—Entonces, también es una lástima que no hubiera habido nadie que me protegiera de sus... atenciones indeseadas, ¿no?

Él tomó aliento por la acusación. Una acusación justificada. Solo había querido darle una lección, demostrarle su vulnerabilidad al aprovecharse de ella. En cambio, había disfrutado con la dulzura cálida de su boca y con la delicadeza de su cuerpo estrechado contra la dureza del de él. Tanto que había llevado el beso mucho más lejos de lo que había pensado en un principio. Se puso muy recto y bajó un poco la mirada para disimular su expresión.

—Solo quería demostrarle que si sale a un escenario noche tras noche, se expone al maltrato físico y verbal.

—Está siendo ridículo —replicó ella rechazando la idea—. Tampoco soy tonta. Me pongo la máscara y la peluca precisamente para preservar mi reputación. No creo que nadie identifique a la mujer que soy ahora con la que canta todas las noches en un club de juego con una máscara y una peluca negra.

Tenía cierta razón. A él le había costado reconocerla cuando se encontró con ella hacía un rato. Aun así...

—Que lleve una máscara y que una peluca negra le tape los rizos rubios solo protege su identidad del dormitorio.

Ella tragó saliva sin dejar de mirarlo con orgullo.

—¿Mi... identidad?

Él dejó escapar un suspiro de desesperación.

—Su voz y modales son de una dama...

—O una dama de compañía caída en desgracia —le interrumpió ella.

—Es posible —concedió Dominic con cierta tensión—. Desconozco el motivo para que haga lo que hace y no creo que vaya a aclarármelo, ¿verdad?

—No —contestó ella en tono tajante.

—Me lo imaginaba. Naturalmente, la reacción más sencilla a este enigma sería despedirla. Así, al menos, no me sentiría responsable, por una cuestión de honor, de que no le pasara nada.

Ella resopló de una forma muy poco elegante.

—Eso solo le resolvería el problema a usted, milord. Yo seguiría teniendo que ganarme la vida.

Tenía razón, pero había otra alternativa... Podía ofrecerle ser su protector. El beso que le había dado había demostrado que sus sentidos, por lo menos, no rechazaban la idea. Además, estaba seguro de que con un poco de adiestramiento sobre sus preferencias, ella sería perfectamente capaz de satisfacer sus necesidades. Sin embargo, no había tenido una amante fija desde que apareció en la ciudad hacía diez años. Él, al revés que muchos de sus conocidos, prefería gozar con la mujer que quisiera y cuando quisiera. No le apetecía cambiar esa costumbre por tomar como amante a la impetuosa y deslenguada Caro Morton.

—Naturalmente, si me despidiera, no me dejaría otra alternativa que buscar el mismo empleo en otro sitio —ella encogió sus delgados hombros—. Algo que no sería complicado cuando, como usted ha dicho, la dama enmascarada ha conseguido tener... bastantes seguidores.

Era una solución, pero en Nick's, aunque ella no lo supiera, al menos tenía la protección de Drew y Ben... y, al parecer, de él mismo.

—Si es solo una cuestión de dinero...

—¿Y si lo fuera? —volvió a interrumpirlo ella con altivez.

Él apretó los labios.

—Entonces, quizá pudiera adelantarle el dinero que necesite para volver a su lugar de origen.

—¡No! —esos ojos verdes como el mar lo miraron con un brillo de rebeldía—. No pienso marcharme de Londres todavía.

Él no supo si tanta vehemencia se debía a la propuesta de adelantarle el dinero o a que lo empleara para volver a su lugar de origen y dio otra vuelta de tuerca.

—Entonces, ¿la situación en su... casa es insoportable?

Ella intentó contener un estremecimiento, pero no lo consiguió.

—En estos momentos, sí.

La miró con los ojos entrecerrados y se dio cuenta de que había palidecido y de que unas sombras habían aparecido en esos ojos verdes como el mar.

—Según eso, da a entender que la situación podría cambiar en el futuro.

—Sí, eso espero.

—Sin embargo, hasta entonces, piensa seguir en Londres aunque no la emplee en Nick's.

—Sí —confirmó ella con firmeza.

—Es muy terca, señora.

—Soy resuelta, señor, que es algo muy distinto.

Él suspiró ruidosamente.

No quería devolverla a la situación que le parecía tan desagradable, pero también podía imaginarse muy bien los aprietos en los que se metería si volvía a recorrer las calles de Londres para buscar un empleo.

—Entonces, creo que, por el momento, dejaremos las cosas como están —él miró a otro lado—. ¿Seguimos paseando hasta su alojamiento?

Ella lo miró con aire triunfal.

—Llevamos un rato delante, milord.

Él frunció el ceño con enojo antes de mirar a la casa que tenían detrás.

Era un edificio de tres plantas, típico de una zona que fue elegante en su momento, pero que ya no lo era y que había decaído con decoro. Sin embargo, el dueño de esa casa en concreto había intentado mantener cierto aire de dignidad. El exterior estaba bien cuidado y las cortinas de las ventanas parecían limpias.

—Entonces, solo me queda desearle buenas noches.

Ella hizo una brusca reverencia.

—Milord...

Él inclinó fugazmente la cabeza.

—Señorita Morton...

Ella lo miró con perplejidad cuando él no hizo nada para dirigirse al carruaje que lo esperaba.

—No hace falta que espere para cerciorarse de que he entrado en la casa, milord.

—¿Igual que antes no corría ningún peligro? —preguntó él arqueando una ceja.

—Su conducta me parece muy irritante, ¡milord!

—Le aseguro que no más de lo que me parece a mí la suya, señorita Morton.

Nunca había conocido a nadie ni remotamente parecido a Dominic Vaughn. Nunca había soñado que existieran hombres como él, tan altos, tan elegantemente apuestos, tan aristocráticos, ¡tan arrogantemente seguros de sí mismos! Aunque la verdad era que había conocido a muy pocos hombres antes de llegar a Londres y solían reducirse a hijos de la nobleza local o al abogado de su padre cuando acudía desde Londres para tratar algún asunto de trabajo. Aun así, sabía, a juzgar por el respeto que le había mostrado Drew Butler y por la precipitada huida de los tres jóvenes, que Dominic Vaughn imponía respeto y obediencia con su mera presencia. Sin embargo, ya no quería obedecer a un hombre después de haberse pasado años haciendo lo que le decían que tenía que hacer, y mucho menos al tutor que le había caído en suerte hacía muy poco.

Sonrió inexpresivamente al conde, se dio la vuelta y se dirigió hacia la puerta de la casa sin mirar hacia atrás para comprobar si él seguía observándola. Luego entró con la llave que le había dado la casera de las habitaciones que había alquilado hacía dos semanas. Esperó unos segundos antes de mirar por la ventana con un visillo de encaje que había junto a la puerta. Vio que el conde se montaba en el carruaje y que el lacayo cerraba la puerta, antes de saltar a la parte trasera del vehículo mientras se ponía en marcha. Sin embargo, antes de que se alejara, pudo ver el rostro serio de Dominic Vaughn, que miraba hacia donde ella estaba.

Se apartó rápidamente y se quedó apoyada en la pared, con las manos sobre el corazón acelerado. No, el beso del conde de Blackstone no había sido como se había imaginado un beso, había sido muchísimo más excitante.

—¿Dónde te metiste anoche, Dom?

Nathaniel Thorne, conde de Osbourne, se lo preguntó a la noche siguiente, mientras estaban sentados en sendas butacas de orejas junto a la chimenea de una sala de White's.

—Me... retuvieron inevitablemente —contestó Dominic para eludir la pregunta de su amigo.

Los dos habían quedado en verse la noche anterior, una cita que él no había podido mantener porque había tenido que ocuparse de que Caro Morton llegara sana y salva a sus habitaciones.

—¿Era tan insaciable como hermosa? —preguntó Nathaniel arqueando una de sus cejas rubias.

—Hermosa, sí. Insaciable, no tengo ni idea.

La verdad era que seguía sin saber quién o qué era Caro Morton. Sin embargo, se había tomado la molestia de comunicarle a Drew Butler que siguiera dándole de comer y que le pidiera a Ben Jackson que siguiera acompañándola a su casa después de las actuaciones. Quizá a ella no le importara lo que pudiera pasarle, pero mientras siguiera trabajando para él estaba dispuesto a que no le pasara nada.

—Pero... —insistió Nathaniel.

Sus padres habían muerto hacía años y no tenía familiares. Por eso, Nathaniel Thorne y Gabriel Faulkner eran lo más parecido a una familia que tenía. Los años que pasaron juntos en el colegio y en el ejército, sin saber si sobrevivirían a la siguiente batalla, los había unido tanto como si fueran hermanos. Aun así, en ese momento habría preferido que Nathaniel no lo conociera tan bien como lo conocía. Afortunadamente, tenía la forma de que dejara de pensar en por qué no apareció la noche anterior.

—Hoy he recibido una nota de Gabriel. Espera llegar a Londres a finales de esta semana.

Levantó la copa de brandy y dio un sorbo.

—Yo también he recibido otra nota —comentó Nathaniel—. ¿Te imaginas la cara que pondrán cuando Gabriel se presente entre lo más granado de la sociedad?

—Dijo que lo primero que iba a hacer era ir a Shoreley Hall para ver a las hermanas Copeland —le recordó Dominic.

—Los dos sabemos que eso no le ocupará más de dos minutos de su tiempo. Estoy seguro de que cuando Gabriel haya vuelto a la ciudad, pasado el escándalo o no, esas tres necias estarán deseando casarse con él.

Nathaniel levantó su copa como si brindara por el amigo ausente. La verdad era que lo años de destierro que había pasado Gabriel en el continente no habían afectado los más mínimo a sus conquistas. Las mujeres de todas las edades caían a sus pies con solo mirar su pelo negro como el ala de un cuervo, sus ojos de color violeta y su cuerpo musculoso... o, mejor dicho, caían en su cama. Las hermanas Copeland no iban a ser una excepción.

—¿Qué podemos hacer esta noche?

Después de la insatisfacción que sintió la noche anterior, sabía que estaba dispuesto a beber lo que hiciese falta antes de caer en la cama con una mujer que fuese todo lo creativa que ella quisiera. Nathaniel lo miró con curiosidad.

—He oído decir que hay una misteriosa belleza que está actuando en Nick's...

Por muy unidos que estuvieran los tres, él sabía que había cosas que era mejor no contar y una de ellas era su encuentro con Caro Morton y su incomprensible afán de protegerla. Aunque tampoco podía decir que le agradara que ella ya fuese motivo de habladurías en los clubs cuando solo llevaba una semana en el suyo.

—Creo que el único motivo para que la consideren un misterio es que lleva una máscara con joyas mientras actúa.

—Ah... —su amigo hizo una mueca de fastidio—. Seguro que lo hace para ocultar las marcas de la viruela.

—Es posible.

No tenía la más mínima intención de decir nada que pudiera aumentar la curiosidad de su amigo en lo relativo a Caro.

—Entonces —Nate suspiró—, creo que dejaré en tus manos lo que haremos esta noche.

Visitaron varios clubs de juego antes de terminar en una casa bien iluminada aunque discreta donde algunas mujeres hermosas y avezadas dejaron muy claro que estarían encantadas de entretener y acompañar a dos caballeros jóvenes y apuestos.

Por eso, fue muy sorprendente que esos dos caballeros se marcharan al cabo de una hora, más o menos, sin haber sacado partido de esa disposición.

—Quizá, después de todo, deberíamos haber ido a ver a esa belleza misteriosa del Nick's —Osbourne contuvo un bostezo de aburrimiento—. Con marcas de viruela o no, no creo que fuera a parecerme menos atractiva que las mujeres con las que acabamos de perder el tiempo.

Dominic frunció el ceño, pero sabía que si ponía reparos otra vez, despertaría la curiosidad de Nate.

—A lo mejor estamos empezando a cansarnos de lo mismo —murmuró con ironía, antes de dar instrucciones al cochero.

—¿Alguna vez echas de menos los cinco años que pasamos en el ejército? —le preguntó su amigo arqueando una ceja.

¿Echaba de menos el espanto y el derramamiento de sangre de la guerra? ¿Echaba de menos no saber si en la siguiente batalla acabaría ensartado por una espada francesa? ¿Echaba de menos la camaradería con los demás oficiales que surgía por ese peligro? ¡Lo echaba de menos con toda su alma!

—No tanto como para querer reengancharme, ¿y tú?

Osbourne se encogió de hombros.

—Es innegable que la vida de civil puede ser aburrida y repetitiva.

Dominic se sintió aliviado por no ser el único que añoraba esos años cuando se sentía como si siempre estuviese andando sobre el filo de una espada.

—Me han contado que participar en la Temporada de Londres se parece muchas veces al campo de batalla.

—No me hables de la Temporada —gruñó Nathaniel—. A mi tía Gertrude se le ha metido en la cabeza que ya va siendo hora de que encuentre una esposa y está empeñada en que la acompañe a distintos bailes y fiestas durante las semanas que vienen. Sin duda, espera que encuentre una joven que le parezca una condesa adecuada para mí.

—Ah...

Él empezó a entender la inquietud de su amigo durante esa noche. La señora Gertrude Wilson era el familiar más cercano de Osbourne y, además, la apreciaba mucho. Ella le correspondía interesándose mucho por la vida de su sobrino. Hasta el punto, parecía ser, de que estaba intentando encontrarle una esposa. ¡Un buen motivo para que él se alegrara de no tener familiares femeninos!

—¿Que acepte la idea de encadenarme de por vida a una jovencita modosa, a la que habrán enseñado que tiene que tumbarse y pensar en la patria y el rey mientras estamos en la cama? ¡Ni hablar! —Osbourne no pudo contener un estremecimiento de espanto—. No puedo entender que Gabriel esté planteándose siquiera ese panorama.

Sin embargo, era inevitable que los tres tuvieran que acabar casándose para que sus respectivos condados tuvieran un heredero. Afortunadamente, parecía que Osbourne, al menos, rechazaba ese destino tanto como él. Aunque la señora Gertrude Wilson tenía una fuerza que no se podía desdeñar.

A Dominic dejó de divertirle la situación de su amigo y apretó los labios cuando, unos minutos más tarde, los dos se bajaron del carruaje y él vio que Ben Jackson no estaba en la puerta de Nick's. Evidentemente, habían llegado a tiempo para que Nathaniel presenciara la segunda actuación de Caro Morton. Sin embargo, cuando entraron en el club, oyeron un estruendo de gritos, cristales rotos y muebles destrozados, que no se parecía nada al silencio reverencial que él conoció la noche anterior. Sobre todo, ¡por los gritos de una mujer!

Tres

Nunca había estado tan asustada en su vida. Aunque Ben y otros dos hombres estaban delante de ella para protegerla y mantener a raya lo peor de la pelea, podía ver los puñetazos, la sangre que brotaba de las narices, las caras cortadas y las sillas, mesas y botellas que volaban por todos lados. La verdad era que no sabía cómo había empezado la pelea. Estaba cantando como siempre, cuando un caballero había intentado subir al escenario y agarrarla. Al principio, creyó que el segundo caballero que se acercó al escenario quería ayudarla, pero apartó al primero de un empujón y se lanzó hacia ella, que, asustada, se había medio incorporado del diván. Entonces, se organizó un alboroto y una docena de hombres o más se abalanzaron sobre los dos primeros con todo lo que encontraron a mano. Además, durante cada segundo aterrador, se acordó con humillación de las advertencias que le había hecho lord Dominic Vaughn la noche anterior.

—¿Te apetece participar? —le preguntó Osbourne sin disimular el entusiasmo.

Todavía estaban en la puerta del salón con los sombreros y las capas puestas, pero Dominic, con los ojos entrecerrados, había evaluado la situación de un vistazo. Unos treinta caballeros se peleaban con ganas. Varias sillas con terciopelo brocado estaban rotas. Había mesas volcadas y botellas y vasos rotos por el suelo. Drew Butler, en medio de todos, intentaba detener la pelea y Ben Jackson, sobre el escenario, permanecía inamovible delante de una peluca negra con rizos.

—Dirígete al escenario —le dijo a Osbourne en tono sombrío, mientras se quitaba el sombrero y lo tiraba—. Si conseguimos sacar de aquí a la chica, creo que la pelea se acabará.

—¡Espero que no!

Nathaniel sonrió con malicia mientras se metía en la trifulca. La mayoría de los caballeros parecía estar disfrutando tanto como Osbourne, aunque les sangrara la nariz, tuvieran algún diente roto o sus ojos estuvieran amoratados. Lo que a Dominic le preocupaba más eran los tres o cuatro caballeros que estaban más cerca de Ben Jackson dispuestos a poner las manos sobre Caro, quien estaba agachada detrás del diván. Aunque, para ser justo con Ben, tenía que reconocer que los había mantenido alejados y que, incluso, había conseguido sonreír a Osbourne y a él cuando llegaron a su lado. Entonces, Caro salió de detrás del diván y se arrojó en sus brazos.

—¡Gracias a Dios que has venido, Dominic!

Osbourne sonrió elocuentemente al ver la escena.

—Llévate a la chica, Dom. ¡Esto es lo más divertido que he visto desde hace años!

Lanzó un puñetazo a uno de los hombres que estaba en el escenario. En ese momento, Dominic estaba tan furioso que también quería partir algunos huesos. Aunque supo que tendría que renunciar a ese placer cuando los brazos de Caro lo agarraron con fuerza del cuello y vio que dos ojos verdes como el mar lo miraban aterrados a través de las aberturas de la máscara con joyas. Frunció el ceño sombríamente cuando se dio cuenta de que tenía el vestido rasgado por varios sitios.

—¿No te avisé? —le preguntó en un tono gélido.

Le apartó los brazos del cuello, se quitó la capa para cubrirla, se agachó, la agarró de las piernas y se la echó sobre un hombro mientras se levantaba.

—Yo... ¡Bájeme inmediatamente! —exclamó ella mientras le golpeaba la espalda con sus diminutos puños.

—Creo que es un momento tan bueno como cualquier otro para que aprenda que es más prudente no decir nada.

Dominic gruñó con rabia cuando varias cabezas se volvieron para mirarlo con envidia mientras se la llevaba del escenario hacia la zona privada del club.

Lo último que le había apetecido oír en medio de esa pesadilla había sido que lord Dominic Vaughn le hubiese dicho que la había avisado. Ya había pasado bastante miedo esa noche como para, además, sufrir la humillación de que ese hombre se la echara a un hombro como si fuese un saco de patatas o un fardo de paja de las posesiones de su padre. Intentó zafarse en cuanto llegaron al pasillo vacío.

—¡Bájeme inmediatamente! —gritó con furia cuando sus intentos solo consiguieron que se acalorara más.

—Encantado.

Él la bajó a lo largo de todo su cuerpo antes de dejarla en el suelo con los pies descalzos.

—¡Creo que no he conocido a ningún hombre más desconsiderado que usted!

Caro lo miró con rabia mientras intentaba sujetar la capa de seda alrededor de su cuerpo tembloroso.

—¿Lo dice después de que la he salvado de la turba? —preguntó él con voz aterciopelada, mientras la miraba con un brillo amenazador en los ojos.

—¡Después de que me ha tratado como a un bulto, señor!

Ella se mantenía en sus trece mientras intentaba ordenar un poco los rizos morenos de la peluca, que, asombrosamente, se había mantenido en su sitio, como la máscara.

—Además, su furia de hace unos minutos parecía dar a entender que me considera culpable de lo que ha pasado...

—Es culpable.

—¡No sea ridículo! —exclamó ella mirándolo con desprecio—. Todo el mundo sabe que los hombres, hasta los que se llaman caballeros, buscan cualquier excusa para pelearse.

Dominic se acordó del entusiasmo de Osbourne con la pelea y reconoció para sí mismo que tenía cierta razón. Sin embargo, eso no quería decir que esa pelea en concreto no se hubiese provocado porque ella se hubiese negado a comprender el peligro de exponerse noche tras noche en un salón lleno de hombres bebidos. Por eso, no sabía si darle unos azotes o besarla disparatadamente por su ingenuidad.

—¡Estoy dispuesto a cobrarle los daños producidos esta noche! —replicó él en vez.

Ella abrió los ojos como platos, se congestionó por la furia y levantó la barbilla desafiantemente.

—¡No se atreverá!

—No me tientes, Caro.

Ella dejó de intentar colocarse bien los rizos y, en cambio, se quitó la máscara para mirarlo con ira.

—Creo que solo está buscando una excusa para azotarme con su desprecio.

Dominic entrecerró los ojos y miró su cara furiosa y desafiante. La idea de que algún hombre pudiera poner las manos en esa mujer delicada y preciosa despertaba toda su furia. Sin embargo, en ese preciso momento, entendía el impulso y deseaba con toda su alma azotar su trasero hasta que no pudiera sentarse durante una semana.

—Te aseguro que no necesito ninguna excusa —gruñó él.

Ella se quedó boquiabierta por la indignación.

—Señor, ¡es usted el hombre más insoportable,

arrogante e insultante que he tenido la desdicha de conocer!

—Y usted, señora, es la más terca y deliberadamente estúpida que...

—¿Estúpida? —repitió ella con furia.

—Deliberadamente estúpida —repitió él.

Nunca había estado tan furiosa, nunca había tenido tantas ganas de dar un puñetazo a la nariz aristocrática y arrogante de un hombre. Él, como si hubiese captado la violencia de sus pensamientos, esbozó una sonrisa burlona.

—Sería una insensatez, Caro.

Su amenaza fue de una delicadeza sedosa, y más peligrosa por eso. Los ojos verdes como el mar y los plateados se miraron desafiantemente durante un rato. Estaba casi dispuesta a aceptar el desafío, solo casi, cuando una voz una voz jovial acabó con la tensión.

—Había venido a decirte que Butler y sus hombres han expulsado al último de los clientes y están intentando ordenarlo todo, pero puedo volver luego si no es un buen momento...

Dominic estaba justo delante de Caro y ella tuvo que mirar por un costado para ver a un hombre alto y bien vestido, que estaba apoyado despreocupadamente en la pared del pasillo. Tenía los brazos cruzados sobre el pecho y los miraba con interés.

Solo el pelo rubio, elegantemente largo y algo despeinado que rodeaba un rostro muy apuesto indicaba que hacía unos minutos se había visto metido en medio de la trifulca.

—Creo que nuestra anterior valoración de la... situación fue equivocada, Blackstone.

El otro hombre sonrió a Dominic antes de que sus ojos negros se dirigieran al hermoso rostro de Caro, que no tenía marcas de viruela. Ella no entendió el comentario ni por qué la miraba tan fijamente.

—Para responder a su pregunta, señor, creo que lord Vaughn y yo hemos terminado nuestra conversación.

—Ni mucho menos —Dominic la agarró de una muñeca cuando intentó sortearlo—. Espero que no haya muchas cabezas rotas, Osbourne.

—Ninguna que no se lo mereciera —el hombre rubio se encogió de hombros y se apartó de la pared—. ¿No vas a presentarme, Blackstone?

Unos ojos marrones y maliciosos miraron a su amigo, antes de mirarla a ella con admiración.

—Caro Morton, lord Nathaniel Thorne, conde de Osbourne —dijo Dominic con frialdad.

—A su disposición, señora.

Lord Thorne inclinó con elegancia la cabeza.

—Milord...

¿Todos los hombres que conocía en Londres tenían que ser lores y condes? Se preguntó ella mientras se planteaba que era ridículo hacer una reverencia en esas circunstancias.

—Osbourne, si estabas pensando en marcharte ahora que ha terminado la diversión, hazlo —intervino Dominic—. Me temo que voy a tardar un rato en poder marcharme yo.

Miró a Caro Morton con dureza y apretó los labios, cuando esos ojos verdes como el mar lo miraron con obstinación. Ella dejó de mirarlo y se volvió con una sonrisa hacia el otro hombre.

—Si va a marcharse, ¿podría pedirle que me llevara con usted, lord Thorne?

¡Se comportaba como si fuese una dama dando conversación en su salón! Como si la pelea no se hubiese provocado por dilucidar quién se acostaría con ella esa noche. Como si no le hubiesen destrozado su club en la pelea. ¡Como si no estuviese delante de dos caballeros de la alta sociedad vestida con un vestido rasgado y una peluca ladeada!

—Creo que no —contestó Dominic con un suspiro de desesperación.

Ella lo miró con fastidio, antes de dirigirse otra vez a Nathaniel.

—Le agradecería mucho, lord Thorne, que aceptara acompañarme a casa.

Una sirena no habría sido tan deliciosamente persuasiva y Dominic captó el dilema de su amigo. Osbourne era un caballero de los pies a la cabeza y nunca había podido resistirse el atractivo de una damisela que parecía en apuros. Efectivamente, a juicio de él, lo parecía. Caro Morton era un peligro y se había convertido en una espina que llevaba clavada en el costado desde que la vio.

—Me temo que no es posible —volvió a contestar Dominic con delicadeza.

Ella se puso roja de rabia.

—¡Creo que se lo he preguntado a lord Thorne, no a usted!

Dominic intentó relajarse un poco porque sabía que había estado en tensión, por un motivo u otro, desde que la conoció.

—No obstante, lord Thorne es lo suficientemente caballero para aceptar que alguien tenga preferencia, ¿verdad Osbourne?

Osbourne abrió los ojos como platos. Esa noche, Dominic había negado que conociera a esa mujer, una negativa que quedó desmentida en el preciso instante en que Caro se arrojó en sus brazos y lo llamó por su nombre de pila llevada por el nerviosismo.

—Creo que antes tenías toda la razón, Blackstone —el comentario de Osbourne interrumpió los desagradables pensamientos de Dominic—. Personalmente, diría que es exquisita más que hermosa.

—De acuerdo —concedió Dominic con fastidio.

—Entonces, Blackstone, creo que volveré con Butler y Ben y me tomaré un estimulante brandy antes de marcharme. Mis respetos, señorita Morton.

Osbourne inclinó levemente la cabeza antes de dejarlos solos.

Caro parpadeó por la repentina marcha de lord Thorne.

—No lo entiendo.

Tampoco entendía al acuerdo tácito que habían hecho los dos hombres hacía un momento. Sin embargo, algo había pasado para que el caballeroso lord Thorne la hubiese abandonado de esa manera. Dominic le soltó la muñeca antes de apartarse de ella.

—Deberías ir a cambiarte. Estaré esperándote en el despacho de Drew Butler.

—Pero... —empezó a decir ella con el ceño fruncido.

—¿Te importaría, por una vez, hacer lo que te pido sin discutir, Caro?

La cicatriz de su mejilla se tensó cuando apretó la mandíbula. Ella miró ese rostro implacable y contuvo un estremecimiento al ver el brillo amenazante de sus ojos plateados. Ese hombre ya le había dicho que la consideraba responsable de la pelea y también la había amenazado con cobrarle el coste de los daños. Nunca, durante sus veinte años, le habían hablado como le había hablado el arrogante de Dominic Vaughn. Tan coloquial, tan íntimamente... un caballero nunca hablaría del trasero de una dama, y mucho menos la amenazaría con azotarla. Levantó la barbilla con altivez.

—Estoy muy cansada, milord, preferiría irme a mi casa cuando me haya cambiado.

—Y yo prefiero que antes vayas a verme al despacho de Butler para que podamos seguir la conversación.

—Creía que estaba terminada.

—Caro, me he visto mezclado en una reyerta que no he provocado y mi club ha sufrido muchos daños. Por eso, no me siento con fuerzas de seguir tolerando tu obstinación esta noche.

Él tenía apretados los puños a los costados para intentar dominar la desesperación.

—¿De verdad? —arqueó las cejas con inocencia—. Mi paciencia con su arrogancia se agotó hace rato.

Efectivamente, esa joven era tan beligerante como hermosa. Además, para su fastidio, también había pasado demasiado tiempo pensando en cuánto le había gustado besarla la noche anterior.

—¿Serías más receptiva si te lo pidiera por favor?

Ella lo miró con cautela y desconfianza.

—Sería un primer paso, desde luego.

Él la miró unos segundos, antes de asentir con la cabeza.

—Muy bien, insisto en que vayas a verme al despacho de Butler para que podamos seguir la conversación. Por favor.

¡Una segunda petición que pretendía ser tan poco cortés como la primera!

—Entonces, acepto ir verle al despacho del señor Butler, milord, pero solo unos minutos —añadió ella con firmeza, al ver un brillo triunfal en los ojos de él—. Es tarde y la verdad es que estoy muy cansada.

—Lo entiendo —él inclinó la cabeza burlonamente—. Esta noche solo te pediré unos minutos más de tu tiempo.

Ella fue lentamente hacia el camerino y se dio cuenta con preocupación de que el último comentario había tenido el tono de una amenaza velada. Por mucho que la noche anterior le hubiese dicho desafiantemente que buscaría trabajo en otro sitio si la despedía, ya ni siquiera podía pensar en quedarse en Londres sin la protección de Drew y Ben después de lo que había pasado esa velada. La noche anterior fue sincera cuando le dijo que pensaba volver a su casa cuando le pareciera seguro. Desgraciadamente, creía que ese momento no había llegado todavía.

Dominic no intentó disimular su espanto cuando vio el vestido verde que llevaba Caro al entrar en el despacho de Drew. No era el verde intrigante de sus ojos, ni tenía un corte que favoreciera su esbeltez. Al contrario, ese color le apagaba al brillo de los ojos y hacía que su piel, blanca como el alabastro, pareciera grisácea. Además, llevaba ese vestido abotonado hasta el cuello, sus rizos rubios estaban recogidos en un moño y se había quedado delante de la mesa con las manos recatadamente entrelazadas; parecía una monja y tenía el mismo atractivo. Se levantó, rodeó la mesa, se apoyó en ella y siguió mirándola fijamente.

—No pareces muy alterada por tu suplicio.

Entonces, su apariencia engañaba. La reacción al espanto de la pelea le llegó en cuanto se sintió a salvo en el camerino y no pudo dejar de temblar durante un rato. Todo fue muy repentino y violento y el rescate del conde fue tan oportuno, aunque desconsiderado, que no había podido pensar en nada más. Todavía seguía temblando ligeramente y por eso tenía las manos entrelazadas. Por nada del mundo dejaría que el arrogante Dominic Vaughn notara un atisbo de debilidad.

—Antes no tuve la ocasión de agradecerle su oportuna intervención, milord. Se lo agradezco.

Ella inclinó la cabeza con rigidez y él tuvo que contener una sonrisa ante esa muestra de gratitud a regañadientes.

—De nada. Evidentemente, se tardará algunos días, una semana, probablemente, en reparar el salón principal...

—No tengo dinero para pagar la reparación, si es lo que va a decir a continuación —le interrumpió ella.

La miró con los ojos entrecerrados y vio la joven que había detrás de esa apariencia desafiante y monjil. Tenía sus ojos verdes ligeramente sombríos, las mejillas pálidas y las manos le temblaban un poco. Todo eso indicaba que la violencia que había presenciado la había alterado más de lo que estaba dispuesta a admitir ante nadie, sobre todo ante él.

Dominic admiró esa cualidad como admiraba el orgullo y dignidad que había mostrado en una situación que, evidentemente, superaba todo lo que había vivido hasta el momento. ¿Esa inexperiencia llegaría hasta el dormitorio? La noche anterior, después de la sorpresa inicial, correspondió a la pasión del beso. Sin embargo, más tarde, pareció no darse cuenta del peligro que representaban aquellos tres jóvenes. Como tampoco parecía darse cuenta de la avidez creciente de los hombres que volvían todas las noches para ver su actuación en Nick's. ¿Indicaría eso que no conocía las veleidades de los hombres?

Empezaba a ser un rompecabezas que quería resolver... casi tanto como quería quitarle ese espantoso vestido verde para recorrer cada centímetro de su delicioso cuerpo desnudo...

—No —replicó él—. Solo quería decir que Nick's tendrá que estar cerrado algunos días y que, evidentemente, no podrás actuar aquí durante esos días.

Ella lo miró inexpresivamente durante un momento. Entonces, abrió los ojos y se lamió los labios, que se le habían quedado secos de repente.

—Pero, cree que solo serán unos días, ¿verdad?

Él la miró con detenimiento.

—Seguramente, una semana.

—¿Una semana? —preguntó ella con horror.

Él comprendió que, seguramente, dependía del

dinero que ganaba todas las noches en su club de juego. ¡Su ropa así lo indicaba! Además, eso, junto a su firme decisión de seguir en Londres «por el momento», también demostraba que la situación en su casa tenía que ser grave.

—No te preocupes tanto, Caro —la tranquilizó él—. Quieras o no, parece ser que estás bajo mi protección, por el momento.

Ella abrió los ojos con indignación.

—¡No pienso ser su amante bajo ningún concepto!

Él tampoco tenía ninguna intención de tomarla como amante, ni a ninguna otra mujer. Sus padres murieron cuando tenía doce años y no tuvo una tía encantadora que se ocupara de él, como Nathaniel. A cambio, su tutela quedó en manos del despacho de abogados de su padre hasta que cumplió veintiún años. Durante ese tiempo, vivió solo en Blackstone Park, Berkshire, y cuidado por la amabilidad impersonal de los sirvientes, eso, cuando no estaba interno en el colegio.

Cuando alcanzó la mayoría de edad y pudo administrar sus asuntos, habría sido muy fácil dejarse llevar por el falso cariño de una mantenida. Sin embargo, se conformó con la amistad de Nathaniel y Gabriel. Sabía que el cariño que sentían por él era incondicional. Eso no podía decirse de una amante.

—He dicho protector, Caro, no amante. Aunque estoy seguro de que todos los caballeros que han estado aquí esta noche están convencidos de que tengo ese dudoso honor.

Ella se puso muy rígida por su tono insultante.

—¿Por qué?

—Algunos presenciaron cómo te arrojabas en mis brazos...

—¡Fue porque temía por mi vida! —exclamó ella con indignación.

Él agitó una mano para restarle importancia.

—Da igual el motivo. Lo cierto es que una dama enmascarada trabaja en mi club y que, esta noche, esa dama enmascarada se ha arrojado a mis brazos con una confianza que se confirmó cuando me llamó por mi nombre de pila —él se encogió de hombros—. Eso es suficiente para que casi todos los hombres lleguen a la conclusión de que esa dama ha elegido protector, que, seguramente, sea propiedad exclusiva del conde de Blackstone.

Las mejillas de Caro palidecieron más todavía.

Cuatro

Por primera vez en su vida, se quedó muda. No solo era escandaloso que muchos hombres la consideraran propiedad exclusiva de lord Dominic Vaughn, sino que su hermana mayor, Diana, se pondría furiosa si le contaran semejante mentira de su hermana Caroline.

Había dejado una nota en su cama diciéndoles a sus hermanas que no se preocuparan, pero no les había dicho, ni a Diana ni a Elizabeth, su hermana menor, que pensaba irse a Londres antes de que llegara el tutor que iba a hacerse cargo de sus vidas. Un hombre al que no conocía ninguna de las hermanas Copeland, pero que les había comunicado, mediante su abogado, que quería que una de ellas fuese su esposa. ¿Qué tipo de hombre hacía eso? ¿Qué tipo de monstruo podía ser lord Gabriel Faulkner, nuevo conde de Westbourne, para que su abogado, no él, ofreciera matrimonio a cualquiera de las hijas del anterior conde que lo aceptara y que además insistiera si ninguna de ellas lo aceptaba?

Como no habían podido codearse con la alta sociedad de Londres, ninguna de las hermanas conocía al heredero y primo segundo de su padre, pero algunos de sus vecinos sí lo conocían y estuvieron encantados de contarles que se había desterrado en el continente hacía ocho años por un escándalo tremendo y que vivía en Venecia desde hacía unos años.

Aparte de eso, ninguna de las hermanas había visto u oído nada de él antes de que les comunicaran que no solo era el heredero de su padre, sino que también era su tutor. Naturalmente, las tres habían aceptado que una hija no podía heredar el título, pero lo que no sabían, hasta que leyeron el testamento, era que no tenían ningún recurso económico y que sus futuros dependían completamente del capricho del nuevo conde de Westbourne.

Sin embargo, fueron pasando los meses y, como el nuevo conde no había aparecido a tomar posesión de Shoreley Hall, ni había hecho nada para ser el tutor de las tres hermanas, aparte de mandarles una asignación mensual mediante su abogado, empezaron a tranquilizarse y a pensar que podrían seguir con su vida sin que el nuevo tutor se metiera en ella. Hasta que el abogado del conde se presentó en Shoreley Hall hacía tres semanas y les comunicó que el nuevo conde, muy generosamente, estaba dispuesto a casarse con una de las arruinadas hermanas. Además, el abogado también les comunicó, muy seriamente, que el conde, como su tutor, podía insistir en que una aceptara y que lo haría.

Diana, la mayor con veintiún años, estaba medio prometida con el hijo de un noble local y estaba a salvo del conde. Elizabeth, de diecinueve años, había afirmado que se metería en un convento antes de casarse con un hombre al que no amaba ni la amaba a ella. Su plan para no casarse con el nuevo conde fue más osado.

Deseosa de que hubiera algo de aventura en su monótona vida, decidió que iría a Londres durante un par de meses y que buscaría el anonimato como señorita de compañía o institutriz. Así, cuando lord Gabriel Faulkner llegara a Londres, como había dicho su abogado que haría en cuanto se enterara de que habían rechazado su oferta, Diana, furiosa por la desaparición de una de sus hermanas, haría papilla a ese hombre con su legendaria lengua afilada como una cuchilla de afeitar y él tendría que marcharse con el rabo entre las piernas.

Decidió que dos meses en Londres, como mucho,

bastarían y, muy emocionada, hizo la bolsa antes de escabullirse de la casa para caminar los ochocientos metros que había hasta el cruce, donde podría tomar el coche de caballos que la llevaría a Londres.

Naturalmente, nada había salido como había previsto. Ninguna casa respetable quiso emplear a un joven sin referencias y las tiendas de ropa, tampoco. El poco dinero que se había llevado menguó considerablemente y, en vez de vivir en la calidez y seguridad de una casa respetable, tuvo que pagar un mes por adelantado de su modesto alojamiento. En realidad, temió que tendría que volver a su casa con la cabeza gacha antes de que el conde llegara a Inglaterra, hasta que Drew Butler se compadeció de ella y le permitió cantar en Nick's.

Dominic había estado observando a Caro con interés y se preguntó qué habría estado pensando.

—Aunque podrías acabar con todo este disparate si volvieras a tu lugar de procedencia.

La mirada cándida de sus ojos verdes se ensombreció y él volvió a darse cuenta de que sentía rechazo o miedo ante la idea de volver a su vida anterior. ¿De quién o qué huía esa hermosa joven? ¿Qué le importaba a él? Absolutamente nada. Sin embargo, tampoco conseguía empeñarse en que volviera a su casa y afrontara el castigo que se le impusiera por haber huido. Podía haber escapado de un padre despiadado o de un marido bárbaro y cualquiera de los dos machacaría ese carácter que le parecía tan... intrigante.

—Me temo que no puedo volver a mi casa en este momento, milord.

—Eso ya me lo habías dicho —replicó él arqueando las cejas—. Entre tanto, ¿piensas seguir preocupándome tanto que me saldrán canas por el siguiente embrollo en el que te meterás?

—Todavía no veo ni una cana en su pelo moreno, milord.

—Me temo que es una cuestión de tiempo.

Él puso un gesto serio solo para disimular que estaba encantado de que ella se hubiese reído de su tontería. Se dio cuenta, con espanto, de que corría el riesgo de caer bajo el hechizo de esa mujer, como les había pasado a Butler, a Ben, y, probablemente, a Osbourne. Sin embargo, no pensaba sucumbir a ese hechizo. Una cosa era acostarse con una mujer, pero que entraran en juego sus sentimientos era otra completamente distinta. Había llegado el momento de cambiar de estrategia. Si no podía convencerla de que se marchara de Londres con argumentos, tendría que intentarlo de una forma más directa.

Ella retrocedió involuntariamente cuando él se levantó muy despacio y rodeó la mesa con un movimiento casi de depredador para dirigirse hasta la puerta y cerrarla con llave.

—Es para que no nos molesten —le explicó mientras se acercaba a ella.

Caro tragó saliva porque se le había sacado la garganta, e inclinó la cabeza hacia atrás para poder mirar sin miedo, o eso esperaba, a ese rostro tan arrogante y hermoso.

—Es hora de que me marche...

—Todavía, no, Caro.

El conde lo murmuró con voz ronca mientras le tomaba la cara con una mano y le pasaba el pulgar por el labio inferior.

—Yo... ¿Qué hace, milord?

—Antes me llamaste Dominic —le recordó él.

Ella volvió a tragar saliva.

—¿Qué haces, Dominic? —preguntó ella otra vez.

Él encogió los enormes hombros.

—Intento demostrarte que ser mi amante puede tener... ciertas ventajas.

A ella le temblaron las rodillas solo de pensar en el sistema que pensaba emplear para demostrarle esas «ventajas». Se acordó inmediatamente de lo que sintió la noche anterior cuando esa boca implacable se adueñó de la de ella, de lo que sintió cuando le tomó el trasero con las manos y la estrechó contra la dureza de su cuerpo.

—Es una insensatez, milord.

Él no dijo nada, se apoyó en el borde de la mesa y la arrastró con él mientras la miraba fijamente con sus ojos plateados y su aliento le acariciaba los rizos que le caían por las sienes. Estaba muy cerca de ella, tanto que podía notar el calor de su cuerpo, que podía captar el olor especiado de su colonia y un olor viril, un olor que era la mezcla de hombre limpio y calidez almizclada, un olor que era solo suyo.

Hizo un esfuerzo para reunir algo de sentido común.

—Dominic, no pienso permitir que... ¡Oh!

Él la tomó de la cintura y la puso entre sus piernas separadas. Tenía los muslos contra los de él y los pechos apretados contra el musculoso pecho de él. Puso las manos en sus hombros para intentar apartarse.

—No creo —murmuró Dominic estrechándola más contra sí y mirándole las horquillas que le sujetaban el pelo—. Quítate las horquillas para mí, Caro.

—¡No! —exclamó ella quedándose inmóvil.

—¿Prefieres que lo haga yo?

—Prefiero que mi pelo se quede... ¡Oh! —susurró ella con sorpresa.

Él le quitó las horquillas y se dio cuenta de que empezaban a gustarle mucho esos susurros de sorpresa.

—Mejor así.

Dominic asintió con la cabeza mientras le pasaba los dedos entre el pelo para que los rizos le cayeran sobre los hombros y la espalda.

—Ahora, los botones de ese vestido espantoso...

—¡No puedo permitir me desabroches el vestido!

Ella le agarró las manos y lo miró con furia. El sonrió ante esa demostración de furia femenina.

—Es tan tentador como el hábito de una monja —replicó él con ironía.

—Eso es exactamente lo que pretende...

No terminó la frase al ver que él entrecerraba los ojos plateados.

—¿Conseguir? —Dominic terminó la frase—. ¿Igual que ese sombrero atroz está pensado para ocultar los maravillosos rizos dorados?

—Sí —reconoció ella.

Él sacudió la cabeza mientras siguió soltándole los botones del vestido.

—Es un sacrilegio, Caro, y no estoy dispuesto a consentirlo.

Le separó los dos lados del vestido para dejar a la vista sus pechos cubiertos por una camisola muy fina. Ella ya no quiso protestar cuando vio el brillo de admiración en los ojos de Dominic y le costó respirar cuando levantó una mano para separar la liviana tela y le desnudó completamente un pecho. Sus mejillas se sonrojaron cuando vio que el pezón rosado se endurecía y tensaba de tamaño.

—Es muy hermoso —dijo él con voz ronca y acariciándole la carne sonrosada con el aliento—. Deseo paladearlo, Caro.

Se sintió hipnotizada cuando Dominic se pasó la lengua por los labios. Hipnotizada y anhelante mientras el pezón se sonrojaba y endurecía más. Supo que anhelaba que su lengua lo lamiera. ¿Cómo se le había ocurrido eso? ¿Cómo podía saber que los labios y la boca de Dominic en su pecho le darían más placer del que nunca había soñado? ¿Era intuición femenina? Aunque lo supiera, no iba a permitir que él...

Dejó de pensar y de intentar oponerse cuando él no esperó más una respuesta y bajó la cabeza para tomar el palpitante pezón entre sus labios mientras le acariciaba el pecho con una mano. Una oleada de placer se adueñó del otro pecho, le bajó por el abdomen e hizo que se derritiera entre los muslos. Estaba dominada por unas sensaciones extrañas. Sus pechos estaban abultados y duros, los músculos del abdomen en tensión y sentía un calor entre los muslos que le humedecía esa zona del cuerpo. Quiso apretar los muslos y separarlos a la vez, que Dominic la acariciara allí también y aliviara ese anhelo. Se arqueó instintivamente cuando le tomó el otro pecho y le acarició el pezón con el pulgar.

Él había querido demostrarle que su sitio no era Londres, que no estaba a su altura ni a la de otros caballeros experimentados de la alta sociedad. En cambio, se vio obligado a reconocerse que nunca había paladeado nada tan delicioso como su pecho. El pezón era dulce como la miel y la erección que le palpitaba bajo el pantalón era un testimonio de su excitación. Se apartó un poco para mirar el pezón enhiesto y volvió a lamerlo antes tomar el otro con avidez. Luego, la miró y vio que estaba sonrojada y que tenía un brillo deslumbrante en los ojos.

—Dime cuánto deseas que te acaricie, Caro —susurró sin soltarle el pecho.

Ella le clavó los dedos en los hombros.

—¡Dominic! —gimió ella como si quisiera quejarse.

—¿Te gusta esto?

Le pasó el pulgar por el pezón.

—Sí —murmuró ella con un estremecimiento de placer.

—¿Y esto?

Él volvió a tomarle el pecho con los labios y bajó una mano hasta levantarle el vestido, para empezar a acariciarle lentamente la rodilla.

—¡Sí...!

—¿Y esto?

Dominic le pasó la lengua por el pezón endurecido mientras subía la mano por el interior del muslo y notó su humedad ardiente a través de los pololos. Nada la había preparado para que la acariciaran de una forma tan íntima. ¿Cómo iban a haberlo hecho si no se había dado cuenta de que existía esa intimidad? Era una intimidad tan placentera que le gustaría que no acabara nunca.

—Me gustaría que me acariciaras igual, Caro —le pidió él con la voz ronca.

Ella tragó saliva.

—Yo...

Ella fue a resistirse, pero alguien intentó abrir la puerta.

—Milord...

Drew Butler pareció enojado por no poder entrar en su despacho. Dominic miró con fastidio la puerta.

—¿Qué pasa?

—Tengo que hablar inmediatamente con usted, milord —contestó Drew en el mismo tono de enojo que Dominic.

La miró con el ceño fruncido y ella aprovechó la distracción para zafarse de él y darse la vuelta para abotonarse el vestido con las manos temblorosas. ¿Qué había hecho? Peor aún, ¿qué habría llegado a hacer si Drew no hubiera aparecido tan oportunamente?

—Caro...

—El señor Butler reclama su atención, milord, no yo —replicó ella con las mejillas rojas.

Él entrecerró los ojos el darse cuenta de que era el motivo de que se sintiera tan incómoda. No había querido que las cosas llegaran tan lejos. En cuanto a demostrarle lo poco preparada que estaba para resistirse a los ataques de los caballeros de la alta sociedad, sabía muy bien que había sido él quien había corrido el riesgo de sobrepasar ese límite.

—Caro...

—El señor Butler le reclama, señor —insistió ella.

Dominic fue a la puerta con impaciencia y la abrió con una expresión sombría cuando el otro hombre dirigió su mirada hacia ella, quien estaba de espaldas a la puerta. Dominic se puso intencionadamente delante del hombre.

—¿Y bien?

Drew lo miró con curiosidad.

—Hay algo en el salón principal que debería ver.

—¿No puede esperar? —preguntó Dominic con el ceño fruncido.

—No, milord —contestó Drew.

—Muy bien —Dominic se dio la vuelta para dirigirse a Caro—. Al parecer, tengo que abandonarte un minuto. Si eres tan amable de esperarme...

—No.

—¿No? —preguntó Dominic sin poder creérselo.

—No.

Seguía abochornada por la intimidad que le había permitido a ese hombre, pero no estaba dispuesta a que ese bochorno la dejara indefensa. Tomó la capa y el sombrero de la silla donde los había dejado,

—Señor Butler, ¿puede acompañarme Ben a casa?

—Sí.

—Preferiría que me esperaras aquí, Caro —insistió Dominic con firmeza.

—Yo prefiero que sea Ben quien me acompañe —replicó ella mirándolo a los ojos.

Dominic apretó los dientes y un músculo se tensó junto a la cicatriz de la mejilla izquierda.

—¿Por qué?

Ella miró hacia otro lado al no poder resistir la mirada de esos ojos plateados y entrecerrados.

—Sencillamente, prefiero su compañía en este momento, milord.

—Drew, ¿te importa esperarme un momento afuera?

Dominic no esperó la respuesta y cerró la puerta.

—No tengo nada más que decirle, milord.

—Dominic.

—¿Cómo dice?

—Hace unos minutos no te costaba nada llamarme Dominic —le recordó él con malicia.

Ella se sonrojó con vergüenza al acordarse de las circunstancias en las que lo había llamado por su nombre de pila.

—En estos momentos, ni siquiera quiero pensar en...

—No seas melodramática —le interrumpió él—. O, pensándolo bien, ¿prefieres no seguir soportando mi espantosa cicatriz?

—No soy tan pusilánime, milord —contestó

ella en tono airado—. Estoy segura de que esa cicatriz es de las guerras contra Napoleón.

—Sí.

—Entonces, cualquier mujer sería muy ingrata si no considerara que esa cicatriz se debe a un acto de valentía, como lo fue con toda certeza.

Él sabía muy bien que a mucha mujeres les desagradaba, e incluso asustaba. Sin embargo, debería haber sabido que la impetuosa Caro estaba hecha de otra pasta.

—Intentaré acabar mi asunto con Butler lo antes posible y luego podré acompañarte a tu casa. No, por favor, no discutas más conmigo por esta noche —le pidió en tono cansado, cuando vio el brillo de rebeldía en sus ojos verdes.

—Le gusta demasiado salirse con la suya, señor.

Además, sus intentos de asustar a esa joven para que se marchara de Londres solo habían conseguido asustarlo a él.

—¿Y si vuelvo a pedírtelo por favor?

—¿Y bien? —preguntó ella en tono cáustico cuando él no dijo nada más.

Él tuvo que sonreír.

—Caro, por favor, ¿me esperarás aquí? —preguntó él con ironía.

Ella levantó la barbilla con orgullo.

—Lo pensaré mientras habla con el señor Butler.

Dominic le dirigió una mirada de desesperación, antes de salir de la habitación. Sin embargo, se olvidó de los besos y las caricias, de la reacción de Caro a esos besos y caricias, y de su falta de dominio de la situación en cuanto entró en el salón principal del club y vio a Nathaniel Thorne cubierto de sangre y tumbado sobre uno de los sofás.

Cinco

—Dominic, ¿por qué...?

—Ahora, no, por favor, Caro —le interrumpió él mientras se montaba en el carruaje.

El sol estaba empezando a asomar por detrás de los tejados y chimeneas de Londres, cuando dejaron a Nathaniel en su casa. Los dos se quedaron hasta que estuvo bien instalado en su dormitorio y atendido por varios de sus sirvientes.

Caro se quedó boquiabierta por el espanto cuando salió del despacho de Drew, entró en el salón y vio a un grupo de hombres alrededor de lord Thorne, quien estaba tumbado en un sofá con la cara y las manos ensangrentadas y la elegante ropa también manchada de sangre. Entonces, Dominic se dio la vuelta y la vio pálida y con gesto de horror.

—¡Que alguien se la lleve de aquí! —ordenó mientras ella se quedó inmóvil por el espanto.

—Dom...

—Tranquilo, Nate —él suavizó la voz para dirigirse a su amigo y conservó el tono cuando se volvió hacia ella otra vez—. De verdad, Caro, sería mejor para todos que te marcharas.

—La llevaré otra vez a mi despacho.

Drew se acercó a ella, la agarró del brazo y casi la arrastró fuera de la habitación. Oyó muy vagamente las palabras de alivio mientras la acompañaba a su despacho y antes de pedirle a Ben que se quedara vigilando la puerta. Ella había estado yendo de un lado a otro del despacho durante más de una hora mientras los dos hombres se ocupaban del ensangrentado Nathaniel Thorne y Dominic, con gesto sombrío, no quiso contestar sus preguntas cuando por fin llegó para acompañarla a su casa. Se quedó boquiabierta por la sorpresa cuando él le puso su capa por la cabeza cuando iba a salir a la calle.

—¿Qué hace?

—Sigue andando hasta el carruaje —le ordenó él.

Ella se quitó la capa con impaciencia en cuanto se subió al carruaje y las quejas por el brusco trato de Dominic no le salieron de la garganta, cuando vio a lord Thorne en el asiento de enfrente. Las manos vendadas parecían indicar que había recibido atención médica. También le habían lavado la sangre de la cara y pudo ver los muchos cortes y moratones que solo le habían podido producir con cuchillos y puños. Se estremeció al imaginarse la violencia que daban a entender.

—¿Cómo...?

—No tengo ganas de hablar más de esto por esta noche.

El ataque a Nathaniel había sido un brutal recordatorio de que una mujer tan vulnerable como Caro no tenía cabida en este mundo. Ella lo miró con reproche.

—¿Por qué ha podido hacerle alguien eso a lord Thorne?

—Debería haber sabido que era inútil pedirte silencio aunque solo fuese durante unos minutos —Dominic dejó escapar un suspiro—. La respuesta más sencilla es que no lo sé todavía.

Sin embargo, estaba decidido a saber quién y por qué le había atacado.

—Parece malherido...

—Sí. Lo han golpeado con saña. Cuatro matones lo atacaron con cuchillos y con los puños.

Sabía muy bien que Nathaniel era un luchador muy fuerte, pero no pudo hacer gran cosa contra cuatro hombres armados.

—¿Por qué? —preguntó ella sin disimular el desconcierto.

Nathaniel conservó la consciencia el tiempo suficiente para explicarle que se abalanzaron sobre él en cuanto salió del club. Las heridas de las manos eran por los puñetazos que consiguió dar a los atacantes y por haberse defendido con ellas de algunas cuchilladas en la cara. Cuando cayó al suelo, lo patearon repetidamente hasta que una de las patadas lo alcanzó en la sien. Ya no supo nada más hasta que recuperó un poco la consciencia y consiguió arrastrarse dentro del club.

Si tenía en cuenta esa proporción de cuatro a uno, estuvo seguro de que si hubiesen querido matarlo, Nathaniel estaría muerto. También conservaba la bolsa en el bolsillo y el alfiler con un diamante que le sujetaba el lazo, por lo que el robo tampoco era el motivo. Por lo tanto, solo podía deducir que el ataque había sitio una advertencia de algún tipo. Sin embargo, ¿a quién iba dirigida la advertencia? Se había acordado inmediatamente de lo que le dijo Gabriel en Venecia sobre Nicholas Brown, el anterior dueño del club. Sabía muy bien que tenía fama de ser violento, que si bien en público se comportaba como un caballero, su reputación decía que era vengativo y despiadado en privado y que estaba relacionado con el hampa de Londres. Además, no le había gustado nada perder Nick's en aquella apuesta.

Cuanto más lo pensaba, cuando Caro le dejaba

pensar un poco, más convencido estaba de que Nicholas Brown estaba mezclado, de que ese ataque no iba dirigido contra Nathaniel... Él se había marchado a Venecia a los pocos días de ganar el club y había vuelto a Londres hacía dos días, de lo que el otro hombre se enteraría el día anterior. Por eso, los cuatro matones supusieron que el hombre que salió después del último cliente era él mismo.

Lo había comentado brevemente con Drew y este había confirmado que su anterior jefe era perfectamente capaz de mandar a algunos de sus matones para que lo atacaran. Sin embargo, esos matones no habían dado el golpe de gracia al hombre al que habían atacado. Drew planteó la posibilidad de que no se hubiesen equivocado, de que Brown quisiera herir a personas que estaban relacionadas con él, como una amenaza y una advertencia, antes de vengarse definitivamente. Hizo una mueca de disgusto porque supo cuál sería la reacción de Caro a lo que iba a decir.

—No lo sé todavía, pero como el ataque se produjo fuera de Nick's, se ha decidido que todas las personas relacionadas con el club tendrán que tener precauciones especiales, al menos, durante unos días.

Caro lo miró fija e inexpresivamente.

—Pero yo no puedo correr ningún peligro.

Nadie, salvo usted, lord Thorne, Drew Butler y Ben, ha visto la cara de la cantante enmascarada de Nick's. ¡Por eso me tapo con la capa cuando salimos del club!

Él asintió con la cabeza.

—No quiero asustarte, Caro, pero, hasta que sepamos algo más, Drew y yo hemos decidido que la dama enmascarada tiene que desaparecer y que hay que tomar todas las precauciones posibles para garantizar la seguridad de Caro Morton.

—¿Debería irme a vivir con el señor Butler y su familia?

—Drew y yo hemos descartado esa posibilidad. Desgraciadamente, Drew y su familia comparten su modesta casa con los padres de su esposa y con los de él.

—Ah... —Caro frunció el ceño—. Entonces, quizá debería mudarme al anonimato de un hotel barato.

El conde negó con la cabeza.

—Un hotel es demasiado público.

Ella dejó escapar un suspiro de impotencia.

—¿Corro algún peligro real o es otra forma de convencerme de que lo único que puedo hacer es volver a mi «lugar de procedencia».

Él la miró pensativamente.

—¿Acaso te lo plantearías si te lo propusiera?

—No —contestó ella tajantemente.

—No —repitió él inexpresivamente.

Además, ya no era una alternativa. Si Brown fuese el responsable de ese ataque, era muy probable que supiese que Caro era la mujer enmascarada. Con toda certeza, tendría espías por todos lados y que volviera a su casa sin protección la expondría a más peligro que si se quedara en Londres.

—Drew y yo hemos llegado a otra solución.

—¿A cuál...? —preguntó ella con cautela.

—Te acompañaré a tus habitaciones, harás el equipaje y volverás a Blackstone House conmigo.

Sabía que no era la solución ideal, pero sí era la que le permitía garantizar su seguridad más fácilmente. Había intentado pensar en que también iba a estar al alcance de ese deseo que cada vez le costaba más sofocar, pero no lo había conseguido. No le extrañó que Caro lo mirara sin creérselo. Él arqueó una ceja.

—Si decides acompañarme a Blackstone House, haré todo lo que pueda para garantizar que sea una estancia provisional. Si se alarga más de tres días, te buscaré otro sitio para que te alojes. Mi oferta para protegerte solo es por interés propio, no quiero encontrar muerto a ninguno de mis empleados.

Ella notó que se quedaba pálida.

—¿Cree de verdad que esos matones volverán a atacar?

No sabía qué podía hacer. Había conseguido escapar de Hampshire con cierta facilidad, pero conocía a su hermana mayor y Diana no permitiría que la situación se alargara mucho. Y que, aunque le había dejado una carta para tranquilizarla, cuando no la encontrara en Hampshire, su hermana empezaría a buscarla más lejos y era probable que llegara a Londres.

Si Diana descubría que estaba viviendo en la casa de un caballero soltero de la alta sociedad, su ira sería comparable a la arrogancia de ese hombre.

—No creo que el señor Butler haya aceptado ese plan —añadió ella.

—Después de pensarlo, Drew estuvo de acuerdo conmigo en que, en estos momentos, tu seguridad es más importante que tu... reputación.

Ella sacudió la cabeza.

—Sencillamente, no puedo...

—Caro, estoy harto de oírte decir lo que puedes y lo que no puedes hacer —él se inclinó hasta que sus caras estuvieron muy cerca y sus ojos dejaron escapar un destello plateado—. Ya te he dicho las alternativas que tienes...

—¡No puedo aceptar ninguna!

—Entonces, tendrás que elegir la menos mala —replicó él con una sonrisa muy firme.

Entendía que él estuviera alterado por la preocupación que le producían las heridas de su amigo y por los destrozos en su club, y que estuviera sinceramente preocupado porque podrían volver a atacar a sus empleados o a quienes tuvieran alguna relación con el club de juego, pero había pasado veinte años coartándose por amor y respeto a su padre y no estaba dispuesta a permitir que siguieran diciéndole lo que podía o no podía hacer, fuera su tutor o un hombre al que había conocido el día anterior.

—¿Y si rechazo volver a mi casa o acompañarle?

Él había admirado su valor desde el primer momento y había valorado su ímpetu, que no se sintiera intimidada ni por él ni por su título, que le llevara la contraria si le parecía que tenía que hacerlo, pero en ese momento le gustaría que fuese obediente y dócil.

—Es tarde, Caro... o pronto, según cómo se mire —él suspiró con cansancio—. En cualquier caso, ha sido una noche muy larga y quizá sea preferible que esperemos hasta mañana para tomar una decisión.

—Entonces, ¿estamos de acuerdo en que cuando

me haya llevado a mi casa, me quedaré allí hasta que podamos hablar otra vez?

Decidió desapasionadamente que con ese sombrero espantoso era tan atractiva como una doncella vieja y remilgada. En realidad, no se parecía nada a la mujer medio desnuda y deliciosa con la que había estado antes. Antes había querido enseñarle una lección y fue él quien la recibió. Caro Morton era, como mínimo, un peligro muy grave para su dominio de sí mismo.

—No estamos nada de acuerdo —él decidió no seguir discutiendo y dio instrucciones al cochero para que fuese a Blackstone House—. Más tarde mandaré a alguien a tus habitaciones para que recoja tus cosas.

—Usted...

—Caro, ya te he garantizado que si mis pesquisas duran más de tres días, te alojaré en otro sitio. Asunto zanjado.

Se dejó caer contra el respaldo de asiento y la miró con una ceja arqueada desafiantemente. Desafío que ella aceptó.

—¿De verdad está decidido a meterme en su casa aunque sea provisionalmente?

—De verdad.

Ella resopló con enojo.

—¿En calidad de qué? Si puedo preguntarlo.

101

—Si alguien pide una explicación...

Él hizo una pausa para pensarlo y darle a entender que muy pocas personas se atreverían a pedirle una explicación al conde de Blackstone.

—Diré que eres una prima que se ha quedado viuda y en la ruina. Muchas jóvenes quedaron viudas después de Waterloo. Diré que llegaste del campo en el coche de la mañana con la intención de quedarte en Blackstone House mientras te busco alguna casa decente en Londres.

—¿Sin ropa ni doncella?

Él se encogió de hombros despreocupadamente.

—Una viuda arruinada no puede emplear a una doncella hasta que yo me ocupe y tu baúl llegará a lo largo del día.

—¿El conde de Blackstone tiene alguna prima viuda y arruinada? —preguntó ella con impaciencia.

—No.

—¿Tiene primas?

—No.

—¿Tiene algún familiar?

—Ni uno.

Ella no podía siquiera imaginarse su vida sin sus dos hermanas. Se había alejado de ellas en ese momento, pero lo había hecho porque sabía que podría volver en cuanto Diana hubiese convencido a Gabriel Faulkner de que ninguna de las hermanas Copeland iba a casarse con él.

—No desperdicies tu lástima conmigo —le advirtió Dominic—. He presenciado las complicaciones que supone muchas veces tener familiares cercanos y he llegado a considerar que no tenerlos es más una bendición que una carencia.

¿Podía ser verdad eso? ¿Podía preferir una vida sin lazos familiares y llevar una vida solitaria en la que solo entraran algunos amigos como lord Thorne? No pudo seguir dándole más vueltas a ese asunto ni a ningún otro porque el carruaje se detuvo. Miró por la ventanilla y vio una casa grande en un barrio elegante de Londres. ¿Sería Mayfair o St. James? Estuviera donde estuviese, Blackstone House era la casa más magnífica que había visto hasta entonces.

Shoreley Hall era una casa de ladrillo que levantó el primer conde de Westbourne en el siglo dieciséis. Los sucesivos condes habían ido ampliándola hasta convertirla en una monstruosidad incoherente rodeada por unos cientos de hectáreas de tierra fértil. En cambio, la casa de Dominic Vaughn era de color crema, tenía cuatro pisos y estaba rodeada por un jardín con flores primaverales de muchos colores y una verja de hierro fundido negro.

—Caro...

Se había quedado tan absorta por la belleza y grandeza de Blackstone House que no se había dado cuenta de que el lacayo había abierto la puerta y desplegado el estribo para que se bajase.

—Gracias.

Aceptó la ayuda del joven y bajó a la acera. La riqueza evidente de Dominic hizo que se diera más cuenta todavía de su aspecto desastrado. Diana habría dicho que era vanidad y habría tenido razón, pero no por eso lo sintió menos. Tampoco tuvo tiempo de decir nada porque Dominic la agarró del brazo y subió con ella los escalones que llevaban a la puerta. Puerta que se abrió antes de que llegaran al último escalón y apareció un lacayo vestido de librea, aunque acababa de amanecer.

Si le sorprendió lo más mínimo ver a su señor acompañado por una joven mal vestida y a la que presentó como la señora Morton, su prima, él no lo demostró.

El interior de Blackstone House era más magnífico que el exterior, si eso era posible. El suelo del vestíbulo era de mármol verde con vetas de color crema. Cuatro columnas de alabastro llevaban a la escalera que subía a una galería que rodeaba todo el primer piso. Colgando del alto techo en forma de cúpula había una preciosa lámpara de cristal, que resplandecía por la luz que entraba por las ventanas. Supuso que el resto de la casa sería igual de hermosa.

—Simpson, ¿podrías acompañar a la señora Morton a la suite verde?

Dominic no hizo caso de la expresión de asombro de Caro y se dio la vuelta para dirigirse al mayordomo, quien también había aparecido en el vestíbulo.

—Dale también algo de comer y beber si quiere.

Él se dio la vuelta otra vez con la intención de dejarla en manos del servicio.

—¡Milord!

Se giró con el ceño ligeramente fruncido.

—¿Qué pasa?

Ella se pasó la punta de la lengua por los labios antes de contestar.

—Yo... Como recordará mi baúl llegará a lo largo del día...

Él frunció más el ceño todavía.

—Estoy seguro de que Simpson estará encantado de facilitarte todo lo que necesites.

Hizo un gesto con la cabeza hacia el mayordomo, antes de darse media vuelta para dirigirse hacia su despacho. Necesitaba tiempo para pensar. Tiempo para intentar encontrar sentido a todo lo que había pasado durante las últimas horas... y, desgraciadamente, no podía pensar con claridad cuando estaba con Caro Morton.

La brusca desaparición de Dominic la indignó tanto que le ayudó a pasar los siguientes minutos, mientras le enseñaban sus habitaciones en el primer piso. Esa indignación no disminuyó lo más mínimo por la preciosa sala contigua al amplio dormitorio. Las dos habitaciones estaban decoradas en verde y crema, con muebles de color crema en la sala y una cama con dosel a juego en el dormitorio. La cama estaba rodeada por cortinas con brocados, también de color crema, que eran iguales que las que colgaban delante de las inmensas ventanas que daban a la fachada principal de la casa y a la plaza.

Era preciosa, se reconoció a sí misma, cuando se quedó sola con agua caliente para lavarse y una tetera con té recién hecho para reavivar el ánimo decaído. Sin embargo, la belleza que la rodeaba no cambiaba nada. No debería estar allí. Una cosa era que hubiese escapado a Londres para evitar que su tutor le pidiera que se casase con él, pero la posibilidad de que descubrieran que era lady Caroline Copeland era otra completamente distinta y nunca había entrado en sus precipitados planes. Que Do-

minic la hubiese llevado allí, en teoría para protegerla, no significaba que tuviera que quedarse y se
escaparía en cuanto pudiera...

—Te aconsejo seriamente que no lo hagas —
dijo Dominic con delicadeza.

Caro se sorprendió tanto al oír la voz de Dominic que casi dejó caer la taza de té que tenía entre
las manos. En realidad, derramó un poco de té
sobre los dedos cuando se dio la vuelta y lo vio en
la puerta de la sala.

—¿Puedo saber qué me desaconsejas? —preguntó ella con rabia mientras dejaba la taza en su
plato y se miraba los dedos quemados por el té.

—¿Qué acabas de hacer?

Caro captó la preocupación en el tono de Dominic Vaughn mientras dejaba algo en una silla y
cruzaba el dormitorio para acercarse a ella, quien
lo miró con furia y se agarró las manos detrás de
la espalda.

—¿Qué he hecho? ¡Tú me has asustado y se me
ha derramado el té!

—Enséñame las manos.

Los ojos plateados dejaron escapar un destello
mientras le agarraba las manos por detrás, se las
separaba y las llevaba hacia delante para mirárse-
las con detenimiento. Ella fue a protestar, pero no
pudo cuando vio lo diminutas y blancas que eran

sus manos entre las de él. Además, estaba demasiado cerca y la luz de los candelabros le daba ese tono azulado a su pelo moreno y resaltaba los ángulos del hermoso y pétreo rostro que se inclinaba tan consideradamente sobre ella.

—¿Por qué has venido, Dominic?

—¿Por qué?

No pudo recordar el motivo cuando oyó su nombre dicho con esa voz ronca. Sintió una opresión en el pecho y la erección que se endurecía debajo de los pantalones.

—No tenía la intención de hacerte daño...

Él lo murmuró en tono apesadumbrado mientras le levantaba la mano y le pasaba la lengua por la piel ligeramente enrojecida para aliviársela sin dejar de mirarla a los ojos.

—Yo... fue un accidente.

Ella tenía los labios levemente separados y le costaba respirar.

—Un accidente que no habría ocurrido si no te hubiese asustado —se disculpó él mientras seguía pasándole la lengua por la piel.

Ella tuvo que tragar saliva.

—Yo... yo creo que mi mano ya está mejor, milord.

Sin embargo, no hizo nada para liberar la mano de la mano de Dominic y de su lengua.

Tenía un sabor delicioso, pensó él con anhelo mientras besaba cada uno de los dedos. Era una mezcla de jabón un poco aromático con el gusto algo salado de la piel. El temblor de la mano le indicó el placer que sentía por sus caricias. Su excitación por besar los dedos de Caro como nunca había sentido por las maniobras más hábiles de las cortesanas. Se había quitado el sombrero y la capa desde la última vez que la vio y varios rizos se habían escapado de las horquillas, rizos que brillaban como el oro más puro a la luz de las velas. Sus ojos se habían velado, sus mejillas se habían sonrojado levemente y tenía los labios un poco separados, como si esperaran que los besara.

Entonces, retiró las manos y retrocedió con los ojos muy abiertos.

—Creo que ya le he dicho que no pienso convertirme en su amante, milord.

El tomó aire varias veces, mientras se daba cuenta de que había vuelto a caer en el hechizo sensual de esa mujer. Una mujer que se negaba a decirle nada sobre ella, aparte de su nombre. Nombre que también sospechaba que se había inventado. Sacudió ligeramente la cabeza mientras se incorporaba.

—Caro, parece que como Butler y Jackson no hacen nada para disimular la admiración que sienten hacia ti, tú crees, erróneamente, que todos los hombres que conoces quedan tan deslumbrados como ellos —replicó él en tono burlón.

Ella se puso roja como un tomate.

—Claro que no...

—Quizá sea lo normal —la miró con esos ojos casi incoloros y resplandecientes—. Te aseguro que mi curtido gusto exige algo más de estímulo que el contacto de los dedos de una mujer y, sobre todo, de una mujer con un concepto de la elegancia que haría llorar a una monja.

La miró de arriba abajo con un aire crítico y ella tuvo la sensación de que estaba siendo intencionadamente hiriente, pero no supo por qué. El vestido verde era tan espantoso como el marrón que había llevado la noche anterior y ella lo sabía, pero por eso se los había comprado. Además, no le pareció tan horrible cuando la sedujo antes...

—Elijo los vestidos que me convienen a mí, no a usted, milord —replicó ella sin alterarse.

—Tus elecciones son deplorables. Me ocuparé de que a lo largo del día te visite una modista. Es posible que ya tenga hecho algún vestido de diario que pueda adaptarte a ti, pero tendrás que elegir algunas telas para un vestido de noche o dos —él frunció el ceño—. Si tengo que tenerte en mi casa durante unos días, al menos podré ocuparme de que seas presentable.

—Le recuerdo que estoy aquí en contra de mi voluntad.

—Los motivos para que estés aquí dan igual, lo importante es que tu desastrada presencia no ofenda mis gustos constantemente, ¡aunque sea durante el poco tiempo que vayas a estar aquí!

Sabía que estaba siendo intencionadamente cruel. Ni la otra vez, ni hacía unos minutos, le había importado lo espantoso que fuera su vestido. Ni siquiera le había importado quién fuera ella. Solo le habían importado las fascinantes curvas del cuerpo sedoso que sabía que había debajo de ese vestido. Los ojos verdes como el mar resplandecieron con furia.

—¡Es usted insultante, señor!

Él pareció no inmutarse.

—Si prefieres considerar que la verdad es insultante, yo no soy nadie para discutirlo.

Se dio media vuelta para volver hacia la puerta, pero se detuvo a mitad de camino, cuando la prenda que había dejado en la silla le llamó la atención.

—Como antes te mostraste reacia, pensé que podría resultarte violento pedirle a Simpson que te buscara algo adecuado para dormir y te he traído esto —comentó él mientras señalaba el camisón blanco que había en la silla.

Ella tuvo que reconocerse que había sido muy

considerado, pero que la manera de expresarlo no lo había sido. Como tampoco agradecía que una modista fuese a visitarla.

—No puedo...

Ella no acabó la frase cuando se acordó del comentario de él cuando dijo lo que podía o no podía permitir.

—Me temo que en lo referente a mis vestidos, sus delicados gustos van a seguir ofendiéndose, milord.

Él la miró con incredulidad.

—¿Estás diciéndome que te dan igual los vestidos bonitos?

Claro que le gustaban los vestidos bonitos y añoraba los que había dejado en Shoreley Hall. ¡Ojalá pudiera ponerse uno para demostrarle a Dominic Vaughn lo elegante que era! Sin embargo, no los añoraba tanto como para aceptar que la visitara una modista, ¡casi como si estuviera a punto de convertirse en la amante de Dominic!

—Sí, por el momento, sí.

Ella había contestado con poco convencimiento y, a juzgar por los ojos entrecerrados del conde, él se había dado cuenta.

—¿Por qué, Caro? —preguntó él lentamente—. ¿Es porque crees que pasas más desapercibida con esos vestidos andrajosos?

Ella se crispó inmediatamente por el adjetivo.

—Esos vestidos me han costado unas cuantas coronas.

—Entonces, es un dinero evidentemente malgastado —replicó él antes de seguir con delicadeza—. Caro, te aviso de que tus intentos de ocultarme tu verdadera identidad solo consiguen que tenga más curiosidad por saber de qué o quién te escondes.

Ella sintió un escalofrío en la espalda.

—¡Señor, está imaginándose cosas!

Hasta ella misma volvió a darse cuenta del poco convencimiento de su voz.

—Ya lo veremos —Dominic siguió hacia la puerta, pero la miró un instante—. Espero que tengas presente lo que te dije antes.

Ella dejó escapar un suspiro de cansancio como el que dejó escapar él antes.

—Me ha dicho tantas cosas esta noche, señor... ¿A qué perla de sabiduría se refiere?

—Yo también me doy cuenta de que nos hemos dicho muchas cosas y casi todas descorteses —el conde hizo un gesto de pesadumbre con la boca—, pero me refiero a que no intentes marcharte de aquí sin que yo lo sepa. Como te he dicho, no quiero asustarte, pero todas las advertencias que te haga sobre la prudencia que tienes que tener serán pocas hasta que sepa algo más sobre lo que ha pasado esta noche.

Ella tragó saliva.

—¿De verdad?

—De verdad —contestó él en tono sombrío.

Caro se quedó inmóvil y en silencio mientras Dominic salía de la habitación y cerraba la puerta. Fue como si las paredes del dormitorio cayeran sobre ella y la mantuvieran cautiva. No, como si fuera cautiva de lord Dominic Vaughn.

Seis

Se despertó renovada y sonrió al sentir el sol en la cara mientras seguía acurrucada debajo de la sábana. La sonrisa se esfumó en cuanto se acordó de dónde estaba o, más exactamente, de quién era la cama donde había dormido. ¡Lord Dominic Vaughn, conde de Blackstone, ese arrogante diablo de ojos plateados!

Abrió los ojos y miró alrededor mientras intentaba saber qué hora era. El sol no entraba en el dormitorio cuando se acostó y en ese momento lo iluminaba por completo. Dormir durante el día le habría parecido inmoral hacía una semana, pero enseguida se dio cuenta de que no podía hacer otra cosa cuando el club de juego no abría hasta... Según Dominic, Nick's no abriría hasta dentro de unos días y ella tampoco podría trabajar. Tenía algo de dinero porque Drew Butler había tenido la delicadeza de pagarle cuando fue a trabajar la noche anterior, pero ¿cómo iba a ocupar el tiempo si iba a estar encarcelada en Blackstone House durante unos días? Siempre le habían disgustado las ocupaciones propias de las mujeres de su clase. Sus bordados eran indescriptibles y no tenía talento para dibujar o pintar. Montaba bien a caballo, pero no creía que fuese a disfrutar montando por los parques de Londres. Quizá Dominic tuviera una biblioteca aceptable... Siempre le había gustado leer.

¿Qué estaba haciendo? Se preguntó con fastidio. Como se dio cuenta antes, no iba a ser una invitada, sino que iba a estar presa en una jaula dorada hasta que Dominic Vaughn decidiera que podía salir sin correr ningún peligro.

Se destapó y se sentó en el borde de la cama antes de levantarse. Entonces, se dio cuenta de la prenda que le había dado el conde para se pusiera. Era blanca, le llegaba casi hasta las rodillas, tenía botones desde el cuello hasta mitad del pecho y en los puños de las mangas; solo podía ser una de las camisas de seda que Dominic se ponía para vestir por la noche. Una camisa delicada y sensual de seda blanca, una prenda que, en cuanto la sintió sobre su desnudez, le había evocado pensamientos igual de sensuales sobre su dueño... Se dejó caer de espaldas mientras recordaba lo que pensó antes de quedarse dormida y que esos recuerdos de los labios y la lengua de Dominic sobre sus pechos desnudos habían conseguido que los pezones se le endurecieran otra vez y que sintiera una calidez húmeda entre los muslos que le produjo una oleada de placer cuando los apretó con fuerza. Ella...

—Por fin se ha despertado, señora.

Una doncella joven había asomado la cabeza por la puerta entreabierta, pero la había abierto del todo y había desaparecido unos segundos en el pasillo. Lo suficiente para que volviera a meterse rápidamente en la cama y se tapara hasta la barbilla, antes de que la doncella volviera con una bandeja de plata con té y tostadas. Al menos, eso esperaba porque llevaba bastante tiempo sin comer y el estómago le había rugido solo de pensar en la comida.

Hizo una mueca cohibida mientras la sonriente doncella abría las patas de la bandeja y la ponía por encima de sus muslos tapados por la sábana. No solo había té y tostadas, también había huevos escalfados y varias lonchas de jamón.

—Tiene un aspecto delicioso.

—Estoy segura de que le gustará, señora —le joven intentó hacer una reverencia—. El señor tiene la mejor cocinera de Londres.

Desgraciadamente, se había quedado sin apetito de repente. Que la doncella la llamara «señora» constantemente le recordaba que, en teoría, era la prima viuda y arruinada de Dominic Vaughn, algo que no le agradaba lo más mínimo. ¡No quería que la relacionaran con Dominic ni aunque fuese mentira!

—Coma, señora —le animó la doncella—. La modista ya lleva un rato esperando abajo.

La modista que le había dicho al conde que no quería. Debería haber sabido que ese hombre tan arrogante desoiría sus instrucciones, como ella desoiría las de él.

—¿Cómo te llamas? —preguntó a la doncella con una sonrisa.

—Mabel, señora.

—Entonces, Mabel, ¿te importaría bajar y decirle a la modista que ha habido un error y...?

—No ha habido ningún error, Caro.

Dominic entró aunque nadie lo hubiese invitado, cruzó la habitación y se quedó junto a la cama mirando con ojos burlones a la sonrojada Caro. Sus ojos plateados la miraron de arriba abajo antes de dirigirse a la también sonrojada doncella.

—Puedes retirarte, gracias.

—Milord, señora...

La joven hizo una reverencia antes de salir

apresuradamente de la habitación. A Caro le habría gustado escapar con ella, pero volvió a encontrarse bajo la mirada de esos ojos gélidos, de ese conde alto y dominante... y demasiado guapo con pantalones marrones, botas negras, levita también negra sobre los amplios hombros, chaleco gris y camisa blanca como la nieve. Una camisa de seda blanca como la que llevaba ella de camisón.

—Sea una prima viuda y arruinada o no, creo que eso no lo autoriza a entrar en mi dormitorio sin permiso, milord —consiguió reprocharle ella cuando recuperó la respiración.

Él no pudo evitar admirar lo hermosa que estaba con los rizos dorados extendidos sobre la almohada y los pechos cubiertos solo por una de sus camisas de vestir, que casi transparentaba sus pezones firmes y rosados. Tuvo que apretar los dientes para contener la necesidad de quitarle esa prenda y deleitarse otra vez con ellos.

—Come, Caro. La modista no puede perder todo el día mientras tú vagueas en la cama.

Ella se sonrojó por la rabia.

—Recuerdo muy bien haberle dicho que no quiero los servicios de una modista.

—Y yo recuerdo muy bien haberte dicho que me niego a seguir viéndote con uno de esos vestidos andrajosos.

Él se agachó para tomar una loncha de jamón y ella se encontró mirando esos labios tan bellamente tallados y esos dientes blancos y perfectos mientras mordían el jamón. No supo si la boca se le hizo agua por lo bien que olía el jamón o por lo sensual que era verlo comer. Esos labios y esos dientes habían estado sobre sus pechos desnudos hacía solo unas horas y la lengua que se pasaba por los labios había despertado una oleada de placer en sus entrañas. Apartó la mirada del peligroso rostro del conde mientras la bandeja temblaba al ritmo de sus muslos.

—Me temo que ya no tengo hambre —replicó ella mientras agarraba las asas de la bandeja para retirarla.

—¡Cuidado!

Dominic le tomó la bandeja de las temblorosas manos y la dejó en el tocador, antes de darse la vuelta para mirarla otra vez.

—Como hombre que prefiere algo más de carne sobre los huesos con los que se acuesta, creo que deberías comer más.

Ella levantó la barbilla desafiantemente.

—Como mujer a la que le da igual lo que prefiera en lo relativo a las mujeres con las que se acuesta, yo prefiero seguir como estoy, muchas gracias.

Él sonrió. Evidentemente, Caro no había perdido nada de su ímpetu durante las horas que no la había visto. Habían sido unas horas muy ajetreadas para él. Primero había acudido a unos compañeros de armas, ya civiles, para encargarles que investigaran lo que había hecho Nicholas Brown durante los últimos días y luego había ido a casa de Nathaniel para ver cómo estaba su amigo. Apretó los dientes al acordarse de su dolor y malestar.

—Antes de que desdeñes a la modista tan a la ligera, creo que deberías saber que cuando trajeron tus cosas, di instrucciones a una doncella para que tirara todos los vestidos al fuego —comentó el con satisfacción.

—¿Todos...? —preguntó ella sin poder creérselo.

—Todos.

Miró hacia la silla donde dejó su vestido verde y solo vio la ropa interior. Además, si había ordenado que quemaran todos sus vestidos, también habrían quemado los tres vestidos elegantes que había llevado a Londres.

—¡No tenía derecho a tocar mis cosas!

—Te negabas a reemplazarlas —replicó él encogiéndose de hombros—. Me pareció más fácil no dejarte otra alternativa.

—Supongo que ahora tendré que bajar a ver a la modista vestida con la camisola...

La idea era tentadora, pero poco realista, se reconoció él.

—Naturalmente, ella subirá aquí. Además, vendrá con dos vestidos que podrás ponerte inmediatamente.

Él, personalmente, le había dado instrucciones a la modista para que llevara un vestido verde como el mar y otro rosa oscuro. El primero le recordaba a los ojos de Caro y el otro, a sus pezones cuando estaban excitados.

—¿Sabe cómo está lord Thorne?

Se había distraído pensando en los cambios de aspecto de Caro, aunque nunca se olvidaría de cuando vio a Osbourne cubierto de sangre a primera hora de ese mismo día. ¿Cómo iba a olvidarse cuando le recordaba tanto a los últimos recuerdos que tenía de su madre hacía dieciséis años?

Se alejó de la cama y fue a una de las ventanas. Se quedó de espaldas a la habitación con los puños cerrados, mientras intentaba borrar esos recuerdos. Recuerdos que le volvieron con toda su crudeza cuando Caro le preguntó por su familia. Tomó una bocanada de aire antes de contestar.

—Sí, he ido a visitarlo.

Le explicó que la señora Gertrude Wilson, la tía de Nathaniel, se había enterado de que su sobrino estaba herido y en cama y había mandado a su propio médico para que lo atendiera. Además, pensaba llevarse a Osbourne a su casa de St. James Square esa misma tarde.

Él esperaba saber algo a lo largo del día sobre el ataque de la noche anterior, pero si las pesquisas no daban frutos, tenía un plan para última hora de la noche que podría darle alguna respuesta, si no todas.

—¿Y bien? —preguntó ella con preocupación ante el silencio pensativo de él.

—El médico ha comprobado que tiene dos costillas rotas aparte de los muchos cortes y moratones.

Ella supo, por el tono de Dominic, que la noticia no le había hecho ninguna gracia.

—Estoy segura de que se repondrá completamente, milord.

—¿Lo estás? —preguntó él en absoluto tranquilizado.

—Es joven y sano —Caro asintió con la cabeza—. Ahora, si no le importa, me gustaría levantarme de la cama.

No había tenido tiempo de asearse antes de que la doncella y Dominic invadieran su dormitorio y empezaba a necesitarlo urgentemente.

—No sabía que yo te lo impidiera —replicó él arqueando una ceja.

—Sabe muy bien que su presencia impide que me levante de la cama.

Él se rio con incredulidad.

—Te has exhibido en un club de juego delante de docenas de hombres. ¿Ahora vas a poner reparos a que te vea vestida con una de mis camisas?

—El vestido que llevaba en esas actuaciones me tapaba desde el cuello hasta los pies —replicó ella con el ceño fruncido.

—¡Y por eso despertó más el interés de tu público!

¿Había despertado el interés de él? Algo, sí, a juzgar por su pasión de esa madrugada. Una pasión que a la que ella había correspondido de una manera que todavía la sonrojaba.

—Entonces, cuanto antes me ponga uno de mis vestidos nuevos, mejor para todos.

Su impresionante boca esbozó una sonrisa de satisfacción.

—¿Ya te has repuesto lo suficiente de tu indignación como para aceptar los vestidos nuevos?

—Creo que no puedo hacer gran cosa cuando ha quemado mis vestidos —replicó ella en tono airado—. Me convertiría en una prisionera de este dormitorio, no ya de la casa, si no aceptara los vestidos nuevos, ¿verdad?

Él hizo una mueca de disgusto.

—No estás prisionera aquí, Caro. Solo se trata de que tengas la precaución de que te acompañen si quieres salir.

—¡Ni siquiera sé dónde es «aquí»! —exclamó ella en tono cáustico.

—Blackstone House está en Mayfair. En cuanto estés vestida y la modista se haya marchado, estaré encantado de llevarte a dar un paseo en mi carruaje.

—¿Acompañada por la doncella que no tengo? —preguntó ella.

—Se supone que somos primos, Caro —le recordó él con ironía—. Sería una tontería darle tanta importancia a las apariencias.

—Entonces, si me manda a la modista, me encantaría ir de paseo.

Su tono era casi tan autoritario como el de la tía Gertrude de Osbourne. Otra prueba, por si él la necesitara, de que Caro Morton estaba acostumbrada a dar órdenes y a que sus sirvientes las obedecieran.

Cruzó la habitación y volvió a quedarse junto a su cama.

—Caro, ¿no has pensado en la posibilidad de que podría ser más... solícito si no me desafiaras constantemente?

—Lo he pensado, milord, pero lo he descartado

inmediatamente —lo miró con una expresión desafiante—. Va contra mi forma de ser.

Él no pudo contener una risotada mientras la miraba con admiración. Nunca se aburría en compañía de Caro... ¡aunque no estuviera seduciéndola!

—Me ocuparé de que traigan el carruaje dentro de una hora.

Le inclinó levemente la cabeza y se marchó. Ella se quedó inmóvil durante varios minutos. Se había quedado sin aliento por la transformación de su rostro cuando se rio. Los ojos plateados habían brillado con calidez y se habían arrugado por las esquinas y esos labios tallados habían dejado ver toda la blancura de sus dientes. Hasta la cicatriz de la mejilla se había suavizado. Todo ello le había dado un atractivo tan devastador que la había dejado sin respiración.

—Relájate, Caro.

Estaba sentada al lado de él, quien manejaba las riendas de su calesa y dirigía a sus dos caballos favoritos por el soleado parque.

—Mañana a estas horas, toda la sociedad estará ansiosa por saber quién era la hermosa joven que paseaba por el parque con Blackstone.

Además, parecía una auténtica dama con el vestido rosa, el tocado a juego que dejaba ver algunos rizos dorados y las manos cubiertas por unos guantes de color marfil.

—Quedarán muy defraudados cuando se enteren de que solo es tu prima viuda y arruinada que ha llegado del campo. Además, no me apetece nada que la sociedad de Londres hable de mí.

Ya era un poco tarde para eso. Estaba seguro de que los caballeros de la alta sociedad, como mínimo, habían hablado con avidez de la mujer enmascarada que había cantado en Nick's. Aunque ninguno de esos hombres la identificaría con la rubia recatada que iba sentada junto a él. Algunos de esos caballeros ya lo habían saludado al cruzarse sus carruajes y no habían mostrado ningún indicio de haberla reconocido cuando miraron con admiración a la belleza que llevaba a su lado.

—Una mujer hermosa, esté arruinada o no, siempre es motivo de habladurías en la alta sociedad.

Ella lo miró y notó la facilidad con la que dominaba a los impetuosos caballos y los llevaba a un tranquilo trote. También se había fijado en las miradas de admiración que le habían dirigido todas las mujeres de los demás carruajes antes de mirarla a ella con frialdad por estar sentada al lado del cotizado conde de Blackstone.

Llevar un vestido bonito y pasear por Londres en un elegante carruaje con un hombre apuesto y algo pícaro siempre había sido unos de sus sueños. Sin embargo, en su sueño, ese hombre estaba totalmente deslumbrado por ella, algo que nunca le pasaría a Dominic. Las circunstancias en las que se conocieron no fueron las ideales ni mucho menos, pero si lady Caroline Copeland y lord Dominic Vaughn, conde de Blackstone, se hubiesen conocido en una sala muy elegante de Londres, él se habría portado más discretamente con ella. Como en ese momento no era lady Caroline Copeland, el conde se portaba con más despreocupación.

—Creo que me gustaría volver a Blackstone House si no te importa —le pidió ella en un tono algo tenso.

Él la miró y frunció ligeramente el ceño al ver que tenía la cabeza gacha, algo muy impropio de ella.

—Hay una manta a tu lado si tienes frío.

—No tengo frío. Es que prefiero volver —replicó ella con una voz delicada, ronca y firme.

Él sujetó las riendas con la mano derecha y le levantó la barbilla con la izquierda para poder verle la cara.

—¿Estás a punto de llorar? —preguntó él con incredulidad.

—¡Claro que no! —exclamó ella apartando la cara—. Solo quiero volver a casa, eso es todo. A Blackstone House, quiero decir, naturalmente —añadió ella.

Él había entendido lo que había querido decir. Era curioso que durante todos los años que llevaba siendo del conde de Blackstone, nunca había considerado que ninguna de sus residencias o posesiones fuesen su casa, algo bastante natural cuando todas le recordaban a sus padres, quienes murieron cuando él tenía doce años. Además, esos recuerdos iban acompañados por la pesadilla del papel que tuvo él en sus muertes. Recuerdos que normalmente mantenía bien a raya, pero que lo habían perseguido durante las últimas horas.

—Claro —Dominic asintió con la cabeza y dio la vuelta a la calesa—. A lo mejor quieres retirarte a descansar en tu dormitorio antes de cenar.

—Estoy aburrida de pasear por el parque, Dominic, ¡no estoy débil y achacosa!

Él sonrió cuando ella contestó con su vehemencia habitual y sin rastro de lágrimas en su mirada enojada.

—Te aseguro, Caro, que no te habría traído a pasear conmigo si me parecieras débil y achacosa.

—¿Solo permites que las mujeres que consideras hermosas se monten en tu calesa? —preguntó ella mirándolo con una mueca despectiva.

Él quiso borrarle esa mueca con un beso. ¡Llevaba queriendo besarla desde que apareció en las escaleras con ese vestido y ese tocado rosas!

—Ninguna mujer, hermosa o no, había paseado por el parque conmigo en mi calesa —reconoció él después de un momento de silencio.

—¿Debería sentirme halagada? —preguntó ella con curiosidad.

—¿Lo estás?

—En absoluto —contestó ella con su petulancia habitual—. Tu reputación, entre los caballeros de la alta sociedad al menos, ganará muchos puntos si creen que por la noche tienes a la mujer de la peluca negra de Nick's en tu cama y por el día paseas en tu calesa con una dama de pelo dorado.

Él la miró con un brillo burlón en los ojos.

—Efectivamente... —concedió él.

Los ojos de Caro dejaron escapar un destello.

—Eres... ¡Dominic un perro va a meterse delante del carruaje!

Lo agarró del antebrazo mientras un animal peludo y blanco corría directamente hacia los cascos de los caballos seguido por una chica con sombrero de paja a la que parecía importarle su integridad física tan poco como al perro. Consiguieron esquivar por muy poco a los caballos encabritados y fueron desapareciendo entre los árboles sin siquiera mirar a los ocupantes del carruaje. Dominic tardó unos minutos en serenar a los caballos y, cuando los dos desaparecieron completamente, ella se quedó con la asombrosa sensación de que esa chica con sombrero de paja se parecía mucho a Elizabeth, ¡su hermana pequeña!

Siete

—Simpson, por favor, lleva brandy a la biblioteca —le pidió Dominic al mayordomo.

Estaba agarrando con firmeza el brazo de Caro porque no sabía si se desmayaría si la soltaba. El incidente del parque había sido escalofriante, pero, aun así, le había sorprendido que ella se quedara tan pálida y temblorosa una vez pasado. ¡Y seguía pálida y temblorosa!

—Enseguida, por favor —insistió al mayordomo.

Agarró con más fuerza el brazo de Caro, la llevó a la biblioteca y cerró la puerta. La llevó con delicadeza al lado de la chimenea y la sentó en una butaca. Normalmente, estaría impaciente ante una mujer con un ataque de nervios. Sin embargo, había presenciado su entereza cuando aquellos tres jóvenes los acosaron, cuando se vio metida en la trifulca y cuando Osbourne recibió la paliza de los cuatro matones y le preocupaba que un incidente casi insignificante como el del parque la hubiese dejado temblando.

Se agachó junto a la butaca y puso una mano sobre sus manos temblorosas.

—No ha pasado nada, Caro. Es más, creo que esa chica ni siquiera se ha dado cuenta de que ha estado a punto de provocar un accidente.

La chica que le había recordado tanto a su hermana Elizabeth... Porque no podía ser Elizabeth, ¿verdad? Esa chica morena con un sombrero de paja no podía haber sido Elizabeth porque estaba a salvo en Shoreley Hall con su hermana Diana. Llevaba recordándoselo desde hacía unos diez minutos, el tiempo que había tardado Dominic en volver a Blackstone House, el tiempo que estuvo mirándola con el ceño fruncido por lo que consideraba una reacción desproporcionada a un accidente que no había sucedido. Una suposición que ella no se atrevía a desmentir para que no le preguntara qué la había alterado de verdad. Retiró las manos de debajo de la de él.

—No seas pesado, Dominic. ¡Te aseguro que ya estoy completamente repuesta!

Él se incorporó, se acercó a la chimenea, apoyó un brazo en la repisa y se quedó mirándola. Esa

Caro impertinente se parecía mucho más a la que había conocido desde hacía dos días.

—Me alegro de oírlo.

Inclinó burlonamente la cabeza, con la esperanza de que no se le notara cuánto le había afectado a él el percance. Era casi imposible, después de todo lo que había pasado durante las últimas doce horas, que no le hubiese recordado inmediatamente al accidente con un carruaje en el que murió su madre hacía dieciséis años y que acabó matando a su padre dos días después. Sobre todo, cuando había alterado tanto a Caro.

—Gracias, Simpson.

El mayordomo había entrado y había dejado la bandeja con una frasca de brandy y dos copas en la mesa que había en el centro de la habitación.

—Espero que la señora Morton se encuentre mejor, milord.

El comentario lo dirigió a Dominic, pero el hombre miró con preocupación a Caro, quien estaba sentada, pálida e inmóvil, junto al fuego. Ella le sonrió.

—Ya estoy bien, gracias, Simpson —respondió ella mientras se quitaba el tocado sin dejar de sonreír con afecto.

Él lo escuchó sin salir de su asombro. ¿Cuándo había conseguido ella engatusar a su mayordomo? Era una hombre mayor y tan rígidamente correcto que corría el riesgo de cortarse con el borde del cuello de la camisa.

—Puedes retirarte, Simpson —le despidió él en un tono algo cortante.

Caro esperó a que los dos estuvieran solos.

—Dominic, creo que tus sirvientes estarían más felices con su trabajo si los trataras con un poco más de cortesía.

—¿Puede saberse qué sabes tú sobre la felicidad de los sirvientes? —él decidió atacar en vez de defenderse y vio con satisfacción que ella se sonrojaba—. A no ser, naturalmente, que seas una sirviente...

—¿Y si lo fuera? —preguntó ella levantando la barbilla.

Entonces, se quedaría sorprendido, muy sorprendido.

—Caro, algún día sabré la historia de tu pasado —le avisó él con delicadeza, mientras servía brandy en las dos copas.

—Dudo mucho que le parezca mínimamente interesante, milord.

Él se acercó para entregarle una de las copas.

—A mí me parece que sí...

Ella, en vez de replicar, dio un sorbo y abrió los ojos como platos cuando el líquido le abrasó la garganta y la dejó sin respiración.

—Dios mío... —susurró ella con un hilo de voz.

Él la miró con un brillo burlón en los ojos.

—Por lo que veo, no habías bebido brandy...

Ella dejó la copa en la mesilla que tenía al lado.

—Es espantoso, ¡asqueroso!

—Creo que es cuestión de aprender a apreciarlo —replicó él dando otro sorbo.

Ella se estremeció un poco por el fuego que seguía sintiendo en el estómago.

—Te aseguro que yo no pienso aprenderlo.

—Me alegro de oírlo —él sonrió—. No hay nada menos atractivo para un hombre que una mujer ebria.

—¿De verdad? —ella arrugó la nariz—. ¿En qué sentido?

—Da igual. ¿Prefieres un té?

—No hace falta. ¿Juegas?

Había podido echar una ojeada a la habitación mientras hablaban y había visto un tablero de ajedrez en una mesa junto a la ventana.

—¿Juegas tú? —preguntó él mirando hacia donde había mirado ella.

—Un poco.

—¿De verdad? —preguntó él arqueando las cejas.

—Parece como si no me creyeras —contestó ella con un brillo desafiante en los ojos.

—Según mi experiencia, las mujeres, normalmente, no juegan al ajedrez.

—Entonces, no seré una mujer normal porque creo que juego bastante bien.

Él sabía que no era una mujer normal porque no había dejado de sorprenderlo desde que la conoció.

—¿Quieres jugar una partida antes de cenar? —lo desafió despreocupadamente.

—Creo que no —él hizo una mueca de disgusto—. Me enseñó un gran maestro.

Ella, como campeona indiscutible de su casa, incluyendo a su padre, no dudaba en poner a prueba su destreza ante Dominic Vaughn o quien fuese. Estaba segura de jugar lo suficientemente bien como para no hacer el ridículo. Se levantó y fue hasta el tablero de ajedrez. Las piezas parecían talladas de mármol blanco y negro y el tablero estaba incrustado con el mismo mármol. Miró a Dominic, quien seguía junto a la chimenea.

—¿Seguro que no te niegas a jugar contra mí solo porque soy mujer?

—En absoluto —contestó él—. Es que prefiero jugar contra un oponente que me parezca que está a mi altura en el juego.

—¿Cómo sabes que no lo estoy si no hemos jugado el uno contra el otro? —preguntó ella con los ojos muy abiertos.

—Que hayas jugado contra tu niñera no te pone a la altura de un campeón.

—¡Está dando muchas cosas por supuestas, señor!

—¿Por tu juego o por la niñera?

—¡Por las dos cosas! —ella sabía muy bien que él estaba empeñado en saber más cosas de su pasado—. Sin embargo, ya que es un caballero de la alta sociedad, quizá le parezca más interesante si le propongo una apuesta.

—¿Qué tipo de apuesta? —preguntó él con cautela.

—¿Ha avanzado algo en sus indagaciones sobre el ataque a lord Thorne?

La expresión de Dominic fue más cautelosa todavía.

—Espero recibir alguna noticia a lo largo del día.

—Pero no está seguro.

—En este momento, no —contestó él con los labios apretados.

—Entonces, si gano, me gustaría que me buscara otro alojamiento enseguida.

—¿Por qué? —preguntó él con los ojos entrecerrados.

—No tengo que dar un motivo, milord, solo tengo que decir lo que apuesto —replicó ella en tono remilgado—. Y si usted gana...

Ella contuvo el aliento porque no sabía si se habría metido en un terreno resbaladizo. Parecía completamente convencido de ganar una partida de ajedrez entre ellos, pero ella ya no podía echarse atrás. Se lo debía a las demás mujeres que jugaban al ajedrez, ¡tenía que defender su dignidad contra la intolerancia masculina! Además, estaba deseando salir de Blackstone House y alejarse del turbador lord Dominic Vaughn.

—Diga qué apuesta, milord.

—Dominic.

—¿Eso es lo que apuesta? —preguntó ella con los ojos como platos.

—Eso solo es una petición al margen, Caro, no la apuesta en sí. No creo que te cueste mucho, ¡no te cuesta nada llamarme Dominic antes de arrojarte en mis brazos!

Esos ojos plateados se rieron abiertamente de ella y Caro se puso roja como un tomate porque no sabía con certeza a qué ocasión se refería.

—Muy bien, di tu apuesta... Dominic.

Él pareció pensárselo.

—Me dirás algo sobre ti misma, sobre quién eres de verdad.

Lo miró con cautela. Sabía que jugaba bien al ajedrez, pero no podía desdeñar la seguridad de Dominic. Estaba tan seguro que ni siquiera había intentado discutir lo que pediría ella si ganaba. Nunca había pensado decirle nada sobre quién era de verdad, ni en ese momento ni en el futuro. Sin embargo, tampoco pensaba dejarle que ganara esa partida de ajedrez.

—Muy bien, acepto.

Dominic se dejó caer contra el respaldo de la silla con expresión de aburrimiento. Estaba seguro de que estaba desperdiciando su tiempo y el de ella con esa partida que acababan de empezar.

Al cabo de unos movimientos, supo que la victoria no iba a ser tan fácil. La apertura de Caro había sido muy inusitada y él la había atribuido a su falta de experiencia, pero en ese momento, mientras analizaba la situación en el tablero, comprobó que si la partida seguía por ese camino, ella le daría jaque en tres movimientos.

—Muy buena... —murmuró él mientras alejaba al rey del peligro.

Ella pudo comprobar que Dominic, en vez de dejarse caer contra el respaldo despreocupadamente, estaba totalmente concentrado en la partida.

—A lo mejor ya podemos jugar en serio...

El corazón le dio un vuelco cuando él levantó

la mirada y le sonrió. Fue una sonrisa sincera y cálida, que no tenía nada de burlona ni desdeñosa, como solía ser, y que, en cambio, daba un aire de encanto juvenil a la austeridad severa de su rostro.

—Estoy deseándolo, Caro —comentó él concentrándose otra vez en el tablero.

Mabel, la doncella, había ido a avivar el fuego de la chimenea y Simpson había encendido varias velas, pero ninguno de los jugadores se dio cuenta de su presencia. Para Caro se había convertido en algo más que una partida de ajedrez, había llegado a representar la desigualdad de la relación que había entre ellos dos. Una desigualdad que no habría existido entre lord Dominic Vaughn y lady Caroline Copeland, pero que sí existía entre lord Dominic Vaughn y Caro Morton. Por eso, se había convertido en algo más que una partida y jugaba con una decisión apasionada para no perder. Algo que Dominic supo cuando vio su rostro arrebolado y decidido. Tenía los ojos más verdes que nunca y el arrebol daba color a sus mejillas, que eran blancas como la porcelana, y al arranque de los pechos. Los pezones rosados también tendrían un color más intenso y quizá se hubiesen endurecido y anhelaran que él...

141

—¡Jaque! —exclamó Caro sin disimular la emoción.

Dominic prefería seguir pensando en los pechos de Caro, pero movió la pieza y la puso a salvo. Ella arrugó la frente por el fastidio, aunque la alisó mientras hacia el siguiente movimiento.

—Jaque.

Dominic analizó el tablero unos segundos.

—Creo que podemos seguir así indefinidamente y que deberíamos decidir que la partida queda en tablas.

Ella lo miró con unos ojos burlones.

—Salvo que te rindas.

—O te rindas tú.

—No pienso.

—Entonces, quedaremos en tablas —insistió él—. Esperemos que mañana gane alguien.

—Podríamos volver a jugar ahora...

—Es la hora de la cena, Caro.

Él miró el reloj que había en la repisa de la chimenea y le sorprendió comprobar que habían pasado dos horas desde que empezaron la partida. También le sorprendió darse cuenta de lo mucho que había disfrutado durante esas dos horas. Ella no había hablado mientras jugaba, pero no fue un silencio incómodo, sino que, pese a que estaban uno enfrente del otro, había sido un silencio placentero... pero él no era un hombre que se dejase arrastrar mansamente junto a la chimenea por ninguna mujer, decidió mientras se levantaba bruscamente. ¡Y menos por una mujer que se negaba a contarle nada sobre quién era de verdad!

—¿Esto significa que los dos renunciamos a ganar la apuesta o que ninguno renuncia? —preguntó ella.

Él entrecerró los ojos mientras la miraba levantarse elegantemente.

—Las tablas deberían dar a entender que ninguno renuncia —contestó él—. Como es tarde, propongo que no nos cambiemos para cenar.

—Perfecto —ella se dirigió hacia la puerta—. Tengo un hambre voraz.

Él se rio pese a lo que había pensado sobre la vida doméstica.

—¿Nadie te ha dicho que las damas deberían tener el apetito y la delicadeza de un gorrión?

—Si me lo han dicho, lo he olvidado.

Salieron de la biblioteca y recorrieron el pasillo hasta llegar al pequeño comedor iluminado por candelabros y con otra chimenea encendida.

—Supongo que, con tal de llevarme la contraria, me demostrarás que tienes el apetito y la delicadeza de un águila.

Dominic le apartó la silla y se quedó un rato

más del estrictamente necesario para disfrutar del perfume floral de su pelo. Ella lo pensó un instante mientras se ponía la servilleta sobre el regazo. Que ella recordara, no había comido nada en todo el día.

—Quizá, como un cuervo.

Enseguida se dio cuenta de lo mala que era la comparación cuando el color del pelo de Dominic le recordaba el ala de un cuervo. Él se rio ligeramente y se sentó enfrente de ella. La mesa era pequeña y redonda, no tanto como para que se tocaran las rodillas, pero sí lo suficiente como para crear un ambiente que ella habría preferido que no existiera. No hizo caso a Dominic y sonrió a Simpson cuando entró con una sopera y empezó a servir el primer plato. Era una sopa de berros deliciosa y le gustó tanto que el mayordomo le sirvió otro plato.

—Efectivamente, como un águila...

Él lo murmuró tan bajo que solo ella pudo oírlo. No dijo nada, pero hizo una mueca de fastidio y le dio una patada en la espinilla, aunque, como solo llevaba un zapato sin suela, lo más probable era que se hubiese hecho más daño ella del que le había hecho a él. Él se alegró para sus adentros de que ella no disimulara su apetito. Había pasado demasiadas noches con mujeres que picoteaban la comida y que, al hacerlo, le quitaban el apetito. Caro, en cambio, se comió con las mismas ganas el plato de pescado, la carne asada con hortalizas y el postre de chocolate. Él se quedó mirándola en vez de intentar comerse su postre.

—A lo mejor también quieres comerte el mío... —le ofreció él mientras le acercaba el cuenco con el postre intacto.

A ella se le iluminaron los ojos antes de negar con la cabeza y a regañadientes.

—No debería...

—Me temo que ya es un poco tarde para que demuestres tener la delicadeza de una dama.

Él lo dijo en tono de broma mientras dejaba el cuenco delante de ella y se levantaba para servirse una copa de brandy. Volvió a sentarse y la observó mientras daba vueltas al licor dentro de la copa. Enseguida se dio cuenta de que tenía las mejillas sonrosadas.

—Naturalmente, me refería a la comida...

Ella se sonrojó más.

—Si vas a volver a comportarte sin la más mínima caballerosidad...

—No sabía que, para ti, hubiese dejado de hacerlo—replicó él arqueando la cejas con un gesto burlón.

Efectivamente, quizá no lo hubiese hecho, pero

había habido una especie del tregua durante la partida de ajedrez. Incluso, le había parecido captar cierto respeto ceñudo en sus ojos plateados cuando la partida terminó en tablas.

—¿Qué vamos a hacer el resto de la noche? —preguntó ella para hablar de algo más seguro.

—Yo, mi querida Caro, voy a salir...

—¿A salir? —ella frunció el ceño después de mirar el reloj dorado que había en la repisa de la chimenea—. Son casi las once.

Él asintió con la cabeza.

—Si Nick's estuviese abierto, tú todavía tendrías que actuar otra vez.

Era verdad, pero había pasado casi todo el día dormida y no quería retirarse a su dormitorio todavía.

—¿Vas a ir a ver a lord Thorne? Si es así, a lo mejor podría acompañarte.

—No a las dos cosas, Caro.

La partida de ajedrez lo había tenido absorto y había disfrutado mucho con la cena, pero no había dejado de pensar en que no había recibido la noticia que estaba esperando sobre Nicholas Brown y que no le quedaba más remedio que investigar por su cuenta.

—Ya he visitado hoy a Osbourne y no sería bien recibido si volviera a estas horas —la señora

Gertrude Wilson no lo consentiría—. Aparte, no puedes acompañarme a donde voy a ir.

—Ah...

Él arqueó una ceja cuando comprobó que ella se había sonrojado.

—¿Ah...?

Ella frunció el ceño por el enojo que sintió con su ingenuidad y con Dominic Vaughn. Que él la besara cuando le apetecía no quería decir que no tuviera otra mujer con la que pasar la noche de vez en cuando, que no fuera a salir dentro de unos minutos para pasar el resto de la noche en la cama de esa mujer. Le sorprendió que solo pensarlo le pareciera tan desagradable. Se dio cuenta, con fastidio, de que esa tarde había estado a gusto con Dominic. Los desafíos verbales, la partida de ajedrez, incluso sus bromas sobre su apetito... En ese momento, le parecía más que desagradable darse cuenta de que podría pasar la noche en la cama con una mujer desconocida. ¡Lo cual era completamente ridículo! Se levantó bruscamente.

—Entonces, con tu permiso, volveré a la biblioteca y buscaré un libro.

Él supo fácilmente lo que ella había pensado durante los últimos minutos, que se había imaginado que pasaría la noche en la cama de alguna mujer. Aunque le tentaba la idea porque hacía mucho tiempo que no se acostaba con una, no entraba entre sus planes para esa noche. Su destino inmediato no tenía nada que ver con una mujer, sino con visitar personalmente a Nicholas Brown.

—No me esperes, Caro. Creo que volveré tarde —replicó él antes de terminarse el brandy y de dejar la copa en la mesa.

Ella volvió a sonrojarse por la indignación.

—¡Como si me importara algo la hora a la que vuelves o si vuelves!

Él se rio en voz baja mientras se dirigía hacia la puerta.

—Que tengas buenos sueños, Caro.

—¡Lo serán siempre que no sueñe contigo!

Él se detuvo al llegar a la puerta y se dio la vuelta para mirarla.

—Dudo mucho que alguna vez tenga el dudoso honor de protagonizar el sueño de una joven —comentó él con ironía, antes de marcharse y cerrar la puerta.

No estuvo seguro, pero le pareció oír el ruido de un cristal al romperse al otro lado de la puerta.

Ocho

Dominic volvió al cabo de unas horas y no pudo evitar sonreír levemente cuando Simpson le abrió la puerta como si fueran las tres de la tarde, no de la madrugada.

—La señora Morton está en la biblioteca, milord.

Él se detuvo bruscamente en medio del vestíbulo y se volvió hacia el mayordomo.

—¿Puede saberse qué hace ahí todavía?

El mayordomo terminó de cerrar la puerta con llave y pestillo y también se volvió hacia Dominic.

—Creo que se ha quedado dormida mientras leía, milord. Parecía tan apacible que no he querido despertarla.

Él miró hacia la puerta de la biblioteca con expresión sombría y sin sentir los mismos reparos.

—Acuéstate. Yo me ocuparé de la señora Morton.

—Muy bien, milord —el mayordomo inclinó la cabeza—. Yo... creo que la señora Morton estuvo... disgustada, milord —añadió mientras Dominic se acercaba a la biblioteca.

Él tardó un poco más en darse la vuelta.

—¿Disgustada?

—Creo que estuvo llorando —contestó Simpson con expresión apenada.

¡Lo que faltaba! Lo que menos le apetecía esa noche era tener que lidiar con una mujer llorosa o, como solía ocurrir, tener que adivinar por qué lloraba. ¿Qué habría podido pasar para que la indómita Caro Morton llorara? ¿Se habría dado cuenta de que el peligro del que le había avisado era real cuando se quedó sola? Fuera lo que fuese, sintió una punzada muy desagradable al pensar en Caro sola y disgustada.

Entró en la biblioteca y la vio dormida en el sillón de orejas que había junto a la chimenea con un libro abierto sobre las rodillas. También pudo ver el inequívoco rastro de unas lágrimas en sus mejillas. Le impresionó lo joven y vulnerable que parecía cuando no tenía un brillo levantisco en los ojos y el rubor de rabia en las mejillas. Tan joven y vulnerable que se preguntó cómo habría podido sobrevivir la primera semana en Londres sin que le pasara nada. No porque se imaginara que habría sucumbido dócilmente, no hacía nada dócilmente, pero no tenía suficiente fuerza física para resistirse a un hombre sin escrúpulos y, al no tener un protector, habría sido una presa fácil para el perverso submundo de una ciudad como esa. Evidentemente, Caro tendría que agradecer que Drew Butler la protegiera físicamente durante la semana pasada al menos.

Además, si él hubiese necesitado alguna confirmación de que había hecho bien al tomarla bajo su protección, la había tenido cuando visitó a Nicholas Brown en su casa de Cheapside. Brown era el hijo bastardo de un noble y una prostituta. Aunque en ese momento daba la apariencia de ser un hombre adinerado, se había criado en las calles de Londres y era tan desalmado como cualquiera de los desalmados que pululaban por esas calles oscuras. Así había levantado un lucrativo emporio empresarial, que muchas veces satisfacía los excesos menos respetables de la alta sociedad.

En realidad, Nick's había sido el salón de juego más respetable de los tres que tenía. A los pocos minutos de que le permitieran entrar en casa de Brown, este había tenido el descaro de ofrecerle que la mujer enmascarada cantara en alguno de sus clubs hasta que Nick's volviera a abrir. Una oferta que él rechazó sin dudarlo. Se estremeció al verla apaciblemente dormida y pensar que pudiera estar expuesta al lascivo mundo de Nicholas Brown. Al mismo tiempo, temió que Brown, quien tenía espías por todo el submundo de Londres, supiera que la joven que se alojaba en su casa como una prima viuda era en realidad la mujer enmascarada...

Brown no había dado ningún indicio de que lo supiera, pero sí había negado haber oído algún rumor o habladuría sobre el ataque a Nathaniel Thorne y eso era muy sospechoso. Brown sabía todos los secretos del hampa de Londres. Él, como el soldado y oficial que había sido, se había retirado solo para decidir cuál era la mejor manera de lidiar con él.

Sin embargo, antes tenía que ocuparse de llevar a Caro a su cama. Su expresión se suavizó cuando recogió el libro y lo dejó en la mesilla, antes de agacharse y tomarla en brazos. Ella se agitó un poco, le rodeó el cuello con los brazos y un leve suspiro y apoyó la cabeza en su hombro. A pesar del apetito que había demostrado tener antes, no pesaba casi nada y subió las escaleras sin esfuerzo. Cuando entró en su dormitorio, la chimenea estaba encendida y las velas que había sobre el tocador iluminaban la habitación. La dejó sobre la colcha de la cama con la intención de dejarla ahí, pero ella seguía agarrándolo con fuerza del cuello y no pudo incorporarse.

—Suéltame, Caro —le pidió con delicadeza.

Ella lo agarró con tanta fuerza que tuvo que sentarse en el borde de la cama. Como no tenía la más mínima intención de quedarse en una postura tan incómoda durante el resto de la noche, no le quedaba más remedio que despertarla, aunque sabía que se indignaría cuando se diera cuenta de que la había llevado a la cama.

—Despiértate, Caro.

Ella arrugó deliciosamente la nariz y la frente antes de abrir muy despacio los párpados y mirarlo con unos ojos verdes como el mar y somnolientos.

—Dominic...

—¿Esperabas a otra persona? —preguntó él en tono burlón.

Ella se quedó inmóvil y supo, por la luz de las velas y el silencio, que tenía que ser muy tarde. Entonces, ¿qué hacía Dominic en su dormitorio y cómo había llegado ella hasta allí? Lo último que recordaba era que estaba leyendo junto a la chimenea de la biblioteca...

—Te quedaste dormida y te he traído a la cama —le explicó él al captar su desconcierto.

Sin embargo, ¡eso no explicaba por qué estaba todavía ahí! Ni por qué lo agarraba del cuello y le acercaba la cara a la de ella... Le soltó el cuello aunque dejó las manos en sus hombros.

—Has sido... muy amable.

—Creo que los dos sabemos que la amabilidad no entra en mi forma de ser —replicó él con una sonrisa implacable.

No podía estar de acuerdo cuando la había salvado una y otra vez de peligros que ella no sabía que existían cuando se marchó de Hampshire para embarcarse en una aventura que había creído que sería maravillosa... y había dejado a dos hermanas y todo lo que le resultaba familiar en la vida. Fue como una revelación cuando vio a esa chica que le había recordado tanto a su hermana Elizabeth. Daba igual que no hubiese sido su hermana, pero la familiaridad y la partida de ajedrez, que le recordó todas las que había jugado con su padre, habían bastado para despertarle una añoranza muy dolorosa cuando se quedó sola, una añoranza por su casa y su familia. Él frunció el ceño al captar los sentimientos que se reflejaban en su expresivo rostro.

—Simpson cree que has estado... disgustada mientras yo estaba fuera.

Ella cambió de expresión, frunció el ceño, retiró las manos de sus hombros y se apartó unos rizos de la cara.

—Si lo he estado, te aseguro que no ha tenido nada que ver con tu ausencia.

¡Esa se parecía más a la Caro con la que estaba acostumbrado a lidiar!

—Entonces, ¿con qué?

En ese momento, le pareció más enojada que disgustada.

—¿Tiene que haber un motivo?

Cuando se trataba de esa mujer, sí. Él no creía que fuese el tipo de mujer que lloraba sin un buen motivo. Como tampoco creía que el orgullo fuese a permitirle revelar el motivo de sus lágrimas.

—¿Acaso los acontecimientos de los días pasados te han resultado más perturbadores de lo que creíste en un principio?

—Creo que habrían hecho llorar a cualquier mujer sensible —contestó ella cortantemente.

Y demasiado deprisa para convencerlo de que la excusa que él le había puesto en bandeja fuese el motivo de su disgusto. Sin embargo, la firmeza de su expresión le indicó que no iba a darle otra explicación.

—Debería dejarte para que te acostaras.

—Deberías —confirmó ella.

Sin embargo, ella siguió tumbada sobre las almohadas y él sentado en el borde de la cama. Estaba sombrío y apuesto a la luz de las velas y la cicatriz de la mejilla hacía que su rostro tuviese una belleza más bárbara e implacable. Era una cicatriz irregular, como si hubiese sido una herida profunda.

—¿Qué pasó?

Ella acabó cediendo al deseo de pasarle la yema de los dedos por la cicatriz. Él apretó los dientes, pero no se apartó.

—Caro...

—Cuéntamelo, por favor.

—Fue un sable francés —dijo él entre dientes.

Caro abrió los ojos como platos antes de mirar otra vez la cicatriz.

—No parece el corte limpio de una espada...

Él se encogió de hombros bastante alterado por el delicado contacto de sus dedos.

—Eso es porque no me cosí muy bien la herida.

Caro volvió a abrir los ojos como platos.

—¿Te la cosiste tú mismo?

—Era una batalla atroz, había muchos heridos y los médicos estaban demasiado ocupados con hombres gravemente heridos o que estaban muriéndose.

—Pero...

—Caro, es tarde... ¿Puede saberse...?

Él no terminó la frase, se quedó atónito cuando ella se sentó y le besó la cicatriz.

—¿Puede saberse qué estás haciendo?

La agarró de los brazos y la alejó mirándola con el ceño fruncido. Ella no hizo caso de su furia ni de que la agarrara de esa manera. Estaba demasiado conmocionada por esa herida que se había cosido él mismo. Además, se la habría cosido sin ayuda de alcohol, que le habría aliviado el dolor, pero también le habría alterado el juicio. Se estremeció solo de pensarlo.

—¡La guerra es una barbaridad!

—También lo es la tiranía —replicó él con una sonrisa amarga.

Caro recordó que ese hombre, que en esos momentos parecía un hombre elegante y disoluto, había sido un soldado y un oficial responsable de otros hombres y que todos habían luchado para mantener a Inglaterra a salvo de las codiciosas manos de Napoleón. Volvió a mirarle la cicatriz que todos los días le recordaría los sufrimientos y privaciones de esa guerra larga y sangrienta.

—Fuiste un héroe.

—¡No intentes ensalzarme, Caro!

Él se levantó bruscamente con la mandíbula apretada y mirándola con el ceño fruncido. Al hacerlo, no pudo evitar fijarse en que los pechos le sobresalían por encima del vestido al haberse apoyado en los codos y en que varios rizos se le habían escapado de las horquillas y le caían por los hombros desnudos. Su excitación era insoportable y lo único que quería era tumbarla, despojarla de la ropa y poseerla sin compasión.

—No soy, ni seré nunca, el héroe de una mujer —añadió él con aspereza.

Ella tragó saliva a captar el deseo desatado que brillaba en sus ojos plateados. Supo instintivamente que casi no podía dominarse, que si ella decía la palabra equivocada, él perdería el control. Tenía los sentimientos tan a flor de piel por todo lo que había pasado esos días que le complació la idea de que él perdiera ese dominio de sí mismo que intentaba mantener con tanto esfuerzo. Se humedeció los labios con la punta de le lengua.

—La cicatriz de tu cara dice otra cosa, Dominic.

Él sabía que a casi todas las mujeres les espantaba la cicatriz que le recorría la cara desde el ojo hasta la mandíbula. Caro ya le había dicho que no le espantaba, pero él también sabía que no era como las demás mujeres que había conocido... Tenía que marcharse, tenía que alejarse de Caro inmediatamente. Sin embargo, hubo algo en su expresión que lo retuvo. Quizá fuesen esos ojos ver-

des como el mar, el rubor de sus mejillas, la delicadeza de los labios separados...

—¡Deberías decirme que me marchara, Caro!
—exclamó él, aunque se acercó a la cama y la
puso de rodillas mirándola con agresividad—. Si
llego a saber que estás casada...

—No... lo estoy —balbució ella.

Era exactamente lo que necesitaba oír. La besó
impetuosamente en la boca. Ella sintió una oleada
abrasadora mientras la besaba sin tregua ni delicadeza, mientras la estrechaba contra su cuerpo
pétreo y no le permitía pensar. Solo pudo aferrarse
a sus hombros. En esos momentos, solo existía
Dominic, la voracidad de sus labios y su cuerpo
duro e inflexible, sus manos cálidas que le acari-
ciaron la espalda hasta tomarle el trasero y la levantaron para restregarla contra sus muslos con un
gruñido que le brotó de lo más profundo de la garganta.

Caro se derritió por dentro al notar la erección
dura, ardiente y palpitante que hizo que se le endurecieran los pechos y se humedeciera entre los muslos. La pasión fue más intensa todavía cuando le
tomó un pecho con una mano, antes de bajarle la
tela y tomarle el pezón entre el índice y el pulgar.
Dejó escapar un gemido gutural porque esas caricias rozaban el límite entre el placer y el dolor

mientras se arqueaba y la boca de él seguía devorando la suya. Introdujo la lengua, despacio al principio y vorazmente después, al mismo ritmo que le acariciaba el pezón...

—¡No!

Dominic separó la boca súbitamente con un brillo de rabia en los ojos mientras le ponía el vestido en su sitio y se apartaba de ella. Ella se sintió atónita, desorientada, dolida por su repentino rechazo.

—Dominic...

—Podrán acusarme de muchas cosas, Caro, y estoy seguro de que soy culpable de la mayoría, pero, casada o no, no voy a añadir a la lista el haber seducido a una mujer indefensa que está invitada en mi casa, aunque me haya inducido a ello.

¿Podía llamarse seducción cuando ella había participado tan deseosamente, cuando todavía anhelaba el contacto de sus manos y sus labios, cuando temblaba solo de pensarlo? Cuando lo que había dicho él demostraba que ella lo sabía... Miró el rostro pétreo e inexpresivo de Dominic y supo que el momento de locura había pasado, al menos, para él. Solo le quedaba salvar algo de su orgullo.

—¡No te induje a que me sedujeras, Dominic!

—Induces a la seducción con cada mirada y con cada palabra que dices.

—¡Eso es injusto!

Efectivamente, todavía lo anhelaba, pero solo tenía que mirarlo para ver su erección bajo los pantalones.

—¿De verdad?

Dominic entrecerró los ojos y la miró de arriba abajo sin piedad. Lo había tentado, lo había seducido solo con su presencia. Tanto que creía que no podría seguir una noche más con ella bajo el mismo techo y conservar el honor.

—Volveremos a hablar de esto mañana por la mañana.

—Yo... ¿de qué hay que hablar? —preguntó ella desconcertada.

Él entrecerró más los ojos hasta que solo quedó un destello plateado.

—Como he dicho, la mañana llegará enseguida...

—¡Yo preferiría hablar ahora! —exclamó ella con un brillo desafiante en los ojos.

Un desafío que él no iba a aceptar. Había sido oficial del ejército durante cinco años, había sido el responsable de las vidas y de la disciplina de docenas de hombres. Esa mujer tan menuda no iba a impresionarlo por su genio.

—He dicho que la mañana llegará enseguida, Caro —repitió él sin inmutarse.

Ella se puso roja.

—Estoy empezando a cansarme de tu arrogancia, Dominic.

—Entonces, esperemos que no tengas que soportarla mucho más —replicó él con una sonrisa granítica.

Caro esperó que eso significara que iba a sacarla de Blackstone House tan deprisa como los dos querían; creía sinceramente que no podía seguir allí con él durante mucho más tiempo.

Se dejó caer en la cama en cuanto Dominic se marchó del dormitorio y cerró la puerta con suavidad, pero las lágrimas que le cayeron fueron por un motivo muy distinto a las de antes. ¿Qué tenía Dominic Vaughn que hacía que se sintiera tan descarada que prácticamente le había pedido que volviera a besarla y que le acariciara los pechos? Fuera cual fuese el motivo, sabía que corría un peligro muy grave de sucumbir a la tentación de esos besos y caricias si seguía mucho tiempo en Blackstone House.

—¿Crees que lord Vaughn bajará pronto?

Caro se lo preguntó al mayordomo a las nueve de la mañana, mientras desayunaba té y una tostada con mantequilla. Cuando Dominic se marchó de su dormitorio, había intentado dormir, pero no lo había conseguido después de haberse encontrado otra vez entre los seductores brazos del conde. Todos sus pensamientos podían resumirse en que le resultaba casi imposible seguir en Blackstone House bajo la protección de Dominic Vaughn.

—El señor desayunó y se marchó hace algún tiempo, señora Morton —contestó Simpson.

—¿De verdad? —preguntó ella con incredulidad.

—Sí, señora.

Se le cayó el alma a los pies. Le gustaba la magnificencia de Blackstone House y agradecía la consideración del servicio, pero la idea de tener que pasar sola toda la mañana era impensable y le recordaba la vida tediosa que había tenido que pasar durante veinte años en Shoreley Hall. Era extraño, pero solo llevaba dos semanas en Londres y, pese a algunos de sus comportamientos más indecorosos, había empezado a disfrutar tanto el poder hacer lo que quería que ya no soportaba la idea de que le restringieran así sus movimientos... y menos un hombre con unos sentimientos que no podía entender.

Sonrió al amble Simpson mientras él iba a ofrecerle más té y tostadas.

—¿El señor tiene otro carruaje que yo pueda usar?

Contuvo el aliento mientras esperaba a comprobar si Dominic había sido tan eficiente como de costumbre y había dejado instrucciones para limitar sus idas y venidas de Blackstone House. El mayordomo asintió con la cabeza.

—El señor dispone de cuatro carruajes cuando está en Londres, señora Morton.

El corazón se le aceleró.

—¿Crees que yo podría usar uno?

Simpson inclinó respetuosamente la cabeza.

—Si lo desea, me ocuparé de que tenga uno preparado cuando haya terminado de desayunar.

Ella soltó lentamente el aire e intentó disimular la sensación de felicidad. Dominic no había tenido tiempo de dar instrucciones para que no saliera sola de Blackstone House o, en su arrogancia, había decidido que no tenía que preocuparse de hacerlo. Naturalmente, no pensaba marcharse para siempre. No era tan necia y creía las advertencias de Dominic sobre los peligros que acechaban fuera de esas cuatro paredes, el ataque a lord Thorne era una prueba más que suficiente, pero un paseo en unos de sus carruajes conducido por uno de sus sirvientes tenía que ser más que seguro.

—Lo deseo, Simpson —le pidió con una sonrisa mientras se levantaba—. Es más, subiré inmediatamente para recoger el sombrero y los guantes.

Salió apresuradamente del comedor y subió las escaleras casi sin poder contener las ganas de salir de Blackstone House antes de que volviera Dominic y se lo impidiera.

Nueve

¿Había estado tan enfadado alguna vez en su vida? Creía que no. Hasta hacía tres días, desconocía completamente la existencia de Caro Morton y era feliz. En ese momento, después de haber pasado años dominando sus sentimientos, cuando no se encontraba excitado, se encontraba hechizado, pero la mayoría de las veces se encontraba furioso. Había vuelto a Blackstone House poco después de las diez y Simpson le había comunicado que Caro, aprovechándose de que él no estaba, se había marchado sin decir a dónde. Además, lo que era más insultante, ¡se había escapado en uno de sus carruajes!

Fue de un lado a otro del pasillo mientras esperaba a que volviera el carruaje y el cochero le dijera dónde la había dejado exactamente. Mientras iba de un lado a otro, repasaba cómo iba a castigarla por su imprudencia cuando diera con ella. Quería que le explicara exactamente qué había creído que estaba haciendo al exponerse de esa manera al peligro...

—Creo que la señora Morton piensa volver, milord.

Simpson lo comentó con discreción porque había comprobado claramente, desde hacía un rato, que el conde estaba más que disgustado por la desaparición de Caro. Dominic lo miró fijamente y con los ojos entrecerrados.

—¿Qué te hace pensar eso, Simpson?

El mayordomo se achantó ante el evidente enojo de su señor.

—Después de nuestra conversación de antes, me he tomado la libertad de pedirle a una doncella que fuese a comprobar el dormitorio de la señora Morton.

—¿Y...?

—Las cosas de la señora Morton siguen donde las dejó, milord —contestó Simpson con cierto alivio.

Que él supiera, sus cosas consistían en las pocas pertenencias que le quedaban después de que hubiese quemado sus vestidos y no creía que a Caro la importaran tanto como para volver por ellas. Al fin y al cabo, no había dudado en marcharse en cuanto había podido a pesar de sus advertencias. Quizá eso era lo que más lo desquiciaba, porque ella había dominado toda su vida desde que la conoció hacía tres días y eso no era nada agradable para un hombre que había decidido hacía mucho tiempo que ninguna mujer, ni la esposa que tendría que darle un heredero, dictaría cómo tenía que vivir y mucho menos se adueñaría de su vida como parecía haberse adueñado Caro por intentar protegerla.

Sin embargo, la situación con Nicholas Brown impedía que se librara de esa imposición por el momento, aunque estaba deseándolo. Que ella hubiese conseguido marcharse de Blackstone House sin compañía demostraba que alguien, uno de ellos dos, tenía que preocuparse de que no le pasara nada. Dejó escapar un suspiro de cansancio antes de replicar al mayordomo.

—Admiro tu optimismo, Simpson, pero me temo está injustificado en este caso. Me parece que a la señora Morton no le gusta la sociedad de Londres y ha decidido volver a su vida anterior.

Lo dijo con mucha cautela porque, independientemente de lo que pudieran pensar o decir sus sirvientes en privado, tenía que seguir dando a entender que Caro era su prima viuda.

Cuantas más vueltas le daba, menos creía que

se hubiese marchado sin despedirse de Drew Butler y Ben Jackson y él sabía que los dos estaban en Nick's supervisando las reparaciones.

—Creo que voy a volver a salir, Simpson — Dominic recogió el sombrero y el bastón—. Si la señora Morton vuelve durante mi ausencia...

—Le transmitiré su preocupación, milord — terminó el mayordomo mientras abría la puerta.

¿Preocupación? Él preferiría estrangularla, pensó mientras se montaba en la calesa. Siguió disfrutando con esa idea durante todo el tiempo que tardó en llegar a Nick's.

Antes se había precipitado, se dijo a sí mismo mientras entraba en el club de juego. ¡Ese era el momento en el que se sentía más enfadado! Una vez más, Caro era el motivo de que lo estuviera.

Como era normal a esa hora del día, el club parecía cerrado y vacío desde fuera, pero pudo oír los murmullos que llegaban del salón principal en cuanto entró por la puerta de atrás. Era fácil reconocer las voces graves de Drew Butler y Ben Jackson, como la risa despreocupada de Caro, pero había una tercera voz masculina que le pareció desagradablemente conocida. Lo comprendió en cuanto llegó a la puerta del salón y miró con los ojos entrecerrados a las cuatro personas que estaban sentadas alrededor de una mesa: Drew Butler, Ben Jackson, Caro y... ¡Nicholas Brown, el anterior dueño del club! La verdad era que Drew y Ben estaba sentados protectoramente a los lados de Caro y que Brown estaba sentado enfrente, pero esa protección quedaba anulada por el brillo de admiración que tenían los calculadores ojos marrones de Brown mientras miraban a Caro. Además, que los cuatro parecieran estar disfrutando de una botella del mejor brandy a las once de la mañana aumentó su enojo.

—Drew, a juzgar por la falta de actividad, entiendo que las reparaciones han terminado.

Caro dio un respingo ante el aterciopelado y sarcástico tono y él pudo comprobar que el remordimiento se reflejaba en al menos dos de los tres hombres que estaban con ella. Drew Butler y Ben Jackson se levantaron inmediatamente y se excusaron para volver a las mencionadas reparaciones. Solo el relajado y atractivo Nicholas Brown pareció imperturbable ante la inesperada interrupción y le sonrió.

—Me temo que yo soy el culpable de la distracción, Blackstone. Después de nuestra conversación de anoche, me pareció que debía venir para comprobarlo personalmente. Además, encontrarme a la hermosa señora Morton ha sido un placer inespe-rado —añadió Brown dirigiendo una sonrisa a Caro.

Ella se sonrojó por el halago, aunque el color se esfumó en cuanto vio, con un escalofrío, el ceño fruncido de Dominic al mirarla. Tenía los ojos gri-ses como el acero, los labios muy apretados y la mandíbula firme y desafiante. Sin embargo, no supo si era por la admiración de Nicholas Brown o porque le había desobedecido abiertamente al marcharse de Blackstone House sin compañía. Le pareció que lo más probable era lo segundo.

Después de que la noche anterior la rechazara y se marchara repentinamente de su dormitorio, no sabía por qué iba a molestarle que Nicholas Brown la halagara. Aunque, a juzgar por lo que había dicho ese hombre sobre la conversación de la noche anterior, Dominic había dicho la verdad y no había salido para visitar a una amante.

—Tienes que disculpar a mi prima, Brown. Acaba de llegar del campo y me temo que no sabe que la sociedad de Londres no ve bien que salga sin su doncella.

Dominic lo dijo en un tono gélido, mientras se acercaba a la mesa donde estaban sentados Caro y Brown, uno enfrente del otro. Miró la mesa y comprobó que Caro, al menos, tenía una taza de té medio vacía delante de ella, aunque se preguntó, ligeramente divertido, de dónde habría sacado Drew una taza de porcelana, ¡por no decir nada del té!

—Te aseguro que no hace falta que te disculpes, Blackstone —replicó Brown con amabilidad—. Me parece muy estimulante que una mujer hermosa sea tan independiente.

Ella se había sonrojado por la regañina de Dominic.

—Después de que me contaras lo que había pasado aquí, pensé que podría ofrecer mi ayuda al señor Butler.

—Y yo esperaba encontrarte en Blackstone House cuando llegara.

—Ya te habías marchado cuando bajé a desayunar y no me seducía la idea de pasarme sola el resto de la mañana.

—Creo que lo mejor será que me marche y que os deje seguir la conversación en privado —intervino Brown con desenfado.

Dominic lo miró con los ojos entrecerrados, nada convencido por la expresión de inocencia del otro hombre. Su ropa negra y elegante y sus modales hacían que pareciera un caballero, pero era bien sabido que vendería a su madre al mejor postor si eso le convenía. Además, también sabía qué significaba que hubiese ido allí tan pronto después de que hubiesen hablado sobre el ataque a Nathaniel.

Lo único que no sabía era si había relacionado a Caro con la mujer enmascarada que actuaba allí. Sin embargo, no podía reprochar a ninguna joven, tampoco a Caro, que se sintiera halagada por ese hombre mayor. A los cuarenta y dos años, con un pelo moreno y elegantemente cortado y un rostro desvergonzadamente atractivo, el depravado Nicholas Brown podía acelerar al pulso de cualquier jovencita.

—En absoluto, Brown —replicó él en un tono despreocupado que no sentía y mientras se sentaba en la silla que había ocupado Drew—. Solo quería expresar mi decepción por no haber encontrado a mi prima cuando volví a casa.

Ella lo miró con los ojos entrecerrados porque sabía muy bien que no había sentido decepción al no encontrarla donde la había dejado. Se había sentido furioso y seguía sintiéndoselo.

—Milord, espero poder entrar y salir cuando me apetezca —intervino ella con naturalidad.

Prefirió pasar por alto el castigo que podía captar en los ojos de Dominic por haber desafiado sus instrucciones en lo relativo a sus entradas y salidas de Blackstone House.

—No sin tu doncella...

—¿No podríamos hablarlo más tarde? —le interrumpió ella para no oír otra reprimenda—. Estoy segura de que ninguno de los dos queremos aburrir al señor Brown con lo que no pasa de ser un desacuerdo familiar.

—Al contrario, señora Morton, la verdad es que me divierte mucho.

El hombre los miró con curiosidad, una curiosidad que a ella no le importó lo más mínimo.

—Tiene que perdonar al pobre Dominic, señor Brown —Caro puso una mano encima de la de Dominic—. Me temo que mi viudedad hace que crea que tiene que protegerme. Como si fuera un hermano mayor o, incluso, un padre.

Él no se dejó engañar por sus tímidos parpadeos.

Sabía por experiencia que su precioso cuerpo no tenía ni un centímetro de timidez. A juzgar por el brillo burlón de los ojos de Nicholas Brown, él tampoco se creyó su farsa. Dio la vuelta a la mano y agarró los enguantados dedos de Caro.

—Te aseguro, querida prima, que lo que siento por ti nunca ha tenido nada de fraternal o paternal.

Le levantó la mano mirándola a los ojos y, muy

lentamente, le besó la palma. Entonces, tuvo el inmenso placer de ver que se ponía roja de indignación.

—Ya veo cómo están las cosas... —Nicholas Brown se rio mientras se levantaba—. Espero no haber ofendido a nadie con mis comentarios, Blackstone.

Se estiró con elegancia los puños de la camisa que le sobresalían de la chaqueta hecha a medida. Él agarró con más fuerza la mano de Caro y miró desafiantemente al otro hombre.

—En absoluto, Brown. Por lo que veo, en el futuro tendré que quedarme cerca de Caro para que se divierta como es debido.

Lo último lo dijo en un tono de advertencia que no pasó desapercibido al otro hombre, quien lo miró a los ojos.

Caro sabía muy bien que Dominic había estado manipulando la conversación durante los últimos minutos, aunque eso le daba igual. Creía que el apuesto y encantador Nicholas Brown solo podía sacar una conclusión sobre la relación del conde de Blackstone con su prima.

—Si tiene tiempo, señor Brown, ¿le gustaría dar una vuelta por el parque conmigo antes de marcharse?

Dominic tuvo el sombrío placer de comprobar

que la expresión triunfal de Caro se convertía en una mueca de disgusto cuando le apretó todavía más la mano.

—No me parece aconsejable, Caro —intervino él con aspereza—. Ha refrescado un poco —el tono daba a entender que iba a refrescar mucho más—. Brown, me temo que Caro y yo tenemos que acudir a otro compromiso.

Nicholas Brown se inclinó ante Caro antes de entregarle su tarjeta.

—Solo tiene que ponerse en contacto conmigo si desea compañía durante otro de sus paseos por Londres, señora Morton.

Dominic pensó que tendría que pasar por encima de su cadáver antes de que acompañara a Caro a algún sitio. Algo que no podía descartar si ella seguía siendo tan imprudente.

Dominic tenía los dientes muy apretados mientras volvía de despedir el carruaje en el que había llegado Caro

—¡Eres una necia! —exclamó antes de levantarla como si fuera una pluma y montarla en su calesa.

—Creo que no hace falta...

—Caro, te aseguro que no querrías oír lo que

creo que hace falta en este instante —la interrumpió él con una mirada cargada de furia.

—Tú...

El segundo intento de protestar no terminó de salir de su garganta cuando Dominic azuzó a los caballos, que salieron a una velocidad que a ella le pareció muy peligrosa. Confiaba plenamente en la destreza de él para dominarlos, pero temía por la integridad física de los ocupantes de los demás carruajes que circulaban más despacio por las bulliciosas calles empedradas. Unas calles que no le resultaron nada conocidas...

—No parece el camino de vuelta a Blackstone House...

Dominic apretó todavía más los dientes.

—Seguramente, porque no lo es.

—Pero...

Dominic se había girado y le había clavado los ojos con un brillo plateado y aterrador.

—Si no quieres que pare la calesa en este momento y te azote el trasero hasta que no puedas volver a sentarte hasta dentro de una semana, te recomiendo fervientemente que no digas una palabra hasta que hayamos llegado a nuestro destino.

Ella no solía ser cautelosa, pero decidió que, en ese momento, quizá fuese lo más sensato. Estaba tan enfadado que era capaz de cumplir su escandalosa amenaza. Era evidente que se había enfadado porque se había escapado durante su ausencia. Además, que hubiese tenido que tomarse la molestia de buscarla no había mejorado su humor y que la hubiese encontrado en compañía del atractivo señor Nicholas Brown había sido la gota que había colmado el vaso. Lo que no sabía era cuál de esas cosas hacía que se comportara como un bárbaro, pero tampoco le parecía prudente preguntárselo. Miró alrededor con curiosidad cuando la calesa giró hacia una de las calles más silenciosas y residenciales de la ciudad. Las casas con fachadas de color crema no era tan magníficas como Blackstone House, pero sí eran elegantes y distinguidas.

—¿Vamos a hacer una visita? —le preguntó ella con el ceño fruncido.

—No.

—Entonces, ¿qué hacemos aquí?

Estaban allí porque se había dado cuenta de que después de casi acostarse con ella la noche anterior, no podía seguir en su casa ni una noche más, por el bien de ella y por el de él mismo. Tenerla en Blackstone House era una tentación que cada vez le costaba más resistir. La única solución que se le había ocurrido era llevársela a otra residencia lo antes posible. Además, había podido encontrar empleados, hombres y mujeres, en los que podía confiar y que impedirían que ella repitiera la imprudencia de esa mañana. En realidad, cuanto antes supiera ella que el atractivo señor Nicholas Brown era el peligro del que intentaba protegerla, mejor para todos.

Se detuvo delante de la casa que había preparado para la llegada de Caro esa misma mañana y permitió que un atento lacayo se hiciese cargo de los caballos antes de saltar a la acera. Dio la vuelta al carruaje y le ofreció una mano a Caro con una cortesía que no sentía ni remotamente.

—Caro... —dijo él con impaciencia mientras ella seguía sentada.

No era un hombre famoso por su paciencia y la poca que tenía había llegado al límite esa mañana. Tampoco iba a molestarse en darle explicaciones en medio de la calle.

—¿Vas a bajarte voluntariamente o prefieres que emplee otros métodos que quizá sean más indignos?

Sus ojos dejaron escapar un destello tan verde como el vestido que llevaba.

—¡No te importó mucho mi dignidad cuando me dejaste en evidencia delante del señor Brown!

—Ahora me refería a mi dignidad, no a la tuya.

—Entonces, te aseguro que no tengo la más mínima intención de ir a ninguna parte hasta que me hayas explicado... ¡Dominic!¿Cómo te atreves? ¡Bájame inmediatamente!

Él no perdió un segundo más con discusiones. La había agarrado de una mano y se la había echado a un hombro. La dignidad no tenía cabida en esos métodos, se dijo a sí mismo mientras se dirigía hacia la casa.

Diez

Le resultaba difícil reconocer lo que la rodeaba cuando estaba colgando boca debajo de uno de los hombros de Dominic Vaughn. Aun así, pudo fijarse en la discreta elegancia del vestíbulo de la casa y de las puertas que seguramente darían a salones y a un comedor. Varios sirvientes esperaban en el vestíbulo y el conde de Blackstone, sin inmutarse, le entregó el sombrero a uno de ellos antes de empezar a subir las escaleras con ella al hombro.

—No digas ni una palabra —le advirtió él.

Ella apretó los labios roja por la humillación mientras los sirvientes los miraban desde abajo, hasta que Dominic dobló un recodo y entró en un pasillo.

—Te arrepentirás de esta humillación aunque sea lo último que haga en mi vida —murmuró ella con furia.

181

—Si estuviera seguro de que acabaría así, creo que te concedería ese privilegio.

—¡Eres despreciable! Eres un matón, arrogante, insoportable...

La ristra de insultos llegó a un brusco final cuando él entró en un dormitorio y la arrojó sin contemplaciones sobre una cama. Ella no tuvo tiempo de mirarlo con furia porque, para más humillación, el sombrero le cayó sobre los ojos cuando rebotó sobre el colchón. Se apartó el sombrero y entonces sí lo miró con furia.

—¿Cómo te atreves a tratarme de esta manera?

—¿Cómo te atreves tú a desobedecer mis instrucciones y a marcharte de Blackstone House sin compañía? —rugió Dominic sin impresionarle la indignación de ella.

Ella entrecerró los ojos amenazadoramente.

—¡No necesito tu autorización para hacer o dejar de hacer lo que quiera! Además, nada de lo que he hecho esta mañana puede compararse con tu escandaloso comportamiento de ahora mismo.

—Siento discrepar.

La miró con frialdad y el pelo algo despeinado, pero el resto seguía siendo tan elegante como siempre. El lazo estaba perfectamente hecho sobre la camisa blanca y llevaba una levita gris oscuro, un chaleco gris claro, pantalones negros y botas marrones y negras. Su distinción hacía que ella se sintiera más desaliñada todavía. Su vestido, del mismo verde de sus ojos, estaba arrugado y el pelo se le despeinó más cuando se sentó para quitarse completamente el sombrero. Resopló y tiró el sombrero a un lado.

—No creo que hayas pedido nada en tu vida.

—No —reconoció él sin importarle—. Tampoco pienso empezar ahora.

—¿Qué hacemos aquí, Dominic?

Seguía inquieta porque, al parecer, él la había llevado a la casa de alguien que ella no conocía siquiera. Era imposible que conociera al dueño de la casa, cuando no conocía a nadie en Londres, excepto a Dominic, a Drew Butler, a Ben Jackson y a Nicholas Brown. Él la miró con frialdad mientras ella intentaba arreglarse los rizos.

—En estos momentos, me preocupan mucho más las consecuencias que pueden tener tu imprudencia al ir a Nick's esta mañana que la indignidad de haberte traído a esta casa contra tu voluntad.

Caro dejó de enredar con los rizos y lo miró con un brillo despectivo en los ojos.

—Estás siendo ridículo. No hay ningún peligro en que haya ido a ver a Drew Butler, a Ben Jackson...

—¿Y a Nicholas Brown? —preguntó Dominic

sin disimular el enojo—. ¿También crees que no has corrido ningún peligro con él?

—El señor Brown fue encantador y se portó como un perfecto caballero conmigo —contestó ella levantando la barbilla.

—Ben Jackson es más caballero que él —replicó Dominic frunciendo el ceño.

Ella lo miró con altanería.

—Después de tu comportamiento, creo que Ben Jackson también es más caballero que tú.

Dominic entrecerró los ojos hasta que fueron unas rendijas gélidas y apretó los dientes para dominar los sentimientos y que ellos no lo dominaran a él. Era una batalla que tenía perdida desde que entró en Nick's y vio a Caro bebiendo té tan tranquila con el hombre al que consideraba responsable del ataque a Nathaniel.

En cuanto a lo de ser un caballero, Brown era un hombre al que muchas mujeres casadas de la alta sociedad invitaban a su dormitorio por su atractivo depravado, pero al que nunca invitarían al salón de ninguna de ellas. Apretó tanto los dientes que oyó el chasquido de la mandíbula.

—No tienes ni idea de lo que has hecho, ¿verdad?

—Me limité a ejercer la libertad de...

—De sentarte a beber té con el anterior propietario de Nick's.

—Ah... —Caro pareció momentáneamente perpleja, pero se repuso enseguida—. No sé por qué se lo reprochas cuando ahora eres tú el propietario.

—Brown no me cedió la propiedad con mucho agrado.

—Me lo imagino, pero...

—Caro, sé que eres inteligente —le interrumpió Dominic dominando la impaciencia—. Me gustaría que dejaras de discutir conmigo para que pudieras emplear esa inteligencia.

Ella lo miró con cautela.

—¿En referente a...?

—En referente a que hace unos minutos estabas bebiendo té con el hombre del que he estado intentando protegerte desde hace dos días —contestó Dominic con los puños cerrados a los costados.

Ella se quedó atónita.

—¿Te refieres al señor Brown?

—Me refiero al hombre al que consideras un perfecto caballero —el tono de Dominic indicaba que sabía que era exactamente todo lo contrario—. Creo que está detrás del ataque a Nathaniel.

—¿Estás seguro? —preguntó ella tragando saliva.

—Después de esta mañana, sí —contestó él en tono sombrío.

Caro empezó a temblar ligeramente a medida que asimilaba la trascendencia de lo que había hecho. Nicholas Brown le había parecido amable y atractivo, había coqueteado ligeramente con él, como él había coqueteado con ella. ¡Le había invitado a dar un paseo con ella! Había sido una reacción a lo que le había parecido una actitud intolerable de Dominic Vaughn, pero ella lo había invitado cuando ese hombre era un canalla de los pies a la cabeza.

—Si lo sabes con certeza, no entiendo que no te enfrentaras inmediatamente a él por haber hecho algo tan despreciable.

Ella, incómoda por haberse dado cuenta de la gravedad de su error, decidió atacar en vez de defenderse, pero se dio cuenta de su error en cuanto vio que los ojos de Dominic brillaban de furia.

—Caro, he sido oficial de ejército y un soldado no se enfrenta al enemigo hasta que no tiene sus propias fuerzas perfectamente dispuestas sobre el terreno y, lo que es más importante, a los civiles fuera de peligro.

Ella resopló con desdén.

—Aparte de mí, solo estabais vosotros dos.

—Y todos los secuaces de Brown que estarían afuera esperando ansiosos para ayudarlo si hacía falta —Dominic la miró con frialdad—. Uno de mis mejores amigos ya sufrió una paliza por mí y no estaba dispuesto a que os pasara lo mismo a ti o a Butler y Jackson.

—¿Crees que el ataque a lord Thorne iba dirigido a ti? —preguntó ella con los ojos como platos.

—Indirectamente. Parece que, por el momento, Brown disfruta jugando al ratón y al gato y haciendo daño a mis amigos en vez de atacarme a mí directamente.

—Entonces, eso es un motivo más para que te hubieras enfrentado a él esta mañana.

—Caro, parece como si estuvieras acusándome de no tener valor para enfrentarme a él —replicó Dominic en un tono tan gélido como su mirada.

Sería ridículo acusarlo de semejante cobardía cuando ella presenció su enfrentamiento con aquellos tres jóvenes bebidos, cuando no había vacilado en acudir a rescatarla en medio de la pelea, cuando sabía que había sido un oficial aguerrido como demostraba la cicatriz de su cara. Sin embargo, se sentía ridícula al haberse enterado de lo confundida que había estado respecto a Nicholas Brown. Se sentía ridícula y abochornada por haberse sentido halagada por ese hombre.

Aun así, levantó la barbilla con orgullo.

—Al menos, podrías haberle dejado ver que sabías lo que había hecho.

—Estoy seguro de que lo sabe muy bien.

—¿Cómo es posible cuando fuiste la cortesía en persona, aparte de insinuar que nuestra relación no es solo la de primos? —preguntó ella.

—Si insinué que nuestra relación no es solo la de primos, como has dicho con tanta delicadeza, fue para avisarlo de que tocarte uno solo de tus pelos dorados sería una idea muy mala —contestó él con los dientes muy apretados—. Aunque ahora no piense lo mismo —añadió él en un tono tan delicado que indicó lo furioso que estaba.

Ella tembló más al darse cuenta, demasiado tarde, de que había sido un error dudar de él cuando ya estaba disgustado con ella. Sus ojos brillaban como el acero, tenía los labios apretados y la cicatriz resaltaba en la tensión de su mejilla. Si eso no hubiese bastado para dejarle claro su error, la intensidad de su mirada cuando se arrodilló al lado de ella en la cama antes de agarrarla y besarla implacablemente sí bastó.

Le introdujo la lengua dentro de la boca sin la más mínima delicadeza y le tomó un pecho con una mano para acariciárselo al mismo ritmo despiadado. Ella supo que debería sentirse atemorizada, si no repugnada, por esa pasión desatada, pero, en cambio, se sintió dominada por una excitación anhelante. Le ardían las mejillas, sentía los pechos hinchados y se derretía entre las piernas. Él le bajó bruscamente el vestido y la camisola hasta las rodillas, antes de volver a besarla con voracidad y de tomarle un pezón endurecido entre los dedos.

Se olvidó de todo menos de él. Arqueó el cuello tentadoramente y él lo recorrió con los labios dejándole un rastro abrasador. Introdujo los dedos entre su tupido pelo moreno, mientras él seguía bajando la cabeza para tomarle uno de los pezones entre los labios. Dejó escapar un gemido sofocado al sentir que el placer iba directamente desde la boca de Dominic sobre su pecho hasta la humedad entre los muslos y se cimbreó con inquietud contra la dureza de su cuerpo, para buscar algún alivio a esa pasión ardiente y palpitante que la abrumaba.

Él solo había querido castigarla por su desobediencia y por haber dudado de su valor, pero se sintió más excitado de lo que se había sentido en toda su vida. Tanto que no había vacilado en bajarle el vestido para exponer la delicada blancura de su piel a su mirada arrebatada. Tenía unos pechos altos y firmes, una cintura estrecha y lisa y una pequeña mata de rizos dorados donde se juntaban los muslos. Siguió devorándole los pechos con los labios, la lengua y los dientes mientras le separaba los muslos con una mano e introducía con suavidad un dedo entre los pliegues. Estaba húmeda y receptiva y siguió acariciándola lentamente, pero sin llegar a la pequeña protuberancia que se escondía entre los rizos. No tenía prisa, quería deleitarse con los leves jadeos que dejaba escapar a medida que se acercaba a ese punto. Se lo rozó levemente una vez y pudo notar su reacción, su palpitación. También oyó su gemido, pero no hizo caso y siguió acariciando los inflamados pliegues e introduciendo la yema del dedo mientras notaba las ansiosas contracciones de sus músculos y ella arqueaba las caderas para intentar que entrara más adentro. Él se resistió y siguió provocándola y atormentándola.

—Dominic... ¡Por favor!

Levantó la cabeza un poco para mirar el rostro congestionado de Caro.

—Por favor, ¿qué?

Sus ojos tenían un brillo verde como de esmeralda y clavó los dedos en los hombros de él.

—No me atormentes, Dominic.

—Dime exactamente lo que quieres, Caro —le provocó él con la voz ronca—. Solo tienes de que decírmelo y obedeceré.

¿Podía hacerlo? ¿Podía decirle clara y precisamente lo que quería que hiciera para liberarla de ese anhelo que estaba a punto de acabar con ella?

—¿Quieres que introduzca alguna parte de mi cuerpo en ti, Caro?

Dominic lo preguntó con delicadeza, como si se hubiese compadecido un poco de su silencio angustiado.

—¡Sí! —gruñó ella con avidez.

—¿Qué parte, Caro? ¿Mis dedos? ¿Mi lengua? ¿Mi verga?

¡No lo sabía! ¿Esos dedos placenteros? ¿La ardiente humedad de su lengua? ¿La prominente y palpitante erección que podía ver debajo de sus pantalones? No sabía lo que necesitaba, pero sí supo que quería saber lo que era tener esas tres cosas dentro de ella.

—A lo mejor, tenemos que experimentar, comprobar qué es lo que te gusta más —siguió él.

Miró su desnudez con unos ojos sombríos y codiciosos mientras volvía a acariciarle los sedosos rizos, hasta encontrarle el punto más secreto de ella. Caro volvió a sentir la misma oleada de placer de antes, pero más intensa, más apremiante, e, instintivamente, empezó a contonearse al ritmo de sus caricias y supo que estaba al borde de... No tenía ni idea, solo supo que lo deseaba y necesitaba con una premura que no había sentido jamás. Un jadeo brotó de lo más profundo de su garganta cuando un dedo largo e irresistible entró profundamente en ella. Por fin sintió cierto alivio y siguió contoneando las caderas mientras el dedo entraba y salía.

—Túmbate, Caro.

La tumbó sobre las almohadas sin dejar de entrar lentamente en ella y la desvistió completamente, antes de arrodillarse con la cabeza entre sus muslos. Ella levantó las caderas en cuanto notó la lengua ardiente y se agarró con todas sus fuerzas de la colcha. Gritó y echó la cabeza hacia atrás por el placer inimaginable que se había adueñado de ella. Dominic introdujo un segundo dedo mientras seguía pasándole la punta de la lengua por la palpitante protuberancia. Se derritió como si fuese un río de lava, como si unas oleadas de placer abrasador brotaran de entre sus muslos y devastaran todo su cuerpo con cada caricia de su lengua y sus dedos.

Dominic miró su cara mientras seguía acariciándola con la lengua y los dedos y supo que estaba llegando al clímax. Tenía los ojos muy abiertos y de un verde intenso, las mejillas sonrojadas, los labios ligeramente separados, los pezones duros como piedras y se cimbreaba convulsivamente al ritmo de los dedos y la lengua. Supo que nunca había vivido nada tan hermoso y físicamente gratificante que ver a Caro entregada al placer que le proporcionaban su boca y sus manos. Le pareció más gratificante que llegar él mismo a ese clímax.

Había estado furioso con ella porque hubiese sido tan imprudente, porque había revelado su paradero a Nicholas Brown, pero no quería seguir dándole vueltas cuando se estremecía por las caricias de su lengua y sus manos, cuando estaba desnuda junto a él, cuando solo llevaba unas medias blancas de seda. Aparte, ella no le había contestado. ¿Dedos, lengua o verga?

Ella, saciada y débil, se derrumbó sobre las almohadas mientras miraba a Dominic, quien se quitaba apresuradamente, las botas, la levita, el chaleco, el lazo y la camisa para mostrar un pecho musculoso cubierto por un vello oscuro que desaparecía dentro del pantalón. Un pantalón que se desabrochó y quitó para mostrar unas piernas igual de musculosas y todo el poder de su turgente erección. Nunca había visto a un hombre desnudo, pero estuvo segura de que Dominic era un hombre bien dotado.

Lo miró a la cara y tragó saliva cuando vio el rubor de sus mejillas y el brillo de sus ojos plateados mientras tomaba con una mano esa impresionante erección y la pasaba lentamente sobre la ávida abertura que tenía entre los muslos. Notó que se estremecía con cada caricia y se le entrecortó la respiración al darse cuenta de que se derretía otra vez. No era posible que volviese a notar ese placer tan deprisa. Sí era posible, comprendió unos segundos después, cuando esa dureza sedosa le acarició la pequeña y revivida protuberancia y los pezones se le endurecieron hasta casi dolerle.

—¿Dedos, lengua o verga?

Sin esperar respuesta, introdujo un centímetro y luego dos. Se retiró y volvió a empezar. Un centímetro, dos, tres... Se retiró y volvió a empezar. Ella nunca había sentido un placer parecido, nunca se había imaginado nada tan maravilloso como ver a Dominic de rodillas entre sus muslos, mientras la penetraba lentamente, centímetro a centímetro. Cada vez que entraba, se sentía plena y satisfecha. Cada vez que salía, se sentía vacía y desposeída. Cada vez que entraba un poco más, se sentía convencida de que había llegado al límite, de que no podía dar más de sí. Hasta que Dominic salía antes de entrar más profundamente todavía. Cuando lo vio, estuvo segura de que no podría albergar algo tan grande...

—¡Dios mío!

Abrió los ojos como platos y sintió como si se rasgara por dentro, cuando él acometió con las caderas y entró completamente en ella.

—¿Qué...?

Dominic se quedó paralizado encima de ella,

palideció y la miró con un brillo de plata ennegre-
cida en los ojos.

—No pasa nada... Dominic —balbució ella sin
poder respirar.

Increíblemente, era verdad. El dolor se había
disipado y podía gozar otra vez del placer de tenerlo completamente dentro de ella.

—¡Claro que pasa algo!

—Te aseguro que no —le tranquilizó ella con
delicadeza.

La erección le había parecido aterradora, pero
una vez dentro de ella se daba cuenta de que era
aterciopelada y seductora. Volvió a subir y bajar
las caderas para sentirla mejor entre la carne.

—No te muevas así, Caro, o no me hago responsable de las consecuencias.

Dominic tenía los dientes apretados y unas
gotas de sudor en la frente. Ella se movió, naturalmente. Como no iba a moverse si cada centímetro de su cuerpo quería sentir el placer que le
proporcionaba esa dureza dentro de ella.

Dominic se quedó atónito y petrificado al darse
cuenta de la inocencia de Caro.

—¿Por qué no me lo dijiste?

Frunció el ceño y miró el hermoso rubor de su rostro. En ese momento, estaba más enfadado consigo mismo que con ella porque tendría que haber parado todo eso antes de llegar a desvirgarla. ¡Y pensaba pararlo en ese instante! Fue retirándose lentamente y vio con desagrado que ella hacía una mueca cuando terminó de salir. Frunció más el ceño cuando vio la mancha de sangre entre los muslos de ella y en él

—No te muevas.

Se levantó y fue hasta la jarra de agua y la palangana. Vertió agua en la palangana, mojó un paño y se limpió la sangre de Caro antes de aclararlo para ella. El agua estaba fría, pero también la aliviaría más.

Ella lo había observado disimuladamente cuando había cruzado el dormitorio sin importarle su desnudez. Sus movimientos eran elegantes, como los de un depredador de la selva. Estaba de espaldas a ella. Tenía los hombros anchos, la espalda era larga y musculosa y el trasero se curvaba delicadamente sobre unas piernas muy poderosas. Si podía decirse que un hombre era hermoso, se dio cuenta de que ese lo era. Sin embargo, se sonrojó cuando volvió a sentarse en el borde de la cama y empezó a lavarle entre los muslos con una expresión de arrogancia indescifrable en el rostro. Ella intentó apartarle las manos.

—No hace falta...

—Sí hace falta.

Él casi ni la miró antes de seguir lavándola entre los muslos. Ella se sintió incómoda por la intimidad de sus gestos y porque habían dejado de hacer el amor bruscamente cuando él se enteró de que era virgen. Debería haber habido algo más, un placer recíproco. Él no había mostrado ningún signo de haber sentido nada parecido al placer que había sentido ella. Además, en el dormitorio de una casa completamente desconocida. Se humedeció los labios al darse cuenta de que todavía estaban inflamados por sus besos implacables.

—¿Dónde estamos, Dominic?

Él la miró fugazmente, antes de darse la vuelta para dejar el paño en la palangana.

—Espero que te sientas un poco mejor —él se levantó bruscamente y con la erección apreciablemente decaída—. Quizá debiera llamar a un médico para que te dé algún bálsamo...

—¡No va a verme ningún médico! —exclamó ella espantada por la posibilidad de tener que dar explicaciones a un tercero—. Dominic, ¿es posible que haya quedado... embarazada por lo que hemos hecho?

Él cerró los ojos un segundo y dejó escapar un gruñido de asco consigo mismo. Había desvirgado a una mujer inocente en todos los sentidos de la palabra.

Once

—Es muy improbable —contestó Dominic con tensión.

—¿Pero es posible?

—Es posible —concedió él.

—¿De quién es esta casa? —preguntó ella mirando alrededor.

Dominic la miró. Estaba ligeramente sonrojada y los labios le temblaban un poco mientras se tapaba. Ya era tarde para ese recato, claro, pero tampoco era el momento para que él lo comentara.

—Creo que no es importante en este momento...

—Yo sí lo creo.

Caro estaba algo inmóvil, como si sintiera cierta cautela parecida al enojo. Él esbozó una sonrisa más bien seria.

—Desde el principio dejaste muy claro que no querías quedarte en Blackstone House y anoche me pareció evidente que no podíamos seguir bajo el mismo techo...

—¿En qué momento te pareció evidente, Dominic? —le interrumpió ella—. ¿Cuando comentaste que te parecía inadecuado seducir a una mujer invitada en tu casa? —preguntó ella en tono airado.

La miró. Su cuerpo todavía reflejaba el arrebol de haber hecho el amor. Nunca la había visto tan hermosa. Le brillaban los ojos, tenía las mejillas sonrosadas, los labios estaban ligeramente inflamados por la pasión de los besos y la piel de los hombros y de lo que podía ver de los pechos parecía un poco irritada por el roce de su incipiente barba. Apretó los dientes por el tono acusador de su pregunta.

—Si estás insinuando que te he traído aquí para seducirte...

—¿No es verdad?

Ella se levantó cubriéndose con la colcha y fue de un lado a otro del dormitorio.

—No seas ridícula, Caro.

Estaba enojándose tanto como ella. ¡Era él quien no había sabido nada de su inocencia hasta hacía unos minutos! Aunque los indicios habían estado allí si hubiese querido verlos, se reprochó a sí mismo. Su ingenuidad respecto a los hombres que iban a verla a Nick's noche tras noche... La sospecha de que era una joven refinada... Su autoridad que indicaba que era una persona acostumbrada a dar órdenes y no a recibirlas... Ya estaba tranquilo porque no había intentado seducir a una mujer casada o a una sirviente, pero eso era poco consuelo cuando le había arrebatado la inocencia a una joven que tenía que conservarla para su marido.

—¿Ridícula? —repitió ella con un brillo casi oscuro en los ojos—. Antes entraste en esta casa como si fuese tuya y quizá lo sea.

No esperó a que Dominic replicara y abrió el armario. Su expresión fue más sombría todavía cuando vio los tres vestidos de seda. Se dio la vuelta y lo miró con los ojos entrecerrados.

—¡Al parecer, la anterior ocupante de esta casa ha tenido que marcharse tan precipitadamente que se ha dejado algunos vestidos!

—No había ninguna ocupante...

—¡Todo indica lo contrario, mi querido Dominic!

Ella esperó que la furia pudiera disimular lo dolida que se sentía. Bastante humillante era que no hubiera querido terminar cuando se dio cuenta de que era virgen, pero que la hubiese llevado a una casa suya y de la que había sacado precipitadamente a otra mujer era un insulto mucho más doloroso.

Él supo muy bien que, en ese momento, no era nada «querido», que, si pudiera, sería capaz de clavarle un cuchillo entre los hombros.

—Si no te importa, Caro, fíjate un poco mejor en los vestidos —le ordenó él.

Ella arrugó la nariz.

—No tengo ganas de...

—¡Míralos, maldita sea! —insistió él con impaciencia—. Mira los vestidos, Caro —repitió con más serenidad, al darse cuenta de que estaba enfadado consigo mismo—. Cuando los hayas mirado, te darás cuenta de que son los mismos que te encargamos ayer.

Caro lo miró vacilantemente antes de volver a fijarse en los vestidos que colgaban en el armario. Frunció el ceño al darse cuenta de que eran los que había encargado a la modista. Eran dos vestidos de diario. Uno de color melocotón y otro de un tono amarillo oscuro. El tercero era un vestido de noche de seda blanca y encaje, de una pureza que ella ya no podría...

—Si también miras en los cajones del tocador, encontrarás tu ropa interior y un camisón nuevo.

Ella cerró la puerta del armario por la burla que suponía ese vestido blanco.

—Eso solo demuestra que tuviste la delicadeza de quitar las cosas de tu amante antes de poner las mías.

Él tomó una bocanada de aire porque sabía que enzarzarse en una batalla verbal, como siempre, no iba a ayudar a arreglar esa situación desastrosa. Además, aunque ella prefiriera pensar otra cosa, no la había llevado allí con la intención de seducirla, si no, más bien, todo lo contrario. Había esperado que, al sacarla de Blackstone House, dejaría de tentarlo. Sin embargo, había complicado todo al llevarla allí y hacer el amor con ella antes de poder explicárselo.

—Caro, compré esta casa esta mañana.

—¿Quién está siendo ridículo ahora?

Él sabía que, aunque Caro estaba afrontando las cosas con valentía, tenía que dolerle profundamente haber perdido la inocencia.

—Si quieres, puedo llevarte al despacho de mi abogado —contestó él con amabilidad—. Estará encantado de enseñarte la fecha de hoy en las escrituras si eso te convence de que estoy diciéndote la verdad.

—¿No solo compraste esta casa esta mañana sino que, además, conseguiste todos los sirvientes que hay abajo? —preguntó ella con la barbilla levantada.

También se ruborizó cuando, al parecer, se acordó de las miradas de esos sirvientes al verlo entrar con ella en un hombro. Un arrebato que lamentaba profundamente porque había acabado con su inocencia...

—Los conocía a todos, hombres y mujeres. Los hombres habían estado a mis órdenes en el ejército y las mujeres son sus esposas, en quienes sabía que podía confiar para que te protegieran.

Los ojos de ella dejaron escapar un destello que él no supo si era de furia o por las lágrimas.

—¡Evidentemente, no les pareció que tuvieran que protegerme de ti!

—Caro...

—¡No me toques, Dominic!

Ella se apartó agarrando la colcha con tanta fuerza que los nudillos se le pusieron blancos.

—Si esta va a ser mi casa durante el futuro más inmediato —siguió ella—, creo que deberías marcharte en este instante.

Eso era lo que más deseaba hacer él. En ese momento, solo quería marcharse de Brockle House y olvidarse de que había conocido a Caro Morton. Sobre todo, olvidarse de que le había arrebatado la inocencia.

—Mientras te marchas, ¿podrías pedir que me

subieran agua caliente para lavarme? —le pidió ella casi con arrogancia.

Dominic se puso los pantalones y la camisa antes de sentarse en el borde de la cama para calzarse las botas. Hizo una mueca de disgusto para sus adentros al pensar en lo dolorida que debería de estar después de haber hecho el amor.

—Por favor, créeme cuando te digo que no había planeado lo que ha pasado...

—Planeado o no, ha pasado.

Caro lo dijo con tanta tristeza que si hubiese tenido un cuchillo, se lo habría clavado él mismo en el corazón.

—No puedo expresar cuánto... lamento lo que ha pasado.

Ella lo miró con curiosidad, sin saber si la disculpa de Dominic la tranquilizaba o la ofendía. Naturalmente, haber hecho el amor había sido un error tremendo por parte de los dos, pero...

—No creía que pudieras ofenderme más de lo que me habías ofendido, pero, evidentemente, estaba equivocada —le dio la espalda para mirar por la ventana—. Si no te importa, Dominic, me gustaría que me subieran agua caliente ahora mismo.

Se quedó mirando la orgullosa espalda de Caro durante unos segundos, antes de recoger el resto de sus cosas del suelo.

—Volveré a visitarte esta tarde.

—¿Para qué? —preguntó ella dándose la vuelta bruscamente.

A él se le cayó el alma a los pies al captar el recelo de su expresión.

—Para comprobar que no te ha pasado nada después de... la actividad de esta mañana.

Ella dejó escapar un resoplido desdeñoso.

—Que yo sepa, esta mañana no hemos hecho nada antinatural.

Las rudas mejillas de Dominic se sonrojaron.

—No, claro que no.

—Entonces, no entiendo por qué iba a pasarme algo.

—Maldita sea, Caro...

—Supongo que te parecería más adecuado que me desmayara o sufriera un vahído —siguió ella con sorna—. Sin embargo, solo lo haré si te parece completamente necesario. Yo, personalmente, siempre he creído que las mujeres que hacen eso a la más mínima provocación son unas necias.

No pudo evitar admirar su entereza en una situación que a él le parecía, como mínimo, increíblemente incómoda. No había conocido a ninguna mujer como esa. Lo que había pasado no podía llamarse «la más mínima provocación». En realidad, estaba seguro de que la mayoría de las mujeres estarían gritándole obscenidades o exigiéndole joyas y vestidos, lo último como compensación por haber perdido la inocencia. Caro solo le había pedido agua caliente para lavarse el cuerpo dolorido. Esbozó una sonrisa amarga.

—Yo también prefiero que no te desmayes o que te dé un vahído. ¿De verdad no te duele nada por el... encuentro?

Se había sentido muy provocado cuando llegó a Blackstone House y ella no estaba y más todavía cuando la encontró en Nick's charlando despreocupadamente con Nicholas Brown. Todavía temblaba solo de pensar lo que habría podido pasarle si no hubiese estado presente cuando fue tan necia de invitarlo a pasear con ella, pero que le reprochara su comportamiento con Brown fue más de lo que pudieron tolerar sus nervios, ya bastante alterados. Una intolerancia que ella había pagado con su virginidad...

—Estoy todo lo bien que se puede esperar en estas circunstancias.

Caro mantuvo la barbilla orgullosamente alta aunque vio que él hacía una mueca de disgusto por lo poco tranquilizadora que había sido. En realidad, le dolía más el orgullo que el cuerpo. Lo miró con la cabeza gacha y, a pesar de todo, admiró lo guapo que estaba con el pelo despeinado, la camisa por fuera de los pantalones y los botones desabrochados hasta la mitad del musculoso pecho. Una carne firme y musculosa que conocía más íntimamente que la suya propia... Sacudió rotundamente la cabeza.

—Los dos nos hemos equivocado. Démoslo por zanjado.

Dominic siguió mirándola con detenimiento durante unos segundos. Ella aguantó la mirada dispuesta a que no captara lo alterada que se sentía por dentro. No por haber hecho el amor, como suponía Dominic, sino por los sentimientos que la habían llevado a participar en ese encuentro desenfrenado y maravilloso.

—¿Me prometes que te mantendrás alejada de Nicholas Brown? —le preguntó él con el ceño fruncido.

—Te aseguro que esa promesa es completamente innecesaria.

Caro arrugó la frente con irritación porque, después de que le hubiera contado que Brown estaba detrás del ataque a lord Thorne, él pudiera creer por un instante que estaba interesada en volver a ver a ese canalla. Él deseó con toda su alma abrazarla para borrarle las arrugas de la frente y las sombras de los ojos. Aunque sabía que tenía que estar dolorida por haber hecho el amor, en esos momentos no dominaba plenamente los sentimientos y no estaba seguro de que pudiera contenerse si volvía a tocarla.

Él tuvo su primer encuentro físico a los dieciséis años y desde entonces había conocido a muchas mujeres con las que se había aliviado físicamente. Era desconcertante darse cuenta de que casi hacer al amor con Caro no se había parecido nada a esos encuentros. Había sido más sensual y más descontrolado, había presentido una satisfacción más desenfrenada...

—Caro...

—¡Dominic! —se volvió para mirarlo con un destello amenazante en los ojos. Evidentemente, no dominaba los sentimientos—. Durante los dos últimos días, me he visto mezclada en una pelea; he visto a un hombre inocente al que han golpeado hasta casi matarlo; me he encontrado en tu casa contra mi voluntad; he tomado el té con un hombre que, según tú, es el responsable de la paliza a ese hombre; me has traído a esta casa como un saco de patatas antes de hacerme el amor. Te lo advierto, ¡si no te marchas inmediatamente, me comportaré como esas necias que te dije antes!

La voz le tembló y, para disimularlo, cruzó la habitación para llamar a la doncella.

—También me gustaría que, ahora que ya sabes

el peligro que hay, me prometieras que no saldrás sola —insistió él.

¿Podía prometérselo? ¿Qué alternativas tenía? Solo quería volver a Shoreley Hall, donde podría estar con sus hermanas y lamerse las heridas en soledad. Algo que ya no podía hacer cuando Nicholas Brown y ella se habían conocido y podía representar un peligro... Lo que más quería en ese momento era sentarse y llorar, gritar si hacía falta. Después, necesitaba tranquilidad para aceptar y asimilar la pérdida de la inocencia y su lascivia en brazos de Dominic.

—Te lo prometo —concedió ella inclinando un poco la cabeza—. Ahora, ¿no crees que emplearías mejor el tiempo si te ocuparas de Nicholas Brown en vez de estar aquí sacándome promesas innecesarias?

—¿Innecesarias? —preguntó él con los ojos entrecerrados.

—Claro que es innecesaria cuando, evidentemente, no tengo un sitio seguro a dónde ir.

—Caro... —Dominic no terminó la frase cuando apareció una doncella después de haber llamado a la puerta—. La señora quiere agua caliente para lavarse. Inmediatamente —añadió él con firmeza cuando la doncella parecía querer quedarse para satisfacer su curiosidad—. Cuando te hayas lavado y hayas descansado, te aconsejo que...

—Dominic, ¿por qué será que siempre que me das un consejo me parece que me das una orden? —le interrumpió ella con desesperación.

Él dejó escapar un suspiro de cansancio y se pasó los dedos entre el pelo.

—Caro, la situación ya es bastante complicada, ¿no podríamos tratarnos de una forma civilizada al menos?

¿Podrían? Por algún motivo, dudaba que alguna vez pudieran ser completamente civilizados el uno con el otro. Parecía como si los sentimientos se desbocaran cuando estaban juntos; arrogancia, furia, deseo... Suspiró levemente.

—A lo mejor, cuando vuelvas esta tarde, lo sentimientos estarán menos... a flor de piel que ahora.

Él esperó que fuese así, pero lo dudaba.

Doce

—Me temo que no puedo describir con precisión a ninguno de los cuatro hombres que me atacaron.

Nathaniel estaba tumbado sobre las almohadas de la cama de uno de los dormitorios de la casa de su tía Gertrude y miraba con fastidio a Dominic, quien estaba delante de uno de los ventanales. Hacía unos minutos, la señorita de compañía de la anciana lo había acompañado al dormitorio y se había quedado impresionado por el empeoramiento de su amigo. Estaba muy pálido y aunque los cortes y moratones empezaban a curarse, todavía tenían un aspecto muy feo. Además, tenía abierto el cuello de la camisa de dormir y podía ver el vendaje alrededor de las costillas rotas.

—Como te dije en su momento, acababa de salir cuando se me abalanzaron esos cuatro hombres con cuchillos y unos puños como martillos. Enseguida tuve que defenderme y no tuve oportunidad de fijarme en ellos.

La verdad era que él tampoco había esperado que Nathaniel pudiera aclararle algo sobre ese asunto concreto y había ido a visitarlo tanto por motivos egoístas como para interesarse por la salud de su amigo. Cuando volvió a Blackstone House para asearse y cambiarse de ropa, se encontró yendo de un lado a otro de su despacho. Estaba demasiado inquieto como para poder ojear siquiera los papeles que lo esperaban en la mesa. ¿Cómo iba a poder trabajar cuando solo pensaba en la inocencia que le había arrebatado a Caro?

—¿Qué te pasa, Dom?

La pregunta en tono preocupado de Nathaniel le indicó que quizá hubiera expresado en voz alta el descontento consigo mismo. Él había esperado poder hablar con Nathaniel sobre el dilema que lo abrumaba. Sin embargo, se había dado cuenta de que, por muy unidos que estuvieran, no podía confesar su acto despreciable al otro hombre. No podía hablar sobre Caro de esa manera con otra persona, aunque fuese uno de sus amigos más íntimos.

Gabriel, Nathaniel y él siempre habían sido como hermanos, pero, aun así, sabía que no podía revelarle a ninguno de ellos lo que había pasado esa mañana en Brockle House. Osbourne, como era natural, consideraría que arrebatarle la inocencia a Caro había sido despreciable. Como él se consideraba despreciable a sí mismo...

La verdad era que la impotencia se adueñó de él cuando esa mañana llegó a Blackstone House y comprobó que Caro no estaba, pero en vez de sentir alivio cuando la encontró en Nick's, se enfureció más todavía al verla bebiendo té con Nicholas Brown. Se había enfurecido tanto que perdió el dominio de la situación cuando llegaron a Brockle House. Cuánto tendría que odiarlo y despreciarlo Caro...

—Dom...

Cerró los ojos un instante antes de mirar a Osbourne.

—Creo que ha llegado el momento de que me marche. Ya te he cansado bastante por un día —Dominic fue hacia el centro del dormitorio para marcharse—. ¿Puedo traerte algo para que estés más cómodo?

—No. Como de costumbre, mi tía Gertrude lo tiene todo bien atado.

Dominic sonrió levemente por la ironía de su amigo.

—No la vi cuando llegué.

—La han convencido para que fuera a hacer unas visitas esta mañana —le explicó Nathaniel sin disimular el alivio—. Entre lo excesivamente atenta que es ella y la lengua afilada de su señorita de compañía, no sé si aguantaré toda la semana.

Él nunca habría pensado que la joven callada y elegante que lo acompañó a su dormitorio pudiese tener la lengua afilada.

—Estoy seguro de que podrás, Nate.

—Me gustaría tener la misma seguridad —él sacudió la cabeza—. Además, por si fuera poco, mi tía está hablando de llevarme al campo en cuanto pueda viajar.

Dominic lo pensó un segundo y le pareció que la idea no era tan mala. Al menos, alejaría a Nathaniel del peligro y la imponente señora Wilson lo mantendría a salvo en su casa de campo.

—A mí me parece razonable.

—¡No tiene nada de razonable! —Nathaniel lo miró con furia—. La temporada casi ni ha empezado y mi tía Gertrude se propone encerrarme en el tedio del campo cuando no estoy en condiciones de resistirme.

—También va a alejarte de todas esas madres que solo piensan en bodas —razonó Dominic con sarcasmo.

—He llegado a los veintiocho años sin haber

214

caído en sus garras y creo que puedo resistirme al encanto de sus preciosas hijas —Osbourne miró a Dominic con curiosidad—. Hablando de todo un poco, estaba alucinando por la paliza ¿o hace dos noches tu ángel nos acompañó a casa en tu carruaje?

—¿Mi ángel? —preguntó Dominic poniéndose tenso.

Naturalmente, sabía a quién se refería Nathaniel, aunque la última vez que vio a Caro, ella había tenido la misma calidez que una estatua de porcelana, y con motivo...

—Sabes perfectamente de quién hablo, Dom.

—¿Yo...?

—¿Sabes lo aburrido que puede llegar a ser estar aquí tumbado sin nada que hacer menos pensar? —le preguntó Nathaniel con el ceño fruncido.

—Si tienes que pensar, podrías pensar en el porvenir de Gabriel y no en el mío.

Osbourne sonrió ligeramente.

—Debería llegar muy pronto a Inglaterra.

—Pero te recuerdo que piensa dirigirse inmediatamente a Shoreley Hall —replicó Dominic encogiéndose de hombros—. Yo...

—Te agradecemos mucho la frecuencia de tus visitas, Blackstone, pero el médico ha dicho que mi sobrino tiene que descansar, no hablar demasiado.

Una obsequiosa señora Wilson irrumpió en el dormitorio y empezó a ahuecar las almohadas debajo de la cabeza de Nathaniel. Evidentemente, había vuelto de las visitas y no le complacía que molestara a su sobrino. Dominic inclinó la cabeza con cortesía.

—Le aseguro que estoy tan preocupado por la salud de Osbourne como usted, señora. En realidad, iba a marcharme cuando entró.

—Pero tía...

—Todos tenemos que aprender de la señora Wilson si queremos que te recuperes pronto —le interrumpió Dominic en tono burlón.

Su amigo lo miró con los ojos entrecerrados, como si quisiera indicar que se vengaría por su traición. Él no le hizo caso y se marchó sonriendo. Sin embargo, la sonrisa se disipó en cuanto salió de la casa de la señora Wilson y comprendió que no podía demorar más su regreso a Brockle House... y a Caro.

—Lord Vaughn ha venido a visitarla, señora Morton.

Caro oyó al mayordomo, pero no contestó inmediatamente. Lo primero que hizo cuando Dominic se marchó esa mañana fue quitar las sábanas manchadas e intentar quitar las manchas de sangre con el agua fría que había quedado en la jarra. Bastante era que ella tuviera que ver la evidencia de que había perdido la inocencia como para que también se enterara toda la casa. Aunque no creía que ninguno de los sirvientes tuviera la más mínima duda sobre lo que había pasado esa mañana. Sin embargo, y eso los honraba, no podía decir que se reflejara en la actitud de los sirvientes que le llevaron agua caliente y una bañera una media hora después de que Dominic se hubiese marchado.

Fueron atentos y educados mientras encendían la chimenea y ponían la bañera delante antes de llenarla de agua. Ella rechazó la oferta de una de las doncellas para ayudarla. Quería estar sola mientras se bañaba y reflexionaba sobre lo que había pasado esa mañana. Sin embargo, eso no la tranquilizó sobre la situación en la que se encontraba. Sabía que, como mínimo, tendría que estar furiosa con Dominic por haberle arrebatado la inocencia, pero no podía y tampoco sabía por qué. Quizá fuese porque sabía que había sido tan responsable de lo que había pasado como él, si no más.

Había querido que Dominic le hiciese el amor esa mañana. Lo había deseado tanto como él la había deseado a ella, hasta el punto de que se sintió decepcionada cuando se detuvo bruscamente. Reconocerlo era impropio de una joven a la que habían criado para que creyera que las mujeres que se comportaban así eran lascivas, que no eran mejores que las prostitutas que recorrían algunas calles. En cuanto a lo que sentía en ese momento hacia Dominic... Era una pregunta que se había hecho y no se había contestado. Sintiera lo que sintiese hacia él, sería un disparate quererlo un poco siquiera. El conde de Blackstone era un hombre que eludía todos los sentimientos delicados de la vida.

Que Dominic hubiese vuelto, como dijo que haría, hacía que estuviera más convencida de que él no podía darse cuenta de su embrollo de sentimientos.

—Que pase, por favor —le ordenó al mayordomo con frialdad.

Caro se levantó para recibirlo con la misma formalidad que tenía la sala iluminada por la luz del sol.

Una mirada a la expresión fría de Caro y a su elegancia digna le bastó para saber que si bien no se había repuesto de lo sucedido esa mañana, tampoco estaba dispuesta a que se le notara.

—Señora Morton... —la saludó así por la presencia del mayordomo.

Ella hizo una fugaz reverencia en respuesta a la inclinación de él.

—Es usted muy amable por visitarme otra vez tan pronto, lord Vaughn.

Él no se dejó engañar por la cortesía de Caro y captó claramente el desdén de su expresión. También captó lo guapa que estaba con el vestido amarillo y con los rizos dorados iluminados por la luz del sol que entraba por la ventana que tenía detrás. Esperó a que el mayordomo se hubiese marchado y hubiese cerrado la puerta.

—Una visita que, evidentemente, habrías preferido que no hubiese hecho —replicó él con ironía.

Caro arqueó las cejas.

—Al contrario. Solo tengo curiosidad por saber por qué se ha molestado en anunciarse cuando es el propietario de la casa.

Él frunció el ceño con enojo.

—Seré el propietario, Caro, pero tú estás viviendo aquí...

—Provisionalmente.

—Y, por lo tanto, habría sido una descortesía que entrara sin anunciarme —siguió él con firmeza.

Ella sonrió con más amargura que otra cosa.

—Y, de ahora en adelante, seremos corteses el uno con el otro, ¿no?

Él apretó los labios mientras entraba más en la habitación.

—Sí, lo intentaremos.

—Qué agradable —ella volvió a sentarse en el sofá con las manos cruzadas sobre el regazo—. Entonces, ¿le apetece tomar el té conmigo, lord Vaughn?

Lo que le apetecía era volver con la Caro de antes, la Caro a la que le importaban las trivialidades de la cortesía tan poco como a él, la misma Caro que le había dicho infinidad de veces que haría lo que quisiera y cuando quisiera. Una Caro que no veía por ninguna parte en esa joven que lo miraba con frialdad y desapego.

—¿A lo mejor prefiere algo más fuerte que el té? —volvió a preguntarle ella cuando él no contestó.

No quería que sus palabras o sus actos revelaran cuánto le alteraba su presencia allí. No tenía ni idea de cómo debía comportarse una mujer con el hombre que esa misma mañana le había arrebatado la inocencia y que, acto seguido, le había dejado muy claro que le había parecido un error. Sin embargo, estaba segura de que, dadas las circunstancias, no debería admirar lo increíblemente apuesto que estaba con una levita azul marino, un chaleco algo más claro, una camisa blanca como la nieve y unos pantalones marrones por encima de una botas también marrones.

Aunque la expresión de esos ojos plateados y la tensión de su mandíbula indicaba que estaba mucho menos relajado de lo que quería parecer. Decidió que esa frialdad entre los dos era intolerable. No quería que ninguno de los dos aludiera a lo que había pasado esa mañana, era de lo último que quería hablar o pensar, pero le parecía que los educados desconocidos que fingían ser eran igual de inaceptables. Tanto que sus sentimientos estaban a punto de hacerle llorar. Se levantó repentinamente para tirar del cordón de la campanilla.

—¿Prefiere brandy o whisky?

Le gustaría una copa de cualquiera de las dos cosas, pero no conseguiría sofocar el sentimiento de culpa por los cambios que había visto en Caro ni aunque se bebiese una frasca entera.

—Pide té para los dos.

Él se acercó a la ventana mientras ella hablaba con el mayordomo. Podría ser el invitado al salón de una mujer de la alta sociedad. Sentía la misma cortesía, formalidad y rigidez que habría podido esperar allí. Algo que nunca había existido entre

Caro y él. Se dio la vuelta con decisión en cuanto se quedaron solos otra vez.

—Caro, tiene que ser tan evidente para ti como lo es para mí que tenemos que hablar.

—¿De qué quiere hablar, lord Vaughn? —preguntó ella con desenfado mientras volvía a sentarse en el sofá—. ¿Del tiempo? ¿De lo bonitos que están los jardines en esta época del año? Como nunca he ido a ninguno, me temo que no puedo hablar con conocimiento de causa de los bailes y festejos que se celebran en los salones de la alta sociedad...

—Deja de decir sandeces inmediatamente —él ya no pudo contener la impaciencia—. No tengo ganas de hablar del tiempo, los jardines o lo que haga la alta sociedad, y creo que tú tampoco.

Ella arqueó las cejas con altivez.

—Creía que acababa de decirle que estaría encantada de hablar de cualquiera de los dos primeros temas...

—Si no dejas esa cháchara ridícula inmediatamente, Caro, ¡tendré que zarandearte hasta que te suenen los huesos!

Dominic cerró los puños a los costados como si quisiera contener ese arrebato y apretó los dientes mientras la miraba con rabia.

—Si lo intenta, ¡le aseguro que agarraré el

abrecartas que hay en la mesa y se lo clavaré en el pecho!

Él sonrió ligeramente. Era casi la Caro a la que estaba acostumbrado. El mayordomo entró con la bandeja de té y él esperó a que la dejara en la mesita baja que había delante de ella y se marchara otra vez.

—Creía que podía interesarte saber qué tal estaba lord Thorne esta tarde.

Dominic se sentó en la butaca que había enfrente de Caro mientras ella servía las tazas de té.

—Espero que esté bien —comentó ella mirándolo.

—Sí, un poco mejor, pero si no me equivoco, la amabilidad de su tía está asfixiándolo y la afilada lengua de su señorita de compañía está intimidándolo.

Caro sonrió levemente al imaginarse al apuesto y granuja lord Thorne abrumado por una anciana dama y regañado por una joven.

—Seguro que le parece más insufrible que las heridas.

Caro le dio el té a Dominic y tomó su taza después. Se hizo un breve silencio antes de que él hablara otra vez.

—Caro, deberíamos haber tenido esta conversación esta mañana, pero... —él sacudió la cabeza—. Los sentimientos estaban tan a flor de piel que no me pareció el momento...

—Espero sinceramente, lord Vaughn, que no piense fastidiarme otra vez con sus preguntas sobre mi salud —Caro lo miró con un destello en los ojos—. Ya le he asegurado que estoy perfectamente y no quiero hablar más de ese asunto.

Para su desgracia, la mano le tembló ligeramente mientras se llevaba la taza a los labios para dar un sorbo de té y evitar la mirada de esos penetrantes ojos plateados. Era incómodo estar tomando el té como si solo fuesen dos conocidos, pero prefería eso a la humillación de volver a hablar sobre lo que había pasado esa mañana. El mero hecho de estar en la misma habitación que Dominic hacía que sintiera esos ligeros dolores e irritaciones que le recordaban que había hecho el amor con él.

El baño le había aliviado algunas molestias, pero no había eliminado la ligera irritación en los pechos que le había producido Dominic al frotar su barba incipiente contra ellos, ni el leve dolor que sentía entre los muslos cada vez que se movía. ¡Y no tenía ningunas ganas de hablar de eso con Dominic! Como tampoco quería seguir dándole vueltas en la cabeza cuando él le había dejado muy claro que le parecía un error que hubiesen hecho el amor.

Sin embargo, ojalá no siguiera afectándole tanto con ese pelo moreno que le caía sobre la frente dándole un aspecto de sinvergüenza, con esa mano que había levantado para apartarse el flequillo y que esa misma mañana le acariciaba los rizos dorados que tenía entre los muslos...

—Como si pudiéramos eludirlo tan fácilmente —replicó él con los labios apretados.

Ella frunció el ceño mientras hacía un esfuerzo para olvidarse de los recuerdos del placer carnal.

—No sé por qué no íbamos a poder.

¿Realmente podía ser tan ingenua? Se preguntó él. Si fuese así, entonces era más importante todavía que tuvieran esa conversación.

—Tú fuiste quien comentó esta mañana que lo que hicimos podía tener consecuencias.

—Consecuencias que, según usted, eran muy improbables.

Dominic renunció a parecer tranquilo y se levantó para ir de un lado a otro por la alfombra que había delante de la chimenea. Esa mañana se sintió tan conmocionado por la inocencia de Caro y tan perplejo por su propia excitación que no pudo pensar con claridad ni, naturalmente, hablar con cordura del asunto. Incluso en ese momento, notaba el riesgo de querer hacer el amor con ella en vez de hablar, como tenían que hacer. De besar su nuca, de acariciar sus pechos firmes, de separarle los rizos de entre los muslos para excitarle la delicada protuberancia antes de entrar en ella y colmarla de placer... Apretó los puños.

—Consecuencias que, según dije, eran una posibilidad —le corrigió él.

—No lo entiendo...

—Aunque me duela decirlo, Caro, existe la posibilidad, aunque remota, de que te quedes embarazada solo por haberte penetrado —le explicó Dominic mientras ella lo miraba inexpresivamente.

Ella abrió los ojos, se quedó pálida y dejó caer al suelo la taza y el plato que sujetaba con una mano.

Trece

Caro solo pudo quedarse mirando los trozos de porcelana y el charco de té con leche que amenazaba con calar la alfombra y los zapatos de satén.

—Caro...

—Dominic, llama a Denby, por favor.

Ella tomó una servilleta de la bandeja y se arrodilló para limpiar lo que pudiera, antes de recoger la taza y el plato hechos añicos. También se alegró de que eso le hubiera permitido no tener que replicar a lo que había dicho Dominic. Sabía cómo se engendraban los bebés aunque Diana, como hermana mayor, no hubiera considerado que tuviera el deber de explicárselo a sus hermanas menores cuando fueron suficientemente mayores. Sin embargo, habría sido imposible no saberlo cuando su padre había hablado muchas veces sobre la cría selectiva de los ciervos y el ganado de Shoreley

Hall con el administrador de sus posesiones sin importarle que sus tres hijas estuviesen presentes. Sin embargo, había preferido creer que eso era imposible con la breve penetración de Dominic.

—Déjalo, Caro —Dominic la agarró de un brazo y la levantó antes de dirigirse al mayordomo—. Denby, por favor, ocúpate de que recojan esto mientras me llevo a la señora Morton a dar un paseo por el jardín.

Dominic tenía una expresión sombría mientras Caro parecía tan aturdida que no reaccionó con el rechazo habitual a que le dijeran lo que tenía que hacer, sino que le permitió que la llevara al soleado jardín. La verdad era que creía que podría haberse derrumbado completamente si no la hubiese agarrado del brazo.

—Caro, me doy cuenta de lo delicada que es la situación, pero...

—Ahora, no, Dominic. Yo... Dame unos minutos para pensar.

Se alejó de él, le dio la espalda y fue a mirar el estanque con peces de colores. Él frunció el ceño al darse cuenta de que parecía muy delicada, muy joven y vulnerable, mientras estaba quieta y en silencio, cuando, con toda certeza, se sentía desasosegada por sus pensamientos. Tan desasosegada como él.

—He venido esta tarde para garantizarte que si,

por mala suerte, te quedas embarazada, consideraré que mi honor me exige ofrecerte matrimonio.

—¡Matrimonio!

Ella se dio la vuelta y lo miró fijamente como si la idea la espantara. Él siempre había sabido que tendría que casarse algún día, aunque solo fuese para tener un heredero, pero, si hubiese pensado lo más mínimo en el asunto, se habría imaginado que su esposa sería de una de las familias de lo más granado de la sociedad, una joven amable y obediente, no una joven terca y sin pelos en la lengua, que se negaba a hacer caso, que, peor aún, hacía lo que quería independientemente de lo que le aconsejaran. Tomó aliento.

—Me parece evidente, a pesar de las circunstancias en las que nos conocimos, que te educaron para ser una dama...

—¿De verdad? —preguntó ella en un tono gélido.

—Y que, por algún motivo que tú sabrás, has decidido separarte un tiempo de tu familia —siguió él con firmeza—. Afortunadamente, solo Butler y Jackson... —y seguramente Nicholas Brown, se dijo para sus adentros—...saben que Caro Morton y la mujer enmascarada son la misma persona. Naturalmente, es lamentable que acabaras en un club de juego, pero eso ya no puede cambiarse...

—Te aseguro que si hay algo que me gustaría cambiar de mi estancia en Londres, ¡es haber tenido la desdicha de haberte conocido!

Él apretó los dientes por el insulto.

—Aun así, si te quedas embarazada, y puesto que sé que eras virgen, estoy dispuesto a aceptar mi responsabilidad...

—Te aconsejo que no digas ni una palabra más así de ofensiva —le interrumpió ella con un brillo amenazante en los ojos—. Embarazada o no, no voy a plantearme siquiera la posibilidad de casarme contigo. ¡Ni siquiera aunque te pusieses de rodillas y me lo suplicaras!

A él jamás se le había pasado por la cabeza la idea de arrodillarse para pedirle a una mujer que se casara con él, aunque la vehemencia con la que Caro descartaba esa posibilidad le parecía más insultante que tranquilizadora.

—Sabía que era un hombre arrogante, milord, pero no me había dado cuenta de que también tenía un concepto tan elevado de sí mismo —añadió ella estremeciéndose un poco.

Dominic notó que las mejillas le ardían por ese insulto que se sumaba a todos los demás.

—¡Al parecer, esos defectos tan horribles que tengo no afectaron al deseo que sentiste por mí esta mañana!

Caro se puso roja como un tomate al acordarse de su reacción cuando hicieron el amor. Sin embargo, había ido a Londres para evitar que su tutor, otro conde, pudiera coaccionarla de alguna manera para que se casara con él y no podía evitar sentirse despreciada por la aversión de Dominic a tener que convertirla en su condesa si se daba esa «remota posibilidad».

—Creo que los dos hemos dejado claro lo que sentimos sobre este asunto, lord Vaughn, y que, por lo tanto, esta conversación ha terminado. ¡Lo mejor sería que no volviera a tocarme!

Ella entrecerró los ojos al comprobar que Dominic estaba demasiado cerca de ella y a punto de agarrarle un brazo. Él la miró con unos ojos tan implacables como los dedos que le atenazaron el brazo.

—¿Qué pasaría si no hiciera caso a ese consejo?

Ella levantó la barbilla desafiantemente.

—Entonces, ¡no me quedaría más remedio que darle un puñetazo en la barbilla!

Él dio un respingo por la sorpresa y el brillo de furia de sus ojos dejó paso a la admiración mientras se reía fugazmente.

—Con toda certeza, eres la mujer más increíble que he visto en mi vida.

Desgraciadamente para él, la furia de Caro conservó la misma intensidad que siempre.

—¿Solo porque prefiero amenazarle con algo que puede entender en vez de ponerme histérica?

—Efectivamente —él le aflojó un poco el brazo, pero no se lo soltó—. Caro, no quería ofenderte cuando te he dicho que estaba dispuesto a pedirte que te casaras conmigo si estás embarazada...

—¿De verdad? —le interrumpió ella—. Entonces, ¿espera que le agradezca la oferta que le exige su honor? ¿Debo sentirme halagada por lo lamentable que le parece la situación? ¿Debo estar contenta porque, como sabe que era virgen, está dispuesto a aceptar su responsabilidad como padre del hijo que puede nacer dentro de nueve meses?

—Estás tergiversando mis palabras...

—En absoluto.

Se enfurecía cada vez más cuando pensaba en lo que Dominic llamaba «propuesta de matrimonio». En ese momento, se sentía capaz de darle un puñetazo en su arrogante barbilla.

—Lord Vaughn, le aseguro que si tengo la desdicha de estar embarazada de usted, será el último hombre al que acudiré para pedirle ayuda.

—¿A quién acudirías si no es a mí? —le preguntó él mirándola con los ojos entrecerrados.

Quizá hubiese sido imprudente al ir a Londres,

al ser cantante en un club de caballeros y, sobre todo, al haber llegado tan lejos con Dominic esa mañana, pero seguía siendo lady Caroline Copeland, la hija de un conde, una mujer a la altura social de Dominic Vaughn. Que él no supiera quién era carecía de importancia, seguía siendo la arrogancia personificada.

—No me faltan amigos, señor —contestó Caro mirándolo con gesto altivo, aunque era mucho más baja que él—. Amigos buenos y leales, que me respaldarían incondicionalmente.

Sus dos hermanas eran su familia y sus mejores amigas y estaba segura de que Diana y Elizabeth la respaldarían independientemente de las circunstancias.

—¿Dónde han estado esos amigos durante las dos semanas pasadas? —preguntó él esbozando una sonrisa.

—Exactamente, donde han estado siempre —contestó ella levantando la barbilla.

La había tranquilizado saber que sus hermanas estarían esperándola en Shoreley Hall cuando decidiera volver con ellas. Sin duda, Diana la reñiría con severidad por haberse escapado y Elizabeth le pediría que le contara sus aventuras cuando se quedaran solas, pero estaba segura de que sus hermanas no la abandonarían pasara lo que pasase.

—Maldita sea, Caro... —empezó a decir Dominic mientras volvía a agarrarla con más fuerza.

—¡Mañana tendré tantos moratones como lord Thorne!

No estaba haciéndole daño, pero sabía que si lo insinuaba, él la soltaría inmediatamente.

—Perdón —efectivamente, Dominic la soltó—. Caro, deja a un lado tu obstinado orgullo y piensa en...

—¿El honor de convertirme en condesa? Lo he pensado, milord, ¡y lo he descartado al instante!

Lo miró con el desdén de una reina y él empezó a perder la paciencia con esa conversación. Había intentado ser honrado con ella y le había propuesto matrimonio si estaba embarazada, pero, al parecer, solo había conseguido ofenderla. Además, nada de lo que había dicho después había corregido la situación. En realidad, parecía como si no pudiera congraciarse con ella hiciera lo que hiciese. Sin embargo, ¿quería congraciarse con ella? ¿No sería mejor para los dos que las cosas se quedaran exactamente como estaban? Era desagradable sentir su frialdad y los azotes de su lengua, pero la alternativa solo podía acabar en otro encuentro apasionado. Todavía la deseaba abrasadoramente a pesar de que sabía que repetir lo que habían hecho esa mañana sería un disparate. Podía recordar su piel sedosa bajo las caricias de sus manos solo con mirarla. Podía recordar sus pezones duros como piedras en la boca, la humedad ardiente cuando entró en ella... ¡No! Seguramente, lo más seguro era incitarla a que no se congraciara con él.

—Como quieras, Caro.

Dominic se dio la vuelta y se estiró arrogantemente los puños de la camisa. Ella se puso como un basilisco cuando le dio la espalda.

—¡No sé qué podía estar pensando esta mañana cuando permití que me hiciera el amor si representa todo lo que más desprecio de un hombre!

Él se dio la vuelta bruscamente y con el ceño fruncido.

—¡Tu carácter deslenguado e insumiso también es lo que más me disgusta de una mujer!

—Entonces, ¿estamos de acuerdo en que no nos gustamos? —le preguntó ella con frialdad.

—¡Desde luego! —exclamó él entre dientes.

—Entonces, le deseo que pase un buen día, lord Vaughn.

La miró con desesperación. Nunca había conocido a una mujer que lo enfureciera e impacientara tan deprisa, pero sobre todo, a la que deseara tan deprisa... La lógica le dijo que si quería conservar la cordura, tendría que proteger a Caro desde la distancia.

—¿Voy a tener que seguir prisionera aquí, como

lo estuve en Blackstone House, hasta que pase el peligro de Nicholas Brown o podré dar algún paseo en carruaje? —le preguntó Caro interrumpiendo los pensamientos de Dominic.

La miró con detenimiento y el instinto le dijo que debería negarle ese pequeño placer por su propia seguridad, pero también le recordó que esa misma mañana había desobedecido sus instrucciones y que el resultado había sido desastroso. Hizo una mueca con la boca. Si se lo negaba, ella encontraría la manera de desobedecerle y se desencadenaría un infierno. Era mucho mejor saber lo que estaba haciendo en cada momento.

—Creo que puedo permitir que pasees en un carruaje.

—¡Qué amable! —exclamó ella sin disimular el sarcasmo—. ¿Tendré que ir acompañada por una doncella?

—No hace falta si tú no quieres. Los lacayos y el cochero son viejos compañeros de armas —añadió él antes de que ella pudiera hacer otro comentario hiriente—. Confío en su capacidad para que no te pase nada.

—Supongo que quiere decir que no me pase nada más.

Él se echó atrás cuando sintió que el dardo verbal había dado en la diana. Cuánto anhelaba tomar entre los brazos a esa mujer tan levantisca para someterla con un beso si no encontraba otra manera de que le obedeciera. Sin embargo, también sabía que no podía ni debía hacer nada de eso.

—Mañana te visitaré otra vez...

—Estoy segura de que no hace falta que se moleste por mí —le interrumpió ella.

Dominic contuvo otra vez la desesperación y supo lo mal que había llevado esa situación.

—Entonces, me marcharé.

Ella asintió con la cabeza y con frialdad.

—Lord Vaughn...

Dominic ya no podía hacer o decir nada más para que las cosas fuesen como habían sido entre ellos, aunque no supiera, ni comprendiera del todo, cómo habían sido.

Se sintió desasosegada en cuanto estuvo segura de que el conde se había marchado. Le quedaban una tarde y una noche muy largas por delante, como le quedaba el día siguiente al haberle dicho a Dominic que no hacía falta que la visitara. ¡Él no debería haberla enfadado tanto! No debería haberle dicho esas cosas insultantes. Unos insultos que ella le había devuelto con creces, se reconoció con pesadumbre.

Qué distintas habrían sido las cosas si él, en vez de ofrecerle matrimonio de esa manera tan ofensiva, le hubiese dicho que se había enamorado de ella. ¿Qué habría hecho? ¿Qué habría contestado a su petición de matrimonio? ¿Habría correspondido a la declaración de amor antes de aceptar la propuesta?

La idea de que podría haber hecho esas dos cosas la alteró tanto que salió corriendo de la sala y solo se paró lo suficiente en el vestíbulo para pedirle a Denby que le prepararan el carruaje, antes de seguir apresuradamente hasta su dormitorio para recoger el sombrero y el chaquetón. Le parecía que la tarde era heladora desde la marcha de Dominic...

No tenía ni idea de a dónde ir en el carruaje, solo sabía que tenía que escapar de las cuatro paredes de Brockle House y de sus recuerdos, aunque fuese un rato. Le pidió al cochero que la llevara al mismo parque adonde fueron el día anterior. Quizá lo hizo con la esperanza de que volviera a ver a la niña con el perro, que le recordó a Elizabeth. Sin embargo, si ese había sido su deseo, pronto se sintió defraudada, como también se sintió cansada de que la miraran con curiosidad por ir montada en el carruaje con el emblema del duque de Blackstone.

Sintió la necesidad de estar en compañía de alguien comprensivo y le pidió al cochero que la llevara a Nick's. Drew Butler y Ben Jackson estuvieron encantados cuando fue a visitarlos esa mañana y también la recibirían bien si volvía a visitarlos. Sin embargo, no había llegado muy lejos en esa dirección cuando pudo ver un nubarrón negro que flotaba en el cielo.

—¿Qué es eso, Daley? —le preguntó el cochero.

—Creo que puede ser humo, señora Morton —contestó él en un tono respetuoso.

¿Humo? Si había humo por allí, tenía que ser por un incendio y un incendio era muy peligroso en una ciudad del tamaño de Londres.

—¿No deberíamos acercarnos para ver si podemos ayudar, Daley?

—Dudo mucho que el señor fuese a aprobarlo, señora.

Dominic... Humo... ¡Incendio! No supo por qué estuvo segura de que las tres cosas estaban relacionadas. Solo supo que estaba más convencida a cada segundo que pasaba.

Catorce

—Basta ya, Drew, no podemos hacer nada más.

Dominic estaba agotado y los dos estaban negros de los pies a la cabeza después de haber entrado varias veces en el edificio calcinado. El humo salía por todas las ventanas y puertas, mientras las llamas seguían quemando el tejado. Los ojos de Butler resplandecieron en el rostro cubierto de hollín.

—¡Ben sigue dentro!

—No podemos hacer nada más —repitió Dominic en tono sombrío mientras miraba el infierno que una vez fue Nick's.

—Pero...

—Lo hemos perdido, Drew.

El hombre dejó caer los brazos a los costados y su rostro curtido reflejó la derrota que sentían los dos cuando solo podían observar el incendio descontrolado pese a su esfuerzo y el de los hombres que habían acudido minutos después para ayudarlos a apagarlo. El incendio ya había empezado cuando Dominic llegó hacía media hora. No era tan voraz como en ese momento, claro, pero aun así hizo que Drew y Ben Jackson desistieran de seguir entrando y saliendo para salvar todo lo que podían. Desgraciadamente, Ben había decidido entrar una vez más para recoger algunas cosas suyas y los libros de cuentas del despacho de Drew Butler. No había vuelto a salir... Drew apretó los puños a sus costados.

—¡Voy a matar a ese malnacido!

—¿A Brown? —preguntó Dominic entre dientes.

—¿A quién si no? —respondió el hombre con los ojos como ascuas.

Era la misma conclusión a la que había llegado Dominic en cuanto vio las llamas y recordó el aire de satisfacción serena que tenía Brown cuando se marchó del club de juego esa misma mañana. Él había estado en la guarida del león la tarde anterior para intentar adivinar si Brown era el responsable del ataque a Osbourne. La naturalidad con la que negó saber algo sobre el ataque, cuando alardeaba de saber todo lo que pasaba en «su ciudad», como la llamaba él, le hizo pensar que sus sospechas eran acertadas. Que el propio Brown hubiese ido esa mañana a visitar a sus viejos amigos Butler y Jackson y la conversación cautelosa que tuvo con él en presencia de Caro indicaban la audacia de ese hombre. El incendio del edificio, solo unas horas después de su visita, le parecía un desafío evidente. Frunció el ceño.

—Las autoridades necesitarán pruebas antes de actuar.

—Yo no necesito pruebas para saber que Brown está mezclado en esto —replicó Drew con rabia.

—Drew, puedes estar seguro de que me siento igual que tú, pero te aconsejo seriamente que no hagas nada por tu cuenta...

—¿Tengo que quedarme de brazos cruzados y que salga impune del asesinato?

Él ya había sufrido una afrenta a su honor hacía dos días y no estaba dispuesto a sufrir otra.

—Espero que confíes en mí para que eso no ocurra.

Drew pareció no oírlo.

—Trabajé para él durante casi veinte años. Ya había sospechado lo miserable que podía llegar a ser, pero... Brown ha hecho esto como que me llamo Andrew Butler.

—Y yo te he garantizado que pagará por sus crímenes...

—¡Dominic! ¡Drew! ¡Gracias a Dios que estáis bien!

Dominic se dio la vuelta justo a tiempo de recibir a Caro entre sus brazos.

A Caro le costó comprender lo que estaba viendo cuando el carruaje entró en la avenida y vio los restos calcinados del club donde había trabajado hasta hacía dos noches. Todo el edificio estaba en llamas, el humo negro y espeso salía por todas partes y docenas de hombres corrían para arrojar agua e intentar impedir que el incendio se propagara por los edificios contiguos. Sintió un alivio inmenso cuando vio a Dominic y Drew hablando.

Había sido un alivio tan grande que, por un momento, se había olvidado de la disputa con Dominic y se había arrojado en sus brazos. En ese momento, le abrasaban las mejillas, no por el calor del incendio, y se soltó del abrazo de Dominic para dirigirse al otro hombre.

—Cuánto me alegro de verte bien, Drew...

—No te preocupes por eso ahora, Caro.

Dominic fue quien replicó mientras la alejaba de los trozos de madera chamuscada que estaban cayendo del edificio quemado.

—Si no te importa, explícame qué estás haciendo aquí.

Ella frunció el ceño al ver su gesto sombrío y crítico.

—Había salido de paseo, como te dije que haría, y vi el humo...

—Y decidiste investigar —le interrumpió Dominic con una violencia poco contenida—. ¿No pensaste que podías haberte visto atrapada por el fuego?

Ella agitó una mano para restarle importancia.

—Creo que tengo suficiente sensatez para no acercarme tanto que...

—Sin embargo, ¡aquí estás!

Dominic la miró con rabia y supo que ella no sabía que faltaba Ben Jackson, que cuando se diera cuenta, él tendría otra crisis entre las manos. El cariño de Caro hacia el afable gigantón había sido evidente desde el principio y, cuando supiera que Ben había desaparecido en el edificio en llamas, reaccionaría de alguna manera. No sabía si lloraría y gritaría por el dolor o se enfurecería...

—Estaba preocupada... —quiso justificarse ella con un gesto de tristeza.

—Pues ya no tienes motivo para estar preocupada y quiero que vuelvas a montarte en el carruaje inmediatamente y que vuelvas a Brockle House —le ordenó Dominic.

—Pero...

—Caro, no me discutas esto como te sientes obligada a discutirme todo lo que digo —Dominic la interrumpió con los dientes muy apretados—. Aquí no puedes ayudar.

—¿Puedo proponer que me deje ocuparme de la situación mientras acompaña a Caro?

Drew se dirigió a Dominic con serenidad mientras miraba hacia un lado del edificio. Dominic también miró y vio cierta actividad que indicaba que habían encontrado a Ben. Ninguno de los dos creía que hubiese podido sobrevivir a los minutos que había pasado en ese infierno.

—No hace falta...

—Sí hace falta.

Dominic volvió a interrumpirla tajantemente mientras hacía un gesto con la cabeza al otro hombre.

—A ti, a lo mejor...

—A mí, también, Caro —intervino Drew mientras se ponía al lado de Dominic—. Haz lo que te aconseja el señor y vuelve a tu carruaje...

—¿Por qué tenéis tanta prisa para que me marche?

Caro los miró con recelo, como si se hubiese dado cuenta de que estaban acorralándola como hacían los empleados de su padre cuando llevaban el ganado a los establos para pasar el invierno.

—Yo... ¿Dónde está Ben?

Ella miró a izquierda y derecha, pero tenía a Drew y Dominic delante y no podía ver gran cosa.

—Caro...

—¿Dónde está Ben, Dominic?

Levantó las manos y apoyó una en el pecho de cada hombre como si quisiera apartarlos, pero, aturdida, los sorteó cuando ninguno de los dos se movió. Entonces, vio que algunos de los hombres que habían estado combatiendo el incendio estaban cargando con algo, con algo pesado, con un peso muerto, con...

—Ben... —susurró ella con un hilo de voz.

—¡No, Caro!

Dominic la agarró de los hombros cuando quiso salir corriendo hacia los hombres que estaban dejando ese bulto en el suelo.

Intentó zafarse de Dominic con los ojos fuera de las órbitas.

—¿No os dais cuenta de que es Ben?

—Sabemos quién es, Caro —contestó Drew con calma—. Si se puede hacer algo por Ben, puedes estar segura de que se hará —añadió en tono sombrío—. Ahora, lo mejor que puedes hacer por él es volver a casa sin estorbar.

Ella se quedó inmóvil. Miró primero a Drew y luego a Dominic, quien sacudió levemente la cabeza cuando la giró después de haber mirado la frenética actividad que había alrededor de los harapos calcinados. Incluso a esa distancia, ella pudo ver que su espíritu ya no estaba allí... Dejó escapar un grito atroz antes de que las piernas le flaquearan y empezara a caer lentamente al suelo.

—Estás a salvo, Caro.

Dominic lo dijo en un tono más áspero del que había querido imprimir a su voz mientras la estrechaba con fuerza contra el pecho para evitar que se soltara.

—Por favor, estate quieta, Caro —le pidió con más amabilidad mientras el carruaje seguía su camino.

Por primera vez desde que se conocían, ella obedeció y lo miró con los ojos verdes como el mar inundados de lágrimas.

—Dominic, ¿Ben nos ha dejado?

Él tomó aire.

—Si te sirve de consuelo, creo que murió al respirar el humo mucho antes de que el fuego lo alcanzara.

Al menos, esperaba sinceramente que hubiese pasado eso. Aunque, daba igual cómo hubiese muerto, había muerto por el incendio que había provocado intencionadamente Nicholas Brown, como creían Drew y él.

—¿De verdad, Dominic?

Él hizo un esfuerzo para suavizar la expresión porque sabía que Caro necesitaba creer que la muerte de Ben había sido lo menos dolorosa posible.

—De verdad —contestó él asintiendo con la cabeza.

Después de haberla llevado al carruaje cuando se desmayó, se detuvo un instante para hablar con los hombres que habían sacado el cuerpo de Ben. Al parecer, lo habían encontrado tirado en el pasillo que llevaba al despacho de Drew, donde el incendio había sido menos intenso.

—Era un joven muy amable —dijo ella con un nudo en la garganta.

Dominic había visto muchas veces a Ben durante los años que acudió al club de juego y había sido casi imposible no sentir afecto por ese joven y por cómo aceptaba lo que le había tocado vivir. Por eso, sabía que iba a ser muy complicado aceptar la muerte de un joven tan afable y simpático.

—Lo era —confirmó él inexpresivamente.

Caro se soltó de sus brazos y se sentó lentamente.

—¿Cómo ha podido pasar, Dominic? No puedo

creerme que hace unas horas estuviera bebiendo té con él...

Las lágrimas le cayeron por las mejillas y él apretó los labios al recordar que Brown también había estado sentado con ellos.

—Quizá consigamos saber cómo empezó el incendio cuando esté completamente apagado y podamos entrar en el edificio.

Sin embargo, Drew Butler y él estaban convencidos de que lo había provocado Brown o uno de sus secuaces.

—¿Crees que Nicholas Brown es el responsable?

A él no le sorprendió la sagacidad de Caro.

—Sin duda —contestó en tono sombrío.

—¿Crees que quiso perjudicarte todo lo posible o que quería que Ben o Drew murieran?

Caro palideció cuando expresó la última posibilidad. Que él supiera, nunca había mentido. En realidad, en todo lo que había hecho, sobre todo esa mañana, había sido completamente sincero con ella. Todo, desde hacer el amor, hasta el disparate de ofrecerle que se casara con él, había sido sincero hasta la autodestrucción.

Sabía que si le había permitido abrazarla en ese momento, aunque hubiese sido brevemente, había sido solo porque la muerte de Ben la había alterado, que cuando ella recuperara el dominio de sí misma, volverían las hostilidades. Tomó aliento mientras buscaba cuidadosamente las palabras.

—Creo que fue lo primero, pero también creo que a Brown le daba igual que alguien pudiera ser víctima del incendio —contestó él antes de sacar el pañuelo para limpiarse un poco la cara y las manos.

—Ben no le habría hecho nada ni a una mosca —replicó ella con la respiración entrecortada.

Él recordó esos puños como mazas y las pocas veces que vio al joven usarlos y no estuvo seguro de que eso fuese verdad. Sin embargo, sí coincidió con Caro en que Ben nunca tuvo malicia cuando hizo su trabajo y defendió el club.

—Estoy seguro de que murió en el incendio por mala suerte.

Él tampoco estaba seguro de eso porque Nicholas Brown había visto esa misma mañana que Ben y Drew trabajaban afanosamente para que el club pudiera abrir otra vez lo antes posible.

—¿Lo crees sinceramente? —le preguntó ella mirándolo fijamente.

—Yo... Sí, creo que es una suposición razonable —contestó él con cautela.

—No soy una niña, ni soy tonta, Dominic, ¡y espero que no me trates así después de todo lo que ha pasado! —exclamó Caro con rabia al darse cuenta de su evasiva.

Él no dudaba de su madurez ni de su inteligencia, pero tampoco era dado a decir sus pensamientos o sentimientos a otra persona.

—Te aseguro que no te considero ninguna de las dos cosas, Caro, pero creo que es mejor que no diga nada hasta que esté seguro de las cosas.

Tampoco estaba dispuesto a que ella se mezclara en el ajuste de cuentas que pronto caería sobre Nicholas Brown. Era lo bastante impetuosa e imprudente como para correr cualquier peligro para vengar a Ben. No, pensaba lidiar él personalmente con Nicholas Brown...

—No puedo entender que alguien haga algo tan... abominable como provocar un incendio intencionadamente.

Él sabía muy bien que Brown tenía fama de haber hecho cosas peores en el pasado. También sabía, demasiado tarde para Ben, que debería haberse empeñado en que pusieran más vigilancia después del ataque a Osbourne, a pesar de que Drew le asegurara que podía cuidar de sí mismo y de su familia, entre otros, de Ben. Si no lo hizo fue porque se concentró tanto en proteger a Caro que casi se olvidó de todo lo demás... Un peligro que parecía más inminente que nunca. Había creído que Caro estaría a salvo si la protegía y la llevaba lo antes posible al anonimato de Brockle House. Sin embargo, la visita de Brown al club de juego había descubierto a Caro, si no como la mujer enmascarada, sí como alguien más cercano a él que los primos que decían ser. Incluso, temía que supiera que ella vivía en Brockle House desde esa mañana...

Estaba tan deseoso como Drew de enfrentarse a Nicholas Brown, de que pagara sus crímenes, y en ese momento le encantaría estrangularlo con sus propias manos, pero también era verdad la explicación que le dio a Caro cuando ella puso en duda su honor. Un soldado, un oficial, no se enfrentaba al enemigo hasta que su ejército estaba situado... y Nicholas Brown era su enemigo.

—Caro, creo que lo mejor será que me quede en Brockle House esta noche.

La miró con la cabeza agachada y ella abrió los ojos como platos.

—Creía que los dos habíamos dejado claro que...

—No he dicho que quiera acostarme contigo —la interrumpió él con impaciencia—. Solo creo que, a lo mejor, sería más seguro que me quedara en Brockle House esta noche.

Caro se sonrojó al darse cuenta de su error. Naturalmente, no quería acostarse con ella otra vez esa noche, ¡no quería acostarse con ella nunca más! Algo que debería alegrarla, pero que, por algún motivo, no la alegraba.

—¿Crees que corremos un peligro mortal por causa de Nicholas Brown?

—Es posible —contestó él encogiéndose de hombros.

A Caro estaba sacándola de quicio su reticencia a contarle lo que pensaba y sentía. Era el hombre más reservado que había conocido, incluido su padre, quien se encerró tanto en sí mismo después de que su esposa los dejara para marcharse a vivir a Londres hacía diez años que, mentalmente, nunca volvió a estar del todo con sus hijas. Que ella supiera, Dominic no le contaba sus pensamientos o ideas a nadie y menos a una mujer a la que había ofrecido matrimonio solo si estaba embarazada de él por mala suerte, según sus palabras.

—Si te parece necesario, Dominic, claro que puedes pasar la noche en la que, al fin y al cabo, es tu casa.

Ella inclinó la cabeza con frialdad y él tomó aire por la nariz.

—Entonces, pasaré todas las noches en Brockle House hasta que considere que la situación se ha resuelto satisfactoriamente.

—¿No te parecerá un poco... restrictivo?

—¿En qué sentido? —preguntó él frunciendo el ceño.

Ella se encogió de hombros.

—¿No limitaría tu libertad para entrar y salir cuando quieras?

Dominic tomó aliento con rabia.

—Caro, si estás insinuando que tengo una amante en otra casa de Londres con la que me gustaría pasar las noches, te diré, de una vez por todas, que ¡no tengo ni he tenido una amante en el sentido convencional de la palabra!

—¿No? —preguntó ella arqueando las cejas—. Tengo curiosidad de saber por qué.

—Entonces, me temo que vas quedarte con la curiosidad —gruñó Dominic—. Después de solo unos días sintiéndome responsable de ti a todas horas, estoy más convencido que nunca de que mi decisión de no atarme a algo así fue la acertada.

Quiso ser hiriente y supo que lo había conseguido cuando vio el brillo de furia en los ojos verdes como el mar de Caro. Un brillo de furia que había provocado intencionadamente...

—Esa situación puede rectificarse en cuanto me permitas abandonar tu casa y tu compañía —replicó ella desafiantemente.

—Desgraciadamente, no puedo —Dominic

suspiró—. No puedo hasta que Nicholas Brown esté en manos de la justicia. No temas, Caro, estoy seguro de que Brockle House es lo bastante grande para que no tengamos que hacernos compañía si no quieres.

—¡Es lo que menos quiero!

Sus mejillas se sonrojaron de furia y dejó de mirarlo para mirar por la ventanilla del carruaje. Él sabía que había sido despiadado incordiarla de esa manera, cuando habían acabado tan mal después de haber hecho el amor y cuando estuvo presente en el momento en el que sacaron a Ben del edificio en llamas. Su única excusa era que había hecho que se olvidara brevemente del dolor por la muerte de Ben y que lo hubiera sustituido por ese ánimo impetuoso que tanto admiraba él y que era tan consustancial a ella. Un ánimo que esperaba que la ayudara a sobrellevar unos días que iban a ser complicados...

Quince

—Caro, cuando dije que podías evitar mi compañía todo lo posible mientras yo estuviera aquí, no quería decir que cenaras en tu dormitorio mientras yo estoy solo abajo.

Ella no se inmutó por la impaciencia del tono de Dominic y se dio la vuelta para mirarlo cuando apareció en la puerta de su dormitorio. Habían pasado unas dos horas desde que habían llegado a Brockle House.

Él se había lavado y se había puesto una chaqueta negra, una inmaculada camisa blanca y un lazo meticulosamente atado. Lo cual indicaba que había mandado a alguien a Blackstone House para que recogiera su ropa y a su ayuda de cámara.

Ella había pasado esas dos horas intentando asimilar la muerte de Ben Jackson, intentando aceptar que su amigo había perecido en un incendio que, según creía, había provocado Nicholas Brown o alguien relacionado con él. Durante años, se había resistido con rabia al enclaustramiento en que la habían obligado a vivir en Hampshire y no había vacilado en llevar a cabo su plan de escapar a Londres para eludir a su tutor y su oferta de matrimonio. Había creído que era perfectamente capaz de cuidar de sí misma y que pasar unas semanas en Londres sería una aventura que recordaría toda su vida. Nada de su vida anterior podría haberla preparado para la cruda realidad que había presenciado ese día.

—No he cenado en mi dormitorio —replicó ella.

Él frunció el ceño y entró en la habitación.

—En ese caso, ¿por qué no has cenado?

—Porque no tengo hambre —contestó ella encogiéndose de hombros.

—Caro...

—¡Dominic, por favor! —ella se levantó. También se había lavado y llevaba un vestido rosa—. ¿Cómo voy a comer cuando me entran náuseas cada vez que pienso en el destino del pobre Ben?

La expresión de Dominic se suavizó al darse cuenta de que, si bien él había pasado un par de horas sin sentir sus tentadores encantos, a ella no le había sentado especialmente bien su propuesta de que no se vieran. Podía notar que había llorado al quedarse sola.

—A nadie va a beneficiarle que enfermes...

—¡No puedes esperar que coma cuando Ben está muerto en el depósito de cadáveres!

A Caro se le quebró la voz, se tomó la cara entre las manos y los hombros le temblaron mientras empezaba a sollozar. Él sintió una opresión en el pecho, se acercó y la abrazó para que llorara con la cabeza apoyada en su pecho. Nunca se había sentido cómodo con las lágrimas de una mujer y, después de las intimidades que habían vivido, le parecía que las de Caro eran más difíciles de soportar.

Su proximidad le pareció más irresistible todavía cuando notó que ella le rodeaba la cintura con los abrazos y extendía la calidez de sus manos sobre su espalda.

¡No! Lo último que podía sentir era deseo cuando ella estaba tan desgarrada. Sin embargo, por mucho que lo intentara, no podía dominar la tensión en las entrañas mientras ella estrechaba la delicadeza de su cuerpo contra él con confianza absoluta, sollozando ligeramente y sin pensar nada parecido a lo que estaba pensando él. Su reacción física a esa confianza era muy inapropiada y a ella le espantaría si la notara.

A medida que fue dejando de llorar, notó un cambio entre Dominic y ella, una tensión, una intimidad que se adueñaba de sus sentidos con una sutileza tan traicionera como innegable. El aire incluso parecía más cargado y, de repente, captó el calor que desprendía el cuerpo de él y que el pecho le subía y bajaba bajo su mejilla, cada vez más caliente. También captó toda la extensión de su erección contra los muslos. Contuvo el aliento, levantó lentamente la cabeza para mirarlo y cuando vio la intensidad de su mirada plateada, supo con certeza que no se había equivocado en lo referente a su excitación. Se humedeció los labios antes de hablar.

—Dominic, ¿cómo es posible que sintamos este... deseo después de todo lo que ha pasado hoy?

Estaba perpleja, casi avergonzada, por lo que sentía y la abrasaba por dentro.

—Lo he visto docenas de veces en soldados después de la batalla —contestó él con la voz ronca—. Creo que es la necesidad, el deseo de reafirmar el lugar de cada uno en este mundo después de haberse enfrentado a la muerte.

Ella tomó aliento.

—¿No es escandaloso que sienta esto ahora?

—¿Te parece escandaloso? —preguntó él con una expresión más suave.

—No —ella volvió a pasarse la punta de la lengua por los labios—. Me parece, como tú dices, que necesito saber que los dos seguimos vivos.

Él la miró detenidamente y ella aguantó la mirada sin inmutarse.

—¿Me dejarás que te haga el amor, Caro? —le preguntó él con delicadeza.

—Creía que habías dejado muy claro que no podíamos ni debíamos repetir lo que pasó esta mañana... —contestó ella con los ojos muy abiertos.

—No lo haremos.

—No lo entiendo —replicó ella frunciendo el ceño por la perplejidad.

Él esbozó una sonrisa apesadumbrada.

—Hay muchas maneras de hacer al amor, querida. Muchas maneras sin penetración para que no puedas quedarte embarazada.

A Caro le abrasaron las mejillas.

—Entiendo. ¿Me... me enseñarás esas maneras?

Tenía las mejillas sonrojadas y los ojos resplandecientes, pero no por vergüenza o incomodidad, comprobó Dominic con admiración, sino por curiosidad y excitación. Sabía que no debía permitir que pasara, que tenía que rechazar su petición, pero la miró, captó el mismo deseo que bullía dentro de él y supo que no podría renunciar. También había tenido tiempo para pensar desde que llegaron a Brockle House, de darse cuenta de que ella habría podido ir a visitar a Drew y Ben esa tarde en vez de esa mañana, de que habría podido estar con ellos en el club cuando empezó el incendio, de que podría estar en el depósito de cadáveres en vez de Ben Jackson...

Quizá eso explicara por qué lo sintió tanto cuando Denby le comunicó que Caro le había pedido que le dijera que no lo acompañaría a cenar. Fuera cual fuese el motivo, e independientemente de lo mucho que podía complicar las cosas que hiciera el amor con ella otra vez, sabía que era algo que tenía que hacer urgentemente.

Ella se apartó de sus brazos, se puso de espaldas a él y lo miró por encima del hombro.

—Creo que deberíamos empezar por quitarme el vestido...

Contuvo el aliento al ver la decisión serena de la expresión de Caro y empezó a desabotonarle los botones de la espalda, pero vaciló ligeramente cuando llevaba media docena.

—¿Estás segura...?

—Muy segura, Dominic —murmuró ella bajando la cabeza para mostrarle la vulnerable nuca. Ningún hombre, y menos él, podría resistir la convicción de Caro. Cuando terminó de desabrocharle el vestido rosa y dejó que cayera al suelo, ella dio un paso para salir de él y se dio la vuelta para mirarlo. Solo llevaba una camisola que permitía vislumbrar la firmeza de sus pechos coronados por los pezones oscurecidos y la sombra sedosa de los rizos entre los muslos. Él ya no tuvo posibilidad de pensar en resistirse. El deseo ardió sin control y levantó los brazos para bajarle los tirantes a lo largo de los brazos, para que esa prenda también quedara en el suelo.

Había querido ser considerado con ella al pensar en lo incómoda que podría sentirse después de haber hecho el amor esa misma mañana, pero Caro rechazó esa delicadeza al dejarse caer tentadoramente en sus brazos y levantar la cabeza para tomarle los labios entre los suyos. Fue un beso desenfrenado mientras le quitaba la chaqueta y el chaleco, antes de desabrocharle la camisa e introducirle las manos por debajo de la tela para acariciar el pecho desnudo.

Él correspondió a la pasión del beso, se abrió la camisa y ella le pasó las uñas por las endurecidas protuberancias que tenía entre el sedoso vello que le cubría el pecho mientras sus pezones, también endurecidos, se estrechaban contra el musculoso abdomen. Contuvo el aliento sin dejar de besarla cuando ella bajó las manos con seguridad y le acarició la erección que creía con orgullo debajo de los pantalones. No permaneció mucho tiempo ahí confinada porque ella le desabrochó los seis botones y le tomó todo el grosor de la erección con una mano mientras lo acariciaba por debajo con la otra. Él tuvo que dejar de besarla para soltar un gruñido al sentir la destreza de sus dedos rozarle la punta, antes de bajar la mano a lo largo de toda la extensión.

—Sí, Caro. Sí...

—Dime cómo puedo darte placer, Dominic —susurró ella con avidez.

Él no pudo respirar.

—Bésame ahí, tómame con la dulzura de tu boca.

No pudo contener un gemido cuando ella se arrodilló, lo miró a los ojos y separó los labios inflamados por los besos para introducirlo en la cavidad abrasadora de su boca. Le flaquearon las rodillas cuando la miró mientras lo enloquecía de placer e introdujo las manos entre sus rizos dorados. Supo que iba a perder el dominio de sí mismo y quería deleitarse con ella, quería darle el mismo placer. No hizo caso de la mirada de ligero reproche que le dirigió ella cuando se apartó y la levantó con delicadeza. La tomó en brazos y la dejó en la cama con la cabeza sobre las almohadas. La miró con veneración mientras se quitaba las botas y el resto de la ropa antes de arrodillarse entre sus rodillas y de bajar la cabeza entre sus muslos separados para pasarle la lengua a lo largo de la abertura.

—¡Mírame, Caro! —le pidió él en tono apremiante.

Ella lo miró mientras le separaba los rizos dorados y dejó escapar un grito cuando la punta de la lengua le lamió la pequeña protuberancia palpitante. Notó que el placer se adueñaba de ella como una oleada ardiente, que se derretía por dentro. Dejó caer la cabeza hacia atrás aunque contoneaba las caderas contra esa boca y esa lengua devastadoras. El placer la dominó como un maremoto sin control cuando le tomó los pechos con las manos y le acarició los pezones entre el índice y el pulgar, sin dejar de introducirle la lengua al mismo ritmo. El clímax deslumbrante la dejó inerte sobre las almohadas.

Él se levantó y se arrodilló para mirarla saciada y desnuda.

—Es mi turno, mi amor —dijo él guturalmente.

Caro no apartó la mirada de la erección rampante mientras se bajaba de la cama y lo besaba desde la punta hasta la base, antes de tomarlo entero con la boca. Era demasiado. Ya estaba demasiado excitado por haberla paladeado y por lo que ella le había hecho antes. La agarró con fuerza de los hombros y explotó como un volcán incontenible y triunfal...

Caro acarició la despeinada nuca morena de Dominic, quien tenía la cabeza sobre su pecho mientras yacían desnudos después de haber hecho el amor desenfrenada y satisfactoriamente. No estaba avergonzada, sabía que los dos habían necesitado lo que había pasado, que habían hecho lo que tenían que hacer para reafirmar el incierto lazo que los sujetaba a la vida. Además, ese silencio era más placentero que incómodo.

Dominic levantó la cabeza un poco para mirarla con cierta reserva.

—¿He sido demasiado brusco contigo?

—En absoluto —contestó ella sin dudarlo—. ¿He sido demasiado brusca contigo?

¡Ella sabía que no había podido ser nada delicada! Él sonrió levemente antes de volver a bajar la cabeza a su pecho.

—Me encantaría que volvieras a hacerlo si vuelve a apetecerte.

Ella se sonrojó al acordarse de cómo lo había acariciado y besado. No sabía que un hombre y una mujer pudieran hacer el amor de otra manera que como él le había enseñado antes, pero, aun así, le había maravillado acariciarle y besarle esa poderosa erección.

—Y no me siento tan... vacía —comentó ella con la voz ronca por la emoción.

—Yo, tampoco —reconoció Dominic.

Caro frunció el ceño al caer en la cuenta de algo.

—¿Sabes si Ben tenía familia?

Los hombros de Dominic se pusieron en tensión bajo las caricias de Caro.

—Creo que una hermana. Una tal señora Grey.

—Estará muy triste por su muerte.

—Como todos —añadió él—. Drew iba a ir a verla en cuanto pudiera. Le pedí que le transmitiera mis condolencias y que le dijera que iré a visitarla mañana para organizar el entierro si quiere.

—Me gustaría ir al entierro.

La tensión de sus hombros aumentó.

—No sé si es una buena idea que...

—No ha sido una pregunta, Dominic —insistió ella—. ¿Has visto muchas muertes? —preguntó ella antes de que él pudiera decir algo.

—Más de las que puedo recordar —contestó él con aspereza.

Caro suspiró.

—Mi madre murió cuando yo tenía diez años y ella no estaba con nosotros cuando sucedió —Caro frunció el ceño de dolor al recordar las circunstancias—. Mi padre murió a los pocos meses, pero llevaba enfermo algún tiempo y, la verdad, fue más una liberación para él que una conmoción... para su familia.

Sabía que Caro no solía contar casi nada de su vida, pero había dicho lo suficiente como para que él supiera que no se escondía de un padre... ni de un marido. No pudo evitar mirarla y provocarla un poco.

—Creía que le habías contado a Drew que una tía soltera murió hace unos meses y que por eso te quedaste sin casa ni dinero.

Las mejillas de Caro se pusieron rojas como tomates.

—Sí, eso dije.

—¿Y...?

Ella resopló con rabia.

—¿Qué le importa que sea un padre o una tía soltera?

—Nada... excepto, quizá, a ese padre o a esa tía.

Dominic la besó en el pecho como si quisiera disculparse por haberla provocado con lo que los dos ya sabían que era una invención sobre su vida. Sin embargo, se sentía demasiado relajado y saciado para cuestionarlo seriamente en ese momento. Una relajación que, sin embargo, hizo que la siguiente pregunta de Caro lo sorprendiera desprevenido.

—Evidentemente, eres el conde y eso significa que tu padre ya no está entre nosotros, pero ¿y el resto de tu familia? Tu madre, por ejemplo.

La relajación y satisfacción se esfumaron mientras se sentaba casi de un salto.

—También está muerta. Los dos murieron cuando yo tenía doce años.

—¿Los dos? —repitió ella boquiabierta.

—Sí.

—¿Juntos?

—No. Caro...

—¡Por favor, Dominic, no te marches! —lo agarró de un brazo cuando fue a levantarse y lo miró suplicantemente—. Si no quieres hablar de tus padres, no hablaremos.

Dominic se concentró en sus rizos diseminados por la almohada. Sus ojos eran preciosos, de un verde como un mar resplandeciente, y tenía los labios un poco inflamados por los besos que se habían dado. También tenía las mejillas algo sonrojadas, como la piel de los pechos con los pezones erectos y rosados. Suavizó la expresión y bajó la cabeza para apoyarla sobre unos de esos pechos mientras le acariciaba el otro.

—No hay nada más que decir sobre mis padres, aparte de que están muertos.

—Pero tu madre, al menos, debía de ser bastante joven cuando murió.

—Tenía treinta y dos años cuando sucedió el accidente —Dominic suspiró—. Mi padre tenía treinta y ocho cuando decidió seguirla unos días después.

Caro se quedó inmóvil y con el corazón acelerado debajo de la cabeza de él.

—¿Decidió seguirla...?

Dominic ya había aprendido a no infravalorar la inteligencia de Caro y esa pregunta le había demostrado que había hecho bien en no infravalorarla.

—Sí.

Ella tragó saliva antes de hablar otra vez.

—¿Estás queriendo decir que se quitó la vida?

Esa vez, no se detuvo. Se sentó y se apartó de Caro, quien fue lo bastante prudente, o estaba demasiado atónita, como para no intentar detenerlo.

—Amaba mucho a mi madre y, evidentemente,

no encontró ningún motivo para seguir viviendo sin ella.

—¡Pero tenía un hijo pequeño!

—Evidentemente, no encontró ningún motivo para seguir viviendo.

Dominic se levantó y empezó a ponerse los pantalones que hacía unos minutos se había quitado con tanta ansiedad. Caro se tapó hasta la barbilla y lo observó con incredulidad.

—Mi padre también amaba mucho a mi madre y se quedó destrozado cuando murió, pero, aun así, no creo que nunca se planteara la posibilidad de quitarse la vida, aceptó que tenía otras responsabilidades...

Dominic dejó escapar un gruñido que la calló.

—Evidentemente, tu padre estaba hecho de una madera más fuerte que la mía misma.

—No creo que sea una cuestión de...

—¡Yo creo que ya hemos hablado bastante de ese asunto! —exclamó él con un brillo gélido en los ojos.

Ella bajó la cabeza.

—Es que no puedo entender que un hombre, por muy destrozado que esté por la muerte, pueda quitarse la vida y dejar a su hijo de doce años solo en la vida.

—¡Ya te he dicho por qué!

Dominic se detuvo para mirarla con furia mientras terminaba de ponerse la camisa.

—Amaba tanto a mi madre que no quería vivir sin ella.

La compasión que se reflejó en los ojos de ella cuando lo miró estuvo a punto de desgarrarlo por dentro, como los recuerdos que había evocado esa conversación.

—Caro, estoy seguro de que a mi padre le pareció que estaba justificado.

—Yo no creo que nada pueda justificar que dejara a un niño de doce años sin ninguno de sus padres —insistió ella.

Él arqueó las cejas con un gesto duro e inflexible, con los ojos grises como el acero, con la cicatriz azulada que le cruzaba la mejilla desde el ojo hasta el mentón, con los labios tan apretados que eran una línea casi invisible.

—¿Aunque consideres que ese niño de doce años, tu hijo, es el responsable de la muerte de la mujer que amabas?

Caro se quedó pálida y sin respiración mientras lo miraba fijamente con esos ojos verdes como el mar.

Dieciséis

Él supo que la incredulidad y el espanto que se reflejaban en el rostro de Caro estaban justificados. No podía sentir otra cosa ante la simple insinuación de que un niño de doce años podía ser el responsable de la muerte de su madre.

Él no había provocado que el carruaje se saliera del camino y cayera al río, ni había cerrado la puerta del carruaje de tal manera que ella no pudo escapar cuando empezó a hundirse y a llenarse de agua. Tampoco había sujetado la cabeza de su madre debajo del agua hasta que se ahogó. No, él no había hecho nada de eso con sus manos, pero sabía que era tan culpable de su muerte como si lo hubiese hecho.

—Es completamente ridículo insinuar siquiera que pudieras hacer algo así —consiguió replicar ella sacudiendo la cabeza.

—¿Tú crees?

—Estoy segura —contestó ella con convencimiento.

—¿No me consideras capaz de matar a alguien?

—Habrás matado a alguien en el fragor de la batalla, claro, pero no te creo capaz de hacer daño a una mujer y mucho menos de matar a tu madre.

—Caro, seguro que ya tienes que conocerme los bastante como para saber que soy capaz de cualquier cosa. Por ejemplo, de seducir dos veces a la joven que he tomado a mi cuidado —replicó él con un gesto de asco consigo mismo.

—Yo contribuí tanto como tú en esas dos seducciones —las mejillas de Caro se sonrojaron por el remordimiento mientras también se levantaba y se ponía la bata—. También creo que estás diciéndome esas cosas sobre tu madre para escandalizarme.

—¿Estoy consiguiéndolo?

—Estoy decepcionada porque crees que tienes que decir cosas que no son posibles...

—Pero son verdad —le interrumpió él con una voz aterciopelada y los ojos entrecerrados desafiantemente—. Yo, y solo yo, soy el responsable de la muerte de mi madre.

Caro volvió a notar que la expresión de Dominic era inflexible y supo que si creía necesario que alguien muriera, sería frío y eficiente, despiadado incluso, al matarlo. Sin embargo, también había captado una delicadeza y amor cuando habló de su madre que le indicaban que no había podido participar en su muerte. Además, ¿qué podía saber un niño de doce años sobre matar a alguien?

—Dime cómo murió, Dominic —casi le exigió ella.

—¿Qué importa cómo muriera?

—Importa muchísimo —le contestó ella con enojo—. ¿Por qué me has contado estas cosas si no quieres que te haga preguntas?

Caro podía sospechar que era porque él creía que no se merecía que la gente le tuviera cariño, sobre todo las mujeres. Sin embargo, también podía indicar que tenía miedo de que estuviese enamorándose de ella. Se sintió disgustada. Era humillante que él estuviese decidido a sofocar ese sentimiento si existía. Más que humillante si había adivinado los sentimientos de ella. En cambio, a él era casi imposible descifrarlo y era algo intencionado.

Superficialmente, era un hombre arrogante, duro e inflexible que se burlaba de los sentimientos delicados. Sin embargo, también se había preocupado mucho por el ataque a su amigo, lord

Thorne y, en vez de enfurecerse por haber perdido su club de juego, como habrían hecho muchos caballeros, se había apenado profundamente por la muerte del pobre Ben. Además, mostraba una preocupación por su seguridad que era innegable aunque se empeñara en decir que se había visto obligado a rescatarla de su imprudencia. Él podía dar todo tipo de excusas para hacerlo, pero ella había visto el hombre que había debajo.

—¡Voy a saber la verdad, Dominic!

Él arqueó burlonamente las cejas.

—¿Y entonces me contarás la verdad sobre ti?

A Caro se le creó un dilema. A él le parecía que ese trato era justo y, seguramente, tenía razón. Sin embargo, no podía confesarle su situación y menos cuando, después de haberlo meditado esa tarde, había decidido que tenía que volver a Shoreley Hall en cuanto hubiese sido el entierro de Ben, con tutor o sin él. Una vez allí, sería lady Caroline Copeland y él no sabría nada más de Caro Morton, una mujer que solo existía para las pocas personas que había conocido en Londres. Tomó una bocanada de aire.

—Tengo que negarme.

—Entonces, me parece que estamos en un callejón sin salida.

—Las dos situaciones son completamente distintas —replicó ella con impaciencia por la obstinación de él—. ¡Yo no acabo de decir que he matado a alguien!

—¿Cómo puedo saber que no te has... deshecho de esa «tía soltera» o de tu padre antes de escaparte a Londres? —preguntó él en tono burlón.

Porque no había ninguna tía soltera ni, naturalmente, había tenido nada que ver con la muerte de su padre. Sin embargo, no se equivocaba mucho respecto a lo de haberse escapado a Londres...

—Creo que solo intentas embrollar el asunto con una acusación falsa.

—Puedes pensar lo que quieras. En cuanto a lo que se refiere a mi madre y cómo murió, no quiero hablar más del asunto, ni contigo ni con nadie. Te deseo que pases una buena noche, Caro —Dominic inclinó levemente la cabeza antes de cruzar la habitación y pararse un momento al llegar a la puerta—. Si quieres, puedo pedir que te suban un poco de sopa.

—No hace falta, gracias.

Tenía menos apetito en ese momento que antes. Ben seguía muerto y le resultaba imposible ver comida después de eso tan íntimo que acababan de hacer Dominic y ella. Además, su negativa a hablar sobre la muerte de su madre le había dejado demasiadas incógnitas, sobre todo, ¡cuando se temía que se había enamorado de él!

La furia le crispó el rostro a la mañana siguiente, cuando Drew y él volvieron a Brockle House y Denby, con gesto de preocupación, le dijo que la señora Morton y el señor Brown estaban tomando té en el salón dorado. Que Nicholas Brown hubiera ido allí ya era bastante inquietante, pero que ella lo hubiese recibido cuando sabía todo lo que sabía sobre ese hombre era más alarmante todavía porque sabía que era muy imprudente e impulsiva.

—Maldita sea, Denby. ¿De qué sirve que te ponga aquí para que protejas a Caro, si permites que la mayor amenaza para ella entre por la puerta?

Dominic miró con el ceño fruncido al hombre que había sido su ordenanza en el ejército pero que en ese momento hacía el papel de su mayordomo. Este frunció el ceño con pesadumbre.

—La señora Morton salió a dar un paseo por el parque que hay enfrente, acompañada por mi esposa —añadió Denby inmediatamente para evitar otro arrebato de furia de Dominic—. Al parecer, estaban volviendo a casa cuando ella vio que el señor Brown estaba bajándose de su carruaje y se detuvo para hablar con él.

Dominic se dio cuenta de que era algo muy típico de ella y también se dio cuenta de que Brown debía de haber ordenado a alguien que los siguiera a Brockle House el día anterior.

—Eso sigue sin explicar por qué permitiste que ese hombre entrara en la casa.

—Intenté evitarlo...

—¡Evidentemente, no lo intentaste lo suficiente!

—Mi esposa está con ellos en el salón dorado, milord.

—¡Me alivia comprobar que no has perdido el juicio por completo! —rugió Dominic.

—Estamos perdiendo el tiempo, milord —intervino Drew tomándolo del brazo—. Brown puede ser muy rastrero y creo que no deberíamos permitir que Caro esté con él más tiempo, podría hablar más de la cuenta.

—Caro tiene menos juicio que...

—Solo es una joven idealista —le interrumpió diplomáticamente el hombre.

—¡Nada que no puedan curar unos buenos azotes!

Dominic cruzó apresuradamente el recibidor, abrió de golpe la puerta del salón dorado y vio el rostro firme y decidido de Caro mientras miraba tranquilamente a Nicholas Brown, quien estaba de pie junto a la chimenea apagada.

—Siento que hayas tenido que recibir sola a nuestro invitado, Caro.

Ella se sintió algo cohibida por el tono gélido de Dominic y le bastó mirarlo para captar toda su furia por haber invitado a Nicholas Brown cuando había tenido la osadía de presentarse en Brockle House unos minutos antes. Dominic tenía que saber perfectamente que si lo había invitado a tomar el té, cuando sabía que era el responsable de la muerte de Ben y del ataque a lord Thorne, había sido solo para enfrentarse a él por su vileza. Algo que iba a hacer cuando él apareció acompañado por Drew. Aunque la verdad era que sintió cierto alivio por la oportuna llegada de los dos hombres. El canalla había eludido hábil y elegantemente todos sus intentos de echarle en cara lo que había hecho y había mantenido una conversación banal y cortés desde que entró en el salón dorado. Incluso, había llegado a dudar de todo lo que Dominic y ella creían y a pensar que Brown solo había tenido la mala suerte de haberse ganado una reputación espantosa.

—¿A qué debemos el placer de tu visita, Brown?

Evidentemente, Dominic no tenía las mismas dudas y se dirigió a él con frialdad y mirándolo fijamente. Brown arqueó las cejas con un gesto burlón.

—Había venido a presentar mis respetos a la señora Morton.

—¿De verdad? —preguntó Dominic con una sonrisa amenazante.

—Tengo entendido que estuvo presente en el incendio de ayer —contestó Brown con naturalidad.

—¿Y...?

—Yo, naturalmente, quería comprobar que estaba bien. Las mujeres son unas criaturas muy frágiles, ¿verdad? —añadió Brown con una sonrisa de seguridad en sí mismo.

A Dominic no le pasó desapercibida la amenaza velada y sintió que se le helaba la sangre ante la idea de que ese hombre pudiera tocar un solo pelo de Caro.

—Supongo que para eso están los hombres sobre la tierra, para protegerlas.

Los dos podían enzarzarse en esa partida de amenazas y, como en esa partida estaba metida Caro, estaba más que dispuesto a ganarla. Sin embargo, y como era de esperar, Caro no pudo evitar comentar lo que había dicho Dominic.

—Estoy segura de que puedo protegerme sola, Dominic.

—Todo demuestra lo contrario, querida.

Ella se sonrojó de rabia.

—Eres...

—Yo también me alegro de ver que se ha repuesto del suplicio de ayer, señora Morton —intervino Drew con tacto.

—Y yo de que te hayas repuesto tú —replicó ella con una sonrisa de agradecimiento.

—Bueno, creo que podrá comprobar que se necesita algo más que un incendio para acabar conmigo —dijo Drew mirando a Brown de una forma muy elocuente.

—Felicidades por haber escapado tan venturosamente, Drew —se mofó el otro hombre.

—Ojalá Ben hubiese tenido la misma suerte.

—Una vida tan joven y perdida...

—Una pérdida innecesaria —añadió Drew con aspereza.

—Brown, parece que has tenido una mañana muy ocupada...

Dominic decidió que era el momento de intervenir antes de que Drew se dejara llevar por la furia y dijera o hiciera algo que empeorara la situación mientras Caro estaba presente. Drew y él ya lo habían hablado y habían acordado que eso no podía pasar. Si ella no hubiese estado presente, la conversación habría dejado de ser cortés hacía mucho tiempo. La idea de que Caro estuviese cerca cuando saliera a la luz toda la cruda realidad hacía que se estremeciera de miedo. Estaba seguro de que Brown tenía un cuchillo, si no una pistola pequeña, escondido entre las elegantes ropas hechas a medida, como también estaba seguro de que Caro sería su objetivo si se desataba la violencia...

—¿Eso crees? —preguntó Brown sin inmutarse.

—Sí. La señora Grey, la hermana de Ben, me ha comentado que le has pagado el entierro de mañana.

—Me pareció lo mínimo que podía hacer en estas circunstancias —replicó Brown encogiéndose de hombros.

—¿En qué circunstancias? —le preguntó Dominic.

Nicholas Brown lo miró a los ojos sin parpadear.

—Ben fue mi empleado, mi fiel empleado, durante mucho más tiempo que el tuyo.

Eso equivalía a decir que ese cambio en la fidelidad de Ben, y de Drew, había sido lo que le había costado la vida, que habría estado encantado de que los dos hubiesen perecido en el incendio por haber seguido como empleados del nuevo dueño de Nick's en vez de abandonarlo. Entonces, ¿la visita a Caro era otra amenaza velada? Que ese malnacido hubiese dejado tan claro que sabía dónde vivía era la prueba evidente de esa amenaza...

—Creo que ha llegado el momento de que te marches, Brown —Dominic ya estaba más que cansado de intentar ser cortés—. Caro está un poco pálida y tiene que descansar de todo lo que pasó ayer y de esta charla sobre muertos y entierros —añadió mientras tiraba del cordón para llamar a Denby.

Ella sabía que su aspecto distaba mucho de ser perfecto, pero todavía no había tenido la ocasión de decirle a Nicholas Brown todo lo que quería decirle. Además, se había quedado casi muda por la cortesía de la conversación, aunque fuese una cortesía aparente. ¿Por qué ni Dominic ni Drew se habían enfrentado a él y le habían exigido una explicación a sus sospechas? ¡Eso era lo que ella había querido hacer hasta que se vio confundida por el encanto de ese hombre!

—Ya que he comprobado que estás bien, Caro, creo que yo también me marcharé. Estoy seguro de que te veré mañana en el entierro de Ben —añadió Drew con delicadeza.

Sin embargo, Caro pudo captar la dureza del tono bajo esa delicadeza.

—¿Va a asistir? —preguntó Brown arqueando las cejas por la sorpresa.

Caro lo miró con frialdad.

—Naturalmente que...

—Todavía hay que decidirlo.

Dominic la interrumpió, se acercó a ella, le tomó una mano y se la puso con firmeza en el brazo doblado para que los dos estuvieran juntos mirando a Brown. Fue un gesto tan posesivo que no le pasó desapercibido a ella, como no le pasaba desapercibida la fuerza con que le agarraba la mano.

—Dominic...

—Es el momento de despedirse del señor Brown y de Drew, Caro.

Él se lo dijo como si fuese una niña a la que había que recordarle los modales... o como si quisiera callarla antes de que dijera o hiciera algo que hiciera saltar por los aires esa farsa de cortesía social.

—Antes de que se marche, quizá podría preguntarle al señor Brown...

—Caro, estoy seguro de que cualquier pregunta que te gustaría hacerle al señor Brown puede esperar a otro día —la interrumpió Dominic agarrándole la mano con más fuerza.

—¿En el entierro de Ben? —insistió ella.

Sus ojos plateados dejaron escapar un destello de advertencia.

—Es posible.

Las mejillas de Caro se sonrojaron por la rabia.

—Esto es ridículo...

—Ah, Denby —Dominic se dirigió al mayordomo, quien había entrado silenciosamente en la habitación—. El señor Brown y el señor Butler van a marcharse.

—Pero...

—Despídete de nuestros invitados, Caro.

El brillo en los ojos de Dominic la desafió a que se atreviera a hacer otra cosa. Aunque estaba deseando con toda su alma acusar a Nicholas Brown, era lo suficientemente sensata como para saber cuándo se había terminado la paciencia de Dominic. Se despidió atropelladamente de los dos hombres porque estaba tan alterada que casi no podía contenerse. Lo mismo le pasaba a Dominic, quien esperó a que Denby hubiese cerrado la puerta detrás de su esposa y de los visitantes para soltar a Caro y mirarla con furia.

—¿Puede saberse en qué estabas pensando para invitar a Brown? ¡No, no me lo digas, lo sé perfectamente!

—Alguien tiene que enfrentarse al señor Brown y...

—Y alguien lo hará —le interrumpió Dominic implacablemente—, pero no tú, Caro. ¡Jamás! Y si te atreves a acusarme de cobarde por no haberme enfrentado a él ahora, ¡te advierto que no me quedará más remedio que darte los azotes que alguien debería haberte dado hace mucho tiempo!

—¡No pensaba acusarte de ser un cobarde!

—Algo es algo, supongo —murmuró él en tono sombrío.

Caro lo conocía lo bastante como para saber que podía será tan peligroso como Nicholas Brown si quería y también había visto la mirada letal que le había dirigido a ese canalla cuando entró en el salón. Naturalmente, la diferencia entre los dos estaba en que Dominic era un hombre íntegro, un caballero con honor, ¡un caballero que había conseguido que ella no se comportara como la dama que era desde que se conocieron! ¡Un pensamiento que no procedía en la conversación que estaban teniendo!

—Aunque eso no quiere decir que entienda por qué ni el señor Butler ni tú no habéis acusado al señor Brown de haber atacado a lord Thorne y de haber provocado el incendio que mató a Ben.

—¿Será porque estamos intentando protegerte?

—¿A mí?

Dominic sacudió la cabeza ante la expresión de sorpresa de Caro. Seguía siendo una ingenua a pesar de haber estado una semana cantando en un club de juego y de todo lo que había pasado esos días, incluso de haber hecho el amor. Al parecer, no podía comprender que Nicholas Brown fuese capaz de matarla sin importarle las consecuencias. Sin embargo, él sí se temía que la visita de Brown significaba que había decidido centrar sus malévolas intenciones en Caro...

Diecisiete

Y era una amenaza que pensaba tomarse muy en serio.

—Ahora que Brown ha dejado muy claro que sabe dónde vives, he decidido que sería una buena idea sacarte de Londres inmediatamente y llevarte a mis posesiones de Berkshire.

Ella abrió los ojos como platos, primero por la sorpresa, pero enseguida por la indignación. Había pasado una noche en Blackstone House y otra en Brockle House, las dos casas del conde de Blackstone, pero que la llevara a sus posesiones de Berkshire le parecía inaceptable. Además, a eso se le añadía que él ni siquiera hubiese tenido la consideración de consultárselo antes.

—No —se negó ella en tono tajante.

Él se quedó muy quieto y entrecerró los ojos con un brillo plateado.

—¿No...?

—No, Dominic —insistió ella encogiéndose de hombros—. Puedo decidir a dónde voy y qué hago. Haces que me sienta como una familiar fastidiosa a la que llevas de una casa a otra para no tener que estar con ella.

Si realmente fuese esa familiar, hacía días que le habría dado unos azotes por su necedad e imprudencia al haber ido a Londres y por haberse metido en esa situación tan arriesgada.

—Caro, en lo referente a tu seguridad, creo que tienes que hacer lo que te pido.

—No, Dominic —repitió ella mirándolo desafiantemente a los ojos—. No he tenido la ocasión de decírtelo antes, pero pienso marcharme de Londres mañana, después del entierro de Ben.

—¿Puedo preguntar a dónde? —le preguntó él con el ceño fruncido.

—¡No, Dominic, no puedes! —contestó ella mientras él la agarraba con fuerza de la muñeca—. No vas a conseguir que te obedezca por la fuerza.

Ella lo dijo sin alterarse y con una mirada de reproche. Él no quería obligarla a que le obedeciera ni hacerle ningún tipo de daño, pero la mera idea de que un hombre como Brown pudiera hacerle algo hacía que sintiera una opresión en el pecho... como la idea de que se marchara de Londres, que lo abandonara... También se preguntó si, de no haber sido por esa acalorada conversación, le habría dicho que pensaba marcharse de Londres, por no decir nada de contarle dónde podría encontrarla si quería volver a verla. ¿Si quería volver a verla? La soltó y se apartó de ella mientras la miraba con el ceño fruncido.

Era una joven increíblemente hermosa e imaginarse el cuerpo que se escondía debajo de ese vestido verde le despertaba el deseo de hacer el amor con ella otra vez. Sin embargo, ¿solo era y sería eso para él? ¿Solo era una joven hermosa a la que tenía que proteger? Imaginarse que podía ser algo más era inaceptable para un hombre que había decidido, hacía mucho tiempo, que no quería tener una mujer concreta en su vida, ni la necesitaba. Sobre todo, si podía llegar a querer tanto a esa mujer que su muerte pudiera enloquecerlo como le pasó a su padre después de la muerte de su madre.

—Sabes que no puedo permitirlo, Caro.

—¿Por qué?

Sabía que sería mucho esperar que él sintiera tanto como ella la idea de separarse.

—Porque Brown sigue siendo una amenaza —contestó él en tono enojado.

—¿Para mí?

—Caro, ¿cómo crees que Brown supo que estabas en Brockle House?

—¿Nos siguió ayer? —preguntó ella abriendo los ojos.

—Exactamente —contestó él con firmeza—. Mientras... no se hayan ocupado de él, tengo que insistir en que al menos te quedes en Brockle House si no aceptas ir a mis posesiones de Berkshire.

Caro lo miró detenidamente y captó la firmeza sombría de su expresión y el brillo de sus ojos.

—Piensas ocuparte tú de él, ¿verdad?

Resopló y, por una vez, deseó que no fuese tan perspicaz como hermosa... o que no fuese tan clara al expresar sus atinadas opiniones.

—Son las autoridades quienes...

—Dominic, ¡te he pedido más de una vez que no me trates como si fuera tonta o una niña!

Él dejó escapar un suspiro.

—Muy bien. Si las autoridades no entregan a Brown a la justicia, no vacilaré en ocuparme personalmente de él.

—¿Cómo?

—Creo que es mejor que no sepas los detalles.

—Dominic...

—¡Caro! —exclamó él con desesperación—. ¿No te basta con saber que te respeto, que te admiro y que, incluso, me gustas? Por eso, porque siento todo eso por ti, no quiero que te mezcles en este embrollo más de lo que ya estás.

Ella supo, por su tono implacable, que no iba a decirle nada más de ese asunto, como también supo que nunca se conformaría con que la respetara, que la admirara y que le gustara. Quería que sintiera mucho más, necesitaba que la amara completa e inapelablemente, como se había dado cuenta de que ella lo amaba a él. ¿Quién iba a haber pensado que en Londres conocería al hombre del que se enamoraría tan profundamente? Ella, desde luego, no.

Solo había pensado en escapar de que la obligaran a casarse con un desconocido. Sin embargo, había conocido a un hombre al que amaría toda su vida y que no quería casarse con ella... Se apartó de él con las manos temblorosas y sabiendo que su orgullo nunca le permitiría que él llegara a intuir cuánto lo amaba.

—Acepto que, por el momento, lo mejor es que me quede aquí, pero también quiero poder marcharme en cuanto te parezca que ha pasado el peligro —añadió ella con firmeza.

Dominic la miró con los ojos entrecerrados.

—¿Para volver con tu familia?

—Sí, pero, por favor, no me preguntes quién es mi familia ni dónde está —contestó ella con pesadumbre al darse cuenta de que era lo que iba a hacer—. Eso no es importante para lo que vayas a hacer respecto al señor Brown.

—¿Y si en el futuro tienes que hablar conmigo por algún motivo? —preguntó él poniéndose muy recto.

¿Se refería a si estaba embarazada...?

—Entonces, yo sabré dónde encontrarte —contestó ella sin inmutarse.

—Caro, sabes que no tengo tantos amigos como para permitir que uno de ellos se marche de Londres y desaparezca para siempre.

¿Él creía que eran amigos? Después de haber oído la triste historia de la muerte de sus padres, sabía por qué había rehuido cualquier cercanía sentimental con los demás y se sintió halagada de que la considerara su amiga, pero, desgraciadamente, ¡ella quería mucho más!

—Estoy segura de que tienes muchos más amigos que lord Thorne, Drew Butler y yo —replicó ella con desenfado.

—Es posible. Osbourne y yo acabamos de pasar un mes en Venecia con uno de nuestros amigos más íntimos.

¿En Venecia...? Caro se quedó rígida y casi sin poder respirar mientras miraba a Dominic con curiosidad. ¿Había pasado un mes en Venecia, donde desde hacía unos dos años vivía lord Gabriel Faulkner, conde de Westbourne desde la muerte de su padre y tutor de las tres hermanas, el hombre que había pedido casarse con una de ellas tres sin conocerlas siquiera y a través de su abogado? Sabía muy bien que Venecia era una ciudad grande y muy poblada por venecianos y visitantes, pero no pudo evitar cierta inquietud al saber que Dominic había pasado un mes allí, donde, con toda certeza, habría tratado a la aristocracia veneciana y a los integrantes de la sociedad inglesa que vivían allí.

—También es posible que llegues a conocerlo —siguió Dominic—. Westbourne llegará a Inglaterra dentro de unos días.

¡Westbourne! ¡Todos sus miedos se habían hecho realidad! No solo conocía a lord Faulkner, sino que eran amigos íntimos desde hacía muchos años. Además, y lo que era peor, ¡Dominic esperaba que llegara a Inglaterra dentro de unos días! Naturalmente, una de las primeras cosas que haría sería visitar a lord Vaughn... y Dominic le había dicho que se lo presentaría. Se dirigió a la butaca y se sentó porque las piernas amenazaban con no sujetarla más. ¿Qué iba a hacer? Si el conde de Westbourne iba a llegar a Inglaterra dentro de unos días, ella no podía quedarse en Londres si quería que no la reconocieran, independientemente de lo que acabara de decirle a Dominic.

Lord Faulkner la conocería como Caro Morton, claro, pero ella no había pensado quedarse para siempre en Londres, lejos de Shoreley Hall y de sus queridas hermanas, y algún día la presentarían a su tutor como lady Caroline Copeland. Si ya la conocía como Caro Morton, ¡las repercusiones para todos serían enormes! Había querido asistir al entierro de Ben antes de volver a Shoreley Hall y la idea de abandonar a Dominic tan pronto era más que dolorosa, pero la inminente llegada de su tutor hacía que no tuviera más remedio que marcharse inmediatamente. Caro Morton tenía que dejar de existir en ese instante.

—Caro...

Ella se incorporó y se puso la careta de lady Caroline Copeland mientras lo miraba y veía su expresión de preocupación.

—Sí...

—¿Me prometes que no saldrás de la casa sin compañía hasta que todo este asunto esté solucionado?

Ya no podía prometérselo sinceramente.

—No soy tan tonta de intentarlo cuando me has avisado de que Nicholas Brown está vigilándome más todavía.

Él asintió con la cabeza como si no hubiese captado la evasiva.

—Pasaré fuera el resto del día, pero espero volver para que cenemos juntos.

—Encantada...

Durante los últimos minutos se habían convertido en casi unos desconocidos. Que él fuese amigo de lord Faulkner y que ella fuese a marcharse inminentemente de Londres habían roto los precarios lazos de su amistad. Notó que le escocían los ojos por las lágrimas.

—Creo que yo me quedaré en mi dormitorio.

Dominic tenía que marcharse antes de que las lágrimas se derramaran y él le pidiera una explicación. No creía que fuera a gustarle oír que era porque se le estaba desgarrando el corazón solo de pensar en separarse de él.

Llegado el momento, sintió que no quería separarse de Caro aunque solo fueran unas horas. Aparte de la amistad con Osbourne y Westbourne, nunca había querido tener relaciones mínimamente sentimentales con nadie, pero se daba cuenta de que sí había trabado cierta amistad con Drew Butler y Ben Jackson... y con Caro. Una amistad que había llegado porque, en definitiva, no había podido negarse el respeto y admiración que sentía por el valor y por la decisión que mostró Caro desde el primer momento. Sentiría mucho más su ausencia cuando le permitiera volver a su casa con su familia. Sin embargo, no iba a permitir que esa amistad alterara ni sus actos ni su buen juicio.

—Entonces, hasta esta noche.

Inclinó la cabeza antes de darse media vuelta para salir de la habitación. Ella esperó a estar segura de que se había marchado para empezar a llorar. Derramó unas lágrimas tan abrasadoras que estuvo a punto de caer de rodillas ante la idea de no volver a verlo, ante la certeza de no que no volvería a sentir la calidez de sus abrazos, de que no la besaría, de que nunca más viviría la belleza maravillosa de hacer el amor con él. Lloró hasta que no le quedaron más lágrimas, hasta que lo único que le quedó fue la seguridad de que tenía que marcharse de Londres inmediatamente, de esa casa, de Dominic...

Una vez fuera, despidió el carruaje en el que habían llegado Butler y él y decidió que daría un paseo hasta la casa de la señora Wilson para visitar a Osbourne antes de que su tía se lo llevara al campo. Ese paseo le ayudaría a aclarar las ideas que lo habían agobiado desde que se dio cuenta de lo mucho que sentiría que Caro se marchara de Londres, aunque fuese para bien. Sin embargo, esas ideas siguieron dándole vueltas en la cabeza durante el paseo, durante la conversación con el malhumorado aunque resignado Osbourne y cuando se quedó en la acera, ya fuera de la casa de la señora Wilson.

Había pensado almorzar en su club antes de volver a Blackstone House para resolver algunos asuntos de sus posesiones durante la tarde y luego volver a pasar la noche en Brockle House. Sin embargo, no hizo nada de todo eso y sus pies lo llevaron en dirección a Brockle House, a Caro. Era completamente ilógico e inusitado. Sentía unas ganas de estar con ella que sabía que debería resistir, pero no podía... Como tampoco pudo creer a sus ojos cuando se acercó a Brockle House y vio a Caro que avanzaba apresuradamente en su dirección. Estaba sola y vestida con la capa oscura y el espantoso sombrero marrón que deberían haber quemado hacía mucho tiempo. También llevaba la bolsa en la que habían transportado sus pocas pertenencias a Brockle House.

Caro se paró en seco y con los ojos como platos cuando vio al furioso Dominic que se dirigía hacia ella. ¡No podía ser! Había salido para dedicar el día a sus otros asuntos. Tenía que ser un producto de su imaginación por la tristeza desgarradora que sintió ante la idea de tener que separarse de él.

—¿Puede saberse adónde vas? —la fuerza de sus manos al agarrarla de los brazos y su mirada implacable le parecieron muy reales—. ¡Contéstame inmediatamente, Caro!

¡Dominic estaba allí en carne y hueso! No pudo respirar ni pensar, solo pudo mirarlo fijamente y saber que lo amaba más que a nada...

—¡Eres una necia! —él la zarandeó con los ojos como ascuas—. ¿No te das cuenta del peligro que corres al salir sola?

—¿Qué haces aquí? —preguntó ella sacudiendo la cabeza como si estuviese desorientada—. Me dijiste que tenías que atender otros asuntos durante el resto del día. Dijiste...

—Sé muy bien lo que dije, Caro —le interrumpió él entre dientes—. Como sé que me mentiste cuando dijiste que pasarías la mañana en tu dormitorio. ¡Evidentemente, te has aprovechado de que no estaba para hacer el equipaje y escaparte sin despedirte siquiera!

—Yo... —Caro se humedeció los labios.

—¿Adónde ibas? —le preguntó Dominic mientras volvía a zarandearla un poco—. ¿Qué...?

Él se calló bruscamente, con los ojos muy abiertos y fijos en un punto.

—Dominic...

Caro solo pudo mirarlo sin comprender nada mientras él ponía los ojos en blanco, le soltaba los brazos y empezaba a desmoronarse lentamente. Entonces, aterrada, pudo ver al hombre de aspecto bárbaro que estaba detrás de él con una especie de garrote levantado en la mano, pero algo le tapó la cabeza, no vio nada más y notó que la levantaban y se la llevaban...

Dieciocho

No tenía ni idea del tiempo que llevaba prisionera en ese dormitorio lujosamente decorado. Le parecían horas, pero también podían haber sido minutos. El tiempo había dejado de tener importancia para ella desde que Dominic cayó al suelo después de recibir ese golpe en la nuca. Tampoco había pensado en sí misma, solo había podido pensar en si el golpe lo habría matado. Un mundo sin Dominic era inimaginable y cualquier preocupación que pudiera tener por sí misma carecía de sentido. Naturalmente, era prisionera de Nicholas Brown, no podía haber otra explicación a lo que había pasado, pero eso no le importaba los más mínimo si Dominic estaba muerto.

Se levantó y fue de un lado a otro hasta que se paró delante de la ventana. Tenía barrotes por fuera y daba a un jardín tapiado y con tantos árboles alrededor que nadie podía ver la casa desde fuera.

Ya sabía que estaba prisionera porque lo primero que hizo cuando la dejaron allí fue comprobar la ventana para ver si podía escaparse. En el carruaje había dos hombres y, aunque la manta no le permitió ver sus caras, supo que uno era el que había golpeado a Dominic y que el otro era el que la tapó con la manta desde detrás de ella. Ninguno la contestó cuando preguntó repetidamente durante todo el trayecto si habían matado a Dominic.

Por el momento, no había sabido nada de Nicholas Brown... Sabía que tenía que temerlo, sabía que sus empleados eran los responsables de la muerte de Ben y de las graves heridas de lord Thorne, que esos mismos hombres también habrían podido asesinar a Dominic... Sin embargo, lo despreciaba y lo odiaba tanto que no lo temía en absoluto. Lo despreciaba porque había sido tan cobarde que ni él ni sus hombres habían corrido ningún riesgo cuando hicieron lo que habían hecho y lo odiaba porque si Dominic estaba muerto, ella haría lo mismo con Brown en cuanto tuviese la más mínima ocasión.

Un sollozo le atenazó la garganta. ¡Dominic no podía estar muerto! Era algo tan espantoso que no podía ni planteárselo... Se dio la vuelta bruscamente cuando oyó la llave que giraba en la cerradura, levantó la barbilla con orgullo y miró con desprecio a Nicholas Brown, que se quedó en la puerta del dormitorio.

—Señora Morton... —la saludó como si acabaran de encontrarse en un salón—. Espero que esté cómoda.

—He visto cómo... derribaban a un hombre delante de mí —Caro recuperó el valor para no demostrar la más mínima debilidad a ese hombre—. Me han cubierto con una manta áspera y maloliente, me han secuestrado en un carruaje y me han tenido prisionera durante un tiempo. Sí, señor Brown, estoy muy cómoda, gracias.

Esos ojos marrones y gélidos no pudieron disimular la admiración.

—Ahora entiendo por qué Blackstone estaba tan fascinado por usted —murmuró él.

Era una admiración que ella no valoraba lo más mínimo, como tampoco creía que Dominic hubiese estado fascinado por ella. Sin embargo, pensarlo le daba valor para seguir en la misma línea.

—Desgraciadamente, usted me parece tan absolutamente despreciable que ni siquiera tiene el derecho a pronunciar el nombre de lord Vaughn.

Él entrecerró los ojos y la tensión se reflejó como un destello marrón.

—Ya veremos lo maravilloso que lo considerará cuando no llegue a tiempo de rescatarla de mis despreciables garras.

Lo único que le importó fue que, según lo que había dicho, ¡Dominic seguía vivo! Si fuese verdad, si Dominic siguiese vivo, le daba igual que la rescatara o no, solo quería que estuviera a salvo. Arqueó las cejas con un gesto despectivo.

—¡Dominic vale cien veces, no, mil veces más que usted!

Él frunció el ceño.

—A lo mejor, debería esperar a que me haya acostado con usted para hacer comparaciones.

Ella abrió los ojos como platos antes de que tuviera tiempo para controlar la reacción por un comentario tan escandaloso.

—No seré una compañera de cama nada complaciente, señor Brown —replicó ella en tono desafiante.

—Contaba con ello, señora Morton. Blackstone me arrebató lo que me pertenecía y ahora estoy disfrutando solo de pensar en aprovecharme de lo que le pertenecía a él.

Dicho lo cual, se dio media vuelta, salió de la habitación y volvió a cerrar la puerta con llave. Ella se dejó caer en la cama y se preguntó cómo había podido llegar a pensar que Nicholas Brown era lo que no era; era un hombre rastrero, despreciable, sin honor ni ninguna virtud. Solo podía esperar que si Dominic seguía vivo, la buscaría y la encontraría antes de que Brown decidiera llevar a cabo su amenaza.

—Todos están en sus puestos, milord.

Drew Butler habló en voz baja mientras los dos estaban escondidos en un portal a cierta distancia de la casa de Cheapside que pertenecía a Nicholas Brown, la casa donde Dominic esperaba encontrar sana y salva a Caro, porque no aceptaría otra cosa. Todavía no se había ni atrevido a pensar lo que haría y diría a Caro cuando hubiera vuelto con ella a Brockle House, todavía no se había repuesto plenamente de la conmoción de haber recuperado la consciencia hacía un rato y de haber comprobado que ella había desaparecido.

—¿Está seguro de que quiere hacer esto, milord? —le preguntó Drew con preocupación—. El golpe en la cabeza fue muy fuerte y...

—Acabemos con esto, Drew —le interrumpió Dominic mientras levantaba dos pistolas—. Ya habrá tiempo de preocuparse por el golpe en la cabeza cuando haya encontrado a Caro y haya comprobado que Brown no le ha hecho nada.

La expresión de su cara bastó para indicar lo que le pasaría a ese hombre si le había hecho algo a Caro. Antes, se había bebido una copa de brandy para recuperar el discernimiento y había pedido que fueran a buscar a Drew Butler. Cuando llegó, lo llevó al despacho de Brockle House junto a los hombres que habían estado a sus órdenes y trazaron un plan para rescatar a Caro sin que sufriera ningún daño. Ya habían pasado más de dos horas observando las idas y venidas de los hombres de Brown para saber cuántos adversarios se encontrarían dentro de la casa y su paciencia se había agotado.

Ya no podía esperar más para entrar en la casa y zanjar de una vez por todas ese asunto que había entre Brown y él... y, lo que era más importante, para saber que Caro estaba bien en todos los sentidos...

Caro seguía tumbada en la cama y tenía hambre y sed. Habían pasado varias horas sin que nadie le llevara nada y tampoco tenía ganas de llamar la atención cuando llevaba ese tiempo sin ver a Nicholas Brown.

¿Qué era ese...? Se sentó de un salto al oír unos estruendos muy raros. Tardó unos segundos, y algunos estruendos más, hasta darse cuenta de que eran disparos. ¡Dominic! Se levantó de la cama, corrió hasta la puerta y pegó la oreja para intentar oír lo que estaba pasando al otro lado. Gritos de hombres, pasos apresurados, más disparos... Un silencio antinatural y escalofriante. Se apartó de la puerta al no saber si Dominic y los hombres que lo habían acompañado habían salido victoriosos o derrotados. Si era lo segundo... La llave giró en la cerradura, el picaporte también giró, alguien empujó la puerta...

—¡Dominic!

Caro gritó de alegría al verlo alto e imponente en la puerta. Sin embargo, la alegría dejó paso al espanto cuando vio unas manchas de sangre en su chaqueta y en su camisa. Corrió hacia él.

—¡Estás herido!

—No es mi sangre, Caro.

Pudo tranquilizarla antes de abrazarla con fuerza y estrecharla contra el pecho. Ella se echó un poco hacia atrás para mirarlo con los ojos muy abiertos.

—¿Es de Nicholas Brown?

Él apretó la mandíbula.

—Peleamos y la pistola que teníamos entre nosotros se disparó. Está muerto, Caro —añadió él con la voz ronca.

—¡Me alegro! —exclamó ella con rabia—. Quería... Me amenazó con...

—No lo pienses, cariño.

No soportaba pensar con lo que la había amenazado si no la hubiese rescatado, como tampoco quería pensar en la refriega y las muertes. Ya hablarían y se explicarían más tarde, por el momento, le bastaba con tenerla a salvo entre sus brazos...

—¡El médico no te permitiría beber brandy tan pronto después del golpe que te dieron en la cabeza!

Caro estaba en la puerta del despacho de Brockle House y lo miraba con el ceño fruncido. La verdad era que la cabeza le dolía más que esa mañana, pero él sabía que necesitaba esa copa de brandy que estaba bebiéndose, lo aprobara o no el médico que había mandado llamar. La necesitaba para tener la conversación que tenía que tener con ella y necesitaría más brandy antes de que la noche hubiese terminado...

Había sido una tarde complicada para todos. Habían tenido que dar explicaciones a las autoridades y habían tenido que organizar la retirada del cuerpo de Brown y de sus hombres. Con tantos testigos y la declaración de Caro sobre su secuestro y las intenciones de Brown, no había sido difícil convencer a las autoridades de que Brown y sus hombres eran los culpables y de que Dominic y sus hombres solo la habían rescatado. Además, se quedó con la sensación de que algunos representantes de la ley respiraron aliviados por haberse librado de Nicholas Brown de una vez por todas. Caro, como él podría haber esperado, soportó maravillosamente toda la tensión.

—Entra y cierra la puerta —le pidió Dominic con delicadeza mientras se apoyaba en la mesa de despacho.

Ella entró despreocupadamente y cerró la puerta, pero se preocupó al ver que tenía los ojos hundidos y los labios muy apretados.

—¿Lo que ha pasado esta tarde te ha... repugnado? —le preguntó él.

Ella lo miró con asombro, pero no pudo interpretar nada por su expresión.

—¿Cómo iba a sentir repugnancia cuando sabía que si no habías matado a Brown, serías tú el que estaba muerto?

—Algunas veces me has dado la impresión de que mi muerte no te parecería algo tan malo...

—Era joven y necia...

—¿Ahora eres adulta y mucho más juiciosa? —preguntó él en tono provocador.

Caro notó que le abrasaban las mejillas.

—Me siento... mayor que esta mañana, desde luego.

—Lo lamento.

—¿Por qué? —lo miró desconcertada—. Nicholas Brown es el responsable de esta madurez, no tú. Si no me hubieses rescatado, él me dijo que pensaba...

Dominic se acercó y la abrazó con tanta fuerza que casi le hizo daño.

—Ya te he dicho que no te servirá de nada seguir pensando en eso. Bastante es que yo tenga que pensarlo, imaginármelo —le interrumpió él.

Caro volvió a levantar la cabeza para mirarlo.

—¿Tanto te duele pensarlo, Dominic?

—Casi tanto como saber que ibas a abandonarme —contestó él con un brillo plateado en los ojos.

—No iba a abandonarte, Dominic —ella suspiró—. Solo creía que era mejor que volviera a mi casa...

—¿Sin despedirte siquiera? ¿Sin decirme cómo podría encontrarte otra vez?

La expresión de él se había tornado implacable y el brillo de los ojos reflejaba la emoción contenida.

Caro notó que tenía los labios secos y se pasó

la punta de la lengua por ellos. Notó una esperanza, un sueño que brotaba dentro de ella.

—¿Habrías querido encontrarme otra vez?

—¿Cómo puedes preguntarme eso? —Dominic sacudió la cabeza con cierta desesperación—. ¿Acaso no sabes... todavía no has adivinado cuánto te amo?

—¿Qué has dicho?

Caro no se atrevía a creer lo que veía en esos ojos plateados. Cariño, admiración... ¡Amor!

—Te amo, Caro —repitió él con la voz ronca—. ¿Crees, después de todo lo que ha pasado, que si me pusiera de rodillas y te lo suplicara, podrías llegar a amarme también y plantearte ser mi esposa?

Ella se sonrojó al acordarse de la ocasión en que le dijo esas mismas palabras a él.

—Si no recuerdo mal, acababas de decirme que haber hecho el amor había sido un error...

—Entonces, ¡fue el error más maravilloso y deslumbrante que he cometido! —exclamó él mientras le tomaba la cara entre las manos—. He sido un necio, Caro. Necio y arrogante. Mi única excusa, si hay alguna, es que nunca había conocido a una mujer como tú. Nunca había conocido a una mujer tan valiente, tan generosa y tan sincera. Te amo de verdad, Caro, y si alguna vez consigues amarme, te prometo que te amaré toda la vida. ¿Me darás la ocasión de demostrarte cuánto te amo? ¿Me darás la oportunidad de convencerte para que me ames? —añadió él con cierta incertidumbre.

Esa incertidumbre tan inusitada fue lo que la convenció de que no estaba soñando. ¡Ni en sueños habría atribuido incertidumbre a un hombre que siempre estaba seguro de sus sentimientos y de los de los demás! Sin embargo, Dominic no estaba seguro de ella y, al parecer, no tenía ni idea de que se había enamorado de él.

—Cariño... —replicó ella balbuciendo con delicadeza—...ya... ya estoy enamorada de ti...

—¡Mi amor!

Dominic la levantó en el aire antes de besarla. Ella seguía tan abrumada por la declaración de amor de él y por su petición de matrimonio que solo pudo corresponder a la pasión de los besos y tardó en recuperar la cordura.

—Entiendo que un hombre como el conde de Blackstone no puede casarse con una mujer como Caro Morton...

—Puedo casarme con quien quiera —replicó él con su arrogancia habitual—. Y quiero casarme contigo si me aceptas. Me da igual quién o qué seas, Caro... o de lo que estés huyendo. Te amo y mi deseo, mi único deseo, es que seas mi esposa.

Eso, más que cualquier otra cosa, fue lo que terminó de convencerla del amor de Dominic. Era un conde y estaba pidiéndole matrimonio a una mujer que había conocido cantando en un club de juego para caballeros, a una mujer con la que ya había hecho el amor... ¡dos veces! Se mordió el labio inferior.

—Debería contarte que mi madre se escapó con su amante cuando yo era una niña y que él la mató más tarde de un disparo cuando la encontró entre los brazos de otro amante.

Dominic le pasó el pulgar por el labio inferior con los ojos rebosantes del amor que sentía por ella.

—Ya te he dicho que no me importa tu pasado, mi amor, y no me importa. Además, no eres la responsable de lo que hiciera tu madre.

—Como tú tampoco eres culpable de la muerte de tu madre.

Dominic dejó escapar un suspiro muy profundo.

—Siempre me he sentido responsable...

Caro le acarició la mejilla.

—Cuéntame qué pasó.

Él hizo una mueca de dolor.

—Creo que no podría soportar que dejaras de amarme si te lo cuento.

—No lo haré —afirmó ella rotundamente—. Dominic, sé que eres honrado y sincero, que te preocupas por los demás, por lord Thorne, por Drew, por Ben y por mí, por solo mencionar a cuatro. Me niego a creer que hayas hecho algo a tu madre.

—Espero que sigas creyéndolo cuando te lo haya contado —Dominic la besó lentamente antes de seguir—. Me mandaron a un colegio cuando tenía doce años. No era un buen alumno. Sentía rencor porque me habían mandado lejos y me metía en todo tipo de conflictos para intentar que volvieran a mandarme a casa. Ni siquiera me acuerdo de cuál fue el último. Solo me acuerdo de que mi madre tuvo que viajar al colegio poco después de Navidad para evitar que el director me expulsara.

Caro pudo notar los latidos acelerados de su corazón y que se le entrecortaba la respiración por los recuerdos que lo habían perseguido desde entonces.

—Te amo, Dominic —lo animó ella con delicadeza.

Él la abrazó con más fuerza antes de seguir.

—El carruaje resbaló en un camino helado y cayó en un río más helado todavía. Las puertas se quedaron bloqueadas y no pudo salir mientras el agua...

—¡No sigas! —Caro le tapó la boca con un dedo—. Eras un niño, Dominic. Un niño que se sentía dolido, que sentía que lo habían alejado de las personas que amaba. No eres responsable de la muerte de tu madre o tu padre... más que yo.

Asombrosamente, miró los ojos compasivos y rebosantes de amor de Caro y se esfumó todo el remordimiento y la sensación de que era indigno de lo amaran.

—Es triste que tu padre sintiera que no podía seguir viviendo sin ella, pero, amándote como te amo, creo que sé cómo tuvo que sentirse.

Si esa tarde hubiesen matado a Dominic, a ella también le habría costado mucho seguir viviendo. El dejó escapar un gruñido sofocado y Caro le estrechó contra sí con todas sus fuerzas.

—¿Cómo he podido tener la suerte de encontrarte, Caro? ¿Cómo...?

Ella no quería que siguiera triste, ya había sufrido bastante al considerarse indigno de que lo amaran durante tanto tiempo.

—Pero todavía no sabes a quién has encontrado... —le recordó ella provocadoramente.

Él levantó la cabeza y le sonrió.

—Primero, dime que te casarás conmigo independientemente de quien seas.

—Lo haré.

—Caro...

Dominic la besó durante unos minutos, hasta que separó la cabeza con una sonrisa que le daba cierto aire de muchacho feliz.

—Sin embargo, antes de que pueda casarme contigo —murmuró ella en tono apesadumbrado —, tendrás que conseguir la autorización de mi tutor.

La sonrisa de Dominic se disipó ligeramente.

—¿Tu tutor?

—Eso me temo.

—Dime quién es tu tutor e iré a visitarlo inmediatamente para convencerlo de que me he reformado desde que te conocí y para pedirle permiso para casarme contigo.

—No va a ser necesario que vayas a visitarlo —los ojos de Caro tenían un brillo burlón—. Creo que él va a venir a visitarte.

—¿A mí? —Dominic frunció el ceño por la perplejidad—. ¿Cómo...? —abrió los ojos como platos y se quedó inmóvil—. Westbourne... —susurró él con incredulidad.

—Eso me temo —reconoció Caro.

Dominic la miró fijamente y sin dar crédito a lo que había oído hasta que empezó a sonreír antes de soltar una carcajada.

—¡Westbourne! —Dominic se puso serio de repente—. ¿Ibas a salir corriendo de Londres porque te dije que estaba esperando que llegara a Inglaterra en cualquier momento?

—Sí.

—Debería haber añadido que Gabriel no piensa quedarse en Londres, que viajará casi inmediatamente a Shoreley Hall.

—¡Dios mío!

Caro se quedó espantada por lo que su hermana Diana le diría al amigo de Dominic cuando llegara. Él no estaba nada preocupado y se rio porque le había ganado por la mano a su amigo y le había birlado a una de sus posibles esposas.

—¿A qué lady Copeland tendré el placer de convertir en mi esposa?

—Caroline... Soy la segunda hija.

—¿Huiste a Londres después de negarte a plantearte siquiera la posibilidad de casarte con Westbourne?

—No podía casarme con un hombre al que no amaba.

—¿Y tus hermanas? ¿También han huido?

—No, estoy segura de que no —Caro sacudió la cabeza—. Me temo que yo soy la rebelde.

—Algo que agradeceré hasta el día de mi muerte.

Dominic la amaba tanto como ella lo amaba a él y estaba segura de que conseguiría el permiso de su amigo para que se casaran en cuanto pudieran organizar la boda. Le rodeó el cuello con los brazos y se arqueó contra él.

—¿Te importaría demostrarme lo agradecido que estás, Dominic?

—¡Encantado!

Bajó la cabeza para besarla en la boca y los dos se olvidaron de todo y de todos, salvo del amor que sentían y que sentirían siempre.

MIRANDA JARRETT
Amenaza misteriosa

Eliot Fitzharding, duque de Guilford, siempre había acudido a Penny House a disfrutar de los juegos de azar, pero últimamente se había dado cuenta de que se le aceleraba el corazón no cuando daba la vuelta a una carta, sino cuando se encontraba con Amariah Penny, la encantadora propietaria del club.

De pronto alguien empezó a acusar a Penny House y a su dueña de dar refugio a un tramposo y amenazó con vengarse si no lo expulsaban. Y Guilford no dudó en acudir en su ayuda...

CAROLE MORTIMER
Secreto de seducción

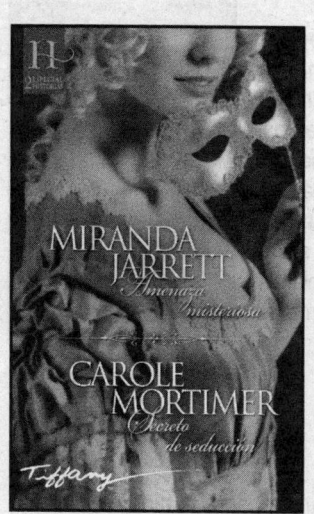

No. 82

Lady Caroline Copeland, con el corazón acelerado por los focos del club de juego más elegante de Londres, salió con paso vacilante de detrás de la cortina...

Echó una ojeada a la multitud que tenía delante, pero sus ojos se quedaron clavados en el caballero de aspecto inquietante que la miraba con el ceño fruncido desde el fondo de la sala. La intensidad de su mirada era tal que le atravesó el disfraz, le secó la garganta y la hizo sonrojar. Caro se había jugado la reputación por estar allí y no podía arriesgarse a que nadie se acercara demasiado a ella y desvelara su secreto, independientemente de lo mucho que su cuerpo anhelara dejarse arrastrar...

JAZMÍN™

JESSICA HART
CITA SORPRESA

Finn McBride, el jefe de Kate Savage, parecía sacado del mismísimo infierno; quizá fuera guapo, pero se pasaba el día entero pegado a su mesa. Sus amigas decidieron concertarle a Kate una cita a ciegas con un atractivo viudo. Pero cuando llegó al lugar de la cita ¡descubrió horrorizada que el hombre misterioso no era otro que Finn!

KAREN ROSE SMITH
UN CORAZÓN PROTEGIDO

Era alto, moreno y muy guapo; seguramente por eso Jed Sawyer estaba en boca de toda la ciudad, y Brianne Barrington era la última víctima de sus encantos. Ella andaba buscando al hombre perfecto mientras que él sufría una verdadera fobia hacia el compromiso. ¿Cómo una mujer que creía en el "felices para siempre" había conseguido arruinar sus planes de mantener una relación estrictamente profesional?

N.º 577

LUCY GORDON
EL HIJO DEL ITALIANO

El hombre con el que Becky Hanley había estado a punto de casarse acababa de volver a su vida. Habían pasado años, pero Luca Montese estaba más guapo y sexy que nunca y la atracción volvió a surgir entre ellos con una fuerza arrolladora. Pero entonces Becky descubrió que solo había regresado para tener un hijo con ella... y lo más sorprendente era que ella estaba embarazada.